Knaur

Über die Autorin:

Clare Francis, Jahrgang 1946, war Transatlantik-Einhandseglerin und die erste weibliche Teilnehmerin am Whitbread Round the World Race 1978. Die Abenteurerin und Autorin hat bisher sechs internationale Bestseller vorgelegt. Clare Francis lebt in London.

Clare Francis

Dunkles Geheimnis

Roman

Aus dem Englischen von
Bernd Seligmann

Knaur

Die englische Originalausgabe erschien 1997 unter dem Titel
»A Dark Devotion«
bei Macmillan Publishers Ltd., London.

Besuchen Sie uns im Internet:
www.knaur.de

Vollständige Taschenbuchausgabe 2002
Droemersche Verlagsanstalt Th. Knaur Nachf., München

Umschlaggestaltung: ZERO Werbeagentur, München
Umschlagabbildung: Michael Trevillion
Satz: Ventura Publisher im Verlag
Druck und Bindung: Nørhaven Paperback A/S
Printed in Denmark
ISBN 3-426-62147-9

2 4 5 3 1

Für Tom

1

Ein vertrautes Klopfen. Das unbekümmerte Gesicht von Sturgess erschien in der Tür, und man hörte Stimmengewirr. »Champagner, Alex.«
Ich schaute auf die Uhr, obwohl ich genau wusste, wie spät es war. »Ich komme gleich, Gary.«
»Ein fantastisches Ergebnis, was?«
»Ja, fantastisch.«
»Sie hätten die Gesichter der Gegenseite sehen sollen!« Kaum fähig, seinen Jubel zu unterdrücken, blieb Sturgess in der Tür stehen. Er hatte erst kürzlich Examen gemacht und war noch jung genug, um sich von der Dramatik und Unbarmherzigkeit einer Gerichtsschlacht begeistern zu lassen.
Ich gab den Gedanken auf, noch etwas zu arbeiten, und lehnte mich in meinem Sessel zurück. »Wir hatten wohl ziemliches Glück mit den Geschworenen …«
»Die Reporter hatten zwei zu eins gegen uns gewettet«, grinste er.
Der Wette hätte ich mich wahrscheinlich angeschlossen, nach allem, was ich über den Fall gehört hatte. »Ja. Die irren sich meistens.«
»Zwei zu eins«, wiederholte Sturgess und lachte überschwänglich. »Das zeigt wieder mal, wie wenig Ahnung diese Leute haben – kein Gespür für den Gerechtigkeitssinn der Geschworenen.«

»Oder kein Gespür dafür, wie wenig die Geschworenen über unseren Klienten und seine Vergangenheit wussten.«
Sturgess schien etwas verunsichert. »Das ist doch nur recht und billig, oder?«
»Es ist das einzige System, das die größtmögliche Zahl von Beteiligten in der größtmöglichen Anzahl von Situationen vor Schaden bewahrt. Oder so ähnlich. – Sie müssen mich irgendwann mal aufklären, wie es genau heißt.«
Er strahlte und kehrte lachend zu der Siegesfeier zurück. Wir hatten ihn nicht so sehr wegen seiner Zeugnisse eingestellt, die ausgesprochen mittelmäßig waren, sondern wegen seines unverkennbaren Ehrgeizes. Und weil er aus Südlondon kam, wo man Dinge lernt, die in keinem Lehrbuch zu finden sind. Er begriff instinktiv, dass in der Strafverteidigung der Sieg alles bedeutet und Gerechtigkeit sehr wenig.
Ich schaute meine Notizen für Montag noch einmal durch, packte die Akten zusammen, die ich am Wochenende brauchen würde, und stopfte sie in meinen Aktenkoffer. Dann ging ich zu dem Spiegel, der über dem Aktenschrank neben der Tür hing.
Ich sah müde aus. Die Fältchen in meinen Augenwinkeln waren auffälliger als sonst. In etwas über fünf Jahren bist du vierzig, dachte ich. Und dann die anderen unwillkommenen Gedanken – biologische Uhren, Babys, die Familie, die Paul und ich wohl nie haben würden.
In dem Moment hätte ich viel darum gegeben, einfach nach Hause fahren, mich in ein heißes Bad legen und irgendetwas lesen zu können, das nichts mit der Kanzlei zu tun hatte. Es war eine sehr lange Woche gewesen, gespickt mit kleinen Frustrationen und nagenden Sorgen. Doch meine Abwesenheit würde auffallen, nicht zuletzt Paul. Der würde wissen wollen, ob ich

krank war oder sonst irgendwelchen Kummer hatte. Müdigkeit hätte er nicht akzeptiert.
Cornelia, unsere Bürochefin, saß noch an ihrem Schreibtisch nebenan und blätterte in einem dicken Stapel von Papieren. Gleichzeitig gab sie, den Telefonhörer zwischen Schulter und Kinn geklemmt, an irgendjemanden Informationen durch. Als sie mich sah, hielt sie mir einen Notizblock hin.
Bitte rufen Sie Ihren Bruder an, las ich, und Edwards Nummer in Norfolk. Ich schaute sie fragend an, doch Cornelia schüttelte den Kopf. Offenbar wusste sie nicht mehr.
Ich ging in mein Zimmer zurück und wählte Edwards Nummer in Wickham Lodge. Für mich war es immer noch Tante Nellas Haus. Ich sah es noch vor mir, wie es gewesen war, als sie dort gelebt hatte: die düsteren, voll gestopften Zimmer, die abgetretenen Mahagonifußböden und feuchten Gästezimmer, die nie Gäste beherbergt hatten, die altmodische Küche mit der langen Steinspüle und den Körben voller nasser Spaniels.
Endlich nahm Edward den Hörer ab. »Wickham.«
»Wie du das sagst, klingt es, als wäre das dein Name.«
»Warum soll ich mich mit meinem Namen melden? Jemand will Wickham Lodge erreichen und damit mich, oder?«
Ich wollte nicht sagen, dass auch Edwards langjährige Freundin Jilly gefragt sein könnte. Zwischen den beiden hatte es so viele plötzliche Brüche und unerwartete Versöhnungen gegeben, dass man nie wusste, ob Jilly gerade in Gnaden stand, vollkommen verbannt war oder nur in kleinen Dosen toleriert wurde.
»Wie geht es dir?«, fragte ich.
Als Antwort bekam ich das gewohnte Gejammer zu hören: »Na ja. Das verdammte Dach ist undicht. Das ist wohl als Nächstes dran. Diese Hütte saugt Geld auf wie ein Schwamm.«
Seit er Wickham Lodge und Tante Nellas Vermögen geerbt

hatte, war Edward wohlhabend, wenn nicht sogar reich. Ein neues Dach würde ihn schwerlich ruinieren. »Und sonst?«

»Ach, ganz gut«, brummte er. »Hör zu … Ich habe endlich die Unterlagen von diesem langweiligen Advokaten in Falmouth bekommen. Vaters Kontoauszüge. Es ist genau, wie ich erwartet habe. Nein, schlimmer, *viel* schlimmer.«

Ich lehnte mich an die Schreibtischkante und machte mich auf ein anstrengendes Gespräch gefasst. »Wie meinst du das?«

»Ich meine das Geld, das fehlt. Es sind Tausende mehr, als ich gedacht habe, insgesamt über hunderttausend, Lex, über hunderttausend!«

»Hör zu, Ed. Wenn Vater das Geld ausgeben wollte, dann wird er seine Gründe dafür gehabt haben. Ich glaube wirklich nicht, dass uns das irgendetwas angeht.«

»Aber es war unsere Erbschaft!« Er war nicht nur wütend auf unseren Vater, der versäumt hatte, ihm zu geben, was ihm seiner Ansicht nach zustand, sondern auch auf mich, weil ich die Ungeheuerlichkeit des Vergehens nicht begriff.

»Wenn er gewollt hätte, dass wir das Geld bekommen, dann hätte er das in seinem Testament festgelegt«, sagte ich.

»Ich brauche deine Unterschrift«, verkündete er ohne weitere Erklärung.

»Wofür?«

»Die Anwälte in Falmouth müssen das Testament vollständig offen legen. Dazu sind sie verpflichtet. Ich habe mich informiert.«

Das hast du bestimmt, dachte ich. »Aber sie müssen nichts offen legen, was nicht direkt mit Vaters Vermögen zusammenhängt«, entgegnete ich.

»Willst du vielleicht sagen, das hätte nichts mit seinem Vermögen zu tun?« In seiner Ungeduld war Edward wie ein zorniges, neunmalkluges Kind, das an der Dummheit der Erwachsenen verzweifelt. Für Edward ging es hier nicht um Geld, sondern um Wiedergutmachung, um den nicht enden wollenden Groll gegen seinen Vater, zu dem er ein schwieriges Verhältnis gehabt hatte. Ich hakte also nicht weiter nach.

»Also gut; schick mir die Unterlagen.«

Er legte brummig auf, und ich konnte mich nur einmal mehr fragen, wie mein Bruder es schaffte, mich immer wieder bei den Gefühlen zu packen.

Als ich endlich zu den Feiernden stieß, wurde ich mit einer Art Kriegsschrei empfangen. Unser siegreicher Klient, Mr. Ronnie Buck, stand neben Paul und lachte aus vollem Hals. Er war ein Stier von einem Mann, grobknochig und untersetzt, mit einem derben Gesicht, käsiger Haut und kleinen, gelblichen Zähnen. Wenn er lachte, blähten sich seine Backen und seine Augen verengten sich zu Schlitzen.

Ich nahm ein Glas Champagner, nach dem mir eigentlich überhaupt nicht zumute war. Als ich aufschaute, bemerkte ich, dass Paul mich zu sich winkte. »Meine Frau haben Sie noch nicht kennen gelernt, oder, Ronnie?«

»Doch, doch, das Vergnügen hatte ich schon.« Buck verbeugte sich und streckte mir seine Hand entgegen. »Mrs. O'Neill – Ihr Mann hat mir heute große Dienste erwiesen. Die anderen in der Mannschaft natürlich auch.«

»Ja, es war ein schöner Sieg.«

»Ein *großer* Sieg«, berichtigte mich Buck in einem Ton, dass es fast wie Kritik klang. »Obwohl wir auch ein paar kitzlige Momente hatten, nicht wahr, Paul?«

Paul spielte mit, indem er einen theatralischen Seufzer der Erleichterung ausstieß. »Die hatten wir allerdings. In diesem Geschäft kann man nie ganz sicher sein.«

»Wenn Sie beunruhigt waren, dann haben Sie das jedenfalls gut verborgen, Paul, verdammt gut.«
Paul lächelte geschmeichelt. Mir fiel auf, dass sein Glas leer war. Der Champagner war zwar erst vor einer Viertelstunde geöffnet worden, aber ich fragte mich, wie viele Gläser er in der Zeit schon geschafft hatte.
Buck wandte sich wieder mir zu. »Ich habe schon zu Paul gesagt, Sie beide sollten uns mal in Spanien besuchen, unten in Marbella. Wir haben ein Gästeappartement, einen Swimmingpool, ein Mädchen, das vernünftig kochen kann – es ist alles da. Es würde Ihnen bestimmt gefallen.«
»Danke«, sagte ich, »aber wir stecken zurzeit bis über die Ohren in Arbeit.«
»Nur für ein Wochenende«, drängte Buck. »Freitags hin, sonntags zurück. Mein Büro wird alles organisieren, Flugtickets, Wagen – Sie brauchen sich um nichts zu kümmern.«
Ich erkannte, dass Buck gewöhnt war, seinen Willen zu bekommen, und überließ diesmal Paul die Antwort.
»Es ist im Moment wirklich etwas schwierig, Ronnie. Zu viel Arbeit. Aber wir werden daran denken, sobald wir wieder etwas mehr Zeit haben.«
»*Nehmen* Sie sich die Zeit! Das ist das ganze Geheimnis, glauben Sie mir!« Bucks Freundlichkeit hatte nun eindeutig eine gewisse Unnachgiebigkeit an sich. »Na kommen Sie schon, Sie haben sich eine Pause verdient.«
Paul zögerte und schaute mich an. Buck folgte seinem Blick, offenbar neugierig, ob ich diejenige war, die Schwierigkeiten machte.
»Vielleicht Ostern«, hörte ich Paul sagen und hatte Mühe, mein Staunen zu verbergen.
»Also gut. Ostern! Ausgezeichnet!«, rief Buck, wieder in bester

Laune. »Ich werde mit meiner Familie gleich morgen früh dorthin verschwinden«, vertraute er mir an. »Wir können es kaum erwarten, wie Sie sich sicher vorstellen können. Es ist das erste Mal seit einem Jahr, dass wir wieder ruhig schlafen können, im eigenen Bett.«

»Wirklich?«, fragte ich unschuldig. »Warum denn das?«

»Die Polizei …«, schaltete Paul sich eilig ein, mit einem tadelnden Lächeln, das mich davor warnte, unverzeihlich schlecht informiert zu erscheinen.

»Ja, natürlich«, murmelte ich. »Ich wusste nicht, wie schwer sie es Ihnen gemacht haben. Ich dachte …«

Paul registrierte den Sarkasmus in meiner Stimme und fiel mir ins Wort: »Irgendwie habe ich das Gefühl, dass die Sie so bald nicht wieder belästigen werden, Ronnie.«

»Die werden sich schön hüten, was?« Ronnie Buck hob sein Glas zu einem ironischen Trinkspruch und ich dachte an den jungen Polizisten, der so brutal zusammengeschlagen worden war, dass er Hirnschäden davongetragen hatte. Ich dachte an die Bitterkeit und Enttäuschung, die seine Kollegen nach dem für sie wahrscheinlich vollkommen unverständlichen Urteil empfinden mussten.

Sturgess kam mit einer neuen Flasche und schenkte uns nach.

»Sie waren nicht dabei in unserem großen Augenblick?«, fragte mich Buck.

»Nein. Paul und ich arbeiten getrennt. Wir mischen uns nie in die Fälle des anderen ein.«

»Ist das wahr? Nicht einmal, wenn es eine große Sache ist?«

Paul nahm einen kräftigen Schluck und wandte sich ab, um mit jemand anderem zu reden, doch zuvor warf er mir noch einen warnenden Blick zu.

»Nein, nicht einmal dann«, antwortete ich.

Buck sah mich unverwandt an. »Aber machen Sie nicht in etwa dieselbe Arbeit?« Ich war nicht sicher, ob er mich herausfordern oder meinen Status innerhalb der Kanzleihierarchie ausloten wollte oder beides.

»Ich übernehme viele Familienfälle«, erklärte ich, »Sorgerecht und so weiter. Aber auch reine Strafsachen.«

»Reine Strafsachen. Das gefällt mir.« Er grinste, als hätte er meinen Sarkasmus verstanden. »Was Familiensachen angeht, werde ich Ihnen nicht zur Last fallen, das kann ich versprechen.« Sichtlich entspannt, weil er meinte, sich davon überzeugt zu haben, dass ich relativ unbedeutend war, schaute er zu einer langbeinigen, rauchenden Blondine in einem engen Kleid hinüber und versuchte wieder, witzig zu sein. »Tracy und ich sind seit zwanzig Jahren verheiratet, aber jedes Mal, wenn ich in Versuchung gerate, sie gegen ein neueres Modell einzutauschen, putzt sie sich heraus und schlägt alle um Längen.«

Ich lächelte nicht, obgleich ich wusste, dass das gegen mich ausgelegt wurde. »Auf Wiedersehen, Mr. Buck. Nochmals herzlichen Glückwunsch.«

Er schaute mich an, als fühlte er sich in seinem Verdacht bestätigt, dass mit mir etwas nicht stimmte. »Auf Wiedersehen, Mrs. O'Neill.«

In dem Moment hätte ich mich normalerweise abgewandt, doch er hielt mir wieder seine Hand hin. Nachdem er mich endlich losgelassen hatte, fragte ich mich, ob diese Hand wohl den Baseballschläger gehalten hatte, mit dem der junge Polizeibeamte zusammengeschlagen worden war, oder ob er diese Aufgabe an den Mann delegiert hatte, der als sein Fahrer bezeichnet wurde.

Ronnie Buck hatte seine Karriere mit Überfällen auf Geldtransporte begonnen, wofür er fünf Jahre abgesessen hatte. Danach war er schlauer gewesen und hatte sich erfolgreich in den Drogengroßhandel gestürzt, mit etwas Pornografie nebenher, wofür er noch kein einziges Mal verurteilt worden war. Der Laufbahnwechsel hatte ihm ein, wie die Presse es nannte, »geräumiges Heim auf einem geschützten Grundstück« in einer grünen Vorstadt im Südosten Londons eingebracht. In dieses Grundstück war nach den Beweisen, die Paul zu Bucks Verteidigung vorgelegt hatte, im vergangenen Oktober ein junger Polizeibeamter eingedrungen, bei Nacht und Nebel und ohne Einladung. Darauf hatte sich Bucks Anspruch auf Notwehr gestützt. Mrs. Tracy Buck hatte für ihren Mann ausgesagt. Sie hatte beschrieben, wie sie beim Anblick des Eindringlings erschrocken war und wie Buck und sein »Fahrer« sich auf ihren Schrei hin einen Baseballschläger geschnappt hatten und nach draußen geeilt waren. In einem dunklen Gebüsch sei dann plötzlich eine Gestalt vor ihnen erschienen, die angeblich im Begriff war, sie anzugreifen, weshalb sie keine andere Wahl gehabt hätten als sich zu verteidigen. Beide hatten ausgesagt, sie seien »zutiefst erschüttert« gewesen, als sie feststellten, dass es sich um einen Polizeibeamten gehandelt hatte. Buck hatte selbst den Krankenwagen gerufen, nach Aussage seiner Frau »unter Tränen«. Wie jemand diese Geschichte glauben konnte – Ronnie Buck und Tränen! –, war mir absolut schleierhaft.

Ich leerte mein Glas und ging zur Tür, wo Cornelia mich am Ellbogen festhielt. »Ist alles in Ordnung, Alex?«

»Ich glaube, ich werde mich verdrücken.« Doch dann fiel mir ein, dass ich mit Paul in die Kanzlei gekommen war und meinen Wagen nicht dahatte. »Könnten Sie Paul bitte sagen, dass ich allein nach Hause gegangen bin?«

»Soll ich Ihnen ein Taxi rufen?«

»Nein, ich gehe zu Fuß. Ich brauche frische Luft.«

»Soll ich Paul sagen, welchen Weg Sie gehen?«
»Nein. Das weiß ich selbst noch nicht.«
Am Morgen hatte die Februarsonne alles in fahle Gelbtöne getaucht und der Himmel war klar gewesen. Jetzt dagegen wehte der Wind einen kalten Nieselregen durch die dunklen Straßen. Zunächst wollte ich auf direktem Weg nach Hause in Richtung Kings Cross, doch nach ein paar Minuten beschloss ich, den öden Fassaden der Farringdon Road den Rücken zu kehren, und ging durch die düsteren Seitenstraßen von Clerkenwell und St. Pancras, bis ich nach Somers Town kam. Hier, zwischen den Wohnblöcken, die einige der berüchtigtsten Slums der Vorkriegszeit ersetzt hatten, setzte ich mich auf eine Bank und lauschte dem Gekreische der Kinder, dem dumpfen Wummern der Stereoanlagen und dem zornigen Röhren eines malträtierten Automotors.
Etliche meiner Klienten kamen aus Somers Town. Gewöhnlich traf ich sie in Polizeizellen oder Gerichtssälen, doch gelegentlich kam ich auch her, wenn es um Sorgerechtsfälle ging, und sah die Wohnungen von innen. Es war ein Viertel voller gestresster allein stehender Mütter, gebrechlicher Rentner, unkontrollierbarer Kinder, Drogensüchtiger, die alles konsumierten, was sie in die Finger bekamen, und ewig rückfälliger Gauner. Aber es war auch eine Gemeinschaft lebendiger Familien, hingebungsvoller Paare, hart arbeitender Männer und Frauen und sanftmütiger Versager.
Ich saß da und lauschte der Kakophonie des Lebens. Irgendwie mochte ich all die kleinen Autodiebe und Trunkenbolde hier, die kaum jemals an die Konsequenzen ihres Handelns dachten und die im Gegensatz zu Mr. Ronnie Buck keinen raffinierten Plan verfolgten. Die meisten waren nicht gemein, sondern hilflos. Sie hatten weder den Verstand noch die Brutalität, es zu ei-

ner Villa in Marbella zu bringen. Keiner von ihnen wäre mit Notwehr davongekommen, hätte er einen Polizisten halb totgeschlagen.
Ich bekam kalte Füße und ging weiter. Inzwischen regnete es heftiger, und ein wütender Wind schlug mir ins Gesicht.
Irgendwann löste sich ein Mercedes aus dem unablässigen Strom des Freitagabendverkehrs, hielt vor mir an und die Beifahrertür schwang auf. Ich stieg ein und Paul schaute mich halb beleidigt, halb wütend an.
»Kannst du mir vielleicht sagen, wo du warst? Ich fahre hier seit Stunden herum ...« Dann hob er eine Hand und sagte versöhnlicher: »Entschuldige. Ich habe mir Sorgen gemacht. Ist alles in Ordnung?«
»Ja, kein Problem. Ich war nur ein wenig müde.«
»Warum in aller Welt hast du dann kein Taxi genommen? Bei diesem Wetter. Und in dem Mantel. Und mitten durch Kings Cross. Du kannst von Glück sagen, dass dich niemand ausgeraubt hat!« Er lachte trocken. »Einer von unseren Kunden!«
»Mir war nach Laufen. Ich wollte einen klaren Kopf kriegen.«
»Was ist denn passiert?« Er suchte nach verräterischen Zeichen in meinem Gesicht. Er wirkte nüchtern, doch um diese Zeit merkte man ihm selten an, wenn er getrunken hatte. »Ist etwas passiert, von dem du mir nichts erzählt hast?«
»Nein, nichts. Ich bin einfach nur müde.«
»Da bist du nicht die Einzige. Wir brauchen beide Urlaub, meinst du nicht auch, Lexy? Wir hätten das Wochenende in Cornwall nicht absagen sollen. Mein Fehler. Das war ganz allein mein Fehler.« Er blinzelte mich reuevoll an.
Wir hatten Primrose Hill hinter uns und näherten uns den weißen Stuckfassaden am Belsize Park. Fast zu Hause.

»Ich wünschte, wir würden nicht so viel arbeiten«, sagte ich leichthin.
»Das tun wir doch nicht, oder? Für heute sind wir fertig; morgen die Johnsons und am Sonntag eine Sitzung. Wenn du ein bisschen geschlafen hast, wird es dir wieder gut gehen. Ganz bestimmt. – Bist du sicher, dass dir nichts fehlt? Du wirst mir doch nicht krank werden?«
Die Lichter der Häuser schimmerten verschwommen durch die Windschutzscheibe, die der einzelne Scheibenwischer hektisch vom Regen freihielt. »Nein, ich bin nur ...« Ich suchte nach dem richtigen Wort. »Ich bin nur ein bisschen besorgt, nehme ich an.«
»Besorgt?« Er manövrierte den Wagen in eine Parkbucht gegenüber von unserem Haus, stellte den Motor ab und schaute mich erwartungsvoll an. Doch ich machte ihm klar, dass ich im Auto nicht darüber reden wollte, stieg aus und ging vor ihm her die Treppe zur Haustür hinauf.
Kaum waren wir im Haus, klingelte das Telefon, doch als ich abnehmen wollte, hatte sich schon der Anrufbeantworter im Arbeitszimmer eingeschaltet.
Wortlos taten wir das, was wir immer taten, sobald wir nach Hause kamen, ein Ritual, das sich in den zehn Jahren unserer Ehe eingespielt hatte: schnell die Post durchschauen und auf den Dielentisch legen, die Lichter in Küche und Wohnzimmer anmachen, die Vorhänge zuziehen, zwei Gläser aus dem Schrank und die Flasche Chablis aus dem Kühlschrank holen. Die ganze Zeit über hörte ich undeutlich eine Männerstimme aus dem kleinen Lautsprecher des Anrufbeantworters. Als ich an der Tür zum Arbeitszimmer vorbeiging, verstand ich die Worte: »*... wenn du mich so schnell wie möglich zurückrufen könntest. Wie du dir vorstellen kannst, ist es ziemlich dringend.*«

Ich blieb wie angewurzelt stehen. Die Stimme hatte mich in eine Zeit zurückversetzt, die lange, lange vergangen war. Bilder aus meiner Kindheit huschten mir durch den Kopf. Für einen Augenblick fühlte ich mich vollkommen verloren.

Dann schaltete sich der Anrufbeantworter mit einem lauten Klick aus, die Erinnerungen versanken und mir wurde klar, dass die Stimme mich an einen Jugendfreund namens Will Dearden erinnerte, den ich zwölf Jahre nicht mehr gesehen hatte; seit meine Eltern von Norfolk ans andere Ende Englands gezogen waren. Ich hatte keine Ahnung, wie mein Gedächtnis mir einen solchen Streich spielen konnte. Woher sollte Will meine Telefonnummer haben? Warum hätte er mich anrufen sollen?

Ziemlich dringend ... Ich wollte ins Arbeitszimmer gehen und die Nachricht ganz abhören, doch Paul rief aus der Küche: »Der Chablis wartet!« Auch so ein Ritual: das erste Glas zusammen. Kein Anruf, kein Fax durfte uns dazwischenkommen, auch wenn das seit etwa einem Jahr nicht mehr immer möglich war.

Paul hatte beide Gläser gefüllt.

»Ich glaube, ich trinke lieber Wasser«, sagte ich.

»Wasser! Na komm schon, wenigstens ein halbes Glas!« Er hasste es, allein zu trinken.

»Nein. Dieser Champagner ... ich will nicht noch mehr Alkohol.«

Er zuckte mit den Schultern und ich holte mir die Flasche Mineralwasser aus dem Kühlschrank. Schließlich saßen wir beide am Tisch.

»Also, worüber machst du dir solche Sorgen?«, fragte Paul unbeschwert. »Wenn es dieses Wochenende in Marbella ist, da kann ich dich beruhigen. Ich habe nur ja gesagt, um ihm eine Freude zu machen. Wir werden ihn natürlich *nicht* dort besuchen.« Er schenkte mir sein aufrichtigstes Lächeln, jungenhaft und offen, doch dahinter sah ich die Ringe unter seinen Augen, seine Müdigkeit und wie gehetzt er wirkte. »Also, wars das?«

Um Paul seinen Erfolg nicht allzu schnell zu vermiesen, sagte ich warm: »Es war wirklich ein schöner Sieg. Gut gemacht.«

Das Glas in der Hand, winkte er ab, obwohl er es gern hörte. »Na ja, hauptsächlich war es Jenkins' Verdienst.« Jenkins war der aufgeblasene, aber gewissenhafte Kronanwalt.

»Aber du warst es, der diese Zeugin hervorgezaubert hat.«

»Das war reines Glück.« Er verdrehte die Augen und lachte in sich hinein. »Verdammtes Glück.«

»Und sie war eine gute Zeugin.«

»Brillant. Ein Geschenk des Himmels, diese Karen Grainey. Klar, selbstbewusst, glaubwürdig. Keine Vorstrafen in der Familie, nicht einmal ein Strafzettel. Unauffällige Kleidung, vernünftige Redeweise. Und sie hat nie behauptet, sie hätte das Gesicht des Polizisten gesehen. Nichts, womit sie im Kreuzverhör in Schwierigkeiten geraten konnte. Nur was er getragen hat und dass sie gesehen hat, wie er über die Mauer geklettert und in Bucks Garten verschwunden ist.«

»Sie stand am Fenster und wartete auf ihre Tochter, oder?«

»Ja. Die Tochter war in der Disko.«

»Und das war kein Problem?«

»Nein«, sagte er, plötzlich ein wenig gereizt. »Warum sollte es?«

»Ich meine, die Anklage hat das nicht in Zweifel gezogen?«

»Nein.«

»Und das unbefugte Eindringen?«

Paul breitete die Arme aus. »Der Polizist ist in Bucks Garten eingedrungen. Das war alles.«

»Hat die Anklage nicht darauf hingewiesen, dass er das nie getan hätte, ohne seinen Partner zu informieren?«

»Davor haben die sich schön gehütet. Schließlich hat er seine

Befehle missachtet, oder? Warum sollte er das vorher irgendjemandem durchgeben?«
Genau das hätte er meiner Ansicht nach getan, vor allem wenn sein Partner der Einzige war, der ihn im Auge behalten konnte. Besonders wenn es sich um Ronnie Bucks Garten handelte. Doch weiteres Bohren wäre bei Paul nicht gut angekommen, also nickte ich nur vage und ließ das Thema fallen.
Paul trank einen Schluck und fragte gedehnt: »Also …? Worum geht es, Lexy? Heraus mit der Sprache.«
Es war schwer, einen Anfang zu finden, und noch schwerer, den richtigen Ton zu treffen. »Ich weiß, es ist nicht einfach, in solchen Dingen immer genau das Richtige zu tun«, begann ich vorsichtig, »aber diese Party heute Abend. Ich glaube, das war keine gute Idee.«
»Keine gute Idee?« Er fühlte sich sofort angegriffen. »Und warum nicht? Kannst du mir das sagen?«
»Mit den ganzen Angestellten. Und Bucks Familie, und dann noch im Büro.«
»Meinst du, wir hätten in ein Pub gehen sollen, die gesamte Presse im Schlepptau?«
»Nein, aber … ich glaube, ein kurzer Drink, nur du und er, wäre passender gewesen.«
Paul breitete die Arme aus und spielte den Verblüfften. »Ich sehe das Problem nicht! Es ist nicht das erste Mal, dass wir ein paar Gläser mit einem Klienten getrunken haben nach einem großen Prozess.«
»Er ist ein Verbrecher, Paul. Ich glaube, in diesem Fall war es unnötig, den Kontakt über das Professionelle hinausgehen zu lassen.«
»Aber wo haben wir das denn getan?«, erwiderte er mit beleidigter Miene. »Ich habe doch schon gesagt, wir fliegen nicht

nach Spanien, bestimmt nicht. Und die Party – um Gottes willen, was ist denn schon dabei?«

»Wir waren nicht verpflichtet dazu. Die Party war unnötig und unpassend.«

»Unsinn! Wieso denn unpassend? Dutzende unserer Klienten sind Verbrecher, Alex. Es ist unser Geschäft, Verbrecher zu verteidigen.«

»Aber nicht solche wie Buck. Keiner unserer anderen Klienten ist wie Buck. Er ist Drogenhändler, und zwar im großen Maßstab, und von der übelsten Sorte. Er ist ein Blutegel, der vom Elend von Kindern lebt. Er verschanzt sich hinter seinem Geld und versucht alles, um sich dem Gesetz zu entziehen. Es gibt absolut nichts, was für ihn spricht.«

Paul leerte sein Glas bis auf den letzten Tropfen. »Willst du damit sagen, wir hätten den Fall nie übernehmen sollen?«

»Ja, mir wäre wohler, wenn wir es nicht getan hätten.«

»Ach ja, dir wäre wohler«, sagte er ironisch, während er sich Wein nachschenkte. »Dann hättest du besser den Mund aufgemacht und etwas gesagt, als noch Zeit dafür war, findest du nicht?«

»Aber das habe ich doch, Schatz«, entgegnete ich sanft. »Ich habe es gesagt.«

»Was hast du gesagt?«

Ich versuchte mich an meine Worte zu erinnern. »Ich glaube, ich habe gesagt, wir würden mit dem Fall wahrscheinlich in eine Schlangengrube geraten und Buck würde kein sehr angenehmer Klient sein.«

»Daran kann ich mich nicht erinnern. Das hast du nie gesagt. Nein, Alex, ganz sicher: Das hast du nie gesagt. Daran würde ich mich erinnern.«

Es gibt Momente, von denen sich das Vertrauen in einen ande-

ren Menschen nie ganz erholt, Augenblicke, die die Liebe untergraben und sie, sosehr man sich auch dagegen wehrt, irgendwann zerstören. Augenblicke, die einem für immer im Gedächtnis bleiben.
Paul sah, wie betroffen ich war, doch er hörte sich immer noch an, als hätte ich ihm Unrecht getan: »Ehrlich, Lexy, ich würde mich erinnern. An so etwas immer.«
»Was solls, nun ist es geschehen«, sagte ich, darauf bedacht, das Thema abzuschließen.
»Seit wann können wir es uns überhaupt leisten, so wählerisch zu sein, was unsere Klienten angeht? Seit wann können wir es uns leisten, Mandate abzulehnen?«
»Es geht hier nicht um Geld!«, brauste ich auf. »Es geht darum, welche Art Arbeit wir machen wollen und welche nicht!« Ich seufzte und beruhigte mich etwas. »Außerdem geht es uns nicht schlecht, finanziell, oder?«
Aber Paul mochte noch so erfolgreich sein, nichts konnte etwas daran ändern, dass er sich finanziell unsicher fühlte. Er konnte noch so viel Geld haben und lebte doch ständig in der Angst, es im nächsten Augenblick zu verlieren. Er stammte aus Liverpool. Sein Vater, ein mittelloser Ire, hatte sich früh zu Tode getrunken, und seine Mutter hatte sich Apathie und Verzweiflung hingegeben. Seine Unsicherheit saß einfach zu tief. Nichts, was ich sagte, konnte seine Angst lindern, und trotzdem hörte ich nicht auf, es zu versuchen.
»Aber Liebling, bisher ist es doch immer nur aufwärts gegangen.«
Das konnte er nicht bestreiten. So schaute er nur verstockt in sein Glas und drehte den Stiel zwischen den Fingern. »Du meinst also, wir sollten uns in Zukunft unsere Klienten besser aussuchen.«

»Ja, ich denke, das sollten wir.«
»Und was machen wir, wenn Buck mit weiteren Aufträgen kommt?«
Endlich verstand ich: Es war schon geschehen.
»Das wird er wahrscheinlich, oder?«
»Na ja, nicht er selbst, aber seine Familie. Sein Bruder ist in Schwierigkeiten. Sie wollen ihn wegen Steuerbetrugs drankriegen.«
»Wir könnten sagen, wir übernehmen keine Betrugsfälle.«
»Na komm, jetzt zeig mir mal einen Strafverteidiger, der keine Betrugsfälle macht! Außerdem ist Betrug nicht gerade das scheußlichste Verbrechen. Wir sind Rechtsanwälte und machen unsere Arbeit. Es ist nicht an uns, nach dem Warum zu fragen oder uns auf ein hohes Moralpodest zu stellen. Wirklich, Alex, ich glaube, du hast vergessen, worum es eigentlich geht in unserem Geschäft. Ich glaube, du nimmst dich ein bisschen zu wichtig.«
Mir war klar, dass ich die Sache besser ruhen ließ, wenn ich es nicht noch schlimmer machen wollte. Wir waren beide müde. Wir hatten ein Essen vor uns und mussten noch den ganzen Abend überstehen.
»Okay«, sagte ich und kündigte mit einem knappen Lächeln meinen Rückzug an. »Wollen wir es dabei belassen.«
»Ich weiß nicht, ob wir es noch irgendwo belassen können, Lexy. Ehrlich.« Er machte eine hilflose Geste. Sein Blick war immer noch vorwurfsvoll.
»Vielleicht hast du Recht«, sagte ich im Aufstehen. Als ich an ihm vorbeiging, beugte ich mich hinunter und küsste ihn flüchtig auf die Stirn.
Auf halbem Weg die Treppe hinauf fiel mir der Anruf wieder ein. *Wie du dir vorstellen kannst, ist es ziemlich dringend.* Ich zögerte.

Eigentlich hatte ich keine Zeit – es war ohnehin kaum noch Zeit für ein Bad –, doch dann gewann das Pflichtgefühl die Oberhand, wie meistens bei mir, und ich ging ins Arbeitszimmer.
Der Anrufbeantworter hatte drei Nachrichten gespeichert. Die erste war vom Fensterputzer, die zweite von einem von Pauls Tennisfreunden, der für Sonntagmorgen ein Spiel verabreden wollte. Und dann die Stimme, die mich unweigerlich in die Vergangenheit entführte.

»Eine Nachricht für Alex O'Neill …«

Ich zog mir einen Stuhl vor den Schreibtisch.

»Will Dearden, Alex. Will Dearden aus Deepwell. Es ist lange her … Ich weiß, es kommt ziemlich aus heiterem Himmel, aber es ist etwas passiert und ich dachte, du könntest uns vielleicht helfen. Die Sache ist die: Grace ist verschwunden, seit über einer Woche. Man sucht nach ihr, ja, aber – aber sie könnte nach London gefahren sein. Ich meine, das hatte sie jedenfalls vor an dem Morgen … Wir sind aber nicht sicher, ob sie wirklich richtig gesucht haben, in London, meine ich. Hör zu, es hat keinen Zweck mit dem Anrufbeantworter. Also … wenn du mich so bald wie möglich zurückrufen könntest. Wie du dir vorstellen kannst, ist es ziemlich dringend.«

Der Anrufbeantworter piepste und schaltete sich aus, und ich sah Will vor mir, Will und Grace im Garten von Wickham Lodge. Es war kurz vor ihrer Hochzeit in jenem letzten, kurzen Sommer, bevor meine Eltern in den Südwesten zogen. Es war auf dem Dorffest und in dem Gewimmel dauerte es eine Weile, bis ich sie von weitem erspähte, Grace in einem pfirsichfarbenen Kleid und einem großen, cremefarbenen Hut, Will in einer cremefarbenen Leinenjacke, einer Leinenhose und einem weißen, kragenlosen Hemd. Seine Kleidung war so geschmackvoll zusammengestellt, dass er sie unmöglich selbst ausgesucht haben konnte. Sie betonte seine Größe und seinen dunklen Teint neben Grace in ihrer blassen, ätherischen Schönheit. Ein perfektes Paar. Zu der Hochzeit hatte ich nicht gehen können, und seitdem hatte ich sie nicht wieder gesehen.

Bei den halb vergessenen Bildern, die vor mir auftauchten, während ich Wills Nummer wählte, krampfte sich mein Inneres zusammen. Es klingelte einige Male, bevor endlich jemand abhob. Eine ruhige Frauenstimme sagte: »Ja?«

»Maggie?« Ich hatte Wills Mutter immer bei ihrem Vornamen genannt, sogar als kleines Mädchen. Sie war die einzige Erwachsene gewesen, bei der mir das vollkommen normal vorgekommen war.

Sie brauchte kaum eine Sekunde, um meine Stimme zu erkennen. »Alex?«

Meine Kehle schnürte sich zusammen. »Ja – ich bins.«

»Alex!«, rief sie voller Freude. »Wie geht es dir? Meine liebe Alex! Wir haben so lange nichts von dir gehört.« Sie hatte immer noch den exotischen Akzent, die langen Rs, die gedehnten Vokale, die Hebung mitten im Satz, die ihre italienische Muttersprache verriet.

»Ach, mir geht es gut, Maggie. Aber ich habe hier eine Nachricht von Will, wegen Grace.«

»Ja, er hat mir erzählt, dass er dich angerufen hat.«

»Sie ist verschwunden? Stimmt das?«

»Ja.«

»Mein Gott, Maggie, das tut mir furchtbar Leid. Und ihr habt keine Vorstellung, was geschehen sein könnte?«

»Keine.«

»Wann ist sie zuletzt gesehen worden?«

»Vorige Woche Mittwoch.«

Also vor neun Tagen. »Ich verstehe. Und was macht die Polizei? Hat es eine gründliche Suchaktion gegeben?«

»O ja, sie haben nach ihr gesucht, aber das scheint jetzt vorbei zu sein.« Ihr Tonfall verriet keinerlei Emotion.
»Wer ist bei der Polizei dafür zuständig?«
»Ich glaube ... man hat mir den Namen gesagt ... nein, ich weiß nicht. Du musst Will fragen, wie er heißt.«
»Ist Will da? Kann ich mit ihm sprechen?«
»Er ist eben weggefahren, zur Polizei in King's Lynn.«
»Aus einem bestimmten Grund?«, fragte die Anwältin in mir sofort.
»Er hat Fotos mitgenommen, glaube ich. Und er will fragen, ob es was Neues gibt.«
»Gibt es irgendwelche Hinweise, Maggie? Fehlt irgendetwas? Kleider? Geld? Ihr Pass?«
»Nein, nichts.«
»Und was ist mit ihren Kreditkarten? Ist irgendwo Geld abgehoben worden?«
»Nein.«
Das war ein schlechtes Zeichen. »Heute Abend kann ich nicht viel tun, Maggie, wenn Will nicht da ist, aber ich werde gleich morgen früh zu euch kommen, wenn euch das recht ist. Ich werde gegen zehn da sein.«
»Ich werde es Will sagen.« Endlich hörte ich etwas von der alten Wärme. »Ich freue mich sehr darauf, dich wieder zu sehen, Alex.«
»Ich freue mich auch, Maggie.«
Ich blieb minutenlang vor dem Schreibtisch sitzen und verdaute die Neuigkeiten. Ich versuchte, mich zu beruhigen, doch die Macht der Vergangenheit war einfach überwältigend. Tausend Erinnerungen stürmten auf mich ein, und es machte mir große Mühe, einen klaren Gedanken zu fassen.
Grace Dearden wurde vermisst. Selbstmord, Entführung, ab-

sichtliches Verschwinden? Obwohl ich kaum Informationen hatte, begann ich, die Möglichkeiten durchzuspielen. Etwas in mir genoss die Herausforderung. Ich wusste, ich war der Aufgabe gewachsen. Ich war gründlich. Mir entging selten eine Einzelheit; das war meine Stärke. In manchen meiner tragischeren Fälle war ich auch emotional betroffen gewesen. Das sei meine Schwäche, pflegte Paul zu sagen, und wahrscheinlich hatte er Recht.

Ich hörte etwas an der Tür und dann steckte Paul seinen Kopf herein. »Vergiss nicht, wir wollen ausgehen.«

Ich schaute auf die Uhr und sprang auf. »Schon auf dem Weg.«

»Wir sollen in zehn Minuten dort sein«, sagte er sorglos. Wir kamen oft zu spät.

»Ich brauche nicht lange.« Auf der Treppe sagte ich: »Ich muss morgen früh nach Norfolk.«

»*Norfolk?* Was willst du denn da?«

»Ein alter Freund hat angerufen.« Eigenartig, Will so zu beschreiben. »Seine Frau wird vermisst. Er bittet mich um Hilfe.«

»Wäre er nicht besser mit jemandem bedient, der an Ort und Stelle ist?«

»Aber er hat *mich* gefragt. Ich konnte unmöglich nein sagen.«

»Aber du hättest vielleicht sagen können, dass du etwas zu weit weg bist, um ihm zu helfen. Kannst du die Sache nicht übers Telefon erledigen?«

Ich blieb vor dem Badezimmer stehen. »Nein, das wird wohl nicht gehen. Dafür klingt es zu ernst.«

»Und dann beschwerst du dich, dass die Arbeit uns ins Wochenende verfolgt, dass wir nie freihaben. Du bist viel schlimmer als ich.«

»Es handelt sich um einen alten Freund.«

Paul schaute mich an, sein Blick verschleiert von Wein und

Reue. »Du bist eine Freundin, auf die man sich verlassen kann, das steht fest. Das war einer der Gründe, weshalb ich mich in dich verliebt habe, wenn ich mich recht entsinne.«
Wir standen einander einen Augenblick lang schweigend gegenüber. Dann umarmten wir uns zärtlich, wie in Trauer. Die Jahre unseres Glücks schienen einer fernen Vergangenheit anzugehören.
Ich ging als Erste unter die Dusche, dann Paul. Danach, vor dem Schlafzimmerspiegel, fragte er endlich: »Wer ist dieser Freund in Norfolk?«
»Ich bin mit ihm aufgewachsen.«
»Und wie heißt er?«
»Will Dearden.«
Er legte letzte Hand an seinen Krawattenknoten. »Hast du mir mal von ihm erzählt?«
Mir ging auf, dass ich kaum je über Will gesprochen hatte, weder mit Paul noch mit irgendjemand anderem, und dass es mir immer noch schwer fiel, nach all den Jahren. »Ich bin nicht sicher.«
»Ein Freund von Edward?«
»Nein.« Ich wusste sehr wenig über Edwards Leben, seit er wieder nach Deepwell gezogen war, aber mit Will war er bestimmt nicht befreundet.
»Warte …« Paul runzelte die Stirn und versuchte, sich zu erinnern. »Dearden – ich glaube, dein Vater hat mir von ihm erzählt. Ja, war das nicht der Bursche, der das Mädchen aus einem Fluss gezogen hat? Hat er nicht einer das Leben gerettet und sie dann geheiratet?«
»Es war kein Fluss, sondern ein Graben mit einem kleinen Bach.«
»Was solls, Bach oder Fluss, jedenfalls ist es äußerst roman-

tisch.« Er forschte weiter in seinem Gedächtnis. »Sie steckte in ihrem Wagen fest, stimmts?«

»Ja.«

»Und wäre fast ertrunken – ja, so hat es dein Vater erzählt.« Er kämmte sich und strich sich das Haar glatt.

»Ganz so dramatisch war es nicht. Sie war nicht in Gefahr.«

»Nein? Aber die Geschichte klingt so viel besser, oder nicht?«

So hatten die Leute im Dorf auch gedacht. Ich erinnerte mich, wie die Geschichte mit jedem Erzählen sensationeller geklungen hatte.

»War sie hübsch?«

Ich sah sie wieder vor mir auf diesem Sommerfest, unter ihrem cremefarbenen Hut. »Eine Schönheit.«

Etwas an der Art, wie ich das sagte, veranlasste Paul, mir im Spiegel einen eigenartigen Blick zuzuwerfen.

Ich streifte mein Kleid über, ließ Ohrringe und Lippenstift liegen und lief ins Arbeitszimmer hinunter, wo ich mein altes Fotoalbum aus dem Schrank holte.

Ich überschlug Schnappschüsse von meinen Eltern, frisch verheiratet, von meiner Mutter mit mir als Baby und von der ganzen Familie im Urlaub in Cornwall, als Edward noch ein pummeliger Knirps war. Ich war zehn und auch nicht gerade dünn. Dann kamen die Bilder, auf denen meine Mutter immer in einem Sessel saß oder auf einer Bank im Garten. Sie hatte es gehasst, im Rollstuhl fotografiert zu werden. Die beiden Bilder im Garten in Deepwell waren meine Lieblingsfotos aus jener Zeit. Mutter hatte damals noch nicht solche Schmerzen. Sie lächelte auf beiden Fotos, und Vater hatte sein spitzbübisches Grinsen im Gesicht. Abgesehen von Edward, der beim Anblick einer Kamera stets griesgrämig dreinschaute, sahen wir alle einigermaßen glücklich aus. Das waren wir auch gewesen, die meiste Zeit, trotz Mutters Krankheit.

Zwei Seiten weiter hielt ich inne. Es war ein Foto von Maggie vor der Küchentür von Marsh House, im Halbschatten, an einem Sommernachmittag. Auf all diesen Fotos war Sommer. Sie trug ein helles Baumwollkleid, das dunkle Haar hatte sie locker im Nacken zusammengebunden. Im indirekten Licht, mit ihrem dunklen, südländischen Teint und ihren großen, ausdrucksvollen Augen sah sie kaum älter als dreißig aus, immer noch jung, obwohl sie für mich stets mittleren Alters gewesen war. Ihre Küche, die man hinter ihr sehen konnte, war für mich ein exotischer, abenteuerlicher Ort gewesen: Töpfe mit verschiedenen Reissorten, Pasta und getrockneten Pilzen, der allgegenwärtige Duft von Knoblauch und Kräutern und die Plakate an der Wand, dunstige Landschaften und Bergdörfer in der Lombardei und im Piemont.

Als meine Mutter immer mehr Zeit im Schlafzimmer verbrachte und ihre Krankheit allmählich die Oberhand gewann, wurde Maggie zu meiner Ersatzmutter, die Mutter meiner glücklichsten, sonnigsten Tage. Das Foto zeigte alles, was mich so zu ihr hingezogen hatte, ihre großzügige Liebe, ihre Lebhaftigkeit, ihre Begeisterung für die einfachsten Dinge.

Auf der Seite gegenüber klebte ein Bild aus einem anderen Sommer, vor derselben Küchentür, doch aus etwas größerem Abstand aufgenommen: Maggie und Will. Zwei hübsche Menschen, die gleichen dunklen Augen, das gleiche dichte, üppige Haar, der gleiche ausdrucksvolle Mund. Ich suchte nach einem Foto, das Maggie mir vor Jahren zusammen mit der Weihnachtskarte geschickt hatte, die nie ausblieb. Eine Aufnahme von Will und Grace mit ihrem Kind, doch ich fand sie einfach nicht.

Ich blätterte zurück und stieß auf ein Foto von Will, als er vielleicht sechzehn war. Er saß auf dem Boden, gegen ein kleines Ruderboot gelehnt. Das Dingi, eine grüne Nussschale, die jemand auf den Namen *Pod* getauft hatte, lag vor dichtem Schilf, das in der Nachmittagssonne golden schimmerte. Will ließ einen Arm über sein Knie baumeln und blickte zu einem fernen Horizont. Schließlich suchte ich noch die losen Fotos durch, die ich ins Ende des Albums geklemmt hatte, fand aber keins von Grace.

Paul kam herunter. Ich schloss das Album und stellte es in den Schrank zurück.

Wir waren die Letzten, die zu dem Abendessen eintrafen, doch die Gastgeber schienen es ohnehin nicht eilig zu haben, das Essen auf den Tisch zu bringen. Beunruhigt sah ich zu, wie Paul immer weiter trank auf seinen leeren Magen. Als wir uns endlich zu Tisch setzten, war es kurz vor zehn. Paul hatte natürlich keinen Appetit mehr und rührte kaum einen Bissen an. Seine Augen wurden immer kleiner, sein Ton tyrannisch, und er begann, sich ständig zu wiederholen. Inzwischen konnte niemand mehr übersehen, dass er zu viel getrunken hatte. Als er ein Glas umstieß, sagte ich etwas zu hastig: »Paul hatte heute einen großen Sieg zu feiern«, und alle jubelten, außer Paul, der nur einen wütenden Blick für mich übrig hatte.

Gegen Mitternacht schützte ich Kopfschmerzen vor und eine halbe Stunde später waren wir draußen – nachdem Paul noch schnell ein Glas Wein und einen großen Brandy gekippt hatte. Auf dem Heimweg schlief er die meiste Zeit und ich musste ihn kräftig schütteln, bis er endlich zu sich kam und aussteigen konnte. Er wankte die Treppe hoch und summte ein Lied. Im Schlafzimmer zog er sich mühsam aus und fiel rücklings aufs Bett, die Füße auf dem Boden.

Ich half ihm, sich richtig ins Bett zu legen, und lag dann lange wach und lauschte auf seinen Atem. Ich starrte in die Finsternis und sah endloses Unglück auf uns zukommen. Unsere Beziehung entglitt uns immer mehr und in meiner gegenwärtigen Stimmung hatte ich den Eindruck, dass weder er noch ich in der Lage waren, diesen Prozess aufzuhalten. Das Einzige, was ich sicher wusste, war, dass wir uns beide verändert hatten. Irgendwann waren unsere Ziele, unsere Prioritäten und Wünsche auseinander gelaufen, und jede kleine Krise schien den Bruch nur zu verstärken, anstatt uns zusammenzuschweißen. Schließlich fiel ich in einen unruhigen Schlaf, doch nur bis um vier. Um halb fünf gab ich die Hoffnung, noch einmal einzuschlafen, auf, zog mir dicke Wintersachen an, hinterließ eine Nachricht für Paul und fuhr nach Norfolk.

2

Mit dem Wind hatte auch der Regen nachgelassen. Die Nacht war klar und plötzlich sehr kalt. Es herrschte kaum Verkehr und alles war von Raureif bedeckt. Ich hatte reichlich Zeit, deshalb legte ich die letzten zehn Meilen auf schmalen Landstraßen zurück. Es war noch nicht einmal sieben und es war kaum jemand unterwegs, als ich langsam nach Deepwell hineinfuhr.

Das *Deepwell Arms* war in knalligen Farben gestrichen und eine große Tafel versprach »Warmes Essen, den ganzen Tag«. Ich hielt an und überlegte, ob ich nach Wickham Lodge weiterfahren sollte. Doch Edward war noch nie ein Frühaufsteher gewesen, schon als Junge nicht. Also beschloss ich, später bei ihm vorbeizuschauen, obwohl ich ihn wahrscheinlich nicht antreffen würde. An Winterwochenenden war er gewöhnlich auf der Jagd.

Warum wohl hatte er gestern am Telefon Grace Deardens Verschwinden nicht erwähnt? Er musste doch davon wissen. Deepwell war ein kleines Nest, da verbreiteten Neuigkeiten sich schnell. Und außerdem war Will Dearden einer der Pächter der Wickham-Ländereien, die Edward von Tante Nella geerbt hatte. Edward *musste* davon gehört haben. Wahrscheinlich hatte er sich nur nicht die Mühe gemacht, es mir zu sagen.

Ich fuhr weiter die Hauptstraße entlang, die zum alten Hafen führte, nahm die Abzweigung zum Kai und kam zum Sedgecomb House, wo ich wieder anhielt, voller Erregung, denn dort war ich aufgewachsen. Sedgecomb war ein Kaufmannshaus aus dem achtzehnten Jahrhundert, blassbrauner Backstein und weiße Erker mit halbrunden Fenstern, auffallend schmal und hoch, drei Stockwerke hinter einem hohen, schmiedeeisernen Zaun und einem rosengesäumten Rasen. Bis auf eine Lampe über der Tür war alles dunkel. Ich schaute mir das Messingschild am Torpfosten an. Mein Vater hatte die Praxis allein betrieben, zuweilen mit einem Stellvertreter, doch nun gab es drei Partner und eine weitere, viel größere Praxis im früheren Stallgebäude. Wie ich gehört hatte, war auch das Haupthaus, in dem der Seniorpartner wohnte, renoviert worden.

Ich fuhr langsam zum Wasser hinunter. Die Straße wand sich nach rechts, am Bach und dem Zementstreifen entlang, der immer noch als der Kai bekannt war, obwohl die Mauer schon lange zerfallen war, länger, als irgendjemand sich erinnern konnte. Am Ende des Kais, an einem Hang, von dem aus man über Brackmarschen blickte, stand ein rosa getünchtes Farmhaus in einem ummauerten Garten – Marsh House, Will und Grace Deardens Heim. Vor dem Tor parkten ein kleiner Citroën und dahinter ein ramponierter Range Rover. In der Einfahrt, die rechts neben dem Haus zwischen anderen Nebengebäuden hindurch zu einer Garage führte, stand ein weißer Volvo-Kombi. Dennoch wirkte das Haus verlassen. Über dem Eingang brannte eine Lampe, aber die Fenster waren alle dunkel und in der Küche schien auch niemand zu sein, sonst wäre von dort Licht auf die Gartenmauer gefallen. Als Kind war ich immer direkt zur Seitentür gerannt, in die Küche, ohne mich anzukündigen. Doch das war lange bevor Will und Grace das Haus übernommen hatten, in den Tagen, als es noch Maggies Haus war und ihre Küche mein zweites Zuhause.

Ich parkte hinter dem Range Rover, ging zum Bach hinunter und setzte mich, in meinen Mantel gekuschelt, ans Ufer. Irgendwo oben im Dorf hörte ich einen Traktor und von weit draußen auf der Brackmarsch die ersten Schreie der Wildgänse. Hinter einem der Fenster im Erdgeschoss im Haus der Deardens ging Licht an. Ich streckte meine steifen Glieder, holte meine Tasche aus dem Wagen, kämmte mich und ging den Weg zur Haustür hinauf.

Auf mein Klopfen hin hörte ich eine Tür im Haus und leichte Schritte auf Steinfußboden. Ein Riegel wurde bewegt, die Tür schwang auf und Maggie stand vor mir im dunklen Korridor, eingewickelt in einen hellen Morgenmantel. »Ich wusste, dass du es bist!« Sie breitete die Arme aus.

»Alex«, flüsterte sie mit tiefer, kehliger Stimme. Dann führte sie mich durch die Diele in die Küche. »Will ist nicht da«, sagte sie. »Ich weiß nicht genau, wo er ist.«

»Gibt es irgendwelche Neuigkeiten?«

»Nein«, antwortete sie matt, »nichts.«

In der Küche hatte ich Gelegenheit, Maggie genauer anzuschauen, und es fiel mir schwer, meine Überraschung nicht zu zeigen. Maggie war mir immer so stark erschienen, so unbesiegbar, und nun war sie dünn geworden, ihre Haut steingrau, die Wangen gespensterhaft eingefallen, und um ihre Augen hatten sich tiefe Falten gegraben. Ich konnte mich nicht zurückhalten und fragte: »Bist du krank gewesen, Maggie?«

»Krank?« Sie lächelte spöttisch. »Ach was. Ich bin nur *älter* geworden, Alex. Arthritis, Gallensteine und andere langweilige Sachen. Aber setz dich doch, mein liebes Kind, setz dich doch.«

Sie wandte sich ab und füllte einen Wasserkessel. Ich setzte mich an den Tisch und schaute mich um. Die Küche war kaum wiederzuerkennen. Der raue Wandputz war nicht mehr da, die

Plakate von Italien waren verschwunden, ebenso der alte Kieferntisch voller Olivenölflecken, die wackligen Stühle und der hohe Küchenschrank mit dem delfinblauen Geschirr. Die ganze alte Küche war herausgerissen und durch kalkweiße Einbaumöbel, einen nagelneuen, dunkelgrünen Glaskeramikherd, Schieferfußboden und mehrere Spots an der Decke ersetzt worden. Alles zeugte von tadellosem Geschmack, nichts sah im Entferntesten billig aus. Es war, als hätte jemand die Spuren von Maggies Küche zugunsten einer Reklameküche aus einem Einrichtungsmagazin ersetzt. Obwohl ich keinerlei Recht dazu hatte, empfand ich Schmerz und Verlust, als hätte man mir einen Teil meiner Vergangenheit geraubt.

»Es tut mir Leid wegen deinem Vater«, sagte Maggie. Sie stand hinter einem der Stühle. »Er war ein guter Mann. Ist er friedlich gestorben?«

»Ja, ich glaube schon. Das Einzige, was ihn wirklich gestört hat, war der Arzt, der ihm ständig erzählen wollte, er wäre bald wieder gesund.«

»Und wie waren seine letzten Jahre nach dem Tod deiner Mutter, Alex? War er glücklich?«

»Ich glaube schon, obwohl man nie sicher sein kann, wenn man so weit auseinander wohnt.«

»Cornwall.« Maggie zuckte beredt die Schultern, in der Art, wie ich es immer an ihr bewundert hatte, halb fragend, halb überrascht.

»Es war Mutter, die dort leben wollte. Ich habe es immer für verrückt gehalten, dass sie sich so weit von ihren Wurzeln und allen Freunden entfernt haben, zumal sie so krank war.«

»Ja. Sie haben viel zurückgelassen …« Sie schüttelte den Kopf und schickte sich an, Tee zu machen. In der Art, wie sie sich durch die Küche bewegte, klang noch ihre frühere, katzenhafte

Anmut nach. »Wie lange habe ich dich nicht mehr gesehen, Alex. Ich wollte dich immer einladen, uns zu besuchen – dich und deinen Mann, natürlich, aber irgendwie …« Wieder eine typische Maggie-Geste, ganz und gar italienisch, wie sie eine Hand hob und die Handfläche schicksalsergeben nach oben drehte. »Und dann dachte ich, dein Bruder lebt ganz in der Nähe und den würdest du doch bestimmt manchmal besuchen und kämst dann bei uns vorbei. Auf den Sommerfesten habe ich immer nach dir Ausschau gehalten.«

»Ich hatte keine Zeit, Maggie. Zu viel Arbeit. In letzter Zeit komme ich zu überhaupt nichts mehr. Und Edward – na ja, der ist so beschäftigt mit seinem Gutsherrenleben, dass ich ihn nie zu Gesicht bekomme.«

»Ach ja«, sie nickte, »ihr zwei seid auch so verschieden.«

Weiter sagte sie nichts, obwohl meine Entschuldigung äußerst dürftig gewesen war. Wenn sie den Grund erriet, weshalb ich sie nie besucht hatte, wenn sie wusste, wie schwer es für mich war, Will gegenüberzutreten, ließ sie es sich nicht anmerken.

Während sie den Tee zum Tisch brachte, fragte sie munter weiter, als wollte sie ein Gespräch über Grace noch für eine Weile aufschieben. »Aber jetzt erzähl mal, Alex. Wie ist es dir denn so ergangen? Fühlst du dich wohl? Bist du glücklich? Ich will alles wissen. Du siehst so gut aus, so gelassen, so reizend und elegant.«

»Maggie«, sagte ich und winkte lächelnd ab, obwohl der pummelige, alles andere als reizende Teenager in mir, der ich lange gewesen war, sehr dankbar aufnahm, was sie sagte. »Was die Gelassenheit angeht, wäre ich nicht so sicher. Du solltest mich manchmal im Büro sehen.«

Sie drückte meine Hand. »Und bist du glücklich?«

»O ja«, sagte ich viel zu hastig. Ich lächelte gezwungen und

trank verlegen von meinem Tee, was wahrscheinlich keinen Zweifel daran ließ, wie meine Antwort zu verstehen war.
Wir schwiegen eine Weile und die Atmosphäre veränderte sich spürbar, als wir zu der Sache kamen, der mein Besuch eigentlich galt.
»Es hat also niemand die leiseste Idee, was mit Grace geschehen sein könnte?«, begann ich.
»Nein. Aber ich glaube, es ist nichts Gutes.«
Es überraschte mich, wie ungerührt sie zu sein schien. Sie war immer ein leidenschaftlicher Mensch gewesen, voller Gefühl, doch nun spürte ich nichts davon.
»Warum denkst du das?«, fragte ich weiter.
»Ach, aus allerlei Gründen; ganz kleine Dinge. Dinge, die ich spüre.« Sie legte ihre Hände auf die Magengegend. »Dir kann ich es ja sagen, Alex, aber keinem anderen, verstehst du? William … William hat immer noch Hoffnung. Er glaubt immer noch, sie wird zurückkommen.«
»Und das wird sie nicht, meinst du?«
Sie zuckte die Schultern und rührte in ihrem Tee. »Grace war keine Frau, die einfach so weggehen würde, ohne zu sagen, wohin.«
»Und es gibt keinen Grund, weshalb sie weggegangen sein könnte?«
»Nein.«
»Es gab gar keine Probleme, Maggie?«
Sie schaute mir in die Augen, um sich zu vergewissern, dass sie mich richtig verstanden hatte. »Nein«, erklärte sie. »Grace hatte keine Probleme. Grace hatte das Leben, das sie sich wünschte. Grace war nicht der Typ … nicht der Typ, der sich auf irgendeine Weise geschlagen geben würde.«
Seltsam, wie sie sich ausdrückte. »Sie war also glücklich?«

»Grace war immer … wie soll ich sagen … für Grace war es nicht möglich, unglücklich zu sein.«

Sollte es so etwas wirklich geben? »Warum nimmt Will denn an, dass sie in London sein könnte?«

»Na ja, irgendetwas muss er schließlich annehmen.«

»Hat einer der Nachbarn etwas gesehen an dem Tag, als sie verschwunden ist? Irgendetwas Ungewöhnliches?«

»Nein.«

»Kein Anzeichen, dass jemand gewaltsam hier eingedrungen ist? Keine Spuren von Gewaltanwendung?«

»Nichts dergleichen.«

»Und ihr Wagen?«

»Der ist noch da.« Sie machte eine Kopfbewegung in Richtung der Nebengebäude und ich erinnerte mich an den Volvo.

»Seit wann wird sie vermisst, Maggie?«

»Seit Donnerstagmorgen. Seit Will von der Marsch zurückkam. Er war fast die ganze Nacht auf. Er …« Sie stockte und starrte auf die Teekanne. So hatte ich Maggie noch nie gesehen. Sie schien nicht mehr ein noch aus zu wissen. Als sie plötzlich wieder aufschaute, war ihr Blick voller Vertrauen und Liebe.

»Er hatte eine Schleuse zu reparieren«, fuhr sie fort. »Er kam erst am frühen Morgen nach Hause, und als Grace nicht da war und auch keine Nachricht von ihr – er war an dem Morgen viel zu müde; er konnte nicht klar denken. Das verstehst du bestimmt. Er dachte einfach, sie wäre nach London gefahren, wie sie es vorgehabt hatte. Erst abends wurde ihm klar … als sie nicht wiederkam und auch nicht anrief.«

»Ich verstehe. Will war also die ganze Nacht weg?«

»Die meiste Zeit, ja. Als er nach Hause kam, hat er sich einen Kaffee gemacht und sich für eine Stunde aufs Sofa gelegt …«

»Aufs Sofa?«

Sie runzelte kurz die Stirn. »Ja, bei mir im Reed Cottage. Er hat bei mir eine Tasse Kaffee getrunken und sich für eine Stunde hingelegt. Er musste die Ebbe abwarten, verstehst du? Und dann die Schleuse wieder schließen.«

Alles verstand ich immer noch nicht. Zum Beispiel war mir nicht klar, was jemand die ganze Nacht an einer Schleuse arbeiten musste.

Doch ich wollte nicht weiter bohren und Maggie um komplizierte Erklärungen bitten. Stattdessen fuhr ich fort: »Kannst du mir erzählen, was die Polizei bislang unternommen hat?«

»Ha!« Endlich ein Anzeichen ihres alten Feuers. »Die haben nur Fragen gestellt, und zwar sehr oft, jedenfalls am Anfang, zweimal am Tag. Aber jetzt hat es nachgelassen.« Sie schaute zum Fenster hinaus, die Lippen zusammengepresst, Ärger im Blick.

»Und sie haben keine Suchaktion durchgeführt?«

»Eine Suchaktion? Doch, doch. Sie haben einen Hubschrauber geschickt. Und so ein Ding, das Wärme sehen kann; damit finden sie Leute. Und dann haben sie hier herumgesucht, überall in den Gärten. Auch auf den Wiesen haben sie gesucht, auf *unseren* Wiesen, und am Bach; und auf der Brackmarsch – jedenfalls auf einem Stück davon, aber ...« Sie schüttelte den Kopf, um anzudeuten, dass sie es für absolut unmöglich hielt, die ganze Marsch abzusuchen. Plötzlich stand sie auf, ging zur Anrichte und nahm sich eine Zigarette aus der Packung, die dort lag. Also hatte sie doch wieder angefangen zu rauchen.

Ich tastete mich vorsichtig weiter. »Und sie planen keine weiteren Suchaktionen?«

Sie zündete sich die Zigarette an und kam damit zum Tisch zurück. »Anscheinend nicht.« Ihre Hände zitterten. »Sie meinen, sie kommen weiter, indem sie Will ausfragen.« Sie nahm einen tiefen Zug und setzte sich wieder.

»Wie meinst du das?«
»Wie ich das meine?«, rief sie zornig. »Sie glauben, Grace wäre eines gewaltsamen Todes gestorben und Will wüsste etwas davon!«
In meinem Kopf überschlugen sich die Gedanken und die meisten waren beunruhigend. Dennoch gelang es mir, die Ruhe zu bewahren, als ich fragte: »Willst du damit andeuten, sie verdächtigen Will? Haben sie das gesagt?«
»Nein«, gab sie zögernd zu, »aber das *denken* sie.«
»Warum meinst du das, Maggie?«
»Es ist dieser eine Polizist, ein Inspector oder so. Ich kann es in seinen Gedanken lesen. Haltet euch an den Ehemann! Schaut euch die Ehe an! Jeden Tag kommt er her. Er hat kalte Augen, Alex, und mit denen schaut er Will an, und ich sehe genau, was er denkt. Er will wissen, ob Will sich wirklich Sorgen macht oder ob er im Geheimen froh ist. Er hats darauf angelegt, Will die Schuld zu geben. Ach, Alex, ich sehe es kommen!«
Ich versuchte, so beruhigend wie möglich zu klingen. »Maggie, ganz ehrlich, wegen der Polizei würde ich mir im Moment nicht so viele Gedanken machen.«
»Aber ich habe ein ganz ungutes Gefühl, Alex.«
»Hat Grace in den Tagen vor ihrem Verschwinden irgendetwas Ungewöhnliches gesagt?«, fragte ich weiter.
Sie schwieg und hatte offenbar Schwierigkeiten, ihre Gedanken zu sammeln, bevor sie antwortete: »Sie war sehr mit dem Festival beschäftigt.«
»Dem Festival?«
»Das Musikfestival im Dorf. Grace und Anne Hampton waren dabei, es zu organisieren. Grace hatte …« Sie verstummte. Über unseren Köpfen knarrten die Dielen. »Charlie«, flüsterte sie stolz.

Ich folgte ihrem Blick nach oben und als ich ihr wieder ins Gesicht sah, strahlte sie mit demselben verschwörerischen Lächeln, das zu unserer Kinderzeit Will und mir vorbehalten gewesen war. »Ich wollte ihn sowieso gleich wecken«, erklärte sie fröhlich. »Bin gleich zurück.«
Ich überlegte, wie alt der Junge inzwischen sein mochte: zehn – nein, wahrscheinlich elf. Und ich fragte mich, wie viel man ihm über das Verschwinden seiner Mutter erzählt hatte.
Maggie blieb an der Tür stehen. »Du kannst dir inzwischen den Terminkalender ansehen.«
»Den Terminkalender?«
»William hat ihn für dich herausgelegt, auf dem Sekretär im Salon. Es geht um die Fahrt nach London.«
Der »Salon«. Früher war er das Wohnzimmer gewesen, doch als ich ihn betrat, sah ich, womit er sich die protzige Bezeichnung verdient hatte. Der Raum war ganz in Zitronengelb und blassen Blautönen gehalten. Die Wände waren mit einem Material bespannt, das wie Seide aussah, und mit Porträts und Landschaften dekoriert, die mir nichts sagten. Die Vorhänge – und die waren bestimmt aus Seide – waren wolkig zusammengebunden und fielen in schweren Falten auf den makellosen Teppich. Auf den dick gepolsterten Chintzsofas lagen Kissen verstreut, auf den Beistelltischen Sportzeitschriften und diverse *objets d'art.* Es war die Art Raum, wo man immer Angst hat, den Teppich schmutzig zu machen, auch wenn man sich die Füße noch so gründlich abgetreten hat.
Auf einem runden Tisch waren Fotos in Silberrahmen arrangiert und drei weitere Fotos standen in einem Bücherregal. Auf einem erkannte ich Wills Vater. Es war das Bild, das sich immer schon in diesem Raum befunden hatte. Es zeigte einen lächelnden Mann mit dunklen Locken über der Stirn, die Augen

zusammengekniffen im grellen Sonnenschein. Er war bei einem Autounfall umgekommen, als Will vier war.
Ein anderes Foto, das ich wiedererkannte, zeigte eine junge Maggie im italienischen Garten ihrer Jugend. Daneben standen das Bild einer eleganten, feingliedrigen Frau, wahrscheinlich Grace' Mutter, und eins von Grace und Will, recht steif vor einem Fenster sitzend, vermutlich am Tag ihrer Verlobung. Dann ein Hochzeitsfoto vor der Kirche, Grace in einem eng geschnittenen, weißen Kleid und Will sehr groß und etwas unbehaglich in seinem Hochzeitsanzug. Schließlich Bilder von Will und Grace mit Charlie als Baby, Charlie im Alter von fünf oder sechs und Grace allein, ein Studioporträt.
Dieses Bild schaute ich mir genauer an. Es zeigte Grace in makelloser Schönheit im Alter von neunzehn oder zwanzig, wehmütig lächelnd, mit sanft verlorenem Blick bescheiden in die Welt schauend. Dies war die Grace, die ich vor zwölf Jahren gekannt hatte. Ich war ihr nur zwei Mal begegnet, und beide Male hatten mich ihre zarte Schönheit, die Zerbrechlichkeit ihres beinahe noch kindlichen Körpers und ihr süßes, scheues Lächeln in den Bann geschlagen. Auch meine Eltern waren von ihr beeindruckt gewesen. Mein Vater hatte sie einmal als ein »erlesenes Geschöpf« bezeichnet und Mutter hatte das Wort »zauberhaft« gebraucht. Ich selbst hatte nie gewusst, wie ich sie bezeichnen sollte. Für mich war sie aus einer anderen Welt. Nie hatte ich jemanden erlebt, der sich so perfekt kleidete, in dessen Haar so viel Farbe und Licht spielte und der sich mit so müheloser Grazie bewegte. Ich hatte gerade meine Examen hinter mir, trug einen schrecklichen Kurzhaarschnitt, einfache, praktische Kleidung und keinerlei Make-up. Und nach drei Jahren Studentendiät – hauptsächlich Spaghetti und Currys – lag ich immer noch acht Pfund über

meinem Traumgewicht. Neben Grace sah ich aus wie ein Trampel.

Grace' Terminkalender lag auf der Platte eines antiken Sekretärs in einer Ecke des Raums. Es war ein großformatiges Buch mit zwei Seiten für jede Woche. Aufgeschlagen war die Woche vor Grace' Verschwinden. Bevor ich mir diese Seiten anschaute, blätterte ich zum Anfang zurück, zu den ersten Tagen des vergangenen Dezembers, um ein Gefühl für ihren Lebensrhythmus zu bekommen. Jeder Tag hatte drei oder vier säuberliche Einträge, mit Zeitangaben und Initialen oder Familiennamen, oft auch mit Beschreibungen wie »Elektriker« oder »Service-Monteur«. Neben den Namen der Handwerker waren in tadelloser Handschrift die Telefonnummern vermerkt. Initialen standen offenbar für Leute, mit denen sie regelmäßig zu tun hatte. Zu vielen dieser Einträge gab es sorgfältige Kommentare, zum Beispiel »Angebot vom Drucker einholen« oder »PS: *Times*-Artikel«. An den meisten Tagen hatte sie auch die Leute aufgelistet, die sie anrufen musste, in der Regel fünf oder sechs. Im Ganzen vermittelte die Agenda den Eindruck großer Sorgfalt und Effizienz.

Oft war sie mit A.H. verabredet gewesen, wahrscheinlich Anne Hampton, mit der sie das Musikfestival organisierte, doch es gab noch wenigstens zwei andere Personen, mit denen sie sich getroffen hatte, B.G. und S.M. Ich notierte mir die Initialen und blätterte weiter. Ende Dezember hatte Grace eine Verabredung mit jemandem gehabt, dessen Initialen mir sofort auffielen, weil sie auf meinen Bruder passten: E.W. Mit dem Festival konnte das kaum zu tun haben, denn mein Bruder war ein eingefleischter Kulturbanause und auch noch stolz darauf. Vielleicht stimmten die Initialen nur zufällig überein.

An einem oder zwei Abenden die Woche gingen Grace und

Will aus und mindestens zweimal hatten sie im Januar selbst acht oder zehn Leute zum Essen eingeladen. An den Wochenenden waren sie offenbar gesellschaftlich noch aktiver. An Samstagen trafen sie sich gewöhnlich mit Freunden zu einem Glas Wein und an Sonntagen mit irgendjemandem zum Mittagessen.

Manche der Namen in Wills und Grace' Freundeskreis erkannte ich wieder. Sie gehörten zu Familien, mit denen wir in meiner Kindheit zu tun gehabt hatten, örtliche Honoratioren und frühere Patienten meines Vaters. Es gab auch einen Arzt, der in der Nähe eine Praxis hatte, und den einen oder anderen lokalen Künstler oder Schriftsteller.

Zwischen der ersten Seite des Terminkalenders Anfang Dezember und dem Tag ihres Verschwindens war Grace sechsmal in London gewesen, dreimal im Dezember, zweimal im Januar und einmal im Februar. Die ersten fünf Male war sie von King's Lynn aus mit dem Zug gefahren, Abfahrt um acht Uhr fünfunddreißig, Ankunft in Kings Cross um zehn Uhr sechzehn. Um elf hatte sie jeweils einen Termin bei ihrem Zahnarzt in der Wimpole Street. Für die erste Fahrt im Dezember hatte sie keinen Termin vermerkt und auch nicht, mit welchem Zug sie zurückgekommen war. Die folgenden vier Male war sie nach dem Zahnarzttermin in einem Restaurant gewesen, *La Brasserie,* doch es gab keinen Hinweis – keine Namen oder Initialen –, mit wem sie sich dort getroffen haben könnte. An den Nachmittagen war sie einkaufen gegangen – die Läden waren sorgfältig aufgelistet, Geschäfte wie *Harvey Nichols* und *Peter Jones* –, und dann war sie stets mit dem Zug um viertel vor fünf nach Hause gefahren.

Am 5. Februar hatte sie einen späteren Zug nach London genommen und war direkt zum Mittagessen gegangen, doch dies-

mal war nicht vermerkt, in welchem Restaurant. Auch für den Nachmittag gab es keine Einträge.
Ich blätterte zehn Tage weiter, zum Anfang der Woche, in der sie verschwunden war, fand aber nichts Ungewöhnliches. Am Montag war sie zu einem Supermarkt gefahren und hatte zehn Anrufe bei Firmen und Handwerkern sowie bei A.H. und B.G. vorgesehen. Am Dienstag hatte sie sich dann mit den beiden getroffen, diesmal gleichzeitig. Danach hatte sie einen Klempner erwartet, der sich um den Abfluss kümmern sollte, und eine Öllieferung. Am Mittwoch um zwei gab es dann ein Treffen mit diesem oder dieser E.W. Bestimmt handelte es sich nicht um meinen Bruder. Was sollte Grace mit ihm zu schaffen haben? Wenn er es aber doch war, so ging mir plötzlich auf, dann konnte er einer der Letzten sein, die Grace gesehen hatten – lebendig, dachte ich unwillkürlich, bevor ich mich im Stillen verbesserte: vor ihrem Verschwinden.
Für den Donnerstag hatte Grace wieder eine Fahrt nach London geplant, mit dem üblichen Zug um zehn vor neun von King's Lynn und einem weiteren Zahnarzttermin um elf. Um halb eins war sie zum Essen in *La Brasserie* verabredet; der oder die Namen fehlten wieder. Danach war eingetragen: »5:00 Mutter«, und darunter war etwas durchgestrichen: »6:30 W.R.M.«, mit einer Adresse am Regent's Park. Und wieder kein Hinweis, mit welchem Zug sie nach Hause kommen wollte.
Ich übertrug die Einzelheiten in mein Notizbuch, dann blätterte ich noch einmal zurück, um mich zu vergewissern, dass mir die Initialen W.R.M. nicht irgendwo entgangen waren, doch das war nicht der Fall. Auch eine Suche in den Wochen darauf brachte nichts zum Vorschein, außer dass das Festival am 2. Juni beginnen und drei Tage dauern sollte und dass es in den

Wochen davor von Terminen und Notizen über Festzelte, Catering-Firmen, Blumen und Sponsoren nur so wimmelte.
Als ich die Agenda zuklappte, war ich in einem fast sicher: Was immer mit Grace geschehen sein mochte, Selbstmord konnte es kaum gewesen sein. Dafür war ihr Leben einfach zu ausgefüllt. Sie war viel zu beschäftigt gewesen, und zwar immer mit Dingen, die sie für sich selbst geplant hatte. Ein solcher Mensch denkt nicht an Selbstmord. Die durchgängige Sauberkeit ihrer Handschrift zeugte von Selbstbewusstsein und Optimismus, und ihre sorgfältige Planung war das Werk einer Frau, die ihr Leben mühelos selbst bestimmte.
Der Sekretär war voll gestopft mit Papieren, Briefen, Scheckbüchern, Broschüren und Notizbüchern. Ich schlug gerade ein Adressbuch auf, als ich draußen auf der Treppe Schritte hörte, dann eine Kinderstimme und Maggies Flüstern. »Möchtest du etwas zum Frühstück, Alex?«, rief Maggie schließlich.
Als ich in die Küche kam, saß der Junge schon beim Essen. Für meine unerfahrenen Augen sah er älter aus als elf, eher wie zwölf oder dreizehn, mehr ein Teenager als ein Kind. Er war Grace wie aus dem Gesicht geschnitten, weißblond und die gleichen feinen Gesichtszüge. Nur seine Augen waren anders, heller und klarer als ihre und eher grau als blau. Er schaute verstohlen zu mir auf und wandte sich wieder seinen Cornflakes zu, die er sich mit größter Konzentration in den Mund schaufelte.
»Charlie, das ist Alex«, stellte Maggie mich vor. Als er nicht reagierte, berührte sie seine Hand. »Charlie, sag wenigstens guten Morgen.«
Er schaute seine Großmutter an, als würde sie etwas sehr Schweres von ihm verlangen, dann blickte er kurz zu mir auf. »Morgen.«

»Er ist um diese Zeit immer sehr hungrig«, sagte Maggie und lächelte stolz. Sie war in eine Hose und einen langen Pullover geschlüpft, beides weinrot, und hatte ihr Haar zu einem Knoten zusammengebunden. Auf ihrem Mund bemerkte ich einen Hauch von Lippenstift, der jedoch die Mattigkeit ihrer Haut eher noch betonte. Maggie begann über den Werkunterricht zu plaudern, zu dem Charlie in wenigen Minuten gehen würde, Charlie beendete sein Frühstück und starrte aus dem Fenster.

»Werken macht dir also Spaß, Charlie?«, fragte ich.

Er nickte sehr verhalten.

»Was macht ihr denn in dem Kurs? Malen? Basteln?«

Er starrte beharrlich auf die Tischplatte.

»Ich habe früher immer am liebsten mit Ton gearbeitet.«

Ein Funke von Interesse.

»Wir machen Becher«, erklärte er plötzlich bereitwillig.

»Ach!«, rief ich mit der gleichen übertriebenen Heiterkeit, die Maggie an den Tag gelegt hatte. »Benutzt ihr eine Töpferscheibe oder macht ihr sie von Hand?«

»Beides.«

Ich erntete ein kleines Lächeln und für einen Augenblick sah er wieder aus wie ein Kind.

»Kann ich etwas sehen, das du gemacht hast?«

»Wo ist denn die schöne grüne Vase?«, fragte Maggie. Sie drehte sich um und schaute auf den Regalen nach. So entging ihr, wie Charlie sich plötzlich wieder versteifte. »Wo ist sie, Charlie?« Schließlich bemerkte sie seine Reaktion. »Ist sie hingefallen? – Ist sie zerbrochen?«

Charlie presste die Lippen zusammen.

»Mach dir nichts draus, Charlie, du kannst ja eine neue machen. Du musst eine neue Vase machen, nur für mich, ja?«

Der Junge schien erleichtert.

»Und jetzt: Ab mit dir!«, rief Maggie und klatschte in die Hände wie eine Lehrerin. »Na los, junger Mann!« Sie scheuchte ihn mit beiden Armen zur Tür. »Mantel! Mütze!« Während Charlie gehorsam aufstand und aus der Küche ging, erklärte mir Maggie: »Ich fahre ihn zu einem Nachbarn, der ihn dann zu dem Atelier bringt.« Sie trank einen letzten Schluck Kaffee und fügte ganz ohne falsche Heiterkeit hinzu: »Wenn dir nach Laufen zumute ist, mach dich doch auf die Suche nach Will. Wahrscheinlich findest du ihn irgendwo auf den Marschen. Er geht jeden Tag woandershin. Er will sicher sein ...« Sie warf eine Hand hoch und schüttelte ärgerlich den Kopf.

»Ich werde gleich losgehen.«

»Ich wünschte, man würde sie endlich finden, Alex«, sagte sie auf dem Weg zur Tür. »Ich wünschte, es wäre endlich vorbei, verstehst du? Ich wünschte, sie würden finden, was immer es zu finden gibt, und damit wäre Schluss. Dieses Warten, das Hoffen – es bringt ihn um. Er ist wie ein verwundetes Tier. Man muss ihn aus seinem Schmerz erlösen. Und Charlie ...« Sie trat näher an mich heran und sprach leiser. »Es ist furchtbar für ihn, Alex. Er denkt, er wäre schuld daran, dass seine Mama fortgelaufen ist. So denken Kinder nun mal, Alex. Wenn etwas schief geht, denken sie, sie hätten es verhindern können.«

»Habt ihr ihm erzählt, dass sie verschwunden ist?«

»Er weiß, dass sie weggegangen ist. Und was bedeutet das für ein Kind? Es bedeutet, dass sie ihn verlassen hat. Nichts anderes! Kinder sehen nur, dass man sie verlassen hat. Und nun denkt Charlie, es wäre irgendwie sein Fehler. – Nein! Nein!«, rief sie voller Verzweiflung. »Besser, sie finden sie bald. Selbst wenn nichts Gutes dabei herauskommt.«

Sobald Maggie mit dem Jungen weggefahren war, holte ich meine Wanderschuhe aus dem Wagen, wickelte mir einen

Wollschal um und ging zum Wasser hinunter. Obwohl von Will nichts zu sehen war, klopfte mir das Herz bis zum Hals.

Der Morgen war zinngrau. Die Marschen erschienen endlos. Vom Meer wehte eine Brise herein, ein eisiger Wind, der neuerliche Kälte verhieß. Die Flut suchte sich langsam ihre Wege durch die kalt schimmernden Rinnsale und Kanäle, die wie Silberfäden kreuz und quer durch die Brackmarschen verliefen. Einem Außenstehenden mögen die Marschen öde erscheinen, düsteres, endloses Flachland, doch für mich bedeuteten sie alles Leben, alle Farbe meiner Kindheit. Ich sah die Myriaden von Zugvögeln vor mir, die jeden Winter hier Zuflucht fanden; die Feldlerchen, wie sie im Frühjahr ihre Nester tarnten; die Lavendel- und Nelkenteppiche, die auf den Sommer warteten; und die flinken Fische, die durch die dunklen Bäche huschten, zu schlau, um auf irgendwelche Köder hereinzufallen.

Ich ging zügig am Rand der Salzmarschen entlang in Richtung Osten, auf den breiten Damm zu, wo die Süßwassermarsch begann. Nur zwei Wanderer kamen mir entgegen, sonst sah ich keinen Menschen. Der Weg beschrieb eine Kurve, hinter der, etwas abseits auf tiefer liegendem Land, fünf Häuschen in Sicht kamen, vier davon dicht zusammengekauert – die Salterns, wie man sie nannte – und das fünfte etwa dreißig Meter dahinter: Reed Cottage. Hier wohnte Maggie, seit sie Marsh House verlassen hatte.

1953 hatte es eine furchtbare Flutkatastrophe gegeben. Ein Sturm von unvorstellbarer Gewalt hatte zu einer enormen Springflut geführt, die Meilen von Küstenland überschwemmt und Hunderte von Menschenleben gekostet hatte. Auf dem Höhepunkt der Flut waren von diesen Häusern, wie man sich erzählte, nur noch die Dächer zu sehen gewesen.

Diese Katastrophe hatte sich zehn Jahre vor meiner Geburt ereignet und während meiner ganzen Kindheit nachgeklungen, eine grausame, unauslöschliche Episode der Lokalgeschichte, eine ständige Erinnerung an die Macht des Meeres und des Schicksals.

Als ich sechzehn war, gab es wieder eine Überschwemmung. Der Sturm war nicht so schlimm wie der 1953, aber er hatte immer noch genug Gewalt, zwei Schwachstellen in den Dünen vor Deepwell zu finden, durch die er eines Nachts eine Wasserwand auf die Marschen trieb. Das Meer hatte sich über den grasbedeckten Damm ergossen, auf dem ich nun stand, und sich auf die fünf Häuser gestürzt, die wieder unter Wasser standen, wenn auch diesmal nur einen Meter. Ich wusste, dass es ein Meter war, weil Will und ich geholfen hatten, die Besitztümer der Bewohner in die oberen Zimmer zu tragen, und als alles vorbei war, hatten wir zusammen die Wassermarke an der Hauswand abgemessen.

Nach den Überschwemmungen hatte man die wichtigsten Dämme - jene, die Häuser und Dörfer schützten - erhöht und verstärkt, doch weite Landstriche, die zuvor dem Meer abgerungen und in Süßwassermarschen verwandelt worden waren, blieben seither den Gezeiten und den Naturfreunden überlassen. Der erste Sturm hatte Wills Großvater ein Viertel seines Weidelands gekostet und der zweite hatte die Pacht, die Will einmal erben sollte, noch einmal um fast ein Fünftel beschnitten. Die Eigentümerin, meine Tante Nella, hatte versucht, das Land zu retten, doch die Kosten hatten sich als zu hoch erwiesen. Es ging nicht nur darum, die Deiche wieder aufzubauen und die Wiesen zu entwässern. Es war auch der Ernteausfall in den drei Jahren, die es gedauert hätte, bis der Regen das Land von der Salzschlacke gereinigt hätte. Tante Nella mochte

schrullig gewesen sein, doch um ihr Land hatte sie stets gekämpft. Der Verlust hatte sie sehr geschmerzt.
Ungefähr hundert Meter hinter Reed Cottage befand sich ein großer Damm, an dem sich der Weg gabelte. Zur einen Seite ging es weiter über den Grat des Damms, in gerader Linie auf die Dünen und das Meer zu, das etwa einen Kilometer entfernt war. Der andere Weg führte hinauf zur Küstenstraße. Ich beschloss, in Richtung Küstenstraße zu laufen, da der Weg höher lag und ich von dort einen besseren Überblick haben würde. Nach fünfzig Metern kam ich zu einer Schleuse. Ich fragte mich, ob dies die Schleuse war, die Will so lange aufgehalten hatte. Mit ihrem schweren Holzrahmen und dem Eisentor über dem gemauerten Kanal ähnelte sie einer Guillotine. Ich sah die senkrechte Gewindestange und das Wendelrad, mit denen das Schleusentor gehoben und gesenkt wurde, konnte jedoch keinen Schaden erkennen. Ganz im Gegenteil: Alles war gut geschmiert und wirkte sehr solide. Das Tor war ganz heruntergefahren und die Kurbel war aus dem Mechanismus entfernt worden, wie üblich, wenn die Schleuse geschlossen war.
Obwohl ich immer deutlicher das Gefühl hatte, mich für den falschen Weg entschieden zu haben, ging ich weiter. Immer wieder blieb ich stehen und suchte den Horizont ab, doch ich sah nur Strandläufer und einen Schwarm Gänse, die in Dreiecksformation landeinwärts flogen, wahrscheinlich um über den Winterweizen herzufallen. Nach einigen hundert Metern kam ich zur zweiten und letzten Schleuse, die in ebenso gutem Zustand war wie die erste. Nun lagen nur noch Dünen und Meer vor mir und ich beschloss umzukehren. Zunächst ging ich den Weg einfach zurück, doch dann schwenkte ich querfeldein in die Richtung, wo ich ungefähr anderthalb Kilometer vor dem Dorf wieder auf den Küstenweg stoßen würde.

Der Boden war weich und nass, als hätte es längere Zeit heftig geregnet. Einmal musste ich einen großen Bogen um eine besonders sumpfige Stelle machen. Dann kam ich zu einem Entwässerungsgraben mit einer kleinen Brücke – zwei Planken zwischen Holzstangen –, doch am nächsten Graben konnte ich keinen Übergang entdecken. So war ich gezwungen, einen Sprung zu wagen, und landete in tiefem, zähem Schlamm.

Schon sickerte das Wasser in meine Schuhe, und ich hatte das Feuchtland noch längst nicht hinter mir. Also verwarf ich meine Abkürzung und ging geradewegs auf höher gelegenes Gelände zu. Während ich mich durch ein weiteres Schlammloch kämpfte, erblickte ich am anderen Ende der Niederung eine Gestalt. Mein Herz klopfte, dass es fast schmerzte. Er war noch weit entfernt, doch ich konnte erkennen, dass es ein hoch gewachsener Mann war, der – blasses Gesicht umrahmt von dunklen Haaren – in meine Richtung schaute. Zuerst rührte er sich nicht, doch dann ging er langsam weiter, als wollte er mir den Weg abschneiden. Er ging immer schneller, rannte schließlich und stolperte fast, da er ständig in meine Richtung schaute, bis er endlich den Weg verließ und auf mich zukam.

Ich blieb stehen und winkte. Ich versuchte, nicht daran zu denken, wie Will das letzte Mal so auf mich zugelaufen war. Ich war sechzehn gewesen und halb ohnmächtig vor Liebe.

Er erkannte mich erst, als er schon ziemlich nahe war. Abrupt blieb er stehen und starrte mich an, als könne er nicht fassen, was er da sah.

Ich ging zaghaft auf ihn zu.

»Mein Gott«, keuchte er, »einen Augenblick lang dachte ich … mein Gott. Ich dachte …« Er konnte nicht mehr sprechen. Er wandte sich kopfschüttelnd ab und versuchte, zu Atem zu kommen.

Sein Gesicht war immer noch furchtbar blass, als er mich wieder ansah. »Mein Gott, Alex, du sahst aus – du sahst aus wie Grace.«

»Wie ... Grace?«, stammelte ich.

»Ja! Mein Gott!« Er fuhr sich durchs Haar und übers Gesicht.«

»Es tut mir Leid, furchtbar Leid.« Es war mir unbegreiflich, wie er mich für Grace hatte halten können, wo ich doch nicht die geringste Ähnlichkeit mit ihr hatte.

Nach einem kurzen Schweigen holte Will schließlich die Begrüßung nach. »Danke, dass du gekommen bist.«

»Ich helfe gern, wenn ich kann.« Der abgedroschene Spruch hallte mir in den Ohren.

Plötzlich lächelte er und zog mich in eine feste Umarmung. Die Geste kam so spontan und war so heftig, dass es mir die Kehle zuschnürte. Ich klammerte mich an ihn, überwältigt von Leidenschaft und Mitleid nicht nur für ihn, sondern auch für mich selbst.

Schließlich entließ er mich aus der Umarmung und küsste mich auf beide Wangen. Dann schob er mich auf Armeslänge von sich weg und sagte: »Du siehst gut aus, Alex.«

Irgendwie brachte ich ein breites Lächeln zustande. »Danke.«

Er ließ meine Hände los. »Wie lange ist es jetzt her?«

»Zwölf Jahre, glaube ich.«

»Zwölf Jahre. Mein Gott.«

Die Zeit war ihm gnädig gewesen, gnädiger als mir. Er hatte Falten um die Augen, um die Mundwinkel und zwischen den Augenbrauen, doch die Augen selbst waren genauso dunkel und lebhaft wie früher, und sein Haar war dicht und widerspenstig wie eine Korsarenmähne. Genau wie ich ihn in Erinnerung hatte. Nur seine Haut war so weiß, dass die dunklen Bartstoppeln auf seinen Wangen und die Ränder um seine Augen sich deutlich abzeichneten.

Wir gingen langsam in Richtung Dorf.
»Hast du Maggie schon gesehen?«, fragte er.
»Sie hat mir erzählt, dass die Polizei keine großen Fortschritte zu machen scheint.«
»So kann man es auch ausdrücken.« Er klang bitter.
»Was genau tun sie denn, Will? In welche Richtung ermitteln sie?«
»Eine gute Frage. Das erzählen sie mir leider nicht.«
»Aber warum nicht? Welche Gründe geben sie an?«
»Gar keine.«
»Lächerlich!«, rief ich aus, so heftig, dass er mich verblüfft anschaute.
Wir kamen zu einem Schlammfeld. Während ich mir einen Weg über die festeren Stellen suchte, erklärte ich: »Die Polizei sollte immer erklären, was sie tut. Es ist eine ihrer ersten Pflichten, die Familie auf dem Laufenden zu halten. Ich kann mich in eurem Namen mit ihnen in Verbindung setzen und sie drängen, uns zu erzählen, was sie tun. Dann werden wir wissen, ob sie auch an alles gedacht haben.«
Er schien nicht sehr überzeugt von der Idee.
»Glaub mir, in Fällen wie diesem lohnt es sich, der Polizei Druck zu machen. So bleiben sie wenigstens am Ball. Wenn ich das für euch erledigen könnte, wärt ihr schon mal eine Sorge los.«
Er schüttelte den Kopf, lange bevor ich zu Ende gesprochen hatte. »Nein. Das mache ich lieber selbst. Dann habe ich wenigstens das Gefühl, etwas zu tun, verstehst du? Nein – was mich wirklich beunruhigt, ist, was sie in London unternehmen. Ich dachte, da könntest du mir helfen.«
Offenbar hatte ich mich schlecht verkauft. Vielleicht hatte ich zu eifrig geklungen. »Natürlich, wenn du es möchtest. Ich werde sofort jemanden darauf ansetzen.«

Er blieb stehen und sah mir ins Gesicht. Seine Augen waren mir schmerzlich vertraut und es schnürte mir wieder die Kehle zu.
»Kannst du das für uns tun?«, fragte er.
»Wir haben einen früheren Polizei-Inspector an der Hand, der für uns Ermittlungen durchführt. Er ist sehr gründlich, sehr professionell.«
Will erschien sofort wieder angespannt, so als habe er eine Frage auf dem Herzen, die er nicht aussprechen könne.
»Ich habe Grace' Terminkalender durchgesehen«, sagte ich.
»Wirklich? Dann weißt du also, dass sie an dem Tag durchaus nach London gefahren sein könnte.«
Das Einzige, was ich wusste, war, dass ich sehr vorsichtig sein musste, wenn ich seine Hoffnungen nicht zerstören wollte. Also fragte ich in neutralem Ton: »Hat die Polizei herausgefunden, ob sie bis nach London gekommen ist?«
»Nein«, sagte er, wieder bedrückt. »Aber sie haben auch nicht richtig gesucht«, fuhr er fort, nun wieder lebhaft. »Es ist kein Wunder, dass sie nichts herausfinden. Manche der nahe liegendsten Orte in London haben sie gar nicht überprüft.«
»Zum Beispiel?«
»Na ja – Läden, Friseure und so weiter.«
»Wie wäre sie denn zum Bahnhof gekommen? Steht ihr Wagen nicht noch vor der Garage?«, fragte ich vorsichtig weiter.
»Vielleicht hat jemand sie mitgenommen.«
»Du meinst, ein Freund?«
»Es wäre immerhin möglich. Vielleicht ist sie sogar mit jemandem bis nach London gefahren.«
»Hat sich denn jemand gemeldet, der sie mitgenommen haben will?«
»Nein, natürlich nicht. Warum auch?«
Ich versuchte, mir zu erklären, was er mit der letzten Bemer-

kung gemeint haben könnte. Manchmal werden Menschen wütend, wenn sie in großer Sorge sind, und Wut macht irrational. Man kann also nicht immer ganz ernst nehmen, was jemand in so einer Situation sagt.

Er hob frustriert die Arme, fast wie Maggie es zu tun pflegte. »Was ich nicht ertrage, ist dieses Warten, diese Untätigkeit. Dieses Warten auf – ja, auf was eigentlich? Kannst du mir das sagen? Auf was?« Er vergrub seine Hände in den Hosentaschen. »London … sie wollte nach London. Das ist alles. Warum soll sie nicht angekommen sein? Mehr sage ich gar nicht.« Trotzig starrte er mich an.

»Aber sie ist zu keiner ihrer Verabredungen erschienen, oder?«

»Na und? Vielleicht ist nach ihrer Ankunft dort irgendwas passiert. Vielleicht hat sie es sich überlegt und ist woanders hingegangen.« Die Stimme drohte ihm zu versagen. »Ich weiß es doch nicht!«

»Na gut«, sagte ich ruhig. »Als Erstes musst du herausfinden, was die Polizei bisher unternommen hat, und dann können wir weitersehen.«

Er schien sich ein wenig zu entspannen und wir setzten unseren Weg fort.

»Maggie hat mir erzählt, dass du in der Nacht zum Donnerstag Ärger mit den Schleusen hattest.«

Er antwortete nicht sofort, und als er es schließlich tat, klang er sehr vage. »Ärger? Eines der Tore war undicht, wenn du das meinst.«

»Sie sagte, du hättest die ganze Nacht daran gearbeitet.«

»Na ja … nicht die ganze Nacht.«

»Aber du bist die ganze Nacht nicht nach Hause gekommen.«

»Ich habe mich für eine Stunde auf Maggies Sofa hingelegt; das war einfacher. Aber zum Frühstück war ich zu Hause.«

»Hätte Grace …« Ich sprach nicht weiter. Mir wurde plötzlich bewusst, dass ich Will behandelte, als wäre er einer meiner normalen Klienten, für die Polizeiverhöre das tägliche Brot waren. »Entschuldige – es macht dir doch nichts aus, dass ich all diese Fragen stelle?«
»Nein, frag nur weiter.«
»Es wäre gut, wenn ich mir ein vollständiges Bild machen könnte, verstehst du?«
»Sicher verstehe ich das.«
»Das ist sehr wichtig, wenn jemand vermisst wird.«
Er warf mir einen ungeduldigen Blick zu. »Schon gut, Alex! Frag, was du willst!«
Ich nickte und schaute verlegen in eine andere Richtung. »Also …« Nun schlug ich meinen professionellen Ton an, ruhig, leise und unbeteiligt. »Hat Grace normalerweise die Haustür abgeschlossen, wenn du weg warst?«
»Ich habe ihr immer gesagt, dass sie das tun soll. Vielleicht hat sie die Küchentür offen gelassen, das kam öfter vor.«
»War sie offen, als du an dem Morgen nach Hause kamst?«
Er zögerte kurz, bevor er antwortete. »Ja.«
»Aber das war nichts Ungewöhnliches, sagst du.«
»Nein.«
»Und Grace war nicht da.«
»Ich dachte, sie wäre auf dem Weg zum Bahnhof.«
»Und Charlie? Er war allein, als du zurückkamst, nicht wahr?«
»Nein, nein, Charlie war bei meiner Mutter. Das war so abgemacht.«
»Aus einem bestimmten Grund?«
»Weil Grace so früh am Morgen aus dem Haus wollte und weil Charlie sowieso jede Woche eine Nacht bei Maggie schläft.«

»Grace war also allein im Haus, nachdem du weggegangen warst, um die Schleuse zu reparieren.«

»Nein«, sagte er und winkte ab. »Ich meine, das weiß ich nicht. Ich kann nicht sagen, ob sie überhaupt da war. Ich war den ganzen Tag nicht zu Hause«, erklärte er in einem Ton, als hätte er das alles schon hundert Mal erzählt. »Morgens bin ich nach Norwich gefahren. Ich hatte geschäftlich dort zu tun, und das hat den ganzen Tag gedauert. Auf dem Heimweg rief Mutter mich im Auto an und erzählte, dass mit der Schleuse etwas nicht stimmte, also bin ich gleich hingefahren. Ich war den ganzen Tag nicht zu Hause.«

»Um welche Zeit kamst du bei der Schleuse an?«

»Gegen halb sieben, glaube ich.«

»War es da schon dunkel?«

»Ja.«

»Wer hat Grace als Letzter gesehen, bevor sie verschwunden ist?«

»Das wissen wir nicht!«, rief er, schon wieder zornig. »Die Polizei ist nicht sicher, das heißt, wir wissen es nicht. Als Charlie aus der Schule kam, hat Grace ihn gleich zu Mutter gebracht …«

»Mit dem Auto?«

»Ja. Und dann ist sie wieder heimgefahren.«

»Wann war das?«

»Ungefähr um vier, glaube ich.«

»Und danach scheint sie niemand mehr gesehen zu haben. Ist das richtig?«

»So sieht es aus, ja, aber vielleicht meldet sich ja noch jemand, der sie auf der Rückfahrt gesehen hat oder als sie den Wagen parkte oder als sie ins Haus ging. Oder …«

Ich hielt das für reichlich optimistisch. Marsh House stand einsam am Ende des Kais. Das nächste Haus war ein ganzes Stück entfernt. Es war durchaus möglich, dass sie nach Hause – oder irgendwo anders hin – gefahren war, ohne von jemandem gesehen zu werden.

Wir erreichten das Ende der Wiesen und damit trockeneres Gelände.

»Mir scheint, es gibt mindestens drei Punkte, wo wir einhaken könnten«, erklärte ich. Ich ging dicht hinter Will, der in großen Schritten den Hang hinaufstieg. »Als Erstes müssen wir London nachprüfen. Das werde ich organisieren. Aber wir müssen auch sicherstellen, dass hier am Ort nichts übersehen worden ist. Wir müssen uns davon überzeugen, dass die Polizei gründlich genug in der Nachbarschaft herumgefragt hat, ob jemand etwas Ungewöhnliches beobachtet hat. Manchmal ist den Nachbarn gar nicht klar, wie wertvoll ihre Beobachtungen sind. Manches fällt ihnen erst wieder ein, wenn man sie direkt fragt. Der dritte Punkt ist, nachzuprüfen, ob sie keinen der nahe liegenden Orte ausgelassen haben, wo Grace sein könnte oder« – ich musste es aussprechen – »wo sie hingebracht worden sein könnte. Und dann würde ich noch ein viertes Gebiet ausforschen: die forensische Seite, Fingerabdrücke und so weiter – wenn das nicht schon längst geschehen ist …«

»Nichts ist geschehen«, sagte er düster.

»Und dir ist nichts aufgefallen, als du an dem Morgen nach Hause kamst oder seitdem? Reifenspuren, Fußabdrücke oder dergleichen?«

»Nein!«

Er war plötzlich wieder sehr erregt und ich fügte schnell hinzu: »War nur so ein Gedanke. Es ist sehr selten, dass in der Richtung etwas gefunden wird.«

Als wir den Weg erreichten, blieb Will stehen. »Hör mal,

Alex – vielleicht ist es doch besser, wenn du mit der Polizei redest. Du weißt wenigstens, welche Fragen man stellen muss.«
»Natürlich. Das kann ich tun«, bot ich freudig an.
»Ich werde immer gleich wütend, wenn ich hingehe. Die kommen mir so *unfähig* vor! Und wie die mich anschauen, Alex! Ich weiß genau, was die denken. Sie versuchen auch gar nicht, es zu verbergen!« Er lachte bitter, bevor er mir ins Gesicht sah, um herauszufinden, ob ich ahnte, was nun kommen würde. »Sie glauben, ich wäre schuld. Sie glauben, ich hätte sie aus dem Weg geräumt.«
»Aber das *müssen* sie glauben.«
Will wusste nicht recht, wie er meine Bemerkung auffassen sollte.
»Die meisten Vermisstenfälle hängen mit bestimmten Vorfällen innerhalb der Familie zusammen«, erklärte ich, »mit Stress oder Geldsorgen oder mit häuslicher Gewalt. Deshalb sind sie so auf dich fixiert.«
Er stieß einen langen Seufzer aus, der in so etwas wie ein Lachen überging. »Du meinst also, ich sollte es nicht persönlich nehmen.«
»Das solltest du wirklich nicht.«
»Bist du sicher?«
Er erwartete keine Antwort und wir gingen weiter. Ich spürte, dass er mich anschaute und erwiderte seinen Blick.
»Ich bin froh, dass du hier bist, Alex.«
»Ich auch.« Ich ergriff seine Hand und drückte sie.

3

Das Festival – alles dreht sich nur um das Festival!« Will blätterte eine Seite des Terminkalenders um und zeigte auf verschiedene Einträge. »Anne Hampton, die Frau vom Arzt. Sie hat das mit Grace zusammen organisiert. B.G. ist Beth Gregson. Sie spielt die Sekretärin in dem Verein, tippt die Briefe und so weiter.«

»Und wer ist S.M.?« Ich wünschte, Will hätte nicht darauf bestanden, dass ich mich auf Grace' Stuhl an ihren Sekretär setzte. Und ich wünschte, er hätte sich nicht auf die Armlehne des Sofas gesetzt, von wo aus er sich nun vor mir über die Schreibplatte beugte.

»Das ist der Buchhalter ... Stephen ...« Er rieb sich die Augenlider und versuchte, sich zu erinnern. »Meine Güte – Stephen ... Stephen ... *Makim.* Genau – Stephen Makim.«

Ich notierte den Namen. »Und die Leute sind alle von hier?«

Er zuckte die Schultern und sagte ungehalten: »Ja, natürlich. Warum fragst du das? Es sind Freunde, Alex, *Freunde.*«

»Sicher. Ich wollte nur wissen, ob Grace sich in letzter Zeit mit jemandem getroffen hat, den sie nicht so gut kennt.«

Das schien er zu schlucken, wenn auch nicht ganz. »Sie hat hier jeden gekannt, ausgenommen den einen oder anderen Lieferanten oder Handwerker.« Allmählich verstand er, dass es mir nur darum ging, nichts außer Acht zu lassen. Er blätterte weiter. »Also gut. Goddards ... das ist der Zeltverleih, glaube ich.

Und das hier ...« Er ging zum nächsten Eintrag über. »Die liefern Speisen und Getränke. Und Lamb ist die Installationsfirma ...«

Ich hörte zu und machte mir Notizen, wobei ich ihn unablässig anschauen musste. Auf der Marsch war er mir fast wie ein Fremder vorgekommen, so sehr hatten Sorge und Frustration sein Gesicht entstellt. Auch hatte mich beunruhigt, in welchem Maße mein Gedächtnis mich täuschte, dass ich bestimmte Seiten an ihm, die Widersprüche in seinem Charakter und die Einzelheiten seines Gesichts, vergessen hatte. Doch nun begann die Person, die neben mir saß, mit meinen Erinnerungen zu verschmelzen. Seine Gesten, die ausdrucksvollen Hände, die langen Finger, mit denen er hin und wieder Figuren in die Luft malte; die Linie seiner Augenbrauen, der große, wohlgeformte Mund, die charaktervolle Stimme – und seine Haare, dicht, wellig und wild. Er war mir vertraut und neu zugleich, eine blasse Erinnerung, die plötzlich in strahlenden Farben vor mir stand.

Als er beim Mittwoch vor Grace' Verschwinden angekommen war, schaute er plötzlich auf und erwischte mich dabei, wie ich ihn anstarrte. »Das ist alles.«

Ich blickte schnell wieder auf meine Notizen. »Wir werden alle überprüfen, nur um ganz sicherzugehen.«

»Auch Leute, die wir praktisch nicht kennen?«

»Die ganz besonders.«

Er presste die Lippen zusammen.

Ich nahm den Kalender noch einmal zur Hand. »Irgendwo taucht hier ein E.W. auf, um zwei Uhr nachmittags. Weißt du, wer das ist?«

Er hob überrascht eine Augenbraue und sagte mit unüberhörbarer Kälte: »Dein Bruder.«

»Ach ja?«
»Wusstest du das nicht? Er stellt Wickham Lodge für das Festival zur Verfügung. Grace dachte, es wäre ideal dafür.« Etwas an Wills Ton ließ mich vermuten, dass er selbst nicht viel von der Idee hielt.
»Das ist mir neu. Edward erzählt mir nie etwas.«
»Sie haben es schon vor Monaten vereinbart.« Er schaute auf den Terminkalender. »Das sind, glaube ich, alle, die darin erwähnt sind.«
Wir schlugen die Seiten vor Grace' letztem Besuch in London auf, und Will wurde wieder etwas lebhafter.
»Der Zahnarzt heißt Bennett. Ich habe seine Telefonnummer in der Küche. Warte …« Er stapfte in seinen Wollsocken über den makellosen Teppich – die Stiefel hatte er vor der Hintertür gelassen – und kam wenig später mit einem grünen, in Leder gebundenen Adressverzeichnis zurück. »Bennett.« Er ließ sich wieder auf der Sofalehne nieder. »Hier.« Er reichte mir das Verzeichnis und ich schrieb die Telefonnummer ab. »Ich habe ihn natürlich angerufen, gleich am Freitagmorgen.«
»Und Grace ist nicht zu ihrem Termin erschienen?«
»Nein.«
»Hast du es auch bei dem Restaurant probiert, *La Brasserie*?«
»Ja, aber Grace hatte nichts reserviert.«
»Weißt du, mit wem sie sich normalerweise zum Mittagessen traf?«
Er hob hilflos eine Schulter. »Nein – vielleicht mit einer Freundin oder einem potenziellen Sponsor … Sie hatte immer noch siebentausend Pfund zusammenzubringen. Es war harte Arbeit.«
Das Telefon klingelte. Er nahm den Hörer ab und lauschte kurz, bevor er sagte, es gebe nichts Neues, und sich brüsk ver-

abschiedete. »Ich weiß nicht, warum ich überhaupt noch auf das verdammte Ding reagiere«, sagte er, während er den Hörer auf die Gabel knallte. »Wahrscheinlich nur, weil ich die Polizei nicht verpassen will.«

»Wie oft rufen sie an?«

»Zwei Mal am Tag, allerdings ist es meistens nur Barbara Smith. Sie ist ganz nett, hat aber nicht viel zu sagen.«

»Und der verantwortliche Beamte?«

»Ramsey? Der taucht nur dann und wann auf. Ich habe ihn schon eine ganze Weile nicht mehr gesehen, seit vorgestern.«

Ich überlegte, ob Ramsey Grace' Verschwinden vielleicht von einem möglichen Mord zu einer einfachen Vermisstenmeldung – mit anderen Worten, einer »durchgebrannten« Ehefrau – herabgestuft hatte. Doch ich verwarf den Gedanken sofort, da die Polizei unmöglich ignorieren konnte, dass Grace weder Kleidung noch Geld mitgenommen hatte. Weshalb hielt Ramsey sich dann so zurück? War das sein Stil oder war er damit beschäftigt, anderswo Spuren nachzugehen?

»Was ist mit euren Freunden in London? Hast du dich mit denen in Verbindung gesetzt?«, fragte ich.

»Natürlich.«

»Niemand war an dem Donnerstag mit Grace verabredet?«

»Anscheinend nicht.«

»Hat in den letzten Monaten jemand von ihnen mit ihr zu Mittag gegessen?«

Er runzelte die Stirn.

»Danach habe ich nicht gefragt.«

»Nun zu Grace' Mutter ...«

»Veronica.« Er verdrehte die Augen.

»Hat die vielleicht am Donnerstag von Grace gehört?«

»Nein.«

»Hat sie irgendeine Idee, was passiert sein könnte?«

»Nicht die geringste, aber sie hat …« Ohne ersichtlichen Grund stockte er plötzlich und schaute ins Leere.

Ich wartete einen Moment, bevor ich weiter fragte: »Weißt du, warum Grace ihre Mutter besuchen wollte? Härte sie einen besonderen Grund?«

»Was?« Er fuhr aus seinen Gedanken hoch. »Nein, nichts Besonderes. Sie hatte Veronica lange nicht gesehen, das war alles. Sie dachte, sie sollte sie wieder einmal besuchen.«

»Würde es dir etwas ausmachen, wenn ich mit Veronica spräche?«

Er starrte mich durchdringend an, seine Augen hatten sich verdunkelt. »Ich weiß nicht. Ich sollte wahrscheinlich vorher mit ihr reden.«

»Natürlich.«

»Sie kann« – er suchte nach einem taktvollen Wort – »etwas schwierig sein. Sie neigt dazu, auf Dingen herumzureiten, die nichts mit dem zu tun haben, wovon man gerade redet. Sie hat bestimmte Lieblingsthemen. Eines davon« – sein Lächeln war ironisch und ohne jede Wärme – »bin ich. Sie meint, Grace hätte unter ihrem Stand geheiratet.«

»Da ist sie nicht die erste Mutter, die so denkt.«

»Die meisten Mütter würden es aber nicht bei jeder Gelegenheit aussprechen. Sie gibt mir natürlich auch die Schuld daran, dass Grace verschwunden ist. Warum ich nicht für sie dagewesen bin, warum ich sie allein gelassen habe – lauter solche Sprüche.«

»Das kommt vor, wenn jemand Angst hat. Sie sucht jemanden, dem sie die Schuld geben kann.«

»O nein, sie *sucht* nicht nur.« Wieder verdrehte er die Augen, eher genervt als wütend.

Ich brachte das Gespräch wieder auf den Terminkalender, auf den durchgestrichenen Eintrag mit der Adresse am Regent's Park. »Was ist mit diesem Termin? Wer ist W.R.M. ?«

»Ich weiß es nicht. Die Polizei sagt, sie hätten es nachgeprüft und wären sicher, dass die Person ihren Ermittlungen nicht dienlich sein kann. Was bedeutet das, *den Ermittlungen nicht dienlich?* Existiert die Person nicht? War sie nicht zu Hause? Hat sie sich in Luft aufgelöst?«

»Sie haben dir nicht gesagt, wer das ist?«

»Nein.«

»Na ja, jedenfalls haben wir die Adresse. Es dürfte nicht schwer sein, das herauszufinden. Es wäre natürlich gut, wenn wir ein Foto hätten.«

Er schaute mich fragend an.

»Ein Foto von Grace, meine ich.«

»Natürlich. Die Polizei hat ... ich weiß nicht genau, ob ...« Er verlor den Faden und rieb sich mit beiden Händen das Gesicht. Er sah furchtbar aus. Ich fragte mich, ob er überhaupt noch schlief und ob sein Arzt ihm irgendetwas zur Beruhigung gegeben hatte.

»Nein, jetzt fällt es mir wieder ein.« Er schüttelte den Kopf. »Natürlich – sie haben es zurückgegeben. Es ist im Arbeitszimmer. Ich hole es dir.«

»Darf ich das auch mitnehmen?« Ich zeigte auf das grünlederne Adressverzeichnis.

»Ich würde gern ja sagen, aber es ist das Einzige, was ich habe.«

Für einen Augenblick herrschte ein vollkommenes Missverständnis. Ich legte eine Hand auf seinen Arm und sagte mitfühlend: »In zwei Tagen bekommst du es zurück, das verspreche ich. Ich weiß, wie wertvoll solche Dinge sein können.«

Er sah mich verwirrt an. »Aber ich brauche es. Ich benutze es die ganze Zeit.«
Ich zog meine Hand zurück. »Es gehört nicht Grace?«
»Nein, wir benutzen es alle. Grace hatte ihr eigenes Adressbuch, ein kleines Filofax.«
»Ich dachte …« Ich lächelte verlegen. »Könnte ich dann vielleicht einen Blick auf das Filofax werfen?«
Wieder schien er verwirrt. »Aber es ist nicht da. Das hatte sie in ihrer Handtasche.«
Allmählich verstand ich. »Das war mir nicht bewusst. Ich dachte, es fehlt überhaupt nichts.«
»Habe ich nicht gesagt, dass ihre Handtasche weg ist?«
»Ich kann mich nicht erinnern, aber das macht nichts. Jetzt weiß ich es jedenfalls.«
Er verzog das Gesicht, als mache er sich Sorgen um seinen Geisteszustand.
»Also hatte sie wohl auch etwas Geld bei sich«, murmelte ich.
Er nickte abwesend.
Ich nahm wieder das große, grüne Adressverzeichnis zur Hand. »Lass mich heraussuchen, was ich brauche. Es wird nicht lange dauern.«
Er schien immer noch benommen. »Möchtest du einen Kaffee?« Er versuchte zu lächeln, konnte aber nur seinen Mund verziehen, was ihn eher wütend aussehen ließ.
»Nein, danke.« Ich lächelte ihn an.
Er stand auf und schaute, die Hände tief in den Hosentaschen, zum Fenster hinaus. »Das Schlimmste ist, dass ich nicht weiß, was wir Charlie sagen sollen. Maggie erzählt ihm, seine Mutter wäre nur für eine Weile fortgegangen, aber das glaubt er bestimmt nicht. Er ist nicht dumm.«
»Und du? Was hast du ihm gesagt?«

»Nichts.«
»Er hat nicht gefragt?«
Wieder zögerte er einen Moment, bevor er antwortete: »Nein.«
»Vielleicht ist es im Moment das Beste, es dabei zu belassen.«
»Ich weiß nicht, was ich tun soll, Alex. Ich weiß nicht, was ich … was ich *glauben* soll.«
»Im Augenblick kommt es nur darauf an, dass alles unternommen wird, was unternommen werden kann.«
»Ja.« Er drehte sich zu mir um. »Ja.« Diesmal gelang ihm das Lächeln etwas besser und ich erinnerte mich an den Humor, der ihn früher so unwiderstehlich gemacht hatte.
»Was ich dich noch fragen wollte, Will: Hatte Grace vor, am Abend zurückzukommen?«
Er war schon auf dem Weg zur Tür und blieb noch einmal stehen, den Rücken zum Fenster, das Gesicht im Schatten. »Sie war nicht sicher. Aber wenn sie den letzten Zug verpasst hätte, dann wäre sie bestimmt zu ihrer Mutter gegangen.«
Als er draußen war, dachte ich verwundert darüber nach, wie einfach es war, an eine alte Freundschaft anzuknüpfen, wie leicht es mir fiel, mich mit ihm zu unterhalten. Und zugleich war es – gerade weil ich das Gefühl hatte, ihn zu kennen – schwer, vollkommen offen zu sein. Ich hatte es nicht geschafft, ihn zu fragen, ob Grace womöglich Freunde hatte, von denen er nichts wusste, ob er mir sagen konnte, was sie tat, wenn sie nicht zusammen waren, oder ob sie glücklich waren.
Bevor ich mich dem Adressbuch zuwandte, griff ich zum Hörer, um Inspector Ramsey anzurufen. Als ich so an Grace' Sekretär saß, ihren Telefonhörer am Ohr, ihren Terminkalender vor mir, spürte ich ihre Anwesenheit plötzlich sehr deutlich. Ich erinnerte mich daran, wie Will mich ihr vorgestellt hatte, vor

all den Jahren, hier im Garten von Marsh House, nur wenige Meter von diesem Zimmer entfernt. Wir hatten nicht viel gesprochen, nur ein oder zwei Minuten, und doch sah ich noch genau vor mir, wie sie mir gegenüberstand, groß und schlank in einem langen Sommerkleid, und wie sie mir ihre schmale, weiße Hand hinstreckte, als Will mich vorstellte. Ich war sicher, dass sie meinen Namen nicht verstanden hatte. Ich wusste, sie hatte keine Ahnung, wer ich war, und dennoch schenkte sie mir ihr berühmtes Lächeln, die Mundwinkel leicht gehoben, den Kopf leicht gesenkt, so dass sie von unten zu einem aufschaute und man nicht anders konnte, als die fantastischen, blauen Augen zu registrieren. Im nächsten Augenblick hatte sie schon die Person neben mir angelächelt, vielleicht sogar meinen Vater, und ihre Augen strahlten noch mehr und sie lachten, als dächten sie beide an etwas wahnsinnig Lustiges. Ich konnte nur daneben stehen, sie angaffen, ihren Worten lauschen. Ich konnte nichts sagen oder tun, konnte aber auch nicht weggehen. Und dann wurde ein Geburtstag erwähnt. Irgendjemand wurde einundzwanzig, und plötzlich verstand ich: Grace wurde einundzwanzig, und noch zwölf Jahre danach erinnerte ich mich, wie erschüttert ich war, wie gedemütigt. Als Will das Alter erreichte, in dem man Pubs und Partys und Studentenreisen interessant zu finden beginnt, war ich zu jung für ihn gewesen. Die drei Jahre, die uns trennten, schienen eine unüberbrückbare Kluft zu sein. Wir wanderten noch gemeinsam durch die Marschen, wir redeten miteinander und waren uns nahe – so hatte ich jedenfalls gedacht –, doch immer häufiger war ich diejenige, die auf ihn zugehen musste. Für die Abende, fürs Kino und für die Skiferien in Österreich hatte er andere Freunde. Und dann, als die Alterslücke sich wieder zu schließen begann, verschwand ich zur Uni und entdeckte Fritten,

Komplexe und Kleider, in denen ich unmöglich aussah. Nach dem Examen, als ich bereit war, meine Sachen zu packen und heimzukehren, hörte ich dann von der Verlobung. Grace vor mir zu sehen an jenem Tag, zwei Jahre jünger als ich und unendlich viel hübscher, war einfach zu viel für mein zartes, verwundetes Herz und ich verbannte Will und Grace aus meinem Leben.

Ich schloss den Kalender, legte ihn beiseite und wählte noch einmal die Kriminalpolizei in Norwich. Als ich es das erste Mal versucht hatte, gleich nach unserer Rückkehr, war niemand da gewesen. Diesmal hatte ich Glück. Eine vergnügte Frauenstimme, Detective Smith, meldete sich und bestätigte, das sie dem Grace-Dearden-Fall zugeteilt war.

Ich erklärte, wer ich war und dass ich sie am Nachmittag gern besuchen und mit Inspector Ramsey sprechen würde.

»Ich bin nicht sicher, ob jemand Zeit haben wird«, sagte sie.

»Überhaupt niemand?«, fragte ich verblüfft.

»Da muss ich nachfragen. Kann ich Sie zurückrufen?«

Den Spruch hatte ich schon oft gehört und ich ahnte nichts Gutes. Ich gab ihr die Nummer meines Handys und sagte, ich würde gern zwischen zwei und vier vorbeikommen, wenn es irgendwie einzurichten wäre.

Ich schlug noch einmal Grace' Terminkalender auf, Mitte Dezember, und begann, mit Hilfe des Adressverzeichnisses eine Liste der Personen aufzustellen, mit denen Grace in den letzten zwei Monaten verabredet gewesen war, Namen, Adressen und Telefonnummern. Als ich halb mit den Januarterminen durch war, klopfte es an der Haustür. Ich hörte Will, dann die laute, schrille Stimme einer Frau. Ich lauschte, bis sie in der Küche verschwanden.

Bald darauf war ich mit meinen Notizen fertig. Ich brachte das

Adressverzeichnis in die Küche, wo eine schlanke Frau in Pullover und Jeans mit Maggie am Tisch saß. Im Schein der Deckenleuchte wirkten ihre vollen, schulterlangen Haare so gelb, ihre Haut so schweinchenrosa, dass sie fast wie eine Puppe aussah. Maggie, deren Miene unergründlich war, wirkte neben ihrem grellen Gast noch grauer als vorher. Will war nicht da und auch Charlie war nirgends zu sehen.

»Hallo!«, rief Anne Hampton, nachdem Maggie uns bekannt gemacht hatte. Sie drehte sich auf ihrem Stuhl um und begrüßte mich mit einem festen Händedruck. Ihr Lächeln war ebenso übertrieben wie alles andere an ihr. »Sie werden die Sache also in Gang bringen. Gott sei Dank, das wird auch höchste Zeit. Bisher ist überhaupt nichts passiert. Furchtbar, diese Untätigkeit, schrecklich.« Sie war etwa fünfunddreißig, klare, braune Augen, nachgezeichnete Brauen. Aus der Nähe wirkte das außerordentliche Gelb ihrer Haare etwas natürlicher. Im Ganzen hätte man sie als hübsch bezeichnen können, wären nicht diese rosa Flecken auf ihren Wangen gewesen. Wahrscheinlich litt sie unter einer Allergie.

Ich setzte mich an den Tisch und Maggie schob mir eine Tasse Kaffee hin.

»Ich habe gehört, Sie organisieren das Musikfestival mit Grace«, sagte ich.

»Ach, ich helfe nur ein bisschen. Im Grunde ist es Grace' Projekt. Sie ist der Kopf und ich mache die Beinarbeit, laufe den Leuten hinterher und mache ihnen die Hölle heiß. Ich bin der *Drache.«* Sie hob eine Augenbraue, offensichtlich zufrieden mit dieser Beschreibung.

»Es scheint eine große Sache zu sein.«

»O ja. Grace hatte …« Sie stockte. Maggie schob geräuschvoll ihren Stuhl zurück und stand auf.

»Ich habe zu tun«, entschuldigte sie sich im Hinausgehen. »Nett, dass Sie vorbeikommen, Anne.«

»Bis dann, Mrs. Dearden.«

Anne lächelte noch einen Augenblick die Tür an, nachdem Maggie sie hinter sich geschlossen hatte. »Ist es nicht schrecklich? Ich ertrage es nicht, auch nur daran zu denken, was Grace geschehen sein könnte! Und der arme Will! Es muss furchtbar für ihn sein. Ganz furchtbar. Sie waren so glücklich zusammen, ein fabelhaftes Paar. Das Leben ist manchmal grausam, nicht wahr?«

Ich nickte nur.

»Bestimmt wäre sie nicht einfach weggegangen. Nicht unsere Grace. Unvorstellbar. Es muss etwas passiert sein. Ich wage kaum, es auszusprechen, aber es muss etwas Furchtbares passiert sein.«

»Ich hoffe nicht«, murmelte ich, nur um irgendetwas zu sagen.

»Genau«, stimmte sie sofort zu, »wir dürfen die Hoffnung nicht aufgeben. Ja, wir müssen das Beste hoffen.«

»Ich nehme an, Sie haben Grace in den letzten Wochen recht oft gesehen. Kam sie Ihnen irgendwie … anders vor? Haben Sie irgendetwas Ungewöhnliches bemerkt?«

»Ungewöhnlich?« Sie hatte anscheinend Schwierigkeiten, zu verstehen, was ich meinte. »Etwas Ungewöhnliches? Nein. Grace war wie immer; unsere Grace, die Ruhe selbst, immer pünktlich, immer tadellos. Sie hatte immer alles im Griff. – Ob ich etwas Ungewöhnliches bemerkt habe?« Sie setzte wieder ihre nachdenkliche Miene auf. »Nein, da fällt mir nichts ein. Sie hat nichts gesagt, das steht fest, und ausgesehen hat sie auch nicht anders als sonst. Sie war furchtbar beschäftigt, vielleicht ein bisschen mehr unter Druck als gewöhnlich – nicht so viel Zeit, am Telefon zu plaudern, so was meine ich. Und sie war viel weg. Aber immer wegen des Festivals. Sie war dabei, das Geld zusammenzukratzen, von den Sponsoren. Es war eine ziemliche Schufterei.«

»Aber sie schien glücklich zu sein?«

»Glücklich?« Ihre Augenbrauen schnellten hoch, als hätte ich etwas Unanständiges gesagt. »Aber natürlich! Sehr glücklich! Sie war wie immer; süß, liebenswürdig … Sie war einfach göttlich, die ganze Zeit. Alle haben sie geliebt, das ganze Dorf und jeder in der Nachbarschaft. Jeder, der sie kennen gelernt hat, wirklich.« Sie schob ihre Ellbogen weiter auf den Tisch, kam mit ihrem rosa Gesicht näher und fügte im Verschwörerton hinzu: »Ich habe mich sogar gefragt, ob – gerade weil sie so fantastisch aussah und so nett war zu allen und weil alle sie so angebetet haben und so weiter … na ja, ich frage mich, ob nicht irgendwer *besessen* gewesen sein könnte von ihr und sie – Sie wissen schon.« Ihr Blick sollte wohl andeuten, dass sie etwas Unaussprechliches meinte.

»Sie meinen, jemand von hier?«

»Na ja, ein Landarbeiter, ein Herumtreiber oder so etwas. Man weiß heutzutage doch nie.«

Ich sagte nichts dazu, sondern fragte einfach weiter: »Abgesehen von dem Festival – hatte Grace sonst noch öffentliche Funktionen – Lokalpolitik, Vereine …?«

»Nein, überhaupt nicht. Nein – obwohl unser Foto im örtlichen Käseblättchen war, vorigen Sommer, als wir das Festival angekündigt haben. Aber da erscheint jeder aus dem Dorf irgendwann mal. Es ist nicht gerade, als hätten sie in der *Times* über uns geschrieben.« Sie lachte laut heraus, bevor sie wieder eine ernstere Miene aufsetzte. »Warum fragen Sie?«

Ich zuckte die Schultern. »Aus keinem besonderen Grund.«

Nun hielt sie mir ihren Zeigefinger unter die Nase. »Ach so. Sie meinen, ob sie sich irgendwo gezeigt hat, wo ein Verrückter auf sie aufmerksam geworden sein könnte. Meinen Sie das?« Sie forschte in meinem Gesicht, doch gleich darauf war sie bei ihrer nächsten Theorie. »Oder ob sie etwas getan hat, mit dem sie sich Feinde gemacht haben könnte. Na, dazu kann ich nur sagen: Grace hatte keine Feinde. Sie war unfähig, sich Feinde zu machen. Es war einfach nicht möglich. Sie war zu jedem nett, wer es auch war. Vom Müllmann bis zum Herzog – nicht dass wir irgendwelche Herzöge in der Gegend hätten – sie konnte mit jedem reden. Alle lagen ihr zu Füßen. Ich meine, sie hat es natürlich nicht darauf angelegt, nicht so wie manch andere Leute, Sie wissen schon. Sie war einfach göttlich. Sie brauchte nur sie selbst zu sein, mehr brauchte sie nicht zu tun.« Ihre Bewunderung grenzte an Anbetung. Grace war für Anne Hampton anscheinend nicht nur eine Freundin, sondern geradezu eine Ikone gewesen.

Ich trank meinen Kaffee aus. »Vielen Dank, das war …«

Doch Anne Hampton hatte schon ihre Hand auf meinem Arm. Sie schien noch etwas Wichtiges loswerden zu wollen. »Ehrlich. Zum Beispiel, als wir bei diesem schrecklichen Autohändler waren, wegen einer Spende. Es muss im Oktober gewesen sein oder im November – nein, Oktober. Er war ziemlich abweisend, als wir hereinkamen, fast grob, aber dann schaute er Grace an und begann sofort dahinzuschmelzen, und am Ende war er nur noch eine nette Geldquelle – ja, so hat Grace ihn genannt: eine nette Geldquelle!« Sie grinste vergnügt. »Er hat tausend Pfund gespendet – na ja, es ist schließlich nur eine Volvo-Niederlassung, aber für uns war es eine Menge Geld, jedenfalls mehr, als wir erhofft hatten. Und dann hat er uns zwei Wagen versprochen, die er uns für die Festivalwoche zur Verfügung stellen wollte, um die Musiker herumzukutschieren. Und alles nur wegen Grace.« Sie stockte. Ihre Augen verengten sich, als wäre sie soeben wieder zu einer neuen Einsicht gekommen. »Ich glaube, die Männer meinten, sie müssten sie *beschützen*. Ja, das war ihre Wirkung auf Männer. Und nicht nur auf Männer. Wir alle wollten ihr helfen.« Plötzlich presste sie sich die Finger auf die Lippen und flüsterte: »Mein Gott, wie furchtbar. Ich spreche von ihr in der Vergangenheit, als ob … wie furchtbar …«

Das Telefon klingelte. Anne Hampton seufzte immer noch über ihren Fauxpas, doch als das Telefon nicht aufhörte zu klingeln, sagte sie: »Meinen Sie, ich sollte drangehen? Normalerweise ist der Anrufbeantworter eingeschaltet, wenn niemand da ist.«

»Lassen Sie mich das tun.«

Das Telefon stand auf einer Anrichte an der Tür, daneben der Anrufbeantworter.

»Ja?«, sagte ich. »Bei Dearden?«

Stille.

»Hallo?« Ich nannte die Nummer, die auf einem Schildchen auf dem Telefon stand, doch auch darauf kam keine Antwort, obwohl ich sicher war, dass jemand am anderen Ende war. Dann war die Leitung plötzlich tot, und ich legte den Hörer auf.

»Wer war das?«, fragte Anne.

»Ich weiß nicht. Ich war wohl etwas zu spät.« Ich wählte 1471, die Amtsnummer, über die ich Aufschluss bekam, wer zuletzt angerufen hatte. Es war ein Ortsgespräch gewesen und ich schrieb die Nummer, die der Computer durchgab, auf.

Über dem Telefon hing ein Glasschrank, in dem einige Kochbücher säuberlich aufgereiht waren. Am Ende der Reihe sah ich zwei Notizbücher mit handgeschriebenem Etikett auf dem Rücken: *Essen I, Essen II.*

»Grace kocht wohl viel«, bemerkte ich.
»O ja, sie ist eine fantastische Köchin«, bestätigte Anne Hampton.
Ich fragte mich allmählich, ob es irgendetwas gab, worin Grace nicht fantastisch war, oder ob Anne Hampton nur leicht zu beeindrucken war.
»Sehr französisch«, erklärte sie.
»Wie bitte?«
»Ihre Küche. Grace hat eine richtige Kochschule besucht und ein Diplom gemacht, bevor sie mit Will zusammenkam.«
Ich stellte meine Tasse auf die blitzblanke Spüle und schaute auf die Uhr. »Ich werde jetzt mal ...«
Ich ging zur Tür. »Ich muss jetzt mit der Familie sprechen. Wahrscheinlich werden wir uns wieder sehen.«
»O ja. Ich bin ganz in der Nähe, nur ein paar Häuser weiter – in Ihrem Elternhaus.«
Ich starrte sie an.
»Wir haben es vor fünf Jahren übernommen. Wir sind total vernarrt in das Haus. Sie müssen vorbeikommen und sich anschauen, was wir alles geändert haben.«
»Ihr Mann ist also ...«
»Er ist jetzt der Seniorpartner in der Praxis. Ach so. Sie meinen seinen Namen? Julian.«
Sie ging in den Korridor und rief mit ihrer durchdringenden Stimme ihre Abschiedsgrüße durchs Haus, als wollte sie die Bewohner hervorlocken. Erst als sie auf das vierte »Bis später« keine Antwort erhielt, zog sie ihren Mantel an. »Wo stecken die nur alle?« Sie öffnete die Haustür und spähte hinaus. »Ach da!«
Ich schaute an ihr vorbei und sah eine Gruppe von fünfzehn oder zwanzig Leuten, die sich am Rand der Marsch versam-

melt hatten. Zuerst konnte ich nicht erkennen, was sie dort taten. Dann sah ich, wie drei Männer sich von den anderen trennten und auf dem Wanderweg in Richtung Osten marschierten. Bis ich meinen Mantel aus der Küche geholt hatte und unten am Wasser war, hatte sich auch der zweite Suchtrupp in Bewegung gesetzt, ebenfalls nach Osten.

Will stand bei der Gruppe. Er schaute angestrengt auf eine Landkarte, die einer der Männer ihm ausgebreitet hinhielt.

Ich ging zu Maggie, die, eingehüllt in einen knöchellangen Mantel und einen Schal, abseits stand. »Sie suchen die Gunmarsch ab«, sagte sie matt.

Einige der Leute erkannte ich: einen Farmer namens Yates, einen Mr. Simmons, der früher dem Fischerverein vorgestanden hatte, den rotnasigen Wirt des *Deepwell Arms* und die Frau, die den Fischladen betrieb. »Wer hat das alles organisiert, Maggie?«

»Frank Yates, glaube ich. Dabei haben sie die Marsch schon durchsucht. Ich weiß nicht, warum sie das alles noch mal machen.«

»Sie sind schon mal so auf die Suche gegangen?«

Maggie blickte in die Ferne. »Schon zwei Mal … drei Mal. Sie werden sowieso nichts finden.«

Immer neue Wagen kamen an. Männer schlossen sich zu Gruppen zusammen und zogen los. Doch zwei der Neuankömmlinge blieben wenige Meter neben uns stehen und beobachteten uns schweigend. Es war nicht nur der Regenmantel, den der ältere der beiden trug, nicht nur der militärische Haarschnitt und die schwarzen Schuhe, die seinen Beruf so sicher preisgaben, als hätte er seine Dienstmarke am Revers getragen. Es war die Art, wie er dastand, das Gewicht gleichmäßig auf beide Füße verteilt, die Schultern gestrafft, von einer Aura der

Teilnahmslosigkeit umgeben, wie alle Polizeibeamten sie nach ein paar Jahren Dienst haben. Der andere Polizist war mindestens zehn Jahre jünger. Obwohl er rund und fett war, scheute er sich nicht, in Jeans, dicken Sportschuhen und Bomberjacke aufzutreten.

Maggie bemerkte die beiden erst, als sie meinem Blick folgte. Ihre Augen blitzten vor Entrüstung, ihre Lippen zitterten. »Warum starren die uns so an? Warum helfen sie nicht beim Suchen?«

»Wahrscheinlich haben sie das Gebiet schon durchkämmt.«

Ihr Atem rasselte. Ihre Augenlider flatterten vor Zorn.

»Beruhige dich doch, Maggie.« Zum ersten Mal wurde mir bewusst, wie nahe sie dem Zusammenbruch war.

Endlich atmete sie wieder gleichmäßiger. »Dieser Mann denkt nur Schlechtes.« Sie klang so traurig, als stünde das Ende der Welt bevor.

»Geh doch ins Haus, Maggie, und wärm dich auf.«

Sie nickte stumm, zog sich ihren Schal vors Gesicht und ging.

Anders als ich vermutet hatte, war Ramsey der übergewichtige Mann in Jeans. Der ältere Beamte mit der soldatischen Haltung stellte sich als Kriminalchef von Norfolk vor, Detective Superintendent Agnew.

Ich erklärte, ich sei die Anwältin der Deardens. Agnew schien im Geiste die Liste der Anwaltsbüros durchzugehen, die er kannte. »Sie sind nicht von hier?«, fragte er verwundert.

»Nein.« Ich gab ihm eine Visitenkarte.

Er hob eine Augenbraue. »Aha, aus London.« Es war eindeutig, dass das in seinen Augen gegen mich sprach.

Ich sah Ramsey ins Mondgesicht und bat ihn, mich über den Stand der Dinge aufzuklären.

»Wir haben ausgiebig ermittelt.« Sein Ton war vollkommen unbeteiligt, derselbe Ton, den Polizisten gewöhnlich vor Gericht anschlugen. »Bis jetzt haben wir keinen Hinweis darauf, was Mrs. Dearden zugestoßen sein könnte. Das umliegende Gebiet haben wir gründlich abgesucht. Wir haben ein aktuelles Foto von ihr veröffentlicht und sie als vermisst registriert. Das Regionalfernsehen und die Lokalpresse haben Berichte gebracht und Fotos gezeigt. Wir haben die üblichen Orte überprüft, Krankenhäuser und Unfallstationen, alles ohne Ergebnis.«

»Sind Sie auch von Tür zu Tür gegangen, in der Nachbarschaft und im Dorf?«

»Allerdings. Wir haben die direkten Nachbarn befragt und die Leute in den umliegenden Straßen.« Er wirkte immer noch sehr steif. Ich hatte den Eindruck, dass er meine letzte Frage als Kritik auffasste.

Es war nicht in meinem Interesse, ihn gegen mich aufzubringen, also nickte ich geflissentlich, um anzudeuten, dass ich seine Antwort vollkommen zufrieden stellend fand. »Sie sind also auch der Möglichkeit nachgegangen, dass sie an dem Donnerstag nach London gefahren sein könnte«, fuhr ich fort.

»Das ist richtig.«

Ich dachte, er wollte noch mehr dazu sagen, und so sahen wir einander eine Weile schweigend an, ich erwartungsvoll, er wachsam und ablehnend.

»Es gibt keinen Anhaltspunkt, dass sie nach London gefahren ist«, stellte er schließlich fest. »Nichts bei den hiesigen Taxiunternehmen, und am Bahnhof ist sie auch nicht gewesen. Niemand hat sie gesehen. Und sie ist zu keinem ihrer Termine erschienen.«

Wieder tat ich so, als wäre ich ganz und gar seiner Meinung.

Ein bisschen Unterwürfigkeit hatte noch nie geschadet, wenn man den Makel trug, aus London zu sein. »In *La Brasserie* ist sie auch nicht gesehen worden?«

Sein Blick wurde noch wachsamer. Wenn ich schon so viel wusste, so musste er denken, dann konnte ich nur darauf aus sein, ihn in eine Falle zu locken. »Nein.«

»Kennt man sie dort von früheren Besuchen her?«

Sein Zögern verriet, dass sie diese Frage nicht gestellt hatten, zumindest nicht in dieser Form. »Anscheinend nicht.«

»Und der letzte Termin, der um halb sieben, den sie durchgestrichen hatte?«

»Wir haben alles überprüft.«

Bis dahin hatte Agnew sich herausgehalten und die Aktivitäten auf der Marsch beobachtet. Jetzt sagte er ruhig: »Wie ich sehe, kennen Sie sich mit Strafsachen aus, Mrs. O'Neill.« Er lächelte entschuldigend, als wollte er sagen, dass ich das alles nicht persönlich nehmen solle. »Ich war fünf Jahre bei der *Met*«, verriet er mir schließlich, »dann Manchester, dann Devon. Als ich hierher kam, sagten alle, in Norfolk gäbe es kaum schwere Verbrechen. Aber inzwischen ist es überall schlimm, egal wo man hinkommt.« Er war ein drahtiger Mann mit schmalem Kopf, hagerem Gesicht und einem ruhigen Blick, in dem Weisheit und Verständnis lagen; Mitte fünfzig, schätzte ich. »Es ist ein schwieriger Fall, Mrs. O'Neill«, sagte er, als hätte er sich entschlossen, offen mit mir zu reden. »Ich wünschte, wir könnten sagen, wir hätten einen Anhaltspunkt. Nichts deutet auf ein Verbrechen hin, nichts auf einen Zusammenbruch oder auf häusliche Probleme. Mrs. Dearden scheint sich einfach in Luft aufgelöst zu haben.«

»Was haben Sie also als Nächstes vor?«

Mit einer Kopfbewegung übergab er wieder an Ramsey, der jedoch nur zu sagen hatte: »Wir behalten den Fall weiter im Auge.«

Ich nickte wieder. »Gibt es irgendetwas von der Spurensicherung?«, fragte ich weiter.

Im geduldigen Ton des Abteilungsleiters, der sich um alles zu kümmern hat, antwortete Agnew: »Mrs. O'Neill, wir haben diesem Fall schon sehr viel Zeit gewidmet. Ich brauche Sie nicht daran zu erinnern, dass es keinen Hinweis gibt, dass ein Verbrechen verübt worden ist oder dass Mrs. Dearden überhaupt irgendwie zu Schaden gekommen ist. Im Moment kann ich den Einsatz weiterer Ressourcen einfach nicht rechtfertigen.«

»Sie meinen, sie ist nicht zu Schaden gekommen? Liegt nicht auf der Hand, dass etwas passiert sein muss? Sie hat nichts mitgenommen, keine Kleider, keinerlei Gepäck, und sie hat kein Geld ausgegeben. Niemand hat sie gesehen, niemand hat von ihr gehört. Sie hat einen Sohn und einen Mann, den sie liebt. Es *muss* etwas passiert sein.«

Er nahm sich Zeit für seine Antwort, oder er überlegte, ob er überhaupt antworten sollte. Er beobachtete, wie die Suchtrupps nach und nach verschwanden. Schließlich sagte er: »Die Leute hier scheinen jedenfalls nicht daran zu zweifeln, dass ihr etwas zugestoßen ist.« Sein Ton verriet keinerlei Ironie. »Und sie scheinen sicher zu sein, dass sie auf den Marschen zu suchen haben, nicht wahr?« Bevor ich verstand, was er meinte, fügte er hinzu: »Wollen wir hoffen, dass die Leute sich irren.« Er schien einen Entschluss gefasst zu haben, doch da hatte Ramsey seinen Chef schon auf Will aufmerksam gemacht, der sich uns schnellen Schritts näherte.

Er blieb dicht neben mir stehen und fragte Ramsey mit besorgter Miene: »Nichts Neues?«

»Leider nicht, Sir.«

Es war klar, dass Will nichts anderes erwartet hatte. »Na gut, wenn es weiter nichts gibt, dann schließe ich mich jetzt der Suche an.«

»Nur noch eine Frage, Sir«, sagte Ramsey in seiner unbeteiligten Art. »Hatten Sie inzwischen Zeit, die Papiere Ihrer Frau noch einmal durchzugehen? Irgendwelche Bankkonten, die Sie vergessen haben könnten? Bausparkonten oder so?«

»Ja, ich habe nachgeschaut, aber es ist, wie ich gesagt habe. Es gibt nur *ein* Konto.«

Ramsey schaute Will gerade ins Gesicht. Sein Blick war neugierig und taxierend, wenngleich ich nichts von dem Misstrauen darin las, das Maggie so beunruhigte. »Auch kein Sparkonto?«, fragte er nach.

»Doch, ein Sparkonto haben wir auch.«

»Sie wüssten bestimmt, wenn da etwas abgehoben worden wäre, oder?«

»Ja, das wüsste ich.«

Agnew warf Ramsey einen Blick zu, mit dem er ihn offenbar an etwas erinnern wollte. Mit einem kurzen, bestätigenden Nicken wandte Ramsey sich wieder an Will. »Gibt es bestimmte Orte, mit denen Ihre Frau sich besonders verbunden fühlt?«

Will runzelte die Stirn und kramte in seinem Gedächtnis. »Nein, nicht dass ich wüsste.«

»Nichts, woran sich vielleicht besondere Kindheitserinnerungen knüpfen?«

»Nein, das kann ich nicht sagen. Sie ist in London aufgewachsen.«

»Na gut, Sie können jetzt gehen, Sir. Natürlich werden wir Sie auf dem Laufenden halten.«

Agnew und Ramsey gingen zu ihrem Wagen.

»Was hältst du davon?«, fragte Will. »Meinst du nicht auch, die sind hoffnungslos?«
»Schwer zu sagen«, erwiderte ich vorsichtig, während ich Ramsey zusah, wie er sich mühsam in den Fahrersitz zwängte. »Im Großen und Ganzen scheinen sie zu wissen, was sie tun. Ich denke, sie sind so gründlich, wie man es erwarten kann. Genau werden wir das allerdings erst wissen, wenn wir selbst in London nachgeforscht haben.«
Er nickte und schaute sich ungeduldig nach den Suchtrupps um.
»Bevor ich zurückfahre, musst du mir ein Foto von Grace geben, Will.«
»Zurückfahren? – Natürlich … natürlich musst du zurück. Auf meinem Schreibtisch liegen Fotos, ein ganzer Stapel. Nimm dir, was du brauchst. – Musst du wirklich weg? Kannst du nicht bleiben?« Aber es klang wie der übliche Spruch, den man aufsagt, wenn ein Freund sich auf den Weg machen muss.
»Ich werde dich anrufen, sobald ich etwas von unserem Privatdetektiv höre.«
Er umarmte mich genauso innig, impulsiv und überwältigend, wie er es am Morgen getan hatte. Dann gab er mich, ebenso plötzlich, wieder frei und machte sich schnellen Schritts, den Kopf gegen den beißenden Wind gesenkt, auf den Weg in die Marsch.
Der Polizeiwagen stand ein Stück weiter unten am Kai. Ramsey hatte sich umgedreht und blickte in unsere Richtung. Er starrte aus dem Seitenfenster. Offenbar hatte er etwas gesehen, das ihn veranlasste, noch mal hinzuschauen. Waren es immer noch die Suchtrupps, die ihn interessierten? War es Will? Oder – ich konnte es zuerst nicht glauben, doch dann war es eindeutig – war es unsere Umarmung gewesen, die er so interessant fand?

Zweifellos gehörte Ramsey zu den Leuten, für die eine Umarmung zwischen einem Mann und einer Frau nur eines bedeuten konnte.

Als ich in die Küche kam, war von Maggie nichts zu sehen. Es meldete sich auch niemand, als ich in den Flur rief. Auf der Suche nach Wills Arbeitszimmer steckte ich den Kopf in den Raum gegenüber dem »Salon«. Früher war dies eine Höhle voller Bücher gewesen, mit verschlissenen Perserteppichen auf dem Boden und einem alten Klavier an der Wand. Jetzt standen dort saubere Bücher ordentlich aufgereiht in klassizistischen Regalen mit Simsen und Kannelierungen. In einer Ecke glänzte ein kleiner Flügel, die Teppiche waren neu und neben dem Kamin stand ein großer Fernseher neuesten Modells.

Eine nicht weniger dramatische Verwandlung hatte das Esszimmer erfahren. Wo ich mich an weiße Wände, einen großen, geschrubbten Kieferntisch mit hochlehnigen Stühlen und helle Vorhänge erinnerte, stand nun ein spiegelblanker Rosenholztisch mit passenden Stühlen, alles erlesenste Stilmöbel. Die Landschaftsgemälde an den grünen Seidenwänden wurden von kleinen Spots angeleuchtet, die Vorhänge waren aus schwerem Brokat. Alles, und das dachte ich nicht zum ersten Mal, sah nach Geld aus, viel Geld. Wo konnte all dieses Geld herkommen? So weit ich mich erinnerte, hatte Grace nicht viel mit in die Ehe gebracht, aber vielleicht hatte ich mich damals getäuscht oder mich schlicht nicht dafür interessiert, wie viel Geld sie hatte.

Ich ging durch die Küche und steckte meine Nase in verschiedene andere Schränke und Vorratskammern, alle in vorzüglicher Ordnung. Auch im Hof war nichts mehr von dem Gerümpel zu sehen, das sich früher hier getürmt hatte. Keine Holzstapel, weder verrostete Werkzeuge noch alte Traktoren. Die Nebengebäude waren alle weiß getüncht und makellos sauber. Die Fensterrahmen glänzten in frischem Lack.

Eines der kleineren Nebengebäude hatten sie zu Wills Büro gemacht. Ich machte das Licht an und unter dem Flackern der Neonröhre wurde ein quadratischer Raum mit Aktenschränken, Kopierer, Faxgerät und einem mit Papieren bedeckten Metallschreibtisch sichtbar. An den Wänden hingen Plakate und Kurvenblätter. Neben einem Schaubild, das irgendein Auf und Ab darstellte, wahrscheinlich Farmerträge, prangte eine neblige Landschaft aus der Toskana, ganz ähnlich der in Maggies alter Küche. Über dem Schreibtisch waren Fotos an die Wand geheftet, die meisten von Charlie: Charlie auf einem Fahrrad, Charlie mit einem Fußball und Charlie in der *Pod,* dem winzigen Dingi, in dem Will und ich als Kinder so viele Ausflüge unternommen hatten. Auf manchen der Bilder lächelte der Junge, auf anderen sah er nachdenklich aus, doch überall schien eine liebenswerte, offene und anspruchslose Natur durch.

Auf dem Schreibtisch herrschte ein furchtbares Durcheinander, Haufen von Rechnungen und Formularen, Briefen und Landwirtschaftszeitschriften, und in der Mitte der Stapel Fotos von Grace. Ich nahm mir eins, das recht neu zu sein schien, ein Schnappschuss im Freien, auf dem sie einigermaßen natürlich wirkte, als hätte der Fotograf sie erwischt, als sie sich gerade zur Kamera umdrehte. Selbst im grellen Sonnenschein erschien ihre Haut makellos, abgesehen von ganz leichten Stirnfalten. Der Gesamteindruck war Frische und Schönheit, eine Frau, der ihr Alter nie anzusehen sein würde – höchstens vielleicht in den Augen, dem wissenden Blick.

Ich fand ein leeres Blatt Papier – was nicht einfach war in dem

Durcheinander –, schrieb Will, welches Foto ich mitnahm, und versprach, es so schnell wie möglich zurückzubringen.
Mein Blick fiel auf das Telefon und ich setzte mich schnell, um die Nummer zu probieren, von der aus zuvor hier angerufen worden war.
»Hallo?« Eine fröhliche Frauenstimme.
»Ich rufe vom Haus der Deardens an. Offenbar hat jemand vor etwa einer Stunde …«
»Oh, das muss Charlie gewesen sein. Möchten Sie mit ihm sprechen? Im Augenblick sind seine Hände etwas klebrig, aber ich kann etwas um den Hörer wickeln …«
»Nein, nein, ich will ihn nicht stören. Ich wollte nur wissen, wer angerufen hat.«
»Ja, das war bestimmt Charlie. Wir machen gerade Collagen, eine Waldszene. Charlies ist ganz erstaunlich. Sehr bunt!«
»Vielen Dank.«
Ich legte auf und lehnte mich zurück. Was hatte Charlie gedacht, als er meine Stimme hörte? Ich erinnerte mich deutlich, wie Will am Morgen auf mich zugelaufen war und wie erschrocken er ausgesehen hatte, weil ich nicht die war, die er zu sehen gehofft hatte. *Klang* ich etwa auch wie Grace?
Dann fiel mein Blick auf einen Brief, der aus einem besonders wackligen Haufen von Papieren ragte. Der Briefkopf, die geschwungene Schrift kamen mir sehr bekannt vor: *Wickham Estates*. Und dann: *Sehr geehrter Mr. Dearden – Betr.: Gunmarsch, Pachtvertrag.*
Von Maggie war immer noch nichts zu sehen oder zu hören. Ich schrieb also noch einen Zettel, legte ihn auf den Küchentisch und verließ das Haus.

Es fiel mir schwer, mir Wickham Lodge ohne Tante Nella vorzustellen. Sie war dort geboren, kurz nachdem das Haus errichtet worden war, im Jahr 1908, und hatte ihr ganzes Leben dort verbracht, ohne Unterbrechung bis zu ihrem Tod fünfundachtzig Jahre später. Als ich durch das Tor und zwischen den Lorbeerbäumen hindurchfuhr, erwartete ich vage immer noch, den ramponierten Kombi vor der Tür stehen zu sehen. Ich hielt nach den vergilbten Leinenrollos Ausschau, die wie mittelalterliche Banner in den hohen Fenstern hingen, und als ich aus dem Wagen stieg, war ich darauf gefasst, von fünf hysterischen Spaniels mit lehmigen Pfoten und dem Geruch nach langen Spaziergängen und feuchten Hundekörben begrüßt zu werden.

Stattdessen fand ich frischen Kies auf der Zufahrt, keine Rollos hinter den Fenstern, frische Farbe auf den Fensterrahmen und, lässig in der Mitte des halbrunden Vorplatzes geparkt, ein blitzendes rotes Mercedes-Coupé. Der Wagen musste Edward gehören – er hatte immer schon sportliche Autos geliebt –, während der hellblaue Golf, der verschämt in einer Ecke vor einem Blumenbeet stand, mit hoher Wahrscheinlichkeit Jillys war. Ich bildete mir nicht ein, zu verstehen, wie sie es mit meinem Bruder aushielt, doch ich bewunderte ihre Ausdauer, so wie man einen treuen Hund dafür bewundert, dass er einen schlechten Herrn nicht im Stich lässt.

Ich klingelte an der Haustür wie eine Besucherin – das war ich schließlich auch – und hörte das tiefe Bellen von Edwards Labrador. Eine Minute später öffnete Edward die Tür. Er wirkte missmutig und sein Gesichtsausdruck änderte sich auch nicht, als er mich vor sich sah.

»Ich hätte angerufen«, entschuldigte ich mich, »aber es hat sich erst gestern Abend ergeben, dass ich kommen würde.«

»Ich wollte gerade weg«, sagte er, als hätten ich und der Rest der Welt das wissen müssen.
»Macht nichts, ich wollte sowieso nur kurz vorbeischauen.«
Wie so oft bei Edward kam auch diesmal nach der schroffen Begrüßung das widerwillige Einlenken. »Es ist noch Kaffee da. Wenn du willst ...« Ohne meine Reaktion abzuwarten, ging er ins Haus.
»Ich dachte, du wärst auf der Jagd«, sagte ich, während ich die Tür schloss und ihm durch die Halle folgte.
»Auf der Jagd?« Er schaute mich über die Schulter an und stapfte in die Küche. »Ist das dein Ernst? Auf welchem Planeten lebst du eigentlich, Alexandra? Die Saison ist seit drei Wochen vorbei. Man würde mich verhaften, wenn man mich mit einem Gewehr erwischte!«
»Oh. Das habe ich vergessen. Ich dachte, du wärst jedes Wochenende draußen.«
Er verdrehte die Augen, seufzte und nahm eine Thermoskanne von der Anrichte, goss mir eine Tasse Kaffee ein und schob sie mir zu, quer über den Tisch. Nachdem er mich auch mit Zucker und Milch versorgt hatte, ließ er sich auf einem Hocker nieder, zündete sich eine Zigarette an und verschränkte die Arme, bereit, sich anzuhören, was ich zu sagen hatte. Er hatte ein wenig zugenommen, doch das stand ihm nicht schlecht; er hatte immer zu Magerkeit geneigt. Beunruhigender waren seine verschwollenen Augen und die fahle Haut. Ich fragte mich, ob er mit dem Rauchen oder dem Trinken oder beidem übertrieben hatte. »Also?«, fragte er erwartungsvoll.
»Ich bin hier, weil Will Dearden mich darum gebeten hat.«
Seine Verblüffung erschien mir etwas übertrieben. »Wieso das denn?«
»Nun ja – Grace Dearden ist verschwunden ...«

»Ja, ja, das weiß ich! Aber was hast *du* damit zu tun?«

»Er möchte, dass ich ein paar Nachforschungen für ihn anstelle und dass ich den Kontakt zur Polizei halte.«

»Aber warum *du*?«

»Das ist mein Gebiet, Ed. Das mache ich die ganze Zeit.«

Er schüttelte den Kopf. Warum nur war er so aufgebracht?

»Verrückt! Was kannst du schon tun, von London aus?«

»Genauso viel wie von hier, hoffe ich.«

»Ehrlich, Lex, was stellst du dir eigentlich vor? Du solltest dich wirklich da raushalten.«

»Ich wüsste nicht, warum.«

»Ist das nicht klar? Der Kerl ist schließlich ein Pächter von uns.«

»*Dein* Pächter, Ed. Mit mir hat das nichts zu tun. Und selbst wenn, warum soll ich nicht …«

»Okay, okay«, unterbrach er mich in aggressivem Ton, »der Pächter deines *Bruders*. Immerhin Familie, verdammt noch mal.«

»Na und?«

»Mitten in diesem Streit!«

»Welcher Streit? Wovon redest du, Ed?«

Er wollte mich schon wieder angreifen, doch dann besann er sich eines anderen. Wenn ich nichts wusste von diesem »Streit«, dann nur, weil er mir nichts davon erzählt hatte. »Es geht um den Preis für die Gunmarsch. Er versucht, mit mir zu handeln.« Er machte eine abschätzige Handbewegung.

»Kannst du mir das vielleicht näher erklären?«

»Die Gunmarsch!«, rief er, als wäre ich schwer von Begriff. »Er wollte die Farm unterverpachten, verstehst du? Da bin ich natürlich sofort eingeschritten. Dazu hat er nämlich kein Recht, überhaupt keins. Ich hätte ihn verklagen können.« Er fasste meine Verblüffung als Zweifel auf. »Wirklich, Lex, ich hätte ihn vor Gericht schleppen können!« Als ich nickte, fuhr er kaum weniger aggressiv fort: »Und dann hat er einen unverschämten Preis verlangt, wenn ich *mein eigenes Land* zurückhaben wollte! Es wäre fast vors Schiedsgericht gekommen. Es hat Monate gedauert, die Sache zu regeln. Und ich habe einige Zugeständnisse gemacht – sehr großzügige Zugeständnisse. Und was ist der Dank? Er hält Unterlagen zurück, lässt sich Zeit, Dokumente zu unterzeichnen – alles nur, um mir die Sache so lästig wie möglich zu machen. Dieses Pack!«

Ich konnte es immer noch nicht fassen. »Will hat vor, die Marschen aufzugeben?«

»Nur die Gunmarsch. Er braucht offenbar Geld.«

Keine seiner Erklärungen ergab für mich irgendeinen Sinn. Die Deardens bewirtschafteten die Gunmarsch seit vier oder fünf Generationen. Ich konnte mir nicht vorstellen, dass Will das aufgeben wollte – höchstens als allerletzten Ausweg, in größter Verzweiflung. Das alles klang ziemlich beunruhigend. »Es tut mir wirklich Leid, dass ihr eine Auseinandersetzung hattet, sehr Leid, aber das heißt nicht, dass ich nicht für die Deardens arbeiten kann.«

»Die Deardens – mein Gott«, murmelte er ablehnend. »Du hättest dich da raushalten sollen.«

»Das musst du wohl mir überlassen, Ed.«

Er zuckte die Schultern, und sein Zorn ging in Arroganz über, so als stehe er über dem Ganzen.

»Hast du dich nicht bereit erklärt, Grace Dearden den Park zur Verfügung zu stellen, für ihr Festival?«, fragte ich in gespielter Verwunderung.

»Das ist etwas anderes.«

Ich runzelte die Stirn. »Ach ja?«

»Das war, bevor dieser Unsinn anfing.«
Ich dachte an Grace' Terminkalender. »Warst du an dem Mittwoch nicht mit Grace verabredet?«
»Ach was, *Verabredung!* Sie wollte herkommen und sich etwas anschauen. Ich habe vergessen, worum es ging. Ich habe gesagt, sie solle sich ruhig umschauen, sie könne überall herumlaufen. Ich wäre nicht da, aber das wäre kein Problem. Nein, wir haben uns nicht getroffen.«
»Aha. Deine Initialen tauchen nämlich in ihrem Terminkalender auf. Deshalb frage ich.«
Er hatte schon wieder das Interesse verloren und wischte das Thema beiseite. »Wo du schon hier bist ...« Er rutschte von seinem Hocker und verließ den Raum. Ich wünschte, die Jahre hätten ihn etwas liebenswürdiger gemacht. Man sagt, Verletzungen, die man in der Kindheit erleidet, heilen nie. Edward war der wandelnde Beweis dafür. Man hätte seinen Schmerz leicht darauf zurückführen können, dass Mutter gestorben war, als Ed erst sechzehn war. Ebenso war man versucht, Vater die Schuld zu geben, der ihn zwei Jahre zuvor aus der Schule genommen, ihn von seinem Freundeskreis getrennt und in einen abgelegenen Winkel von Cornwall mitgenommen hatte. Doch ich wusste, es steckte mehr dahinter. Edwards Verhältnis zu Vater war zerbrochen, als Ed erst zehn oder elf gewesen war, und danach hatte für ihn nichts mehr gestimmt. Deshalb meinte ich immer, ich müsste zu ihm halten, deshalb ließ ich mir von ihm mehr gefallen als von irgendjemandem sonst – weil er, abgesehen von Jilly, außer mir niemanden hatte, der seine Geschichte kannte.
Er kam zurück und knallte einen getippten Brief vor mir auf den Tisch. »Du brauchst nur zu unterschreiben.«
Der Brief war in meinem und Edwards Namen an die Notare in

Falmouth adressiert, die Vater als Testamentsvollstrecker eingesetzt hatte. Es war ein formeller Antrag auf vollständige Offenlegung von Vaters Vermögensverhältnissen. Dem Brief zufolge glaubten Edward und ich, in der Berechnung des Vermögens sei eine erhebliche Summe übersehen worden. Er bezog sich mit Datum und Betrag auf zwei Kontobelastungen und forderte die Anwälte auf, sämtliche Informationen dazu zu liefern.
»Ich bin nicht sicher, ob wir ein Recht auf diese Informationen haben. Vater hat schließlich noch gelebt, als die Gelder abgehoben wurden.«
»Um Himmels willen!«, explodierte Edward. »Ich habe dir doch gesagt, es ist *unser* Geld, das vielleicht irgendwo auf einem Konto verschimmelt! Dir geht es ja vielleicht glänzend mit deinen fetten Anwaltshonoraren, aber ich brauche jeden Pfennig. Ich brauche hier ein neues Dach. Das ganze Anwesen muss modernisiert werden. Tante Nella hat *nichts* gemacht, über Jahre hinweg. Drei Cottages müssen renoviert werden. Und dann muss ich mich um Mill Farm kümmern, Entwässerungsprobleme, und wer weiß, was danach noch alles kommt. Das Ganze wird ein Vermögen kosten!«
Ich ignorierte seine Bemerkung über meine Honorare. Wie auch immer Edwards Einkommen aussah – und es war bestimmt ausreichend –, man konnte ihm jedenfalls nicht vorwerfen, dass er viel für sich selbst ausgab. Am liebsten lief er in Pullover und Tweedhose herum; mit Mode hatte er nichts im Sinn. Er war lange nicht mehr im Ausland gewesen und kam kaum jemals nach London. Wickham Lodge mochte groß sein – wenn man die Dachkammern dazuzählte, gab es zehn Schlafzimmer –, doch abgesehen davon, dass er die Holzbalken versiegelt und grellweiße Dispersionsfarbe auf die Küchenwände

geklatscht hatte, sah es noch genauso aus, wie Tante Nella es hinterlassen hatte. Gut, es stand ein Mercedes vor der Tür, aber das war auch alles.
»Okay, ich unterschreibe«, sagte ich schließlich, »aber rechne nicht damit, dass etwas dabei herauskommt.«
Davon wollte er nichts hören. Der Verdacht, Vater könnte ihm das Geld absichtlich vorenthalten haben, sozusagen als letzte Boshaftigkeit, fraß ihn auf.
Er stand hinter mir, während ich meine Unterschrift kritzelte, und riss den Brief eilig an sich.
»Verdammt.« Er hielt sich seine Uhr vors Gesicht. »Wir kommen zu spät.« Dann stapfte er in die Halle und rief nach Jilly. Es war typisch, dass er mir nichts von ihrer Anwesenheit gesagt hatte. Ich wartete an der Tür, während er sich eine Jacke überzog und abwechselnd den Hund anfauchte, er solle still sein, und nach Jilly schrie.
Schließlich kam Jilly die breite Treppe heruntergerannt, Pullover und Handtasche unter den Arm geklemmt. »Hallo!«, rief sie überrascht und küsste mich flüchtig auf die Wange. Sie schien voller Energie und Tatendrang, ganz anders als bei unserer letzten Begegnung. Manchmal, wenn sie an ihrer Beziehung mit Edward verzweifelte, war sie deprimiert und kaum ansprechbar, zu anderen Zeiten gelang es ihr, die Dinge nicht ganz so ernst zu nehmen. Wirklich froh und zuversichtlich hatte ich sie jedoch kaum einmal gesehen. Sie war neunundzwanzig und wünschte sich nichts sehnlicher als eine Ehe und Kinder. Nach vier Jahren mit Edward war immer noch keine Hochzeit in Sicht, und sie musste fürchten, all die Zeit und Anstrengung in eine Beziehung investiert zu haben, die letztlich doch keine Früchte tragen würde.
»Ich wusste gar nicht, dass du kommen wolltest«, sagte sie mit

ihrer Kleinmädchenstimme und ich erklärte ihr, was mich zu ihnen führte.
Ihr Gesicht wurde vollkommen ausdruckslos. »Sie war gerade dabei, das Musikfestival zu organisieren.«
»Ja, davon habe ich gehört.«
Edward riss die Haustür auf und Jilly und ich trotteten gehorsam nach draußen.
»Vielleicht war sie deprimiert«, sagte Jilly. Ihr Ton verriet, dass sie genau wusste, wovon sie sprach.
»Es sieht aber nicht so aus.«
»Wer weiß. Nicht alle, die deprimiert sind, reden darüber«, sagte sie ernst.
»Aber es gibt doch Anzeichen, oder? Die meisten Menschen geben Signale, sagen die Experten.«
Sie dachte darüber nach, als wäre das eine ganz neue, eigenartige Vorstellung. »Vielleicht hast du Recht ...«
Jilly hatte sich die Haare wachsen und blonde Strähnen einfärben lassen. Sie trug keinen Lippenstift, aber ihre Wimpern waren wie immer mit reichlich Mascara verkleistert. Die nachgezogenen Augenbrauen, die neue Haarfarbe – das alles sah nach mehr Aufmachung aus, als notwendig oder vorteilhaft war. Sie trug Tweed und Wolle, so als wäre sie in einen Laden gegangen und hätte eine weibliche Version von Edwards Lieblingssachen verlangt. Ich wurde den Verdacht nicht los, dass Edward sich ihrer schämte, dass sie in die Jagdkreise, in denen er sich jetzt zu bewegen pflegte, nicht recht passte. Wäre er nicht so an sie gewöhnt gewesen, hätte er die Beziehung wahrscheinlich längst beendet.
Edward, der die Tür schon zugeschlagen und abgeschlossen hatte, fluchte plötzlich: »Die Kamera, verdammt noch mal, wo ist die verdammte Kamera, Jilly?«

Jilly bewegte sich wie an Marionettenfäden. »Entschuldige, ich hole sie schnell.«
»Nein«, stöhnte Edward, während er die Tür wieder aufschloss, »ich gehe selbst.«
Jilly blieb einige Augenblicke lauschend auf der Schwelle stehen, falls er sie doch noch rief. Sie war den Tränen nahe und murmelte: »Es ist meine Schuld. Ich habe die Kamera vergessen. Wir wollen uns nämlich ein Pferd anschauen …«
Ich nickte stumm und fragte dann: »Habt ihr Grace in letzter Zeit oft gesehen?«
»Nein.« Ihre Stimme war noch zaghafter als sonst. »Ich meine, nicht gesellschaftlich, nur auf ein paar Partys bei anderen Leuten. Und als dann diese Pachtsache losging …« Sie hielt sich eine Hand vor den Mund, als hätte sie schon zu viel gesagt.
»Der Streit.«
»Genau, der *Streit*«, sagte sie, offenbar erleichtert, dass ich schon davon zu wissen schien. »Seitdem war alles ein bisschen … schwierig.«
»Das Angebot, sein Land für das Festival zur Verfügung zu stellen, konnte er wohl schlecht zurücknehmen.«
»Oh, das wollte er auch nicht! Nein, die Idee gefiel ihm sehr gut, ein …« Sie stockte, als hätte sie wieder Angst, etwas Falsches zu sagen, und blickte zum Haus. »Ich glaube, es gefällt ihm, als Gastgeber einer so bedeutenden Veranstaltung aufzutreten, alle hier zu empfangen. Er wollte sogar den Garten neu herrichten lassen.«
Ganz der Gutsherr. Die Vorstellung gefiel mir. »Und Grace?«, fragte ich. »Hat sie sich gar nicht an dem Streit gestört?«
»Nein, nein. Sie tat einfach so, als wäre nichts, als wären wir alle die besten Freunde – was wir natürlich nicht waren, nie. Aber so war sie eben.«

»Wie meinst du das?«
»So war sie eben: immer lächeln, immer süß und nett.« Um zu zeigen, dass sie es nicht negativ meinte, lachte sie verlegen. »Ein bisschen zu großartig. Das fand ich jedenfalls immer.«
»Großartig?«
Jilly reagierte auf jeden Zweifel, jede Spur von Kritik, indem sie sofort den Rückzug antrat. »Großzügig, meine ich.«
Ich war immer noch nicht ganz sicher, was sie damit sagen wollte. Jilly schien das meinem Gesicht anzusehen und erklärte: »Ich meine, wenn man sie trifft, dann denkt man, sie gehört zu den oberen zehntausend, sei mit einem silbernen Löffel im Mund geboren, verstehst du? Man würde nie draufkommen, dass sie eine ganz normale Frau ist – wie sie redet und so; ihre Kleider, ihr ganzes Auftreten: als wäre sie Hochadel.«
So hatte ich Grace noch nie gesehen, aber nun, da Jilly es sagte, fand ich etwas Wahres daran.
Edward kam zurück und schloss die Tür wieder ab. Jilly lief sofort eifrig in Richtung Mercedes und winkte mir zu. »War schön, dich mal wieder zu sehen, Alex!«
Edward pflanzte sich vor mir auf und sagte versöhnlich: »Schade, dass wir nicht mehr Zeit haben.« Er brachte sogar so etwas wie ein Lächeln zustande. »Warum kommt ihr nicht mal übers Wochenende, du und Paul?«
Ich brachte die üblichen Entschuldigungen für Paul vor, dass die Arbeit ihn jedes Wochenende in London festhielt und so weiter. »Vielleicht muss ich aber wegen der Deardens noch mal herkommen. Dann würde ich dich vielleicht um einen Schlafplatz angehen.« Ich lächelte spöttisch. »Meinst du, das wäre drin?«
»Ich glaube, damit würden wir fertig.« Er spielte den Gleichgültigen, doch seine Befriedigung darüber, dass ich ihn einmal um etwas bitten musste, konnte er nicht verbergen.

»Vielleicht schon nächste Woche«, sagte ich.
Und schon kam seine sarkastische Seite wieder zum Vorschein: »Was, so schnell? Ach ja, du hattest schließlich schon immer eine Schwäche für Will Dearden, stimmts?«
»Mach dich nicht lächerlich«, entgegnete ich kalt.
»Oh, ein wunder Punkt?«
»Erspar mir deine traurigen Sprüche.«
Er schaute mich an und hörte auf mit dem Spiel. »Ach, Lally«, seufzte er, indem er den Namen benutzte, bei dem er mich als Kind gerufen hatte, »achte einfach nicht auf mich.«
»Vielleicht solltest du selbst ein bisschen mehr auf dich achten, Ed. Du solltest ein bisschen vorsichtiger sein mit dem, was du sagst.«
Er nickte wie ein reuiger Schuljunge. »Du hast Recht, Alex. Du hast immer schon Recht gehabt.«

4

Nackter Beton, klirrendes Eisen und lange Echos: die kalte Welt der Zellen hinter dem Amtsgericht in Clerkenwell. Ich passierte den vertrauten Irrgarten aus Sicherheitstüren und fensterlosen Korridoren, bis ich vor dem diensthabenden Sergeant stand, einem steinharten Mann mit gut einstudierter Barschheit.

Ich wünschte ihm einen guten Morgen und erklärte ihm, dass ich für den Tag als Pflichtverteidigerin eingeteilt sei. »Nun, wie viele haben Sie für mich?«

Er lehnte sich mit den Ellbogen auf seinen Schreibtisch und nahm sich reichlich Zeit, seine Liste durchzugehen. »Zehn oder elf. Vielleicht mehr«, brummte er missmutig. »Zwei sind noch in Islington oder auf dem Weg hierher.«

Als Pflichtverteidiger wusste man nie, was der Tag bringen würde. Sicher war nur, dass es an einem Montag bestimmt nicht ruhig zugehen würde. Am Montag kamen die Verhafteten von zwei Tagen vor Gericht, und zwar von Tagen, an denen die Leute mit größerem Eifer stahlen, sich prügelten und sonst wie danebenbenahmen als sonst.

Ich notierte die Namen der Beschuldigten und was ihnen zur Last gelegt wurde. Als ich den Namen Hedley hörte, bat ich den Beamten, ihn als Ersten zu bringen.

Der Wärter öffnete die Klappe in der Tür und rief in die Zelle. Der Junge, dessen Gesicht in dem Schlitz erschien, sah wie sechzehn aus, war aber zweiundzwanzig: große, ängstliche Augen und leichenblasse Haut mit glühend roten Aknekratern.

»Jason, Jason«, sagte ich in milder Verzweiflung, »so schnell sehen wir uns wieder.«

»Hi, Mrs. O'Neill. Was machen Sie denn hier?«

»Ich bin heute dran. Du kriegst mich also umsonst, du Glückspilz.«

Er lächelte.

»Du hast bei *Sainsburys* geklaut?«

»Ja.«

»Und was hast du erbeutet?«

»Ein Hühnchen. Vier Pfund, wenn ich bezahlt hätte.«

»Du bekennst dich also schuldig, oder?«

»Klar.« Seit seinem zwölften Lebensjahr war er ständig wegen solcher Bagatellen in Schwierigkeiten. Nachdem er eine Flasche Whisky aus einem anderen Supermarkt hatte mitgehen lassen, war er ohnehin nur auf Kaution frei gewesen.

»Was ist mit deiner Familie? Soll ich vor Gericht darauf zu sprechen kommen?«

»Na sicher.«

»Dann lass es uns noch einmal durchgehen: Dein Vater ist umgekommen, als du drei warst. Und vor einem Jahr ist deine Mutter gestorben, richtig?« Die Mutter war ebenfalls eine Klientin gewesen. Sie war an gepanschten Drogen zugrunde gegangen, doch das würde ich nicht erwähnen.

»Wo wohnst du im Moment, Jason?«

Er blickte schuldgewusst zu Boden.

»Nicht etwa wieder auf der Straße, oder?«

»Doch, meistens.«

»Was ist denn mit dem Wohnheim?«

»Ach, da war dieser Kerl. Der hat mir das Leben schwer gemacht.«
»Und dein Bewährungshelfer? Konnte der nichts anderes für dich finden?«
Wieder blickte er zu Boden.
»Du hast also nichts von dir hören lassen«, seufzte ich.
Sein Gesichtsausdruck bestätigte meine Vermutung und ich schüttelte den Kopf wie eine Mutter angesichts eines hoffnungslosen Kindes.
Am Ende des Korridors hörte ich Schritte und aus dem Augenwinkel sah ich jemanden näher kommen. Der schlaksige Gang kam mir bekannt vor und ich schaute genauer hin. Es war Sturgess, und er winkte mir zu. Wahrscheinlich war er hergekommen, weil es in der Praxis etwas Wichtiges gab, das er mir erzählen wollte. Ich bedeutete ihm, dass ich gleich zu ihm kommen würde, und wandte mich wieder dem Loch in der Zellentür zu. »Hör zu, Jason, ich werde versuchen, noch einmal Kaution zu bekommen, aber der Richter wird bald die Geduld mit dir verlieren, wenn du nicht versprichst, dich an die Bedingungen zu halten, verstehst du? Ich werde dem Richter sagen, du wärst in dem Obdachlosenheim belästigt worden, hättest seitdem draußen geschlafen und das Hühnchen gestohlen, weil du seit Tagen nichts Anständiges mehr gegessen hättest. Es ist aber nicht gesagt, dass sie das schlucken, ist dir das klar?«
»In Islington gibt es eine Bude, wo ich es aushalten würde.«
»Ein Heim? Hast du da Freunde?«
Er nickte.
»Aber sind es auch gute Freunde, Jason? Leute, die dich nicht wieder in Schwierigkeiten bringen?«
Darauf hatte er keine Antwort.

»Na gut. Ich werde mit der Bewährungshilfe sprechen, aber ich kann nichts versprechen, Jason.«

»Danke, Mrs. O'Neill.« Er zog sich in seine Zelle zurück und ich schloss die Klappe.

Als ich den Zellengang entlangschaute, sah ich zu meiner Überraschung, dass Sturgess an einer Tür am anderen Ende des Gangs lehnte und mit dem Insassen sprach.

Ich fragte den Wärter, wer in der Zelle war.

»Munro, schwere Körperverletzung, Untersuchungshaft Brixton.«

Was machte dann Sturgess hier? Warum hatte Paul nicht mich gebeten, ihm auszuhelfen, wenn es einer von seinen Klienten war? Sturgess zu schicken war weder sinnvoll noch notwendig. Es war nur noch eine halbe Stunde bis zur Sitzung, und ich musste noch mit neun anderen Leuten reden, die ich zu vertreten hatte.

Als ich schließlich in den Gerichtssaal kam, standen gerade alle und erwarteten die Richterin, Alice Knapp, die vorher als Strafverteidigerin in Isleworth gewesen war. Sie stand in dem Ruf, ziemlich hart zu sein.

Ich rutschte auf die Bank neben Sturgess und flüsterte: »Mit wem haben Sie da draußen gesprochen, Gary?«

»Einer von Pauls Kunden. Schwere Körperverletzung, ein Untersuchungsgefangener. Paul ist auf dem Weg hierher, aber er hat mich gebeten, noch einmal mit dem Klienten die Instruktionen durchzugehen.«

»Aber warum hat er mich nicht …« Ich winkte ab und schluckte den Rest herunter. Was immer Paul sich dabei gedacht hatte, es war nicht Sturgess' Angelegenheit.

In den ersten beiden Fällen zeigte sich Ms. Knapp nicht gerade von ihrer mildesten Seite und ich begann, mir Sorgen um Jason zu machen. Doch der Umstand, dass er im Obdachlosenheim belästigt worden war, bewegte sie dazu, ihm Kaution zu gewähren, unter der Bedingung, dass er sich einen anderen Schlafplatz suchte und sich zwei Mal die Woche bei seinem Bewährungshelfer meldete.

Es ging zügig voran. Zwei Fälle wurden sofort vertagt, bald würde Pauls Körperverletzung an der Reihe sein. Sturgess wurde immer nervöser. Schließlich stand er auf und flüsterte mit dem Gerichtsbeamten. Was hatte Paul sich nur dabei gedacht? Das Ganze wäre kein Problem gewesen, wenn er mich ins Bild gesetzt hätte.

Ich bemerkte Paul, als er mir vom anderen Ende der Verteidigerbank zulächelte. Ich schaute ihn fragend an, doch er schien mich nicht zu verstehen oder ignorierte mich einfach.

Als seine schwere Körperverletzung dran war, hörte ich zu und erwartete etwas Ungewöhnliches oder besondere Schwierigkeiten, doch am Ende kamen nur weitere zwei Wochen Untersuchungshaft heraus. Kein Antrag auf Kaution, nichts besonders Geheimnisvolles. Die ganze Sache war in drei Minuten vorbei. Paul verbeugte sich rasch vor der Richterin, nickte mir kurz zu und schoss, Sturgess im Schlepptau, aus dem Gerichtssaal – ganz der viel beschäftigte Spitzenverteidiger. Oder ganz Paul, der immer mehr dazu neigte, einem aus dem Weg zu gehen, damit er nichts erklären musste.

Zu Beginn der Mittagspause erspähte ich im Gedränge vor dem Saal Ray Dodworth, den Detektiv, der für uns arbeitete. Er stand am anderen Ende des Flurs, doch selbst aus der Entfernung war er wegen seiner Größe – er war über einsneunzig – und seiner Vorliebe für elegante italienische Anzüge und Ganovenhaarschnitte nicht zu übersehen: ein Pfau unter Spatzen.

Wir gingen zu dem Pub um die Ecke.«Bennett, der Zahnarzt«,

begann Ray, nachdem wir in einer düsteren Ecke einen Tisch gefunden hatten. »Der war sehr hilfsbereit. Er hat Grace Dearden vier Kronen eingesetzt und vier Zähne beschichtet. Die Sitzung an dem Donnerstag wäre die letzte gewesen. Er wollte nur noch etwas polieren und abschleifen und so. Bis dahin war sie immer pünktlich erschienen, auf die Minute. Sie war immer sehr liebenswürdig, sagt Bennett, und sehr zufrieden mit seiner Arbeit.« Er lächelte trocken. »Was sollte er auch sonst sagen? Vor ein paar Tagen hat übrigens die Kripo aus Norfolk bei ihm angerufen und sich bestätigen lassen, dass sie zu ihrem letzten Termin nicht erschienen ist.« Er schaute in seine Notizen. »Das wäre alles zu dem Zahnarzt.« Im Herzen war er immer noch Polizist, weshalb er die nächste Seite erst sorgfältig studierte, bevor er fortfuhr.

»Nun zu dem Restaurant«, sprach er weiter, *»La Brasserie* in Knightsbridge. Einer der Kellner meinte, an Grace Dearden könne er sich erinnern, aber nicht daran, mit wem sie zusammen war, nicht einmal, ob es ein Mann oder eine Frau war oder mehrere Leute. Das bringt uns also nicht weiter. Aber wenigstens durfte ich einen Blick in das Reservierungsbuch werfen.« Es war mir unbegreiflich, wie Ray es schaffte, dass man ihm solche Gefallen gewährte. Vielleicht war es seine ruhige, bestimmte Art, oder er traf einfach immer den richtigen Ton, obwohl ich keine Ahnung hatte, was er den Leuten erzählte. Nach seinen Abrechnungen zu urteilen setzte er kaum Schmiergelder ein – oder er hatte eine sichere Methode entwickelt, sie unter seinen sonstigen Ausgaben zu verstecken. Aber so genau wollte ich das gar nicht wissen.

»Wie wir bereits wussten, war nie unter ihrem Namen reserviert worden«, fuhr Ray fort. »Ich habe auch keinen Namen gefunden, der an allen fünf Tagen erscheint, die Sie mir genannt haben, aber für vier Tage habe ich einen: Gordon.« Er schaute mich fragend an.

Ich kramte in meinem Gedächtnis, obwohl ich schon wusste, dass ich den Namen nie gehört hatte.

»Dieser Gordon hat zweimal im Dezember und zweimal im Januar reserviert, jeweils einen Tisch für zwei Personen. Ob es sich um einen Mr. oder eine Mrs. Gordon gehandelt hat, geht aus den Aufzeichnungen nicht hervor.«

»Notieren die vielleicht die Telefonnummer, für den Fall, dass jemand nicht auftaucht?«

»Normalerweise machen sie sich diese Mühe nur für Abendbuchungen. Mittags ist es nie so voll – nur wenn es auf Weihnachten zu geht. Es *gibt* also eine Telefonnummer.« Er drehte sein Notizbuch herum und schob es mir herüber. Es war eine Nummer in London Mitte.

»Haben Sie die Adresse dazu?«

Er schüttelte den Kopf. »Es gibt keinen Gordon unter der Nummer, jedenfalls nicht im Telefonbuch. Ich habe auch meinen Freund bei der Telefongesellschaft gefragt, ebenfalls ohne Erfolg – eine Geheimnummer. Ich habe sie gewählt, aber es ist niemand rangegangen, auch kein Anrufbeantworter. Es ist eine Knightsbridge-Nummer, sie kann also nicht sehr weit vom Restaurant entfernt sein. Mehr kann ich im Moment noch nicht sagen.«

Wir schwiegen beide. Schließlich sagte Ray: »Meine andere Quelle – die, auf die ich mich normalerweise verlassen kann – fällt diesmal leider aus.«

»Können Sie mir sagen, warum?«

»Ja. Wie soll ich es ausdrücken – wir sind im Moment nicht sehr beliebt bei meinen früheren Kollegen.«

»Wegen Ronnie Buck?« Ich wusste, das musste der Grund sein.

»Eine Menge Leute sind ziemlich ungehalten darüber.«
Sein Ton veranlasste mich zu fragen: »Nun sagen Sie schon, Ray. Was redet man über uns?«
Er zögerte einen Augenblick. »Na ja – es heißt, die Zeugin sei gekauft gewesen.«
Ich wusste, dass das nicht ausgeschlossen war. Ich wusste, das wäre Bucks Stil. »Die Nachbarin?«
»Die Nachbarin, die mitten in der Nacht zufällig am Fenster gestanden und gesehen haben will, wie der Kollege über die Mauer geklettert ist.« Sein Gesicht verriet keinerlei Regung.
»Aber wird so was nicht immer gemunkelt?«
Ray schüttelte den Kopf. »Tony James war ein guter Kerl, Alex. Er war sehr beliebt. Und selbst wenn er es nicht gewesen wäre: diesmal sind sie ziemlich sicher, dass die Zeugin nicht echt ist.«
Mit anderen Worten, die Beamten hatten höchstwahrscheinlich Recht. Das war es, was Ray sagen wollte, und wenn das stimmte, dann waren eine Menge Leute hintergangen worden: Paul, Ray, die Kanzlei und nicht zuletzt die Geschworenen.
»Aber am Anfang hatten Sie doch nichts einzuwenden gegen diese Karen Grainey, oder?«, fragte ich.
Ray war verblüfft, doch dann schien es ihm zu dämmern. »Ach, Sie wissen gar nicht, dass ich nie mit dem Fall zu tun hatte, Alex? Ich bin der Frau nie begegnet.«
»Wen hat Paul dann eingesetzt?«
Er rutschte unbehaglich auf seinem Stuhl herum. »Ich glaube, er hatte jemanden in Chislehurst; jemanden, der sich in der Gegend auskennt.«
All meine halb eingestandenen Ängste brachen über mich herein. Ich hatte angenommen, Paul hätte Ray beauftragt, weil er das immer tat. Wenn nicht, dann musste er schwer wiegende

Gründe dafür gehabt haben. Nun begriff ich auch, weshalb er mir gegenüber nichts davon erwähnt hatte. Mir lief es kalt den Rücken herunter.

»Na wenn schon«, sagte ich schließlich, um das Schweigen zu brechen, das zwischen uns hing. »Die Bucks dieser Welt bekommen am Ende immer noch, was sie verdienen.«

Ray, ganz Diplomat, erwiderte nichts, und nach einem weiteren Augenblick peinlichen Schweigens kam ich mit einem Seufzer auf Grace Deardens geplanten Besuch in London zurück. »Dieser gestrichene Termin um halb sieben …«

Ray schaute wieder in seine Notizen. »Avon Court ist ein Apartmenthaus. Sehr teuer, livrierter Portier, Parkplatz hinter dem Haus und Blick auf den Regent's Park. Das Penthouse ist vor nicht allzu langer Zeit für eine Million verkauft worden. Die Bewohner scheinen überwiegend Araber und andere reiche Ausländer zu sein, wenn man nach den Rolls-Royces und amerikanischen Limousinen und den Leuten urteilt, die ein und aus gehen. Der Portier wollte mir leider nicht verraten, wer in Nummer 25 wohnt. Er konnte mir nur versichern, dass die Initialen des fraglichen Wohnungsbesitzers *nicht* W.R.M. sind. Mehr konnte ich ihm nicht entlocken. Ich habe es mit W.M., R.M. und allen möglichen anderen Kombinationen versucht, alles ohne Erfolg. Wir scheinen da kein Glock zu haben. Ich werde es weiter versuchen, aber ich kann nichts versprechen. Könnte die Wohnung vielleicht jemand ganz anderem gehören? Hat sie sie möglicherweise nur benutzt, um sich mit diesem W.R.M. zu treffen?«

»Das kann ich nicht sagen, aber in ihrem Terminkalender erscheinen die Initialen nur das eine Mal.«

»Könnte sie eine Affäre gehabt haben?«

Ich war drauf und dran, das rundweg zu verneinen, doch dann

zwang ich mich, sorgfältiger darüber nachzudenken. »Nicht sehr wahrscheinlich«, dachte ich laut. »Sie hat auf dem Land gelebt. Sie war anscheinend sehr glücklich in ihrer Ehe, und im Dorf war sie sehr aktiv. Nach London kam sie einmal die Woche, manchmal nur alle zwei Wochen, hauptsächlich zum Einkaufen. Wenn sie hier jemanden hatte, muss die Beziehung sehr locker gewesen sein.« Noch während ich sprach, hielt ich es für immer unwahrscheinlicher. »Ich würde sagen: Nein. Dafür war sie zu glücklich und zu beschäftigt.«

Ray akzeptierte das und fuhr fort: »Ich werde es mit der Wohnung am Regent's Park später noch einmal versuchen, vielleicht während der Nachtschicht, wenn ein anderer Portier Dienst hat. Vielleicht ist der hilfsbereiter. Dieses Dorf, wo sie gelebt hat – wollen Sie, dass ich dort auch etwas unternehme?«

Ich gab ihm die Liste der Lieferanten und Handwerker, die ich Grace' Terminkalender entnommen hatte. »Das wäre im Augenblick alles.«

»Und es gibt keinen Anhaltspunkt, was mit ihr passiert sein könnte?«

»Nein.«

»Selbstmord?«

»Sehr unwahrscheinlich.«

»Ist ihr vielleicht jemand nachgeschlichen in letzter Zeit?«

»Der müsste sich sehr unauffällig benommen haben. Die Leute im Dorf haben jedenfalls niemanden gesehen.«

»Also der Ehemann, oder?« Er bemerkte meine Reaktion und fügte schnell hinzu: »Ich frage ja nur. Ist er ein Freund von Ihnen?«

»Ja.«

Er nickte und sah mich nachdenklich an. »Vor Jahren, als ich noch ziemlich grün war, hatten wir mal einen Vermisstenfall. Sie hatten schon überall gesucht, in den Schrebergärten, in dem Wäldchen, wo sich die Verliebten trafen, überall. Und jeden Tag kam ich an einem verwilderten Stück Land in der Nähe des Hauses vorbei, wo sie gewohnt hat, voller Brombeer- und Wacholdersträucher. Hier sollte man suchen, sagte ich mir, aber dann dachte ich, das haben die bestimmt schon alles durchkämmt. Ich habe mich nicht getraut, den Mund aufzutun. Ich wollte mich nicht lächerlich machen. Und dann, nach zwei Tagen, habe ich selbst nachgeschaut, nach Feierabend. Ich bin einfach mit meiner Taschenlampe losgegangen und habe in die Büsche geleuchtet.«

»Und da war sie?«

»Ja, da war sie. Es lohnt sich in jedem Fall, auch das Offensichtliche noch mal zu prüfen.«

Es waren noch fünf Minuten, bis das Gericht sich wieder versammeln würde. Also ging ich schnell ins Anwaltszimmer und rief Cornelia an, die mir berichtete, die Polizei von Norfolk habe soeben angerufen. Sie wollten wissen, ob Mr. Dearden Zeit hätte, an einer Medienkonferenz zum Verschwinden seiner Frau teilzunehmen, morgen um vier in Norwich.

Ich wählte Wills Nummer in Marsh House. Ich hatte es schon am vergangenen Abend versucht, aber es war ständig besetzt gewesen oder er hatte den Hörer neben das Telefon gelegt. Nun klingelte es, und niemand nahm ab. Der Anrufbeantworter schien abgeschaltet zu sein. Als Nächstes also sein Handy, doch da hörte ich nur die automatische Ansage, die mir mitteilte, dass das Telefon nicht in Betrieb sei und dass ich es später noch einmal versuchen solle. Um ganz sicher zu sein, dass ich mich nicht verwählt hatte, probierte ich es noch einmal in

Marsh House. Dann gab ich es auf und eilte in den Gerichtssaal.
Mein letzter Fall war um halb drei an der Reihe, und als ich aus dem Saal kam, war der Flur fast leer. Auf dem Weg zur Treppe erkannte ich durch die Glastür vor mir eine vertraute Gestalt und rief seinen Namen. Dave Adamson und ich kannten uns seit fünf Jahren, seit dem Fall eines vermissten Kindes. Damals hatte er mir einen Gefallen getan, für den ich mich zwei Jahre später revanchieren konnte, indem ich seinen Schwager verteidigte, der wegen Trunkenheit am Steuer vor Gericht stand. Dann und wann ließ er mir Informationen zukommen, wenn auch natürlich nichts, was ihn oder mich in Schwierigkeiten hätte bringen können.
Normalerweise sagte er als Erster hallo, doch diesmal begegnete er mir mit merklicher Kälte.
»Was für ein Tag!«, rief ich und fragte mich, was mit ihm los war. »Pflichtverteidigung. Eine bunte Mischung, das können Sie mir glauben. Und wie sieht es bei Ihnen aus, Dave? Wie geht es Ihnen?«
Er antwortete mit den üblichen Höflichkeitsfloskeln, blieb aber spürbar reserviert.
Schließlich ließ ich die fröhliche Fassade fallen und fragte: »Was habe ich denn verbrochen, Dave?«
»Nichts. Es ist nichts Persönliches.«
Da wusste ich, dass der neue Ruf unserer Kanzlei mir vorausgeeilt war. »Ach so. Ronnie Buck.«
»Tony James war ein Freund von mir.«
»Das wusste ich nicht. Es tut mir wirklich Leid.«
Er nickte schweigend und wir gingen zusammen die Treppe hinunter.
»Sie wissen doch, wie es ist«, sagte ich. »Irgendjemand muss

diese Fälle übernehmen.« Das alte Argument, so alt wie das Gesetz. Ich klang schon wie Paul.

»Sicher«, erwiderte er, »das weiß ich, aber …«

Ich schaute ihm ins Gesicht. »Aber?«

Wir waren unten, und er blieb stehen. »Na ja, man redet eben«, sagte er verlegen.

»Ja, das weiß ich.«

Er schien verblüfft, entweder darüber, dass ich von den Gerüchten gehört hatte, oder wegen meiner gelassenen Reaktion.

»Dave, ich kann nur eines sagen: Keine Verteidigung würde einen Fall in dem Wissen vertreten, dass einer ihrer Zeugen einen Meineid ablegt.«

»Vielleicht ist das so.« Er klang nicht sehr überzeugt. »Aber diesmal tut es wirklich weh. Diesmal ist es wirklich …« Was immer er sagen wollte, er schluckte es herunter. »Ich besuche Tony jede Woche. Er kann nicht sprechen, kann nicht allein essen …« Er tippte sich mit einem Finger an die Stirn. »Alles zu Brei da oben. Es wird nie mehr besser werden. Ich sehe, wie seine Familie sich abmüht, ihm eine Art Leben zu ermöglichen, und jetzt müssen sie auch noch darum kämpfen, die volle Pension zu bekommen, weil in seiner Akte steht, er hätte Befehle missachtet. Das heißt, er wäre zum Teil selbst für sein Unglück verantwortlich. So sehen die es jedenfalls. Das heißt, er kriegt nur einen Teil des Geldes – nicht die Summe, die er bekommen hätte, wenn es versuchter Mord gewesen wäre. So liegt die Sache. Ganz einfach.«

Ich hatte ihn noch nie so aufgebracht gesehen.

Wir blieben einen Augenblick schweigend zusammen stehen, dann gingen wir durch die Drehtür auf die Straße.

»Ich hoffe, er wird voll entschädigt«, sagte ich, nachdem wir uns schon verabschiedet hatten.

Er drehte sich noch einmal um. »Danke. Schön, dass Sie das sagen. Aber er könnte im Lotto gewinnen und trotzdem sein Gehirn nicht zurückkaufen können.«

Ich verschwand beizeiten aus dem Büro und fuhr die Themse entlang, am Buckingham Palace vorbei in Richtung Hyde Park und Kensington. Die Abenddämmerung war von einer Klarheit, wie man sie nur nach langen, windstillen Kälteperioden erlebt. Der Himmel war tiefblau und durchsichtig wie Glas.
Ich dachte an Norfolk. Dort verhieß solche Windstille strengen Nachtfrost. Ich erinnerte mich an die Wintermorgen meiner Kindheit, wenn die Marschen unter dickem Raureif lagen, die Bäche von glitzerndem Eis bedeckt waren und die Kälte sich im dünnen, weißen Nebel verfing. An eisigen Januartagen waren Will und ich die überfrorenen Gräben der Gunmarsch entlanggeschliddert und hatten uns gegenseitig angestachelt, uns auf das dünne Eis der Süßwassertümpel zu trauen.
Und dann sah ich ein anderes Bild vor mir. Es kam ohne Warnung, so lebendig, so überraschend, dass ich unwillkürlich das Lenkrad umklammerte: Grace' Leiche unter einer dünnen, transparenten Eisdecke, gefroren in all ihrer Schönheit, die Arme ausgestreckt, die Haare ein goldener Fächer, die Haut voller Farbe und Licht, so gelassen, so friedlich und dies war der Widerspruch, der das Bild sich ebenso schnell auflösen ließ, wie es vor mir aufgetaucht war. Ich hatte etliche Leichen gesehen, alte und junge, und keine hatte schön ausgesehen oder gelassen oder friedlich. Ich atmete tief durch und lockerte meinen Griff um das Lenkrad.
Die Straße lag in einem vornehmen Wohnviertel abseits der Kensington High Street in einem gemeinen System von Einbahnstraßen, das ausschließlich dem Zweck diente, den Durch-

gangsverkehr zu verringern. Ich parkte zwischen unzähligen Mercedes und BMWs und versuchte noch einmal, Marsh House anzurufen, wieder ohne Erfolg. Auch am Handy meldete Will sich nicht und Maggies Anschluss schien ständig besetzt zu sein.

Im Licht der Straßenlampen überprüfte ich noch einmal die Adresse. Grace' Mutter wohnte – neben der Botschaft eines Landes, von dem wahrscheinlich kaum jemand auch nur ungefähr hätte sagen können, wo es lag – in einem der Stockwerke hinter einer prachtvollen, weißen Stuckfassade. Den Absatz der kleinen Marmortreppe, die zu der schwarz lackierten Tür führte, schmückten zwei gepflegte Bäumchen in Porzellankübeln und ein Paar halbhoher verspiegelter Lampen. Neben den fünf Klingelknöpfen waren nur Nummern eingetragen, keine Namen, und ein Messingschild warnte: KEINE VERTRETER, KEINE WERBUNG.

Nach zweimaligem Klingeln bei Nummer 3 knackte es in der Gegensprechanlage und ich sagte meinen Namen.

»Wer?«, rief die Stimme am anderen Ende.

Ich erinnerte sie daran, dass Will mich angemeldet hatte.

»Aber der Name ...«

Ich wiederholte ihn.

»Ich dachte, es wäre irgendetwas mit *Wood.* William hat gesagt, Sie hießen Woodman oder so ähnlich.«

»Woodford. Das war mein Mädchenname«, erklärte ich. »Inzwischen heiße ich O'Neill.«

»Also wirklich«, zischte sie. Der Lautsprecher verstummte und der elektronische Türöffner summte energisch. Nummer 3 lag im ersten Stock, und es dauerte eine Weile, bis die Tür entriegelt und geöffnet war. Veronica Bailey war eine hoch gewachsene Frau mit einem langen, mageren Gesicht, blutrotem

Lippenstift und einer toupierten Frisur, wie sie nur durch häufige Friseurbesuche in Form gehalten werden kann. Die Farbe war undefinierbar, irgendwo zwischen Blond und Mausgrau, und ihre Haut war von dem gleichen ungesunden Rosa wie ihre Augäpfel.

»Kommen Sie schon herein«, sagte sie unfreundlich.

Sie knallte die Tür hinter mir zu, rauschte an mir vorbei und führte mich durch einen schmalen Korridor in ein Zimmer, dessen Einrichtung mich an Grace' »Salon« in Marsh House erinnerte: pastellfarbene Teppiche, wulstige Chintzmöbel, schwere Seidenvorhänge und überall Figürchen, Döschen und gerahmte Fotos. Das Ganze hätte Wohlstand, gar Luxus ausgestrahlt, wären der Teppich an der Tür nicht so fadenscheinig und die Vorhänge nicht so verschossen gewesen, die Armlehnen nicht so speckig und ausgebleicht und der Rand des weinroten Sofas, der mit unzähligen polierten Herrenschuhen in Berührung gekommen war, nicht so schwarz. Es war die Art Verschleiß, die sich einstellt, wenn jemand viele Jahre in derselben Umgebung haust.

Sie wies mich zu einem Sessel hinter einem niedrigen, barocken Kaffeetisch, auf dem sich Frauenzeitschriften stapelten, und setzte sich mir gegenüber ans Ende des Sofas vor einen Gaskamin mit künstlicher Glut, der allerdings nicht eingeschaltet war. Im Licht der rosa Stehlampe war es schwer, ihr Alter zu schätzen. Das Gesicht und die Hände sprachen für um die sechzig, doch ihrer formellen, eigenartig altmodischen Kleidung nach zu urteilen konnte sie noch älter sein.

»Ich habe keine Ahnung, weshalb Sie zu mir kommen«, sagte sie herrisch. »Ich wüsste nicht, was Sie das alles angeht.«

»Ich bin Anwältin, Mrs. Bailey. Ich habe Erfahrung mit Vermisstenfällen«, erwiderte ich ein wenig flunkernd. »Ich gehe die Verabredungen Ihrer Tochter in London durch, sowohl an dem Tag, an dem sie verschwunden ist, als auch davor.«

»Und warum?«

»Na ja … vielleicht finde ich irgendetwas, das ihr Verschwinden erklären könnte.«

»Erklären?«, schnaufte sie. »Es gibt nur *eine* Erklärung.« Ihre Augen blitzten vor Wut. »Ich muss schon sagen, der hat Nerven … Sie herzuschicken, damit Sie mir Fragen stellen. Wirklich!« Sie beugte sich vor und grabschte eine Packung Zigaretten vom Tisch.

»Es geht mir nur darum, alle Informationen zusammenzutragen, die irgendwie nützlich sein könnten, Mrs. Bailey. Wir wollen keine Möglichkeit auslassen.«

»Möglichkeit?«, lachte sie bitter. »Es gibt nur *eine* Möglichkeit!« Sie wühlte zwischen den Magazinen, fand ihr goldenes Feuerzeug und zündete sich eine Zigarette an. »Er hat es nie geschafft. Nie konnte er ihre Erwartungen erfüllen. Er hat sie immer runtergezogen.«

Ich ignorierte ihre Tirade. »Ich dachte, Sie wüssten vielleicht, mit wem sie sich an jenem Donnerstagabend treffen wollte, nach der Verabredung mit Ihnen. Es war jemand mit den Initialen W.R.M. Die Adresse ist ein Apartmenthaus am Regent's Park.«

»Keine Ahnung. Das habe ich ihm längst gesagt. Und nicht nur einmal. Das Ganze ist solch eine Farce! Es spielt keine Rolle, wer dieser … diese Person ist. Das Ganze ist komplette Zeitverschwendung.«

»Ich sehe ein, dass diese Fragen Ihnen im Moment nebensächlich erscheinen. Doch wir haben nichts in der Hand und müssen jede …«

»Nichts in der Hand? Unsinn! Er spielt den Unschuldigen! Er

versucht, allen weiszumachen, er wüsste nicht, was mit Grace geschehen ist!«

Will hatte mir erzählt, was Veronica Bailey von ihm hielt, doch mit solchem Hass hatte ich nicht gerechnet.

»Sie sprechen da sehr ernste Anschuldigungen aus«, sagte ich.

»Allerdings, das tue ich! Er hat die ganze Zeit gelogen. Warum soll er plötzlich damit aufhören? Er hat sie belogen, um sie zur Heirat zu bewegen, er hat sie …« Sie beobachtete, wie ich reagierte, und ihre Augen blitzten auf. »Was, das wussten Sie nicht? Es waren nichts als Lügen! Er hat ihr vorgemacht, all das Land gehöre ihm, hat den Gutsherrn gespielt. Dabei hatte er nie einen Penny! Keinen Penny! Er ist ein Schwindler! Er hat sie an der Nase herumgeführt bis nach der Hochzeit. Er war nur hinter ihrem Geld her! Wissen Sie das nicht?«

Das Bild, das sie von Will zeichnete, war so grotesk, dass mir für einen Augenblick die Worte fehlten, doch dann fragte ich vorsichtig: »Und? Hat er es bekommen – ihr Geld?«

Sie zog an ihrer Zigarette und fixierte mich durch die Rauchwolke. Plötzlich schien sie auf der Hut.

»War es viel Geld?«, fragte ich weiter.

»Ich glaube nicht, dass Sie das etwas angeht«, erklärte sie feierlich. Ich ließ die Frage auf sich beruhen und schaute in mein Notizbuch.

»Könnten Sie mir vielleicht etwas über die Leute erzählen, mit denen Grace sich zum Essen traf, wenn sie in London war?«

»Oh, sie hatte viele Freunde. *Alte* Freunde«, betonte sie, falls ich noch nicht begriffen hatte, wie viel besser Grace' Leben gewesen war, bevor sie geheiratet hatte. »Sie war ständig zum Essen verabredet.«

»Könnten Sie mir vielleicht ein paar Namen nennen?«

»Ich bin nicht sehr gut, wenn es um Namen geht.« Nervös fuchtelte sie mit ihrer Zigarette.
»Irgendjemand in Knightsbridge?«
»*Tausende* von Leuten leben in Knightsbridge; ich meine, Tausende Leute, die man kennt.«
»Und wie ist es mit ihren engen Freunden?«
»Davon hatte sie viele«, sagte sie kurz angebunden und ich fragte mich allmählich, was Veronica Bailey wirklich vom Leben ihrer Tochter wusste.
»Und die alten Freunde? Schulfreunde, Freunde der Familie?«
Sie drückte ihre Zigarette aus, als wollte sie ein gefährliches Insekt zerquetschen. »Ich denke, ich könnte Ihnen einen oder zwei Namen nennen, obwohl ich sicher bin, dass Sie Ihre Zeit verschwenden.«
»Vielen Dank«, sagte ich höflich.
Sie stand seufzend auf und ging aus dem Zimmer, das Kinn vorgereckt, die Schultern zurück – wie ein Bühnenabgang. Ich überlegte, ob sie vielleicht einmal Schauspielerin gewesen war. Fotos, die überall herumstanden, zeigten Leute in Abendkleidung, einen jungen Mann in Paradeuniform – ein älteres Foto, vielleicht ihr Mann oder Bruder – und zweimal Grace. Kein Hinweis auf Veronicas Vergangenheit. Auf dem Kaminsims war eine eindrucksvolle Reihe von Einladungskarten ausgestellt, die jedoch, wie ich bei genauerem Hinsehen feststellte, allesamt von Wohltätigkeitsorganisationen kamen.
Veronica kam zurück und gab mir einen Zettel mit drei Namen und Adressen. Auf einen zeigte sie mit dem Finger. »*Die* werden Sie wohl kaum erreichen. Sie reisen viel.«
»Danke.«
Schon als sie sich zu mir herunterbeugte, hatte ich ihren Atem gerochen. Jetzt, als sie sich aufrichtete und zum Sofa zurück-

ging, roch ich es wieder, und diesmal hatte ich keinen Zweifel: Schnaps, vermutlich Malzwhisky. Sie zündete sich noch eine Zigarette an. Ihre Hände waren dabei vollkommen ruhig und ihr Blick hielt dem meinen stand.

»Er ist sehr gerissen.« Sie brauchte mir nicht zu sagen, von wem sie sprach. »Er führt die Leute an der Nase herum mit seinem sanften Benehmen, mit diesem Lächeln. Er denkt, damit kriegt er jeden rum. Das hat er ja auch. Schließlich hat er Grace herumgekriegt – eine absolute Tragödie.« Einen Moment lang dachte ich, sie wäre den Tränen nahe, Tränen der Wut, nicht der Trauer. »Wussten Sie, dass Grace ihn verlassen wollte?«

»Nein.«

»Es war kurz nach der Hochzeit, als sie die Wahrheit über die Farm erfuhr. Er war nur der Pächter – der *Pächter!* Sie hat sich betrogen gefühlt, und wer könnte ihr daraus einen Vorwurf machen? Ich habe ihr zugeredet, sie solle ihn verlassen, und weiß Gott, wenn jemand einen Grund dazu hatte, dann sie. Aber natürlich war sie zu gutherzig, zu nachsichtig, zu großmütig. Das war Grace – großmütig und voller Liebe. Sie meinte, sie müsse zu ihm stehen!« Ihre Stimme zitterte. Dann fiel ihr wieder ein, was sie eigentlich hatte sagen wollen. »Und er war grausam, ja, grausam.«

Ich konnte meine Skepsis nicht länger verbergen. »Im Ernst?«

»O ja! Er hat ihr alles verwehrt, die ganze Zeit. Er hat sie erniedrigt. Er schien diese …« Sie machte eine Geste, die wohl bedeuten sollte, dass es um Dinge ging, die man kaum in Worte fassen kann. »Er schien diese grausame Gewalt über sie zu haben. Sie wissen schon, diese furchtbare Macht.« Es klang alles so dramatisch, dass ich wieder ans Theater denken musste.

»Wovon reden Sie?«

»Diese Macht«, wiederholte sie ungeduldig, als wäre ich schwer von Begriff. »Auf irgendeine furchtbare Weise hat er sie in Angst und Schrecken gehalten. So machen es solche Menschen, nicht wahr, wenn sie jemanden wie Grace in ihrer Gewalt haben. Männer, die jemanden gewonnen haben, der normalerweise ganz außerhalb ihrer Reichweite wäre, jemanden, der sie als das entblößt, was sie sind – das hassen solche Männer doch, nicht wahr? Sie werden brutal, sie rächen sich auf grausame Weise, mit niederträchtigen kleinen Tricks.«

Ich konnte sie nur anstarren. Sie hatte so dick aufgetragen, dass ich mich fragte, wie viel von alldem ihrer Fantasie entsprang, wie viel auf Rachsucht und wie viel auf ihre eigenen Erfahrungen mit Männern zurückging.

»Eine winzige Farm im hintersten Winkel von Norfolk«, fuhr sie fort. »Ich meine – er ist doch eigentlich nur ein Bauernbursche, verstehen Sie? Kein Sinn für Musik oder für Reisen, für das wirkliche Leben. Nichts als Schmutz und Tiere!« Sie zog eine Grimasse und stand abrupt auf. Zunächst dachte ich, sie würde meinem Besuch nun ein Ende setzen, doch dann sagte sie nur: »Ich brauche einen Schluck Wasser. Und Sie?« Ich schüttelte den Kopf, doch sie war schon auf dem Weg.

Das Glas, das sie dann in der Hand hatte, enthielt vielleicht Wasser, aber bestimmt nicht viel. »Es ist fast sechs. Ich brauche etwas Stärkeres.« Sie nahm einen tiefen Schluck und schaute zu den Einladungen auf dem Kaminsims.

»Ich bin zu einer Party eingeladen …«

»Ich werde Sie nicht mehr lange aufhalten.«

»Nein, nein, die können warten. Ich gehe jeden Abend aus, wissen Sie. Jeden Abend.« Es war der verzweifelte Stolz einer Frau, die mit Alter und Einsamkeit kämpft. »Manchmal wird es zu viel, all diese Partys.« Sie fuchtelte mit dem Glas, wie sie es vorher mit der Zigarette getan hatte, so dass der Whisky fast überschwappte. In bemerkenswert kurzer Zeit schien sie ihre Alkoholschwelle überschritten zu haben. Sie wirkte eindeutig angetrunken.

»Sie hat sich weggeworfen an diesen Mann«, begann sie eine neue Litanei. »Sie hatte *alles*. Die Welt lag ihr zu Füßen. Reihenweise Männer verliebten sich in sie. Dan Elliott war ganz verrückt nach ihr, wissen Sie?«

»Dan Elliott?«

Sie verzog überrascht das Gesicht. »Von dem *müssen* Sie aber gehört haben. Dan Elliott, der Schauspieler! Wahnsinnig berühmt; Oscar-Nominierungen und so weiter.«

»Ach ja, natürlich.«

»Sie hätte ihn haben können, einfach so.« Sie schnippte mit den Fingern. »Aber nein, sie fühlte sich abgeschreckt durch die vielen gescheiterten Ehen im Filmgeschäft. Sie wollte ein normales Familienleben. Ich habe sie gewarnt, ihr gesagt, sie würde alles verlieren, wenn sie Will Dearden heiratete. Ich habe sie gewarnt. Was konnte ich mehr tun?«

»Aber sie hat doch Charlie …«

»Oh, das Kind.« Sie verdrehte die Augen. »Das hatte ihr gerade noch gefehlt.«

»Warum?«

»Na ja, er ist schließlich ein bisschen langsam, nicht wahr. Etwas schwer von Begriff. Wie nennt man das heute noch?« Sie schaute mich an, als erwartete sie, dass ich das Wort sagte, nach dem sie suchte. »Wie nennt man es noch gleich?«, stöhnte sie ungeduldig, und schließlich fiel es ihr ein. »*Legasthenisch*, genau! Aber die können es nennen, wie sie wollen, auf Englisch heißt es immer noch, er ist nicht besonders helle.«

»Soweit ich weiß, hat eine Lesestörung nichts mit mangelnder Intelligenz zu tun.«

»Natürlich hat es das! Er ist nicht ganz da, hier oben. Es ist genetisch, beschädigte Gene.« Wahrscheinlich war Will ihrer Ansicht nach auch dafür verantwortlich.
»Er scheint aber ein ganz liebes Kind zu sein.«
»Lieb?« Sie griff schon wieder nach einer Zigarette, diesmal jedoch etwas zittrig. »Lieb!« Sie knallte das Feuerzeug auf den Tisch. »Ja, das ist er wohl, wenn Sie für halb wilde und ganz und gar unerzogene Kinder etwas übrig haben.« Sie schüttelte sich, und erst als sie meinen Gesichtsausdruck bemerkte, wurde sie etwas milder. »Ich habe nie verstanden, warum er nicht zu einer Sonderschule gehen kann. Schließlich gibt es heute ganz wunderbare Schulen für solche Kinder, nicht wahr? Dort wäre er viel glücklicher gewesen, viel glücklicher. Aber er – er wollte natürlich nichts davon wissen. Er sagte, er wolle das Kind zu Hause haben, aber das war es natürlich nicht. Es war das Geld. Das hat er immer als Vorwand benutzt, um seinen Willen zu bekommen. Er hat immer gesagt, sie hätten kein Geld, nur damit sie nicht tun konnte, was sie wollte. Sie hatte keinerlei Freiheit, wissen Sie? Nicht die geringste Freiheit. Es war *herzzerreißend,* wenn man daran denkt, was sie hätte haben können, was ihr *zugestanden* hätte. Herzzerreißend.«
Ihre Aussprache wurde immer unklarer. Sie hob das Kinn und versuchte, Würde zu bewahren, obwohl sie vor Wut fast heulte.
Ich faltete den Zettel mit den Namen zusammen und steckte ihn in meine Tasche. »Danke, dass ich Sie besuchen durfte.« Ich rutschte auf meinem Sessel nach vorn und war auf dem Sprung zu gehen.
»Was, das war alles?«, rief sie.
»Sie haben mir sehr geholfen.«

Sie sah plötzlich misstrauisch aus. »Weshalb sind Sie überhaupt zu mir gekommen? Was wollten Sie eigentlich?«
»Die Namen«, erinnerte ich sie. »Grace' Freunde. Ich werde mich so bald wie möglich mit ihnen in Verbindung setzen.« Ich stand auf.
»Aber die werden Ihnen doch nichts sagen können, bestimmt nicht! Es gibt nur einen Menschen, der etwas weiß!«
Als sie sah, dass ich wirklich gehen wollte, stellte sie ihr Glas auf den Tisch und erhob sich elegant, ganz die große Dame. »Er wird Ihnen alles Mögliche erzählen – nur damit es so aussieht, als wäre Grace selbst schuld gewesen.«
Nun hatte sie mich doch verwirrt, oder sie war selbst verwirrt.
»Selbst schuld?«, fragte ich nach.
»Ich meine ... was auch passiert, es ist nie sein Fehler. Nie. Er gibt immer ihr die Schuld. Das hat er schon immer getan.«
»Von Schuld hat er mir gegenüber aber nicht gesprochen.«
»Nein? Wahrscheinlich hat er Sie schon da, wo er Sie haben will. Genau ...« Die Idee schien ihr zu gefallen. »Er hat seinen Charme auf Sie losgelassen, wie er es mit jedem macht, der nicht weiß, wie er wirklich ist!«
»Ich mache nur meine Arbeit, Mrs. Bailey.« Ich schaute zur Tür und wartete.
Sie ließ ihre Zigarette in einen Aschenbecher fallen und schritt majestätisch durchs Zimmer, als wollte sie mich hinausführen, doch dann blieb sie direkt vor mir stehen und starrte mich verschwommen an. »Wie ist er überhaupt auf Sie gekommen?«, wollte sie plötzlich wissen.
»Wir kennen seine Familie seit vielen Jahren.«
»Sie kennen die Familie?«
»Wir haben früher in Deepwell gewohnt.«
Sie dachte darüber nach, und dann ging ihr endlich ein Licht

auf, so offensichtlich, dass es fast lächerlich wirkte. *»Woodford.* Der Name kam mir gleich bekannt vor!« Sie beugte sich noch näher zu mir vor, und ich roch wieder ihre Fahne. »Ist das nicht … *Edward?* Ist er …«

»Edward ist mein Bruder.«

»Ihr Bruder!«, rief sie. Ihre Augen glänzten bewundernd. »Ein so netter Junge! Und so ein wundervolles Haus. Er stellt es Grace für das Festival zur Verfügung! Na so was – warum haben Sie das nicht gleich gesagt?«

»Ich wusste nicht, dass Sie sich kennen.«

»Aber natürlich!«, zwitscherte sie. »Grace hat mich zu seinem Haus mitgenommen, zum Tee. So ein netter Mann! Sie hätten es mir wirklich sagen sollen!«

Ich versuchte ein wenig Nutzen aus meiner neu gewonnenen Ehre zu ziehen und fragte: »Darf ich Sie anrufen, wenn ich noch Fragen habe?«

»Aber natürlich!« Plötzlich war sie ein Muster an Hilfsbereitschaft. »Selbstverständlich!«

Als wir an der Tür waren, fragte ich noch: »Hatte Grace an dem Donnerstag vor, über Nacht bei Ihnen zu bleiben?«

»Nein. Sie blieb nur selten in der Stadt. Das durfte sie gar nicht. Er hasst die Stadt nämlich. Er wollte nie herkommen.«

»Und in jener Nacht? Sie hatte bestimmt nicht vor, hier zu bleiben?«

»Nein, nein«, erwiderte sie unwillig.

»Wollte sie vielleicht bei jemand anderem übernachten?«

»Davon wüsste ich nichts. Auf Wiedersehen, Mrs. O'Neill.« Ihr Blick war wieder vollkommen leer. Sie lächelte gnädig und schob mich hinaus.

Als ich gegen acht nach Hause kam, war alles dunkel. Die Post häufte sich auf der Fußmatte und kalter Zigarettenrauch hing in der Luft. Ich überflog mechanisch die Briefumschläge und ging zum Anrufbeantworter, wo zwei Nachrichten auf mich warteten: Die Putzfrau ließ mich wissen, dass sie erkältet war, und Paul teilte mir mit, dass er aufgehalten werde und erst spät nach Hause komme. Ich erkannte den Ton, die vergnügte Stimme, mit der er einem weiszumachen versuchte, dass alles in bester Ordnung und er der zuverlässigste Mensch auf der Welt sei – seine Stimme nach den ersten drei oder vier Drinks. Er erwähnte mit keinem Wort, weswegen es spät werden würde, und in meiner gegenwärtigen Stimmung nahm ich nicht an, dass er in seinem Büro saß und Akten wälzte. Ich registrierte auch, dass er mich nicht auf meinem Handy angerufen hatte; dann wäre er ja auch Gefahr gelaufen, direkt mit mir sprechen zu müssen.

Ich ging ins Bad und spritzte mir kaltes Wasser ins Gesicht, dann setzte ich mich an meinen Schreibtisch und versuchte zum vierten oder fünften Mal an jenem Tag, Marsh House zu erreichen. Es nahm wieder niemand ab, aber wenigstens der Anrufbeantworter war eingeschaltet und ich hörte Wills ruhige Stimme mit der Bitte, eine Nachricht zu hinterlassen. Ich berichtete über den Plan der Polizei, das Fernsehen einzuschalten, und fasste kurz zusammen, was Ray Dodworth herausgefunden hatte. Ich erwähnte auch, dass ich Veronica besucht hatte, erging mich aber nicht in Einzelheiten.

Dann aß ich etwas, brütete zwei Stunden über den Akten, die ich aus dem Büro mitgebracht hatte, und ging ins Bett.

Das Nächste, was ich wahrnahm, war das Telefon, das mich aus den Tiefen eines dunklen und fernen Traumes riss.

»Entschuldige, habe ich dich geweckt?«

Wills Stimme.
»Nein, nein.« Ich tastete nach dem Lichtschalter und setzte mich auf.
»Diese Fernsehgeschichte ... muss ich unbedingt dabei sein?« Er bemühte sich, gelassen zu wirken, doch ich registrierte die Spannung in seiner Stimme.
»Es ist hauptsächlich wegen der Presse ...« Ich hatte Schwierigkeiten, meine Gedanken zu sortieren. »Sie werden viel mehr darüber schreiben, wenn du teilnimmst.«
»Aber es ist alles so ... so *öffentlich*. Ich hasse den Gedanken, Alex. Und morgen kann ich sowieso nicht. Ich muss Maggie ins Krankenhaus bringen.«
»Doch nichts Ernstes?«
»Ihre Gallensteine. Man versucht, sie zu einer Operation zu überreden.«
»Und Mittwoch? Könntest du am Mittwoch?«
»Ja, ich glaube schon.«
Ich schob mir das Kissen unter den Kopf und lehnte mich zurück. Die Uhr auf dem Nachttisch zeigte halb eins. »Sag mal, hat die Polizei schon mit Veronica gesprochen?«
»Ich glaube schon. Ja.«
»Und weißt du, was sie denen erzählt hat?«
»Nein, aber das ist leicht zu erraten ...«
»In welchem Fall die Polizei ein ziemlich ...« Ich suchte nach dem richtigen Wort. »... tendenziöses Bild hätte.«
»Natürlich hat sie das!«
»Vielleicht sollte ich ein Wörtchen mit Ramsey reden«, schlug ich vor. »Man muss ihm zu verstehen geben, dass alles, was von Veronica kommt, mit größter Vorsicht zu genießen ist.«
»Wenn du meinst.« Er schien nicht mehr ganz bei der Sache.
Ich versuchte nicht an den Haufen Arbeit auf meinem Schreib-

tisch zu denken und hörte mich sagen: »Ich kann morgen Nachmittag zu euch kommen, und wenn das nicht klappt, am Mittwochmorgen.«
»Zu dieser Fernsehsache wirst du doch hier sein, oder?«, fragte er besorgt.
»Natürlich.«
Es folgte ein langes Schweigen, das wir beide im selben Augenblick brachen. »Ich werde dich anrufen«, sagte ich, während er herausplatzte: »Manchmal meine ich ...« Noch eine Pause. Als er weitersprach, war seine Stimme sehr angespannt. »Manchmal habe ich das Gefühl, sie ist ganz in der Nähe. Ich habe diesen Alptraum, fast jede Nacht. Ich sehe sie irgendwo eingeschlossen, mit Wasser um sie herum. Manchmal geht der Traum Jahre zurück«, flüsterte er heiser, »in die Zeit, als Grace und ich uns gerade kennen lernten – du weißt schon, als ich sie aus diesem Graben ziehen musste. Aber dann ist auf einmal alles anders ... überall Wasser. Schrecklich. – Ich war heute übrigens auf der Brackmarsch, am Thorp Creek, wo das Bootswrack liegt. Erinnerst du dich?«
»Natürlich. Ist es noch da?«
»Nur noch das Gerippe, aber einmal haben wir die *Pod* doch dahin geschleppt, weißt du noch?«
»Mehr als einmal, glaube ich.«
»War es nicht auch da, wo wir die Würstchen gegrillt haben?«
Innerlich hüpfte ich vor Freude. »Ja!«
»Dann habe ich mich also richtig erinnert.« Er redete wie jemand, der versucht, eine gewisse Ordnung in die verschiedenen Aspekte seines Lebens zu bringen. »Aber wir haben sie nicht gegessen, stimmts?«
»Nein. Wir haben nicht genug trockenes Holz für ein vernünftiges Feuer gefunden. Sie wollten und wollten nicht gar werden.«

»Genau. Ich wusste, irgendetwas ging daneben. Ja …«

Es trat eine Pause ein, in der er zu vergessen schien, dass ich da war.

»Gute Nacht, Will. Wir können morgen weiterreden.«

»Gute Nacht. Ali?«

Ali. Niemand außer ihm hatte mich je so genannt.

»Vielen Dank für alles.«

Ich lag lange wach, und als ich gerade am Einschlafen war, weckte mich das Klicken von Pauls Schlüssel in der Haustür. In den vergangenen Monaten hatte ich mir angewöhnt, mich schlafend zu stellen, wenn er so spät nach Hause kam, weil es sonst nur zu sinnlosen Gesprächen kam. Doch nun machte ich das Licht wieder an und tat so, als hätte ich gelesen. Ich hörte ihn in der Küche klappern und dann schweren Schritts die Treppe heraufkommen.

Er schob den Kopf seitlich durch den Türspalt, wie ein Clown im Theater, der zwischen den Vorhängen hervorlugt, um das Publikum zu beäugen.

»Hallo!«, rief ich aufgesetzt heiter.

»Du bist noch wach?«, tastete er sich vor.

»Ja. Ich konnte nicht einschlafen.«

Er blinzelte unter schweren Lidern hervor und versuchte auszumachen, in welcher Stimmung ich war. Als er mein Lächeln sah, traute er sich schließlich ins Zimmer. Auf seiner Stirn glänzte der Schweiß und seine Wangen waren dunkelrot. Plötzlich blieb er stehen, tippte sich mit einem Finger an die Stirn, als hätte er etwas vergessen, drehte sich wacklig um und ging ins Badezimmer.

Ich war immer noch enttäuscht, der Schmerz ließ nicht nach, wenn ich ihn so sah. Sosehr ich mich auch dagegen sträubte, ich hoffte doch immer noch, er würde sich ändern, er würde ir-

gendwie seine Selbstachtung wiedergewinnen und der nächste Abend würde anders sein.
Er tauchte wieder auf und ich brachte noch ein Lächeln zustande. »So trifft man sich also. Ich hatte nicht erwartet, dich heute Morgen bei Gericht zu sehen.«
Stöhnend zog er seine Hose aus und legte sie über einen Stuhl. »Meine Güte, es ging doch nur um eine Untersuchungshaft. Nichts Besonderes.«
»Deswegen kann ich auch nicht verstehen, weshalb du mich nicht gebeten hast, die Sache für dich zu übernehmen.« Ich behielt mein Lächeln bei und gab mir alle Mühe, nicht gereizt zu klingen.
Er machte sich an seinen Hemdknöpfen zu schaffen. »Nein, nein, das musste ich schon selbst machen. Der Klient ... wusste nicht genau, was er wollte.«
»Ging es um eine Kaution?«
»Ja, genau: ein Kautionsantrag.«
»Aber dann hast du Sturgess geschickt, die Instruktionen entgegenzunehmen. Das hätte ich doch machen können. Ich verstehe nicht, wieso sie dir im Büro nicht gesagt haben, dass ich da war. Wenn das System irgendwo versagt, dann sollten wir dafür sorgen, dass so was nicht wieder passiert.«
»Es war ein kniffliges kleines Problem, ein kniffliger Fall, verdammt noch mal!«
»Ach wirklich?« Und nun rückte ich mit dem heraus, was ich wirklich auf dem Herzen hatte. »Wer ist dieser Munro überhaupt? Ein alter Klient?«
»Nein, er ist neu.«
»Und was ist sein Hintergrund?«
»Nichts Besonderes.«
»Es gab also keinen Grund für die Sonderbehandlung?«

»Herr im Himmel!« Paul fuhr wütend herum. »Es ist nun mal so gelaufen! Es war einfach … ich hätte es dir morgen erzählt. Wirklich, ich schwöre bei Gott, das wollte ich.« Er drehte sich zu mir um und versuchte es mit einem reuigen Blick. »Um ganz ehrlich zu sein, Lexy, ich habe es vergessen.«

Ich wartete.

»Ich habe einfach vergessen, dass der Fall heute dran war, und dann habe ich Gary geschickt, weil ich nicht rechtzeitig weggekommen bin.«

»Warum hast du das nicht gleich gesagt?« Ich setzte ein gezwungenes Lächeln auf.

»O Lexy. Ich kam mir so blöd vor, verstehst du das nicht?«

Etwas an seiner Geschichte störte mich allerdings immer noch, auch wenn ich nicht genau wusste, was es war. »Aber wieso hat Cornelia nichts davon gewusst? Wieso hat sie dich nicht daran erinnert?«

»Mit Cornelia hat das nichts zu tun! Es ist ganz allein meine Schuld!«

Schließlich sagte ich ernst: »Das nächste Mal werden wir unsere Termine besser koordinieren, einverstanden?«

Mein Ton entging ihm nicht. Als er ins Bett stieg, spürte ich, wie pikiert er war. »Ich habe es vergessen, Lexy, das ist alles: einfach vergessen.«

»Morgen früh rede ich mit Cornelia«, sagte ich müde.

Er rollte sich von mir weg auf seine Seite des Betts.

»Ich habe übrigens gehört, was über den Buck-Fall geredet wird.« Ich machte das Licht aus und legte mich zurück. Als er nicht reagierte, fuhr ich fort: »Es heißt, Karen Grainey wäre gekauft gewesen.«

Immer noch keine Antwort.

»Weißt du davon?«

»Was für eine Frage!« Seine Stimme war rau von Alkohol und Ärger. »Was hat das mit uns zu tun?« Er hustete noch einmal, vergrub das Gesicht in seinem Kissen und war bald darauf eingeschlafen.

5

Eigentlich wollte ich gegen Mittag losfahren, aber der Tag begann mit einer Reihe von Problemen, und so ging es dann weiter. So wurde es sieben, bevor ich mich auf den Weg nach Norfolk machen konnte, und erst um halb elf fuhr ich in Wickham Lodge vor und tauchte in eine Stille ein, die nur durch das Tröpfeln des Wassers, das von den Blättern fiel, und durch den Ruf eines fernen Nachtvogels unterbrochen wurde. Es hatte getaut, und die feuchte Luft roch nach Erde und moderndem Gras.

Edward öffnete die Tür mit einem Glas Whisky in der Hand und winkte mich herein. »Da bist du ja endlich. Ich bin schon bei meinem Nachttrunk. Möchtest du auch einen?«

»Ein Sandwich und eine Tasse Tee wären mir lieber.«

Er kratzte sich den Kopf. »Schinken? Nein, ich glaube, ich kann dir nur Käse anbieten.«

Das Sandwich war weißes Gummibrot, die Butter salzig, der Käse ein grellgelber Cheddar. Etwas anderes hatte ich auch nicht erwartet. Edward setzte einen perversen Stolz darein, gutes Essen zu verachten und sich an seine »gute englische Küche« zu halten.

»Ist Jilly hier?«, erkundigte ich mich.

»Um Gottes willen, nein. Die ist in Cambridge, arbeiten.« Er ließ einen Teebeutel in eine Tasse fallen.

Der Geruch von verbranntem Fett hing in der Luft, und auf

einer Ecke des Herds sah ich zwei Würstchen in einer krustigen Bratpfanne verkümmern. »Und wer kocht dann für dich?«

»Ich selbst!«, rief er in gespielter Entrüstung. »Jilly kauft manchmal ein, an Wochenenden, aber meistens nur Hasenfutter.« Er verzog das Gesicht. »Salatzeug und Obst – Weiberfraß. Gott sei Dank denkt sie auch manchmal daran, mir Pasteten und Fleisch in den Gefrierschrank zu legen.« Er nahm die Tasse Tee und führte mich aus der Küche. »Und dann gehe ich natürlich oft aus. Du glaubst gar nicht, was hier alles los ist ...« Er tat genervt, doch in Wirklichkeit genoss er es. Er liebte es, begehrt zu sein.

Er stieß die Wohnzimmertür auf und stellte die Tasse und sein Glas auf den Tisch. Zu meiner Überraschung war der Raum, im Gegensatz zum restlichen Haus, renoviert worden, wenn auch sehr einfach, in Einklang mit Edwards spartanischem Geschmack. Ein loderndes Kaminfeuer und rötlich leuchtende Tischlampen vervollständigten die Gemütlichkeit, die ein relativ kleines Wohnzimmer in einem großen, zugigen Haus haben kann.

Ich machte einen Bogen um Edwards Sessel, der mit Haufen von Zeitungen und Fernbedienungen daneben deutlich markiert war, und ließ mich mit meinem Teller auf der anderen Seite des Kamins nieder.

»Grace Dearden war ganz groß in der hiesigen Gesellschaft, nehme ich an«, begann ich im Plauderton.

»Na ja, das kann man wohl von den meisten Frauen hier sagen. Manchmal meint man, das Leben wäre eine einzige, endlose Cocktailparty.« Er ließ sich, seinen Whisky in der Hand, in seinen Sessel plumpsen.

»Aber Grace' Dinnerpartys waren doch etwas Besonderes. Das habe ich jedenfalls gehört.«

»Kann sein. Ich war nie eingeladen.«
Ich kaute auf einem trockenen Bissen Brot und Käse. »Wirklich nicht? Kein einziges Mal?«
»Doch, ein Mal – nein, zwei Mal, vor Ewigkeiten, als ich gerade hier eingezogen war. Aber Will hat nicht den geringsten Hehl daraus gemacht, dass er lieber den Teufel im Haus gehabt hätte. Er war absolut unfreundlich, saß schmollend am anderen Ende des Tisches und hatte nur finstere Blicke für mich übrig.«
»Aber Grace war in ihrem Element, oder?«
»Was? Oh, ganz bestimmt. Sie ist eine famose Köchin.«
»Das sagst *du?* War dir ihre Küche nicht etwas zu – großartig?«
»Nein, überhaupt nicht«, protestierte er. »Ich bin nicht der Banause, für den du mich offenbar hältst, wenn es um Essen geht.«
Ich betrachtete den alten Käse und das trockene Brot auf meinem Teller und sagte nichts weiter dazu. »Wie würdest du Grace beschreiben? Wie … wie ist sie in deinen Augen?«
»Da fragst du mich?«, erwiderte er entrüstet. »Ich bin der Letzte, der dazu etwas sagen könnte. Du weißt doch, ich bin kein großer Menschenkenner. Ich nehme alle, wie sie sind. Manche mag ich, andere nicht, aber frag mich nicht, warum.«
»Also gut. Hast du sie gemocht?«
Er spitzte die Lippen und dachte darüber nach. »Ja«, sagte er, zunächst langsam, dann überzeugter, »ja, ich mochte sie. Sie war immer sehr liebenswürdig, sehr nett. Und sehr lustig.«
»Lustig?« Ich wollte gerade von meinem Tee trinken. »Auf welche Weise?«
»Das darfst du mich nicht fragen! Sie hat mich zum Lachen gebracht, das ist alles.«
»Und worüber?«
»Mein Gott …« Er fuchtelte mit den Händen. »Was weiß ich –

über die Leute hier, nehme ich an. Klatsch und Tratsch und so weiter.«

Dann kam ich zu der Frage, die ich auch Maggie und Anne Hampton gestellt hatte. »Hattest du den Eindruck, dass sie glücklich war?«

»Glücklich?« Er sah aus, als wäre das ein Fremdwort für ihn. Ich dachte daran, wie er als Kind gewesen war, ständig beleidigt und voller Zorn. »Mein Gott«, seufzte er. *»Glücklich?* Sie wirkte jedenfalls nicht deprimiert, wenn du das meinst; sie war sehr gesprächig und immer irgendwie – ja, positiv. Aber sonst? Da habe ich wirklich keine Ahnung. So gut habe ich sie nicht gekannt.«

»Meinst du, sie könnte einen Liebhaber gehabt haben?«

Er starrte mich ungläubig an. »Einen Liebhaber?«, wiederholte er fassungslos. »Das fragst du *mich?«* Er lachte auf. »Wirklich, Lex, ich wäre der Letzte, der so etwas wüsste!« Wieder das trockene Lachen. »Wenn irgendwelche Gerüchte kursieren, bin ich immer der Letzte, bei dem sie ankommen.« Er wühlte in seiner Hosentasche und förderte eine Packung Zigaretten zutage. »Warum? Ist man der Meinung, sie hätte jemanden gehabt, irgendwo?«

»Nein, nein, aber du bist der einzige Mensch, den ich fragen kann, ohne Gerüchte in die Welt zu setzen.«

»Ich glaube, genau das hast du gerade getan: ein Gerücht in die Welt gesetzt.«

»Du weißt genau, wie ich es meine. Ich habe nur an die Möglichkeit gedacht, mehr nicht.«

»Es gibt also keinen Hinweis auf einen Liebhaber?«

»Nein, aber man weiß ja nie.«

Er zündete sich eine Zigarette an. »Du und dein Misstrauen, Lex.«

»Das kommt davon, wenn man zu viel Zeit mit Verbrechern und kaputten Familien zubringt.«

»Das glaube ich auch.« Er schüttelte den Kopf, als bemitleide er mich. Es war ihm immer unbegreiflich gewesen, wie ich mich mit Kriminellen abgeben konnte.

»Ich habe Veronica Bailey, Grace' Mutter, einen Besuch abgestattet«, fuhr ich fort und schob das Sandwich endgültig beiseite. »Sie sagt, ihr wärt einander begegnet.«

Einen Moment lang sah er verblüfft aus. »Ja – ein Mal, glaube ich.«

»Sie findet dich ganz wundervoll.«

»So geht es vielen, wusstest du das nicht?«

»Daran habe ich keinen Zweifel«, erwiderte ich lächelnd. »Und wie hast du *sie* gefunden?«

»Mein Gott, soll ich mich etwa daran erinnern?« Sein Blick war nun offen misstrauisch und er fragte mich beiläufig: »Was denkt man denn über Grace' Verschwinden?«

»Nicht viel. Die Polizei hat keine Ahnung, was passiert sein könnte. Absolut keine.«

»Aber irgendetwas müssen die doch denken.«

»Wahrscheinlich glauben sie, dass sie tot ist.«

»Und was glaubst du?«

Ich zögerte einen Augenblick. »Ich bin derselben Meinung.«

»Ach ja? Und wie soll sie gestorben sein?«

»Eine Möglichkeit ist sicherlich Mord.«

»Eine Möglichkeit!«, äffte er mich nach. »Wirklich! Du und dein Juristenlatein, Lex!« Aus irgendeinem Grund wurde er wütend. »Was soll es denn sonst sein?«

»Selbstmord, Nervenzusammenbruch …«

Er schüttelte den Kopf. »Das glaubt doch kein Mensch!«

»Was glaubt man denn deiner Meinung nach?«

»Woher soll ich das wissen? Ich kümmere mich nicht um Gerüchte, aber ist es nicht ziemlich eigenartig, dass sie in derselben Nacht verschwunden ist, in der jemand versucht hat, die Gunmarsch unter Wasser zu setzen?«

Nun war ich die Verblüffte, und ich machte mir nicht die Mühe, es zu verbergen. »Jemand wollte die Gunmarsch fluten? Absichtlich, meinst du?«

»Wusstest du das nicht?« Er genoss es sichtlich, mir etwas vorauszuhaben. »Jemand hat die Schleusen geöffnet.«

»Ich dachte …« Den Rest behielt ich lieber für mich. »Wer sollte so etwas tun?«

»Na wer wohl?«, sagte er bedeutungsschwer. »Vielleicht jemand, der das Land wertlos machen wollte. Jemand, der mir etwas heimzahlen wollte.«

»Meinst du wirklich?«

»Aber sicher. Die Pachtauflösung war so gut wie unter Dach und Fach, und sie wollten mir einen Streich spielen. Ist das nicht klar?«

Es war spät, und ich war müde. Ich war nicht aufgelegt zu diesem Spiel, in dem alles Mögliche unterstellt und nichts ausgesprochen wurde, doch Edward machte weiter.

»Ich finde es nur ausgesprochen seltsam, dass sie in derselben Nacht verschwunden ist. Mehr will ich gar nicht sagen.«

»Aber du kannst doch nicht einfach behaupten, jemand hätte die Überschwemmung absichtlich herbeigeführt.«

»Diese Schleusen gehen nicht von selbst auf.«

»Aber sie könnten beschädigt gewesen sein.«

»Ist es das, was er sagt?« Als ich nicht antwortete, nickte er überlegen, als hätte er mir mal wieder gezeigt, wie naiv ich war. »*Nichts* war beschädigt, Alex.«

»Woher willst du das wissen?«

Er pfiff den Hund herbei und bedeutete mir, ihm meinen Teller hinzustellen. »Ich war draußen, am nächsten Morgen«, sagte er ruhig, während der Hund den Rest meines Sandwichs verschlang. »Ich habe gesehen, wie viel Wasser auf der Marsch war. Es müssen *beide* Schleusen offen gewesen sein, weit offen, und zwar ziemlich lange.«
»Aber … warum hätte Will versuchen sollen, die Marsch trockenzulegen, wenn er sie gerade erst geflutet hatte?«
Er zuckte die Schultern. »Warum wohl? Natürlich, um gut dazustehen.«
»Das ist doch lächerlich, Ed!«
»Das ist es nicht! Er ist gerissen, das kannst du mir glauben! Er hat sich unglaublich angestellt wegen der Gunmarsch. Er wollte mich hintergehen. Glaub mir, er ist verschlagen.« Offenbar sah ich nicht sehr überzeugt aus, denn er fügte wütend hinzu: »Und das ist noch längst nicht alles!«
Ich gab auf. Es hatte keinen Zweck, sich mit Edward auf eine Diskussion einzulassen, wenn er in dieser Stimmung war. Er würde unaufhörlich mit ein und demselben Argument auf mich einhämmern, bis ich mich geschlagen gab.
»Ich glaube, ich gehe jetzt ins Bett, wenn es dir nichts ausmacht, Ed.«
»Du willst wohl die Wahrheit nicht hören.«
»Ich habe einfach in letzter Zeit nicht viel geschlafen. Das ist alles.«
»Was, hast du dich etwa im Bett herumgewälzt wegen deinem Will?«
Ich stand auf. »Manchmal bist du wirklich kindisch, Ed.«
Er verzog den Mund zu einem Lächeln, womit die Sache für ihn erledigt war. »Ich habe dir eine Wärmflasche ins Bett gelegt. Ich bringe dich nach oben.« In der Halle sagte er im Ton von je-

mandem, der nach einem unverfänglichen Thema sucht: »Ich habe übrigens den Brief an Vaters Anwälte abgeschickt.«

»Ach ja?« Ich hörte nur halb zu.

»Morgen früh werde ich sie anrufen und ihnen noch einmal klar machen, dass es eilig ist.«

»Wie hast du überhaupt herausgefunden, dass dieses Geld fehlt?«, fragte ich.

»Ich habe nachgerechnet.«

»Und?«

»Der Erlös von dem Haus in Falmouth plus seine Ersparnisse minus Pflegekosten.« Er sprach in dem kalten Ton, den er immer anschlug, wenn es um Vater ging.

»Und es fehlen hunderttausend?«

»So genau kann man das nicht sagen, aber es sind bestimmt über siebzigtausend.« Er blieb vor der Tür eines der Gästezimmer stehen.

»Hast du eine Vorstellung, wo das Geld geblieben sein könnte?«

Er glotzte mich an. »Nein. Habe ich das gesagt?«

»Nein, ich dachte nur … ich weiß nicht.«

»Ich habe nicht die geringste Ahnung, was mit dem Geld passiert sein könnte. Das will ich ja gerade herausfinden.«

»Das könnte sehr schwierig sein nach der langen Zeit«, wandte ich ein.

»Ach was. Es ist gerade erst ein Jahr vergangen.«

»Aber ärgere dich nicht zu sehr, wenn nichts dabei herauskommt.«

»Ich soll mich nicht ärgern?«, rief er. »Natürlich würde ich mich ärgern, und zwar ganz gehörig. Das Geld gehört schließlich uns!«

Er wirkte so entschlossen, dass ich das Thema fallen ließ und

mich vorbeugte, um ihm einen Gutenachtkuss zu geben. In einem Reflex, den er aus seiner Kindheit behalten zu haben schien, versteifte er sich ein wenig, als meine Lippen seine Wange berührten. »Gute Nacht, Lex. Schlaf gut.«
»Gute Nacht, Ed. Danke, dass du mich bei dir aufnimmst.« Ich lächelte, um zu zeigen, dass ich es ernst meinte.
»Ich kann dir nur raten, es zu genießen. Vielleicht ist es das letzte Mal.«

Der Morgen war nass und kalt. Ich ging den Seitenweg zum Marsh House hinauf und klopfte an die Küchentür. Ein Schatten huschte hinter dem erleuchteten Fenster vorbei, und gleich darauf öffnete sich die Tür und Will stand vor mir. Er trat einen Schritt zurück und bat mich herein.
»Möchtest du Frühstück?« Seine Augen waren stumpf, sein Blick wie aus weiter Ferne. Er wirkte wie jemand, der weder geschlafen hat noch richtig wach ist.
»Ja, eine Scheibe Toast wäre gut.«
Während er Brot schnitt, bediente ich mich aus der Kanne Kaffee, die auf dem Tisch stand. »Ist Charlie noch nicht auf?«
»Er ist bei Mutter.«
Es folgte ein unbehagliches Schweigen, und schließlich sagte ich: »Ich habe mit Ramsey ausgemacht, dass wir um drei in Norwich sein werden. Ich habe auch gesagt, dass ich mit ihm reden möchte, bevor wir vor die Kameras treten. Er weiß, dass es um Veronica geht. Außerdem kann es nie schaden, wenn sie vorher wissen, was du sagen wirst.«
Will nickte unsicher. Er ging zum Herd und rührte in einer Pfanne.
»Ich würde auch Maggie gern besuchen«, fuhr ich fort. »Wie

geht es ihr? Du hast gesagt, du müsstest sie ins Krankenhaus bringen.«

»Was? Ach ja, es geht ihr gut. War nur eine kurze Routinesache.«

»Gibt es sonst noch jemanden, mit dem ich sprechen sollte? Irgendwelche Freunde von Grace? Vielleicht ihr Arzt? Weißt du, ob sie in letzter Zeit beim Arzt war?«

Will war damit beschäftigt, Rührei aus der Pfanne auf eine Scheibe Toast zu schieben, und nahm sich Zeit für seine Antwort. »Ich glaube nicht. Ihr Arzt ist Julian Hampton. Seine Praxis ist ganz in der Nähe …« Er schüttelte den Kopf. »Es ist natürlich die alte Praxis deines Vaters, wie konnte ich das nur vergessen!«

Er brachte den Teller zum Tisch und blieb davor stehen, den Blick irgendwo in der Ferne. Seine Haare waren ungekämmt, sein Kinn unrasiert und sein Hemd falsch geknöpft, so dass eine Seite des Kragens überstand. Er sah aus wie ein Marschzigeuner.

»Hat Ramsey gestern angerufen?«

»Was? Nein … nur die Frau, Barbara Smith.« Er brachte mir Toast, Butter und Marmelade und fiel, kaum dass er sich hingesetzt hatte, wieder in seine Trance.

Ich stand auf und suchte in verschiedenen Schubladen, bis ich ein Messer und eine Gabel fand, die ich neben seinen Teller legte.

»Oh, danke. Du bist immer so praktisch, Alex, so vernünftig.«

Aus irgendeinem Grund kratzte das an meiner Eitelkeit. »Ich hoffe, das ist kein Fehler.«

»Oh, nein. Nein, ich finde das toll, schon immer. Als wir Kinder waren – du warst immer anders als die anderen Mädchen, mehr wie ein Junge.« Er erkannte, in welches Fettnäpfchen er getreten war, und lachte: »Natürlich auf die netteste Art, die man sich vorstellen kann.«

Ich lächelte schwach.

Will dachte endlich an sein Frühstück und begann lustlos darin herumzustochern. »Welche schrecklichen Verbrechen habe ich nach Veronicas Meinung noch mal begangen?«, fragte er gleichmütig. »Ich habe es schon wieder vergessen.«

»Nun ja, es ist eine ganze Latte, wie du dir vorstellen kannst.«

»Ich weiß.«

Ich begann mit den weniger schweren Vorwürfen. »Sie hat angedeutet, Grace wäre unglücklich gewesen.«.

Er schüttelte den Kopf, fast mitleidig. »Das *wollte* Veronica natürlich glauben. Das war schon immer so. Grace *musste* einfach unglücklich sein. Was Veronica will und was sie bekommt, sind zwei sehr verschiedene Dinge. Das hat sie nie akzeptieren können.«

»Grace war also glücklich?«

Er schaute zum Fenster. »Grace war nicht imstande, unglücklich zu sein.«

Fast dasselbe hatte auch Maggie gesagt, und Anne Hampton ebenso. Wieder fragte ich mich, wie ein Mensch gegen Unglück immun sein konnte.

Will aß noch ein wenig, nun etwas freudiger, als hätte er plötzlich Hunger bekommen. »Also, was hat sie noch gesagt, die alte Hexe?«

»Sie sagte, ihr hättet euch einmal fast getrennt, Grace und du, kurz nach eurer Heirat, als Grace herausfand, dass du sie – ›hintergangen‹ hast. So hat sie sich, glaube ich, ausgedrückt.«

Diese Anschuldigung traf offenbar einen Nerv. »Ja, ja, ich weiß! Nachdem dieser große Betrug ans Licht gekommen war. Nachdem ich Grace' Leben zerstört hatte.« Er schnaufte verächtlich und sägte wütend an seinem Toast. »Veronica hätte es natürlich gern gesehen. Sie hätte es nur zu gern gesehen, wenn Grace sich so schnell wie möglich einen Besseren gesucht hätte.«

»Selbst noch, als Charlie da war?«

»Ach! Kinder spielen für Veronica keine Rolle. Die hat sie gar nicht auf der Rechnung.«

»Aber um Grace hat sie sich doch ziemlich viele Gedanken gemacht.«

»Natürlich hat sie sich um Grace gekümmert, aber erst als ihr auffiel, dass sich die Leute nach ihr umdrehten, als sie begriff, dass Grace ein Leben haben könnte, wie sie selbst sich es immer gewünscht hatte, das Leben, das ihr so ›grausam verwehrt‹ worden war.«

»Kannst du mir das näher erklären?«

»Ach, es geht natürlich um Grace' Vater. Der war eine große Enttäuschung. Ein netter Kerl, nach allem, was ich gehört habe, aber nicht gerade Superman. Sehr still und duldsam. Im Garderegiment brachte er es nur zum Major, und danach hatte er einen schlecht bezahlten Job als Sekretär irgendeines Clubs. Mit Geld konnte er auch nicht umgehen. Veronica hat dem armen Kerl nie vergeben, und er ist jung gestorben.«

»Aber Veronica hat doch Geld, oder?«

»Ein bisschen.«

»Und diese Wohnung?«

»Der Mietvertrag läuft in drei Jahren ab.«

»Ach so.« Ich begann zu verstehen, weshalb die alte Frau so verzweifelt gewirkt hatte. »Und Grace? Hat sie eigenes Geld?«

Er blickte auf und fragte kühl: »Sind wir schon beim nächsten Vorwurf?«

»Entschuldige«, sagte ich schnell, »ich hätte mich klarer ausdrücken sollen. Veronica sagt, du hättest Grace wegen ihres

Geldes geheiratet und du hättest das meiste davon ausgegeben.«
Will legte seine Gabel nieder und schob den Teller weg. »Wofür soll ich es denn ausgegeben haben?«
»Das hat sie nicht gesagt.«
»Das glaube ich gern. Da hätte sie nämlich große Schwierigkeiten. Grace hatte etwa hunderttausend Pfund, als wir geheiratet haben. Das Geld kam von einer Tante, glaube ich. Einiges hat sie ins Haus gesteckt, Renovierungen und so weiter. Ich weiß nicht, wie viel. Sie wollte es mir nicht sagen. Wir hatten uns auf ein Budget geeinigt und das hat sie überschritten. Die Differenz hat sie von ihrem eigenen Geld bezahlt. Es war ihre Idee. Ich habe sie nicht darum gebeten. Was danach übrig war … ich nehme an, es ist immer noch irgendwo angelegt. Ich weiß es wirklich nicht. Es ist ihr Geld.«
»Hat die Polizei nach eurer finanziellen Situation gefragt?«
»Ja. Sie haben gefragt, ob wir in Geldschwierigkeiten waren.«
»Und was hast du gesagt?«
»Ich habe gesagt, wir kämen zurecht – was natürlich nicht ganz stimmt.« Er grinste verlegen. »In Wahrheit sitzen wir ziemlich in der Patsche.«
»Ich weiß, Will. Ich weiß, dass du die Gunmarsch verkaufen musst. Tut mir sehr Leid.«
Er zuckte die Schultern und blickte zu Boden. »So was lässt sich manchmal nicht vermeiden.«
Ich forschte in seinem Gesicht, wollte wissen, ob der Verlust der Marsch ihn mit Bitterkeit erfüllte. Wenn ja, dann verbarg er es gut.
»Es gibt keine andere Möglichkeit? Du musst die Marsch verkaufen?«

»Scheint so«, sagte er. Sein Ton verriet, dass er nicht gern darüber redete.
»Und? Welche furchtbaren Verbrechen habe ich noch verübt?«, fragte er mit bitterem Lächeln. »Veronica wird es doch nicht dabei belassen haben, dass ich Grace angelogen und unglücklich gemacht und ihr Geld verprasst habe. Das wäre ja kaum der Rede wert, oder?«
Aber im Grunde wollte er nichts mehr davon hören. Er war der Vorwürfe müde, das sah ich ihm an. Ich dachte an das Ende von Veronicas Tiraden, an das, was sie über die Gewalt gesagt hatte, die Will angeblich über Grace hatte, dass er sie ihrer Freiheit beraubt haben sollte. Während ich die Teller in die Spülmaschine stellte, log ich: »Nein, sonst hat sie nichts gesagt.«
»Da kann ich mich aber glücklich schätzen, was?« Er war dabei, Kaffee in die Kanne zu löffeln, und hielt plötzlich inne. »Nein. Lass uns ausgehen.«
»Wie bitte?«
Ich war so überrascht, dass ich nicht fragte, wo er hinwollte, sondern nur meine Jacke überstreifte und mit ihm nach draußen ging. Ich holte meine Stiefel aus dem Kofferraum und folgte ihm auf die Marschen.

Das Boot glitt über den spiegelglatten Bach, scheinbar ohne jeden Antrieb. Will stand am Heck und drehte das Ruder ein wenig, bis der Bug langsam herumschwang und längsseits der beiden Planken anlegte, die den Pier darstellten, auf dem ich stand. Will umklammerte einen der Pfosten, ließ das Ruder sinken und streckte seine freie Hand aus, um mir beim Einsteigen zu helfen. Ich hatte die Mitte des Boots anvisiert, verfehlte sie jedoch um ein ganzes Stück, und alles kam ins Schwanken.
Will lachte. »Was, du hast alles vergessen, Ali?«

Ali.
»Sieht so aus.«
Ich setzte mich, mit dem Gesicht zum Bug, und nun genau in die Mitte, damit das Boot nicht aus dem Gleichgewicht kam. Es war ein Austernboot mit flachem Boden, länger und breiter als die *Pod.*
Will stieß ab und der Kahn begann im Rhythmus von Wills Ruderschlägen sanft zu schaukeln. Wir sagten kein Wort. Es hatte aufgehört zu regnen und der Horizont verschwamm hinter einem dichten Dunstschleier, so dass graue Marsch und grauer Himmel nahtlos miteinander verschmolzen. Es war, als glitten wir durch ein unendliches, geheimnisvolles Universum.
Wir kamen zu einer Biegung, wo sich die Wasseroberfläche kräuselte und die Strömung stärker war, so dass Will kräftiger rudern musste. Rechts wuchs eine dunkle Uferbank aus dem Nebel: der Rand der Gunmarsch. Wir waren nicht weit von der Schleuse, an der ich vorbeigekommen war, und ich fragte mich, ob das diejenige war, die beschädigt oder – Edwards Stimme hallte mir in den Ohren – mutwillig geöffnet worden war.
Ich starrte auf die Schleuse, bis sie wieder im Nebel versank. Dann drehte ich mich zu Will und fragte leichthin: »War das die Schleuse, die du reparieren musstest?«
Er nickte.
»Ist sie jetzt in Ordnung?«
Er nickte wieder.
»Was genau war nicht in Ordnung?« In der Stille klang meine Stimme viel zu laut.
»Einer der Schlitze war gebrochen.«
»Meinst du, jemand könnte die Schleuse mutwillig beschädigt haben – irgendwelche Vandalen?«

»Ach was.«
»Hat vielleicht jemand absichtlich das Tor geöffnet?«
Seine Kiefermuskeln begannen zu arbeiten. »Wie kommst du denn auf die Idee?«, fragte er wütend, und als ich nicht gleich antwortete, hakte er nach: »Ist das, was die Leute reden?«
»Nein, nein, überhaupt nicht.« Wo wir nun schon so weit waren, konnte ich ihm auch die Wahrheit sagen. »Es war Edwards Idee.«
»Edward!«
Obwohl es mir bereits Leid tat, das Thema angeschnitten zu haben, fuhr ich fort. »Er scheint zu denken – warum, weiß ich nicht genau –, dass beide Schleusen absichtlich geöffnet worden sind.«
»Wie kann er das sagen?«, rief Will. »Wie kann er sich einbilden, er wüsste, was passiert ist?«
»Keine Ahnung.«
»Jedenfalls ist das Unsinn! Es war mitten in der Nacht und bis am Morgen hatte ich alles in Ordnung gebracht. Woher will er also wissen, was mit dem Tor los war? Niemand hat gesehen, was los war. Er stänkert nur. Absichtlich …«
»Es tut mir Leid. Ich hätte es nie erwähnen sollen. Es tut mir Leid.« Ich entschuldigte mich nicht nur für mich selbst, sondern auch für Edward.
Will ließ das Ruder sinken und setzte sich seufzend auf die Achterbank. Unsere Knie berührten sich fast.
»Kümmer dich nicht um Edward«, versuchte ich, ihn zu beruhigen. »Du weißt doch, wie er ist.«
»Aber die Leute glauben so was! Er braucht nur das Gerücht in die Welt zu setzen. Hat er mit anderen darüber geredet? Hat er es schon verbreitet?«
»Ich weiß nicht. Ich werde ihn fragen.«

»Du kannst ihm von mir ausrichten, dass er absoluten Unsinn redet.«
»Ich werde es ihm sagen.« Was Edward natürlich nicht von seiner Meinung abbringen würde, doch das behielt ich für mich.
Mit einem sanften Ruck blieb das Boot in der Marschböschung stecken. Will, immer noch wütend, blieb auf seiner Bank sitzen.
»Manchmal kommt es mir so vor, als wäre das alles ein böser Traum, Ali. Manchmal meine ich, ich werde irgendwann aufwachen und sie ist wieder da. Und dann … dann denke ich wieder, man wird sie niemals finden.«
»Die meisten Menschen, die so verschwinden wie Grace, werden über kurz oder lang gefunden, wenn dich das beruhigt.«
Er schien seine Zweifel zu haben. »Wirklich?«
»Sie werden gefunden«, wiederholte ich, wobei ich meinte: so oder so.
Er verstand und schaute weg.
»Die Leute, die nie gefunden werden, sind in der Regel die, die es nicht wollen.«
Er lächelte schief. »Nein, Grace bestimmt nicht. Sie würde nie freiwillig von der Bildfläche verschwinden, jedenfalls nicht für lange.«
Will stieß das Boot ab und ruderte uns weiter den Wasserlauf entlang. Irgendwann kamen wir an der zweiten Schleuse vorbei, die kleiner war als die andere, mit weniger Mauerwerk. Auch hier schien das Tor in Ordnung zu sein.
Ich fragte mich, ob Will ein spezielles Ziel hatte, ob unsere Bootspartie Teil einer vorher geplanten Suchaktion war. Doch aus welchem Grund auch immer wir in diesem Boot saßen, ich war glücklich, so durch die Landschaft zu treiben und mich an die Zeit zu erinnern, als wir mit der *Pod* unterwegs gewesen waren, in einem sengend heißen Juli, auf der Suche nach Federn

und Treibholz. Damals war ich vielleicht dreizehn, Will sechzehn. Es war unser letzter unbeschwerter Sommer, der letzte, in dem ich in der Illusion leben konnte, dass es solche einfachen Freuden immer geben würde. Den nächsten Sommer verbrachte ich fast durchgehend im Bett, mit einem schlimmen Fieber, und im Jahr darauf wurde ich im Frühsommer nach Frankreich geschickt, zu einem schrecklich langweiligen Schüleraustausch, und als ich zurückkam, arbeitete Will auf einer Farm und verbrachte die Abende mit Leuten seines Alters in Pubs.

Der Sturm war im Winter darauf gekommen. Ein unablässiger Nordwind und Frühjahrsfluten hatten die vier Cottages am Rand der Marsch überschwemmt. Danach war nichts mehr gewesen wie zuvor, denn ich hatte zum ersten Mal zu hoffen gewagt, dass ich vielleicht doch nicht zu jung war für Will.

»Hier hat sich überhaupt nichts verändert«, dachte ich laut. »Bringst du die *Pod* noch manchmal her?«

»Ja, im Sommer, mit Charlie.«

Ich erinnerte mich an das Foto in Wills Büro, das kleine grüne Boot und das Kindergesicht. »Und im Winter?«

»Da gehen wir wandern, sooft wir können.«

»Die Stürme«, murmelte ich.

»Je wilder, desto besser.«

Er lachte, und ich lachte mit ihm.

»Hat Charlie es auch so gern, wenn es stürmisch ist?«

»O ja«, sagte er stolz, und dann, als hätte er meine stumme Frage gehört: »Grace natürlich nicht.«

»Sie ist mehr für den Sommer?«

»Sie ist am liebsten im Haus. Sie hat die Marschen nie gemocht. Hast du je daran gedacht, wieder auf dem Land zu leben?« Offenbar wollte er das Thema wechseln.

»In meinem Job ist das ausgeschlossen.«

»Ich verstehe nicht, wie du es in London aushältst.«
»Ach, so schlecht ist es gar nicht. Es hat durchaus seine Vorteile.«
Er sah nicht überzeugt aus.
»Bist du manchmal in London?«, wollte ich wissen.
»Nur wenn es sich nicht vermeiden lässt. Allein schon der Lärm dort. Und all diese Menschen. Und die Bettler und die alten Leute, die mitten im Winter für einen Bus Schlange stehen. Nein, wenn ich London sehe, glaube ich nicht, dass es mit der Welt zum Besten steht.«
»Und Grace? Ist sie gern in London?« Ich achtete darauf, nicht in der Vergangenheit von ihr zu sprechen.
Sein Gesicht wurde zu einer Maske. »Ja, sie geht gern einkaufen, trifft sich gern mit Leuten. Mich bringt sie kaum dazu, mitzufahren. Ich habe nichts übrig für das Herumgerenne.«
»Aber hier bist du doch gesellschaftlich ziemlich aktiv.«
Er blitzte mich an. »Wenns geht, halte ich mich auch da raus: Immer dieselben Leute, derselbe Klatsch, nur die Bühne ändert sich ein wenig, von Haus zu Haus. Wenn man mich in Ruhe ließe, wäre ich wahrscheinlich wie ein Einsiedler. Vielleicht ist es also ganz gut, wenn ich ab und zu mal mitgeschleppt werde.«
Der Bach teilte sich und wir trieben von der Gunmarsch weg auf einen schmaleren Seitenarm, der in die Wildnis der Salzmarschen führte. Der Nebel war fast verflogen, hinweggefegt von einem auffrischenden Wind, und nun war der Horizont zu sehen, das Ende der Welt jenseits der Dünen.
Plötzlich ein lautes Platschen. Will wendete das Boot in einem engen Kreis. »Idiotisch ... was machen wir nur hier. Wie konnte ich mir einbilden ...« Er war in großer Eile, fast panisch. »Wir müssen sofort zurück. Ich weiß nicht, wie ich denken konnte ...« Er vollendete den Satz nicht und ruderte so schnell,

dass das Boot über das Wasser zu gleiten schien. »Es geht auf den Frühling zu«, erklärte er keuchend. »Es ist gefährlich. Bevor man sich versieht, zieht einen die Ebbe aufs Meer hinaus.« Von Ebbe war nichts zu sehen, doch ich wollte gar nicht wissen, woran er wirklich dachte. Ich schwieg, und bald waren wir wieder an dem wackligen Steg, von dem aus wir losgefahren waren.

Maggie hatte Besuch. Neben ihrem grünen Citroën parkte ein luxuriöser Geländewagen mit fetten Leichtmetallrädern vor Reed Cottage. Drinnen hörte ich Stimmen, die jedoch abrupt verstummten, sobald ich die Klingel drückte. Maggie wirkte erschrocken, fast benommen, als sie die Tür öffnete.
»Soll ich ein anderes Mal wiederkommen?«, fragte ich.
»Nein, nein, komm nur herein, Alex.« Gleichgültig nahm sie meinen Kuss entgegen und trat zurück, um mich hereinzulassen. Sie sah immer noch sehr verwirrt aus.
Ich hatte das Cottage noch nie von innen gesehen, doch die schlichten Wände und die alten, abgeschrubbten Möbel und das bunte Porzellan wiesen es eindeutig als Maggies aus: das alte Marsh House in einem kleineren Maßstab. Zur Linken lag ein niedriges Esszimmer; auf dem Tisch, der mit Zeitungspapier und Pflanzen bedeckt war, saß eine Katze und putzte sich. Geradeaus, am Ende des kurzen Korridors, konnte ich Maggies leuchtend blaues, handbemaltes Porzellan in den Küchenregalen erkennen und rechts schaute ich in ein Wohnzimmer mit der vertrauten Mischung aus verblichenen Teppichen und weinfarbenen Polstermöbeln. Maggie ging in das Wohnzimmer und sagte abwesend: »Ich weiß nicht, ob du dich erinnerst …«
Maggies Besucher stand neben dem Kamin: ein robuster Mann

in den Dreißigern, rundes Gesicht, selbstbewusster Blick, beigefarbener Kaschmirpulli und dazu passende Hose. Er sah aus wie ein erfolgreicher Geschäftsmann an seinem freien Tag und ich konnte mich nicht erinnern, ihn je gesehen zu haben.

Er streckte die Hand aus. »Barry Holland.«

Im Geiste versuchte ich, mir diesen offenbar wohlhabenden, gut genährten Mann als den schmächtigen Teenager vorzustellen, der früher in schäbigen, schlabberigen Klamotten im Dorf herumgelungert hatte.

»Meine Güte!«, platzte es aus mir heraus.

»Eine ganz schöne Verwandlung, was?«, sagte er grinsend.

Ich konnte nur lächelnd zustimmen. »Das Leben hat es offenbar gut mit Ihnen gemeint.«

»Ich kann nicht klagen. Mit zwanzig bin ich einmal in Schwierigkeiten geraten. Ein Jahr Bau.« Offenbar wollte er das gleich vom Tisch haben. »Aber dann bin ich ins Promotion-Geschäft eingestiegen – Bands, Ensembles, Gigs aller Art. Und seitdem ... ja, es geht mir ganz gut.« Er sagte es überlegt und voller Dankbarkeit, und ich fand ihn immer sympathischer. »Das einzige Problem ist, dass ich ständig unterwegs bin, aber sowie ich Zeit habe, komme ich her. Ich habe seit kurzem ein Haus hier im Dorf, oben an der Salterns Lane.«

Je deutlicher ich mich an Barry Holland erinnerte, desto erstaunlicher fand ich die Metamorphose, die er durchlaufen zu haben schien. In den Augen meiner Mutter war er ein »unangenehmer Junge« gewesen, verschlossen und argwöhnisch, einer, der kaum je etwas sagte und voller Komplexe steckte. Soweit ich mich entsinnen konnte, war sein Vater jahrelang arbeitslos gewesen. Seine Mutter hatte im *Deepwell Arms* hinter der Bar gearbeitet. Irgendetwas war geschehen, eine Trennung oder Scheidung, und Barrys Vater war plötzlich verschwunden. Ich sah wieder die schlaksige Gestalt vor mir, die sich am Rand der Marschen herumtrieb. Die Leute hatten ihn als Schulschwänzer und Taugenichts gebrandmarkt, und jetzt, zwanzig Jahre später, stand er als ein Fels von einem Mann vor mir, selbstsicher, gut gekleidet, kraftstrotzend: ein Bild des Wohlstands.

Da er das Musikgeschäft erwähnt hatte, fragte ich ihn, ob er mit dem Dorffestival zu tun hatte. »Nein«, lachte er, »mit klassischem Zeugs wüsste ich nichts anzufangen. Ich halte mich an die Massenware – alles, was große Arenen füllt. Nein, von dem Festival habe ich erst vor zwei Monaten gehört, als Grace mich als möglichen Sponsor ins Visier nahm.« Er hob sofort die Hand. »Verstehen Sie mich nicht falsch. Ich hab natürlich gern geholfen.«

»War sie bei Ihnen?«

»Ja.« Sofort legte er den angemessenen Ernst an den Tag. »Eine erstaunliche Frau.«

Mit einem Nicken, das fast eine Verbeugung war, deutete er an, dass er das Gespräch damit als beendet ansah. Dann ging er zu Maggie, die auf einer Sessellehne saß, und nahm ihre Hand in beide Hände wie ein Priester, der eines seiner Lämmer trösten will.

»Es tut mir Leid, Maggie.«

Es überraschte mich, mit welcher Feindseligkeit sie ihn anschaute.

»Auf Wiedersehen, Alex.« Sein Blick war ruhig und selbstzufrieden.

Als er weg war, fragte ich sofort: »Was ist denn passiert, Maggie?«

»Ach, nichts.« Sie wandte sich ab. Sie war zweifellos sehr aufgebracht. »Es ist nichts.«

»Soll ich dir etwas zu trinken holen?«

Sie schüttelte den Kopf. »Nein, wirklich nicht. Ich bin nur müde. Ich habe genug von dem Ganzen. Ich bin nur müde.«
Ich spürte, dass sie mir etwas verschwieg. Dieses Gefühl war mir seit Kindertagen vertraut. Bei aller Offenheit und Wärme hatte sie immer einen Teil von sich vor uns verborgen. Nun wurde mir wieder bewusst, dass sie in all den Jahren nie über Wills Vater geredet hatte, über ihre Gefühle nach seinem Tod und über die Schwierigkeiten, mit denen sie als Witwe zu kämpfen hatte. Sie musste sehr einsam gewesen sein und wahrscheinlich hatte sie auch nicht viel Geld, sonst wäre sie nicht gezwungen gewesen, die Farm für einige Jahre unterzuverpachten. Doch nie hatte sie sich etwas anmerken lassen oder Dinge erwähnt, die uns Kinder hätten beunruhigen können. Die Welt, die sie für uns schuf, war nichts als Unbeschwertheit und Glück gewesen. Als ich jung war, hatte ich nicht ermessen können, was für eine Leistung das war, aber ich hatte sie instinktiv dafür geliebt.
Ich legte ihr eine Hand auf die Schulter. »Will sagt, du musstest ins Krankenhaus.«
Sie schien Mühe zu haben, sich daran zu erinnern. »Ach ja – ja, die Gallensteine.« Sie sah, dass ich mehr darüber wissen wollte, und fügte hinzu: »Die Ärzte wollten nachsehen, ob sie noch da sind. Sie wollen sie herausschneiden. Du weißt ja, wie die sind …« Draußen war ein Auto zu hören. »Das ist Charlie.«
Doch auch die Ankunft ihres Enkelsohns konnte sie nicht aufheitern. Ich folgte ihr zur Haustür und sah Will aus dem Range Rover steigen. Charlie schien mit seinem Sicherheitsgurt zu kämpfen, offenbar ohne Erfolg. Will ging zur Beifahrerseite, öffnete die Wagentür und lehnte sich hinein, um ihm zu helfen. Dann trat er zurück, um ihn aussteigen zu lassen, doch aus ir-

gendeinem Grund blieb Charlie sitzen. Und dann schnürte es mir fast die Kehle ab, als ich sah, wie Will wieder in den Wagen langte, den Jungen am Arm packte und herauszog. Ich hörte einen Schrei, mein Magen krampfte sich zusammen und ich wandte mich ab, voller Angst, Zeugin einer hässlichen Szene zu werden.

Es gab weiteres Geschrei, und dann verstand ich endlich: Sie kreischten vor Lachen. Ich war erleichtert, und zugleich kam ich mir ziemlich dumm vor. Die beiden schienen unendlich lustig zu finden, was soeben passiert war. Der Junge hatte einen Arm um Wills Hüfte gelegt und den Kopf an seine Brust, und Will beugte sich hinunter und drückte seine Wange an Charlies Blondschopf. In diesem Moment schien nichts in der Welt sie bekümmern zu können.

»Hallo, Charlie«, begrüßte ich den Jungen.

Er schaute gleichgültig zu mir auf, und es war unmöglich, zu sagen, ob er mich erkannte oder nicht.

Will übergab ihn seiner Großmutter. Dann blieb er im Eingang stehen und wedelte mit dem Finger. »Denk an das, was ich dir gesagt habe.«

Charlie kicherte. Will umarmte Charlie und drückte ihn an sich, als würde er für Tage weg sein und nicht nur für ein paar Stunden. »Pass gut auf Grandma auf.«

Er winkte Maggie zu und ich folgte ihm nach draußen. Sobald Maggie die Tür geschlossen hatte, verfinsterte sich seine Miene. »Müssen wir das wirklich landesweit durchziehen, würde das Regionalfernsehen nicht reichen?«

»Nein. Da ist Grace' Foto ja schon gezeigt worden.«

Er blieb am Wagen stehen, riss seine Steppjacke auf und zeigte mir das Jackett, das er darunter trug. »Ist das zu formell? Zu dunkel? Das falsche *Image*?«, fragte er missmutig.

Er trug einen tadellos geschnittenen grauen Anzug, ein hellblaues Hemd und eine dunkle Krawatte.

»Nein, es ist genau richtig«, log ich. In Wirklichkeit sah er, selbst mit seinen wilden Haaren, viel zu gut aus, viel zu gepflegt, und der Anzug wirkte zu teuer. Den muss Grace gekauft haben, dachte ich.

In Norwich würde ich ihn wohl auf taktvolle Weise dazu bringen müssen, seine Erscheinung ein wenig zu verändern. Der Ehemann einer vermissten Frau hatte zerzaust und mitgenommen auszusehen, sonst dachten die Leute sicher gleich etwas Falsches.

Er hatte nichts dagegen, dass wir meinen Wagen nahmen, und als wir an der Einmündung zur Hauptstraße hielten, war er so in Gedanken, dass er nicht bemerkte, wie ich Jillys Golf nachschaute, der vor uns vorüberglitt.

»Ich soll mein Jackett ausziehen?«

Ich dachte, er würde sich weigern, doch dann seufzte er nur und hängte das Jackett über einen Stuhl. Einen Augenblick später, auf dem Weg zu dem Raum, wo die Pressekonferenz abgehalten werden sollte, griff ich nach seiner Krawatte, als wollte ich sie gerade ziehen. Stattdessen gelang es mir, sie zu lockern und den Knoten ein wenig zur Seite zu rücken. Mit seinen zerzausten Haaren und den dunklen, sorgenvollen Augen entsprach er nun einigermaßen dem Bild des verzweifelten Gatten, der viel zu verstört ist, um seiner Kleidung sonderliche Aufmerksamkeit zu schenken.

Agnew und Ramsey führten uns ohne weitere Worte in einen hell erleuchteten Raum. Spots waren auf einen langen Tisch gerichtet, der vor einer der Wände stand; dahinter vier Stühle und zwei Mikrofonständer. Will setzte sich hinter einen davon,

ich schob mich neben ihn, und Ramsey nahm, von Agnew flankiert, hinter dem anderen Platz.
Die Konferenz war gut besucht. Alle wichtigen Fernsehanstalten schienen da zu sein und ich zählte über zehn Reporter, von denen bestimmt einige für die großen Zeitungen berichteten, und sechs Fotografen. Aller Augen waren auf Will gerichtet, und ich wusste genau, wonach sie suchten. Sie warteten nur darauf, dass Will einen Fehler machte, dass er zu sicher auftrat oder seine Trauer übertrieb. Mir war bewusst, dass wir ein Risiko eingingen, und als ich die kalten Blicke der Männer und Frauen vor uns sah, begann ich mich zu fragen, ob ich die Sache richtig eingeschätzt hatte.
Ramsey stellte sich vor und berichtete in seinem monotonen Singsang über den Fall, mit dem er und seine Kollegen sich konfrontiert sahen: die Tatsache, dass Grace Dearden sich trotz intensiver Suche in Luft aufgelöst zu haben schien, wie besorgt sie um Grace' Wohlergehen waren, dass sie von niemandem gesehen worden zu sein schien und dass die Polizei nun die Öffentlichkeit um Hilfe bitten müsse, wobei jeder Hinweis streng vertraulich behandelt werde. Er wies die Zuhörer auf das Foto von Grace in ihren Informationsmappen hin und erinnerte daran, dass sie vor zwei Wochen das letzte Mal gesehen worden war, um halb fünf nachmittags am 18. Februar, auf dem Heimweg von ihrer Schwiegermutter.
Dann endlich war Will an der Reihe. Ich hatte ein paar einfache Worte für ihn vorbereitet, doch entweder hatte er den Zettel vergessen oder er zog es vor, ohne Notizen zu reden. Unter dem Surren der Kameras schaute er in die Menge und sprach aus, was ihm auf dem Herzen lag. Er sagte, er sorge sich zu Tode, Grace wäre nie aus freiem Willen weggegangen, und er flehe die Öffentlichkeit an, dass jeder, der irgendetwas wisse,

sich sofort melden solle. Ein oder zwei Mal kam er ins Stottern und gegen Ende stockte er einmal ganz und biss sich auf die Lippen. Er wirkte so aufgewühlt, so ernsthaft, dass meine Bedenken schnell verflogen. Er war vollkommen glaubwürdig.
Einer der Reporter stellte Ramsey die üblichen Fragen, wie die Suchaktionen verlaufen seien und welche Möglichkeiten sie schon ausschließen könnten. »Keine«, war Ramseys knappe Antwort. Und dann meldete sich eine junge Frau und fragte Will, wie er Grace als Menschen beschreiben würde.
Will nahm sich Zeit mit seiner Antwort, und als er endlich zu sprechen begann, presste er die Worte heraus, als falle es ihm schwer, über Grace zu reden. »Ich würde sie als gesellig beschreiben und …« Er stockte. »Großzügig und aufgeschlossen.«
»Was waren ihre Interessen?«
Wieder eine Pause, und wieder musste er um Worte ringen. »Sie war sehr aktiv in unserem Dorf. Sie war dabei, ein kleines Musikfestival zu organisieren.«
»Und wie würden Sie sie als Ehefrau beschreiben?«
Er starrte in das Gesichtermeer. Er öffnete den Mund, doch dann senkte er nur den Blick und brachte lange keinen Ton heraus. Schließlich sagte er: »Sie war … die perfekte Ehefrau.« Dann schaute er mich an, fast in Panik, und fügte schnell hinzu: »Das war sie jedenfalls für mich.« Er machte eine Geste, als wollte er das Letzte zurücknehmen, doch dann erkannte er, dass jedes weitere Wort wahrscheinlich ein Fehler gewesen wäre, presste die Lippen zusammen und starrte auf seine Hände.
Ich lehnte mich vor und versuchte, Ramseys Aufmerksamkeit zu erregen, doch der schaute ins Publikum. »Sollen wir Schluss machen?«, fragte ich Will leise, doch bevor er antworten konn-

te, stellte die junge Frau noch eine Frage: »Und wie war sie als Mutter?«
Die Stille, die nun eintrat, war anders als die vorherigen Aussetzer. Will war sehr angespannt. Er zögerte, und ich ahnte nichts Gutes.
»Sie war …« Er hielt den Atem an. Schweiß glänzte auf seiner Stirn. »Sie war …« Er bewegte die Lippen, doch kein Ton kam heraus.
Ich lehnte mich zu ihm und flüsterte: »Fühlst du dich nicht wohl? Wir können jederzeit aufhören, wenn du möchtest.«
Will reagierte nicht und ich sagte zu Ramsey, eigentlich aber zum Publikum: »Wir müssen jetzt Schluss machen. Mr. Dearden fühlt sich nicht wohl. Die letzten Wochen waren sehr schwer für ihn, wie Sie sich vorstellen können.«
Ich stand auf, und die Notizbücher schlossen sich. Die Kameras wurden respektvoll gesenkt. Ich legte Will einen Arm um die Schultern. »Wir gehen jetzt.« Er schien immer noch unter Schock zu stehen, und es dauerte eine Weile, bis er sich mühsam erhob und von mir aus dem Raum führen ließ.
Ich fand eine ruhige Ecke und einen Stuhl für ihn, und kurz darauf erschien Ramsey mit einem Glas Wasser.
»Alles in Ordnung, Mr. Dearden?«
Will lehnte sich vor und vergrub sein Gesicht in den Händen. Ramsey blieb noch einen Augenblick stehen und zog sich dann zurück. Ich gab Will das Glas Wasser.
»Ich wusste, es ist ein Fehler«, zischte er.
»Aber es ging doch ganz gut.«
Er schüttelte verzweifelt den Kopf.
»Wirklich«, versuchte ich, ihn zu überzeugen, »ich würde das nicht sagen, wenn es nicht stimmte.«
Ich gab mir alle Mühe, ihn zu beruhigen, doch irgendwann hob

er den Kopf und flüsterte: »Kannst du mich ein paar Minuten allein lassen, Alex?«

Ich wollte ihn trösten, doch dann berührte ich nur kurz seine Schulter und ging zu Ramsey, der in höflichem Abstand wartete.

»Fühlt er sich besser?«, fragte er ohne wirkliche Anteilnahme.

»Der Stress …«

Ramsey schaute zu der zusammengekauerten Gestalt hinüber und spitzte seinen kleinen Mund. »Das erste Mal wird es um fünf gesendet. Wir haben einen Einsatzraum mit vier Telefonen eingerichtet, aber ich mache mir, ehrlich gesagt, keine großen Hoffnungen.«

»Nein? Warum nicht?«

Er zuckte mit keiner Wimper, obwohl ich recht aggressiv geklungen haben musste. »Es war fast dunkel und die Gegend ist nur dünn besiedelt. Nicht sehr wahrscheinlich, dass es viele Zeugen gegeben hat.«

Ich sagte versöhnlich: »Ich verstehe Sie ja, Inspector, aber wir wollen doch nicht schon aufgeben, bevor wir begonnen haben.«

»Für den Anfang wäre es ganz gut, wenn Ihr Klient ein bisschen mehr mit der Wahrheit herausrückte.«

»Wie bitte?«

»Bevor wir das nächste Mal mit ihm reden, könnten Sie Mr. Dearden vielleicht ans Herz legen, dass es in seinem Interesse wäre, uns gegenüber ein bisschen offener zu sein.«

»Hat das vielleicht etwas mit Grace Deardens Mutter zu tun? Wenn das nämlich der Fall ist, kann ich Ihnen nur raten, die Aussagen dieser Frau mit größter Vorsicht zu genießen. Mrs. Bailey hat, wie man so schön sagt, ein Alkoholproblem. Außerdem hegt sie einen vollkommen grundlosen Groll gegen ihren Schwiegersohn, was ihre Urteilskraft sehr beeinträchtigt – und das ist milde ausgedrückt. Die alte Dame bildet sich ein, Grace hätte, als sie Will Dearden heiratete, ihre Hoffnung auf Glück und Reichtum verspielt. Sie hat es nie verwunden, dass aus Grace eine normale Hausfrau und Mutter geworden ist und nicht ein Star der Londoner Gesellschaft. Dafür macht sie Will verantwortlich, doch ich kann Ihnen versichern, dass nichts davon in irgendeiner Weise auf Tatsachen beruht. Und einiges ist ganz offensichtlich erfunden.«

»Uns ist bekannt, wie Mrs. Bailey denkt«, entgegnete Ramsey zu meiner Enttäuschung vollkommen unbeeindruckt.

»Jedenfalls bin ich sicher, dass mein Klient eine einwandfreie Erklärung hat, was immer Sie ihn fragen möchten, Inspector.«

»Er ist also zu einem Verhör bereit?«

»Wenn es unbedingt erforderlich ist ...«

»Morgen um neun, hier in Norwich?«

»Nein, nicht hier. Mr. Dearden ist erschöpft. Und er hat sich um eine Farm zu kümmern.«

Wir einigten uns auf zehn Uhr in Marsh House.

Ein scharfer Wind rüttelte am Wagen, sobald wir auf offenes Gelände kamen. »Ziemlich plötzlich, dieser Wetterumschwung«, bemerkte ich.

»Sie haben es vorhergesagt.« Es war das erste Mal, dass Will den Mund aufmachte, seit wir Norwich verlassen hatten. »Morgen soll es noch schlimmer werden.«

»Viel schlimmer?«

»Sturm.« Er hatte den Kopf zurückgelehnt. In der Dunkelheit konnte ich nicht einmal sein Profil erkennen. »Nordwind. Die Frühjahrsfluten werden besonders hoch sein dieses Jahr.«

»Meinst du, es wird gefährlich?«

»Nein.«

Wie um ihn Lügen zu strafen rammte uns eine Windböe von

der Seite. Ich musste das Lenkrad fester packen, um nicht von der Straße abzukommen. »Bist du sicher, dass du das morgen früh schaffst mit Ramsey? Du hast nicht zu viel zu tun? Auf der Farm, meine ich.«

»Zu viel zu tun?« Offenbar war er mit den Gedanken ganz woanders. »Nein.«

»Er scheint etwas Bestimmtes im Sinn zu haben, über das er mit dir reden will. Ich wollte, ich wüsste, was es ist.« Ich schaute zu ihm hinüber. »Du hast auch keine Ahnung, oder?«

Er schwieg, doch ich spürte seine Anspannung.

»Meinst du, Ramsey könnte auf etwas Neues gestoßen sein? Etwas, das sie bisher übersehen haben?«

Es dauerte eine Weile, bis er antwortete. »Nein, ich glaube nicht. Es sei denn ...« Er wandte mir den Kopf zu und ich sah seine Augen aufblitzen. »Ihr Anwälte seid doch zum Stillschweigen verpflichtet, oder?«

»Absolut. Alles, was du mir als Klient erzählst, habe ich absolut vertraulich zu behandeln.«

»Das meine ich nicht. Ich meine ... einen anderen Anwalt, eine andere Sache.«

Im Geiste erwog ich die Möglichkeiten. Ging es um den Verkauf der Gunmarsch? Oder darum, dass er pleite war? Was konnte es sonst sein? Irgendetwas wegen Grace? »Das gilt für alle Anwälte, in allen Angelegenheiten, grundsätzlich.«

»Dann kann ich mir nicht vorstellen, was er will.«

»Bist du ganz sicher?«

Vielleicht bildete ich es mir nur ein, aber er schien wieder zu zögern. »Ganz sicher.«

Ich fuhr langsamer.

»Weißt du, wie schwer es ist, immer das Richtige zu sagen, immer den *Mythos* aufrechtzuerhalten?«, sagte er plötzlich.

Ich schaute starr geradeaus. »Den Mythos?«
»Ja, *ihren* Mythos! Grace! Den ganzen verdammten Quatsch!«
In der Hoffnung, seinen Gesichtsausdruck erkennen zu können, sah ich zu ihm hinüber. »Wovon sprichst du?«
»Von dem Bild, das die Leute von ihr hatten. Von dem *Image,* das sie allen vorgespiegelt hat.«
Mir kam ein Wort in den Sinn und ich sprach es aus: »Perfekt.«
»Genau, perfekt, so wollte sie von allen gesehen werden! Und großzügig! Und warmherzig!« Er machte keinen Versuch, seine Bitterkeit zu verbergen. »Das ist ihr großes Talent! Grace *spielen,* die Grace, die alle Welt zu bewundern hat, die traumhafte, schöne, großzügige Grace!«
Ich umklammerte das Lenkrad und wartete voller Angst auf das, was als Nächstes kommen würde. »Und ... das ist sie nicht?«
»Ach was! Sie ist ...« In seiner Wut suchte er nach dem richtigen Wort. »Sie ist kalt, Ali! Sie ist der kälteste, rücksichtsloseste Mensch, dem ich je begegnet bin.«
Bei der nächsten Einfahrt fuhr ich an den Straßenrand und machte den Motor aus. Um uns waren nur noch Stille und das Rauschen des Windes.
»Zu Gefühlen ist sie gar nicht fähig«, brach es aus Will heraus. »Sie hat noch nie jemanden wirklich geliebt, in ihrem ganzen Leben nicht. Sie liebt nur sich selbst. Darin ist sie sehr gut.«
Ich war nicht schockiert, nicht einmal überrascht. Nein, ich fühlte mich bestätigt, als hätte ich es von Anfang an gewusst und hatte es mir nur nicht eingestehen wollen. »Sie hat dich nicht geliebt?«
»Mich? Wie kommst du denn darauf? *Mich?* Nicht einmal am Anfang. Sie war nie imstande zu lieben. Das habe ich natürlich nicht gleich begriffen, erst nach einem Jahr oder so. Zuerst habe

ich gedacht, es wäre ... irgendetwas anderes. Tiefgründigkeit, was weiß ich. Ich war in das *Bild* verliebt, das ich von ihr hatte. Ich bin auf ihren Mythos hereingefallen, genau wie die anderen. Als es mir schließlich klar wurde ... ich habe es einfach verdrängt. Ich dachte, wir würden uns schon irgendwie zusammenraufen. Ich dachte, sie würde sich ändern. Oder *ich* würde mich ändern. Aber Grace wollte nichts davon wissen. Sie sah keine Notwendigkeit. Sie war auf ihre eigene, verkorkste Art ganz glücklich. Sie hatte, was sie wollte – oder jedenfalls genug, um ihr Leben zu führen: das Haus, die Dinnerpartys, das gesellschaftliche Leben. Auf ihre Art ist sie sehr anspruchslos, verstehst du?«

Ich betrachtete sein Gesicht im Schimmer der Armaturenbeleuchtung und versuchte auszumachen, ob es Schmerz war oder Schuld, was ihn so aufwühlte.

»Findest du, ich klinge bitter, Ali?«, fragte er abrupt. »Sie hat alles in mir getötet, verstehst du? Jede Liebe, jedes Gefühl! Am Ende habe ich sie dafür gehasst, Ali. Ich habe sie für das gehasst, was sie aus mir gemacht hat. Und dann habe ich mich selbst gehasst, weil ich sie hasste. Alles habe ich gehasst. Mein Gott ...«

Ich versuchte, ihn aufzuhalten. »Hast du nie an eine Trennung gedacht?«

»Trennung? Wenn es nur so einfach gewesen wäre!«

»Was war denn das Problem?«

»Das Problem war, dass sie dann das halbe Haus gewollt hätte, die halbe Farm. Und Charlie! Das hat sie mir ins Gesicht gesagt. Die Farm, das hätte ich noch überlebt, aber Charlie – niemals! Niemals!« Die Stimme versagte ihm für einen Moment und er wandte sich ab. Doch nun, da das Schlimmste schon heraus war, wollte er auch den Rest loswerden. »Ich hätte vielleicht durchgehalten«, fuhr er etwas ruhiger fort. »Ich hätte die endlosen Demütigungen, ihre wahnsinnige Verschwendungssucht und das ständige Herumhetzen vielleicht weiter ertragen, doch irgendwann hat sie angefangen, auch Charlie unglücklich zu machen.« Er ballte die Fäuste. »Sie konnte einfach nicht widerstehen, verstehst du? Sie war daran gewöhnt, dass er sich ihrem Leben anpasste. So war es immer gewesen. Als kleiner Junge war er sehr süß. Ruhig und pflegeleicht, absolut unkompliziert. Doch sobald er einen eigenen Willen entwickelte, begann, Widerworte zu geben und mal launisch zu sein, wie Kinder es eben sind – das konnte sie dann überhaupt nicht leiden. Sie konnte es nicht verkraften, dass sie ihn nicht mehr völlig unter Kontrolle hatte. Dauernd hielt sie ihm seine Lesestörung vor und ließ ihn mit der Schule nicht in Ruhe. Irgendwann hatte sie ihn so weit, dass er sich selbst nichts mehr zutraute. Es nahm kein Ende. Ich konnte es kaum mit ansehen. Ich konnte ihr nicht verzeihen, was sie Charlie antat. Das war der Punkt, wo es aufhören musste. Danach war mir alles egal.«

Ich spürte, wie kalte Panik mich ergriff. Solange auch nur die geringste Möglichkeit einer Anklage und eines Prozesses bestand, war ein Geständnis mir gegenüber das Letzte, was wir gebrauchen konnten. Rechtlich und ethisch wäre ich in einer untragbaren Situation gewesen, wenn ich ihn verteidigen wollte, und persönlich hätte es mich in Stücke gerissen. Ich musste ihn davon abhalten, Dinge auszusprechen, die er nicht mehr zurücknehmen konnte. Ich musste seinen Redeschwall aufhalten, deshalb sagte ich schnell: »Hättest du Charlie nicht behalten können? Meinst du wirklich, Grace wäre dazu nicht bereit gewesen?«

»Nein. Wie hätte sie denn dagestanden? Nein, unmöglich. Nicht gut für das Image. Anständige Mütter geben ihre Kinder nicht auf. Das macht einen schlechten Eindruck. Nein, sie hätte Charlie auf jeden Fall mitgenommen, obwohl …« Plötzlich verlor er den Schwung. »Wäre der Handel, den ich ihr anbieten konnte, vorteilhaft genug gewesen oder hätte es einen Mann mit viel Geld gegeben, mit einem Dutzend Kreditkarten, rauschenden Partys und allem Drum und Dran – dann vielleicht. Darauf habe ich gehofft. Kannst du dir das vorstellen!« Der Gedanke schien ihn zu erheitern. »Aber leider scheint sie nie jemanden gefunden zu haben, der reich genug war.«

»Gab es denn Liebhaber?«

»Keine Ahnung. Ehrlich gesagt wollte ich das gar nicht wissen. Ich habe nie so genau hingeschaut. Aber sie war auf der Jagd, das steht fest, das war eindeutig. Allerdings nicht nach Liebe oder Sex – an so langweiligen und nutzlosen Dingen hatte sie gar kein Interesse –, nein, sie war hinter Materiellem her, sie war auf Kleider aus, auf Schmuck, Häuser, was weiß ich.«

»Hat sie angedeutet, dass sie dich verlassen will?«

»Nein, aber damit war auch nicht zu rechnen. Ich wäre auch der Letzte gewesen, der es erfahren hätte. Du musst wissen, dass Grace eine große Planerin war. Sie hat alles geplant, vor allem ihr eigenes Leben, wie besessen. Sie war sehr gründlich und äußerst verschwiegen. Nein, mir hätte sie nie davon erzählt.«

»Es tut mir so Leid.«

Er biss sich auf die Lippen. Mein Mitleid behagte ihm offenbar nicht. »Und jetzt denken alle, ich hätte ihr etwas angetan.« Er sah mich an und versuchte gelassen zu klingen. »So ist es doch, oder?«

Ich bemühte mich, eine neutrale Miene zu bewahren. »Das hängt sehr von dem ab, was du in Zukunft sagst.«

»Was *soll* ich denn erzählen, Ali?«

»Ich würde vorschlagen, du beantwortest ihre Fragen. Mehr nicht. Ein wenig Zurückhaltung hat noch nie geschadet, schon gar nicht, wenn es um die Wahrheit geht.«
Er lachte bitter. »Die Wahrheit! Das ist wirklich das Letzte, was wir gebrauchen können!«
Wieder spürte ich diese Kälte in mir aufsteigen, kalte Panik. »Du musst vorsichtig sein, Will. Du musst aufpassen, was du sagst.«
»Ich soll also erzählen, ich hätte sie geliebt. Meinst du das?«
Ich ließ den Motor an. Will ergriff meine Hand und hielt sie fest, voller Dankbarkeit, voller Vertrauen.

6

Ich war über Nacht bei Maggie geblieben, damit sie nicht allein war, aber auch, weil ich keine Lust gehabt hatte, mir in Wickham Lodge Edwards Gejammer anzuhören.

Ich wachte erst auf, als Maggie hereinkam und mir eine Tasse Tee auf den Nachttisch stellte. Der Wind rüttelte an dem Giebelfenster.

»Ich habe dieses Haus nie gewollt«, verkündete Maggie mit plötzlicher Inbrunst. »Ich hasse es, so nahe am Wasser zu sein, so tief unten. Ich habe hier das Gefühl, ständig unter Wasser zu sein.«

»Gab es kein anderes Haus, in das du hättest ziehen können?«

Sie ließ sich langsam auf der Bettkante nieder. »Nichts, was ich mir leisten konnte.« Ich konnte mich nicht erinnern, dass sie je auf diese Weise von Geld gesprochen hatte. Früher hatte sie immer den Eindruck erweckt, dass sie sich um solche Dinge keine Sorgen machte.

»Auch nicht im Dorf?«

»Das wäre zu weit weg gewesen.«

Ich nahm an, sie meinte, zu weit weg von Will und Charlie.

»Und Marsh House? Hätten sie nicht eins der Nebengebäude für dich herrichten können?«

Sie sah mich an und schüttelte den Kopf. »Das wäre zu nahe gewesen, Alex, zu nahe.«

»Selbst mit einem separaten Eingang, eigenem Telefon, getrenntem Leben?«

»Für eine Schwiegermutter war es zu nahe. Nicht, dass jemand etwas gesagt hätte, aber ich habe es gespürt«, erklärte sie. »Man spürt solche Dinge, weißt du?«

»Das tut mir Leid.«

Sie zuckte die Achseln und schaute auf ihre Hände. »Menschen haben ihre Gründe.« Ich konnte nur raten, was sie meinte, und bevor ich weiter fragen konnte, sagte sie mit der altvertrauten Wärme: »Ich habe mir immer gewünscht, dass du es sein würdest, Alex.«

»Ich?« Ich lachte verlegen.

»Ja, du und Will. Ich habe immer gedacht, so würde es kommen.«

»Ich? Ach was! Ich war viel zu jung.«

»Drei Jahre Unterschied? Das ist doch nichts.«

»Aber damals war ich zu jung.«

»Es kommt eben immer anders, als man denkt, nicht wahr? Die Menschen verlieben sich nicht in die, die man sich für sie wünscht.«

Ich griff nach meinem Tee, schlürfte zu hastig und verbrannte mir die Zunge.

Maggie schaute wieder zum Fenster. »Sie verlieben sich nicht einmal in die, die sie sich selbst wünschen. Es ist alles Zufall. Du liebst jemanden und du kannst ihn nicht haben. Du wirst von jemandem geliebt und weißt gar nicht, was er dir geben könnte. Ich meine, wirklich geben, Alex.«

Ich nahm an, dass sie über ihre eigene Vergangenheit sprach. »Warst du denn nicht glücklich, Maggie? Für uns hast du immer glücklich ausgesehen.«

Über uns zerrte der Sturmwind am Dach. Regen prasselte gegen das Fenster. »Ich?«, lächelte sie sanft. »O doch, ich war glücklich. Um mich mach dir mal keine Sorgen, Alex. Ich war glücklich.«

»Deine Ehe …?«

»John? John war ein guter Mann. Er hat vielleicht nicht die Welt bewegt, aber er war gut, sehr lieb.«

»Aber danach. Du warst so lange allein.«

»Allein, aber nicht einsam, Alex. Nein, ich hatte viel Glück in meinem Leben, viele, viele glückliche Zeiten.« Ihre Augen funkelten wie früher. »Aber jetzt …« Das Funkeln verschwand so schnell aus ihrem Gesicht, wie es gekommen war. »Jetzt bin ich einsam.«

Bevor ich etwas sagen konnte, winkte sie ab.

»Kein Grund zur Traurigkeit. So ist es eben, wenn man alt wird. Man denkt übers Sterben nach, ob man will oder nicht.« Sie stand langsam auf. »Man denkt daran, mit allem abzuschließen.«

»Maggie, du bist noch nicht einmal – fünfundsechzig? Und hörst dich so hoffnungslos an.«

»Nicht hoffnungslos. Realistisch.« Sie trat ans Fenster und schaute nach, ob es richtig verriegelt war. Dann ging sie zur Tür.

»Maggie?«

Sie blieb stehen, drehte sich aber nicht zu mir um.

»Vor ein paar Tagen hast du gesagt, Grace hätte das Leben, das sie sich gewünscht hat.«

»Habe ich das gesagt?«

»Du hast gesagt, sie sei nicht der Typ, der sich auf irgendeine Weise geschlagen geben würde. Kannst du mir sagen, was genau du damit gemeint hast?«

Zwei Mal setzte sie zum Sprechen an, und zwei Mal brach

sie ab. Schließlich sagte sie: »Ich habe damit gemeint, sie war sehr … selbstsicher, sehr entschlossen, wenn sie sich etwas in den Kopf gesetzt hatte.« Sie wandte den Kopf und warf mir über die Schulter einen unergründlichen Blick zu. »Mehr wollte ich damit nicht sagen.« Sie ging, doch dann öffnete sie die Tür noch einmal einen Spaltbreit. »Ach ja, dein Mann hat angerufen. Er hat gesagt, du hättest dein Handy abgeschaltet und ob du es bitte wieder einschalten könntest.« Sie hob die Augenbrauen, voller Verständnis für die Zwänge meines Lebens.

Ich blieb noch einen Moment im Bett liegen und genoss die eigenartige Ruhe mitten im Sturm, dann stand ich auf und schaltete das Handy ein. Mehrere Nachrichten warteten auf mich, von Paul, von Cornelia und von Ray.

»Ich kann Sie kaum hören«, beschwerte sich Ray, als ich ihn zurückrief. »Es klingt, als wären Sie mitten in einem Hagelsturm.«

Ich sprach lauter. »Das bin ich auch gewissermaßen.« Ich ging zum Fenster und schaute fröstelnd in das Unwetter hinaus, in dem man jede Perspektive, jeden Sinn für Entfernungen verlor. »Ist es jetzt besser?«

»Ein bisschen. Jetzt klingt es nur noch wie ein Wolkenbruch.« Auch er war vor lauter Knacken und Rauschen kaum zu verstehen. »Hören Sie zu. Ich habe es endlich geschafft, der Telefonnummer in Knightsbridge nachzugehen, die Mrs. Dearden bei der Tischreservierung angegeben hat. Es ist eine Wohnung am Hans Place, hinter Harrods …«

Das Nächste konnte ich nicht hören. Trotzdem sagte ich: »Gut gemacht.«

»Was? Nein! Ich kriege keinen Namen dazu heraus. Ich habe im Wahlregister nachgeschaut, aber unter dieser Adresse ist niemand gemeldet, bestimmt niemand namens Gordon. Beim

Bauamt ist für die Wohnung vor sechs Jahren ein Planungsantrag eingegangen, irgendwelche Veränderungen. Offenbar hat die Wohnung damals einem Familienfond mit Sitz auf Guernsey gehört ... keine Einzelheiten. Aus dem Wahlregister habe ich mir ein paar Namen von Nachbarn notiert. Einer steht im Telefonbuch ... Ich versuche noch, ihn zu erreichen. Vielleicht weiß er, wer die Wohnung benutzt, allerdings habe ich da nicht viel Hoffnung. Leute mit Geld sind gewöhnlich zu beschäftigt, um sich um ihre Nachbarn zu kümmern. Ich habe auch diese Schulfreunde überprüft. Einer hat sie das letzte Mal gesehen, als sie zwanzig war, ein anderer ist in Afrika und der dritte hat gesagt, sie hätten nie viel miteinander zu tun gehabt. Die Handwerker und Lieferanten haben auch nicht viel hergegeben. Die meisten sind alteingesessen ... keine Vorstrafen ... niemand neu oder zweifelhaft. Absolut weiße Westen.«

»Was ist mit der Wohnung am Regent's Park?« Er bat mich, die Frage zu wiederholen, und dann konnte ich seine Antwort nicht hören, nur das Ende, irgendetwas über einen Portier, bei dem er es heute Abend noch einmal versuchen wollte.

Ich unterbrach die Verbindung und ging näher ans Fenster. Die Kälte drang durch das Glas herein und um meine Füße kroch ein eisiger Luftzug.

Ich dachte mir Gründe aus, den Anruf bei Paul aufzuschieben – der schlechte Empfang, die Notwendigkeit, mir etwas Warmes anzuziehen, das Frühstück, das Maggie unten vorbereitete –, doch in Wirklichkeit ging es mir nur darum, zu warten, bis er im Büro war. Dann brauchten wir nur über Geschäftliches zu reden.

Maggie hatte starken, italienischen Kaffee gebraut, Brot getoastet und eine Melone in zwei Hälften geschnitten. Sobald ich mich gesetzt hatte, begann sie steif: »Was ich eben gesagt habe … du darfst mich nicht missverstehen, Alex. Ich habe gemeint, Glück ist etwas sehr Individuelles, verstehst du? Manchmal ist es unmöglich, nachzuvollziehen, was jemand anderen glücklich macht. Oder unglücklich. Verstehst du, was ich sagen will?«

Ich nickte zaghaft.

»Auch Grace mag Augenblicke gehabt haben, in denen sie nicht so glücklich war, aber sie hat es nie gezeigt. Mehr wollte ich gar nicht sagen.«

Ich nickte noch einmal, diesmal bestimmter.

Sie schaute mich noch eine Weile an. Offenbar wollte sie ganz sicher sein, dass ich sie richtig verstanden hatte. Dann setzte sie sich auf ihren Stuhl und blickte seufzend zum Fenster. »Dieses Klima, Alex …«

Ich trank meine zweite Tasse Kaffee, und wir redeten über Charlie, über Werkunterricht und Schulen. Als ich fertig war, küsste ich sie zum Abschied auf die Wange. Die Haut, die meine Lippen berührten, war trocken wie Pergament.

Der Wind fegte um die Ecken des Cottages und blies mir die Haare in die Augen. Das Auto war mit einer dünnen, weißen Salzschicht bedeckt. Durch Blätterwirbel und nadelspitzen Regen fuhr ich langsam die Salterns Lane hinauf zur Hauptstraße. Nach vielleicht hundert Metern kam ich an zwei Häuschen hinter einer wilden Hecke vorbei, und zwanzig Meter weiter sah ich Barry Hollands Geländewagen neben einem Haus stehen, das ich kaum wiedererkannte. Vor Jahren war es ein halb verfallenes Cottage gewesen; Barry hatte es offenbar komplett renovieren lassen und auf mindestens die doppelte Größe ausgebaut. Junge Kletterpflanzen, offenbar frisch vom Gartenzentrum mit ihren Pflegekärtchen, die im Wind flatterten, klammerten sich verzweifelt an ihre Haltedrähte. Vor den

Fenstern im ersten Stock hingen Wolkenstores und aus dem Schornstein quollen Holzrauchschwaden, die sofort vom Wind ergriffen und fortgetragen wurden. Das Haus stand auf einer kleinen Anhöhe; an klaren Tagen hatte man von dort sicher eine fantastische Aussicht auf die Marschen, und vom Dachgeschoss aus konnte man wahrscheinlich auch das Meer sehen.

Ich blieb nur kurz auf der Hauptstraße und bog dann ab in die einspurige Straße, die zum Marsh House führte. Auf diesem Weg kam ich nicht am Sedgecomb House und der früheren Praxis meines Vaters vorbei, sondern nur an einzelnen, hinter dichtem Gestrüpp und Hecken versteckten Cottages. Sie waren so perfekt abgeschirmt, dass die Bewohner wohl kaum sehen konnten, wer die Straße herunterkam. So war es kein Wunder, dass Grace an jenem letzten Abend auf dem Heimweg von Maggies Haus nicht gesehen worden war.

Je näher ich an den Kai kam, desto mehr verdüsterte sich der Himmel. Der Wind wurde immer wütender, bis der Wagen von Böen geschüttelt wurde. Bevor ich in die Einfahrt zum Marsh House einbog, schaute ich noch einmal nach links, den Kai hinunter.

Ich bremste. Mein Magen krampfte sich zusammen. Am Ende des Kais hatte sich eine Gruppe von Fahrzeugen versammelt, eines davon mit blitzendem Blaulicht.

Ich hatte nur einen Gedanken: Sie hatten Grace gefunden.

Während ich auf das Blaulicht zufuhr, bereitete ich mich auf das Schlimmste vor. In Gedanken ging ich schon durch, was als Nächstes zu tun war. Bald erkannte ich, dass es ein Krankenwagen war, die Türen weit offen, das Innere hell erleuchtet. Dicht daneben standen zwei andere Wagen. In einem saß ein Fahrer, der mich beobachtete, als ich anhielt und ausstieg. Ich ging zu ihm und beugte mich hinunter, um ihn anzusprechen, und er kurbelte das Seitenfenster ein paar Zentimeter herunter.

»Was ist passiert?« Ich musste fast schreien, um gegen den Sturm anzukommen.

»Die alte Mrs. Betteney. Sie wird evakuiert.«

Es dauerte einen Augenblick, bis ich verstand. »Gibt es Flutwarnung?«

Er nickte. »Sie bringen sie für ein paar Tage ins Altersheim.«

Die Erleichterung muss etwas Seltsames mit meinem Gesicht angestellt haben, denn der Mann schaute mich befremdet an und kurbelte schnell sein Fenster wieder hoch. Eins war mir jedenfalls klar: Ich rechnete offenbar nicht mehr damit, dass Grace noch lebend gefunden würde.

Auf dem Weg zurück erwartete mich eine zweite, fast ebenso unangenehme Überraschung: Vor Marsh House stand Ramseys Wagen. Ich fluchte laut.

Ich klingelte ungeduldig und als Will öffnete, fragte ich sofort: »Ist etwas passiert? Gibt es Neuigkeiten? Warum ist er schon hier?«

»Ich weiß nicht, warum er hier ist!« Er sah furchtbar aus, aschgrau, die Augen stumpf.

»Was soll das? Hat er schon Fragen gestellt?«

Trotz seines Zustands schien Will zu merken, wie besorgt ich war. »Bis jetzt noch nicht.«

»Wo ist er?«

Er nickte in Richtung Wohnzimmer. »Nun beruhige dich doch, Alex. Was ist denn los?«

»Was los ist? Er hält sich nicht an die Regeln. Wir waren für zehn verabredet, und es ist erst neun.«

Will seufzte gedehnt, als wären solche Komplikationen das

Letzte, was er gebrauchen könne, und folgte mir ins Wohnzimmer.
Ramsey stand vor dem Kamin und wärmte seine Hände über der Asche vom letzten Abend. Auf einem hochlehnigen Stuhl in einer Ecke des Raumes saß eine kräftig gebaute Frau mit kurzem Haar, vermutlich Detective Smith. Ein dritter Beamter, jünger als die Frau, hatte sich in einer Sofaecke niedergelassen und schien sich ganz zu Hause zu fühlen. Als er mich hereinkommen sah, streckte er seine Glieder und stand auf.
Ich ging auf Ramsey zu. »Waren wir nicht für zehn verabredet?«
»Wir dachten, Mr. Dearden würde gern so schnell wie möglich erfahren, was unser Fernsehauftritt bis jetzt gebracht hat.«
Ich hatte Mühe, meinen Ärger zu verbergen. »Wäre ein Anruf bei mir oder Mr. Dearden wirklich zu viel verlangt gewesen, rein aus Höflichkeit? Ganz abgesehen von der Unannehmlichkeit, die Sie Mr. Dearden bereiten, indem Sie einfach hier aufkreuzen, und der Unruhe, die Sie damit verursachen.«
Ramsey tat verblüfft. »Unruhe. Ich glaube nicht, dass Mr. Dearden beunruhigt war, als er uns sah.« Er schaute fragend zu Will hinüber und dann wieder zu mir. Ohne auf eine Antwort zu warten, fügte er hinzu: »Jedenfalls schien er bei unseren früheren Besuchen nicht beunruhigt zu sein.«
»Jeder in dieser Situation kriegt einen Schreck, wenn die Polizei unangemeldet vor der Tür steht«, erwiderte ich kühl. »Sie sollten auch an das Kind denken.«
»Das Kind ist schon in der Schule, Mrs. O'Neill. Daran haben wir gedacht.«
»Darf ich Sie trotzdem bitten, das nächste Mal vorher anzurufen?«
»Sie verstehen sicher, dass das nicht immer möglich ist,

aber …«, er machte eine Geste, als nehme er mein Anliegen ernst, »… wir werden tun, was wir können.«
Viel mehr hatte ich nicht erwartet, aber zumindest hatte ich ihm meine Meinung gesagt.
Einen Augenblick lang herrschte Schweigen. Mit etwas friedfertigerer Miene machte ich den Anfang. »Was ist also herausgekommen bei unserem Fernsehaufruf?«
»Leider nichts sehr Ermutigendes«, antwortete Ramsey erwartungsgemäß. »Wenn man von den üblichen Spinnern absieht, hatten wir bis heute Morgen nur zwölf brauchbare Anrufe, aber nichts Vielversprechendes.«
»Irgendetwas aus der Gegend hier?«
»Möglicherweise.« Er wandte sich an Will, der, die Arme vor der Brust verschränkt, in der Mitte des Zimmers stand. »Über einen Punkt würden wir gern mit Ihnen reden, Mr. Dearden.«
»Nur zu«, sagte Will prompt. Erst danach schaute er mich an und ich nickte. Mehr konnte ich nicht tun.
Ich schlug vor, ins Esszimmer zu gehen, weil ich hoffte, dass Will in der formellen Atmosphäre besser aufpasste, was er sagte.
Wir setzten uns im Halbkreis um das eine Ende des Esstisches.
»Mr. Dearden«, begann Ramsey. »Könnten Sie uns vielleicht noch einmal genau erzählen, was sie am Mittwoch, dem achtzehnten Februar, gemacht haben, Schritt für Schritt?«
Wills Blick verfinsterte sich. »Also gut«, fügte er sich. »Ich bin wie üblich aufgestanden, um sechs. Um viertel nach sechs war ich bei Ken und habe ihm mit den Kühen geholfen …«
»Ken? Wie weiter?«
»Ken Wicks.«
»Ihr Landarbeiter?«
»Ja, aber ich teile ihn mir mit einem Nachbarn.«

»Das Vieh steht auf Ihrer anderen Farm, ist das richtig?«

»Es ist keine andere Farm«, erklärte Will geduldig. »Wir nennen sie nur die Oberfarm, weil sie höher liegt, auf der anderen Seite der Küstenstraße. Es gehört alles zu einer Farm.«

»Na gut. Fahren Sie fort.«

»Also. Um viertel nach sieben war ich wieder hier, habe geduscht und mich umgezogen. Um halb acht habe ich meinen Sohn geweckt. Dann bin ich in die Küche gegangen und habe ihm Frühstück gemacht. Um viertel nach acht habe ich ihn dann zur Hauptstraße gefahren, wo die Frau auf uns wartete, die mit der Schultour dran war. Um halb neun war ich auf dem Weg nach Norwich ...«

»Und Ihre Frau?«, unterbrach Ramsey.

»Meine Frau ist gegen viertel vor acht aufgestanden. Als ich wegfuhr, trank sie gerade eine Tasse Kaffee.«

»Sie meinen, als Sie sich auf den Weg nach Norwich machten?«

»Ja.«

»Und das war das letzte Mal, dass Sie sie gesehen haben?«

Will schaute zu Boden und presste die Lippen zusammen. »Ja.«

»Was haben Sie in Norwich gemacht, Mr. Dearden?«

»Haben Sie das nicht längst nachgeprüft?«

Mit tadelloser Höflichkeit bat Ramsey: »Könnten Sie es vielleicht noch einmal mit uns durchgehen?«

Will schaute mich an und zog eine Augenbraue hoch – so, dass nur ich es sehen konnte. »Bei dem Fergusson-Händler war ich nach zehn. Das hat ungefähr eine Stunde gedauert. Gegen zwölf war ich beim Saathandel Allen's, was etwa eine halbe Stunde gedauert hat. Dann bin ich ins Stadtzentrum gefahren, um etwas einzukaufen. Um halb drei war mein Termin bei der Bank. Danach bin ich in einen Computerladen gegangen, nur um mich umzusehen, und um vier – nein, es war später, viertel nach, zwanzig nach vier, jedenfalls bin ich dann ins Krankenhaus, um einen Freund zu besuchen, im Royal Norfolk.«

»Mr. Jim McDonald?«

»Ja.«

»Wie lange sind Sie bei ihm geblieben?«

»Das kann ich nicht genau sagen. Vielleicht bis viertel nach fünf? Ungefähr; wahrscheinlich weiß er das besser. Haben Sie ihn nicht gefragt?«

Ohne eine Miene zu verziehen sagte Ramsey: »Ja, wir haben uns mit Mr. McDonald in Verbindung gesetzt.«

»Der kann es Ihnen bestimmt genau sagen. Ich glaube, es war viertel nach fünf, als ich von ihm wegging. Es könnte aber auch etwas später gewesen sein.«

»Und dann?«

»Dann wollte ich nach Hause fahren, aber meine Mutter rief an, auf meinem Handy, und sagte, es gäbe Schwierigkeiten mit einer der Schleusen. Also ...«

»Wie spät war es, als sie anrief?«

»Ich war gerade aus dem Krankenhaus gekommen; es muss also halb sechs gewesen sein, ungefähr.«

Ramsey schien konzentriert darüber nachzudenken.

»Und was haben Sie dann gemacht?«, fragte er weiter.

»Dann bin ich auf die Marschen gefahren, um mir die Schleuse anzusehen.«

»Sie sagen, Sie sind auf die Marschen gefahren. Wohin genau?«

»Zur Gunmarsch, dem westlichen Teil.«

»Und auf welchem Weg sind Sie dorthin gefahren?«

»Es gibt nur einen Weg, die Salterns Lane hinunter, am Haus meiner Mutter vorbei.«

»Ihre Mutter wohnt in der Nähe der Marsch?«

»Ja!« Will wurde allmählich ungeduldig. »Nur ein paar Meter

davor. Ihr Cottage ist das letzte, das man über Straßen erreichen kann.«

»Also, nachdem Sie gehört hatten, dass es ein Problem mit der Schleuse gab, sind Sie direkt zur Gunmarsch gefahren. Ist das richtig?«

»Ja.«

»Sie sind nicht noch mal zu Hause gewesen?«

Will schaute Ramsey an, als wäre diese Frage neu und als könne er nichts damit anfangen. »Nein. Das hätte nur Zeit gekostet. Meine Mutter hatte gesagt, dass das Wasser schon auf die Weiden strömte; ich musste mich also beeilen.«

»Aber Sie haben zu Hause angerufen.«

»Ja.«

»Und?«

»Das habe ich Ihnen doch schon alles erzählt. Der Anrufbeantworter war eingeschaltet.«

»Kam Ihnen das nicht seltsam vor?«

»Nein. Grace konnte im Badezimmer sein, was weiß ich. Nur weil jemand den Anrufbeantworter einschaltet ...«

»Sie haben sich also keine Sorgen gemacht?«

»Nein! Dazu gab es keinen Grund. Außerdem hatte ich an die Schleuse zu denken und an mein Land!«

Ramseys kleine Augen ließen nicht von Will ab. »Fahren Sie fort, Mr. Dearden.«

Will rieb sich die Stirn. »Ich kam also auf die Marsch, und dann ...«

»Wie spät war es da?«

»Halb sieben, nehme ich an, aber ich habe nicht auf die Uhr geschaut. Es könnte auch zehn Minuten früher oder später gewesen sein. Und dann habe ich mir die Schleuse angeschaut.«

»Könnten Sie uns bitte genau beschreiben, wo sich diese Schleuse befindet?«

»Am westlichen Deich der Gunmarsch«, antwortete er langsam, »die erste Schleuse.«

»Und wie kommt man dorthin?«

»Das habe ich doch gerade erklärt …«

»Nur damit es ganz eindeutig ist.«

Wills Mund begann zu zucken, das erste Zeichen, dass er die Nerven zu verlieren drohte. »Sie fahren am Haus meiner Mutter vorbei und dann über ein Stück Grasland, bis Sie an den Deich kommen. Von da aus müssen Sie zu Fuß weitergehen, es sei denn, Sie haben einen Traktor. Ich musste also laufen.«

»Haben Sie auf dem Weg irgendjemanden getroffen?«

»Was? Nein.«

»Auch nicht Ihre Mutter?«

»Die kam erst später raus. Nein, ich bin an ihrem Cottage vorbeigefahren. Ich habe gehupt und bin weitergefahren.«

»Braucht man keine Kurbel, um die Schleuse zu öffnen und zu schließen?«

»Die war schon draußen.«

»Warum?«

Will stockte für einen winzigen Augenblick, nicht länger als ein Herzschlag. »Meine Mutter. Meine Mutter hatte schon versucht, die Schleuse zu schließen.«

Ramsey rieb sich die Wangen und tat verblüfft. »Ihre *Mutter*. Könnte die das überhaupt? Sie wirkt nicht besonders kräftig.«

»Es wäre nicht das erste Mal gewesen. Sie hat die Schleusen schon öfter bedient, natürlich eher in jüngeren Jahren. Man braucht gar nicht viel Kraft, wenn die Schleuse ordentlich in Schuss gehalten wird.«

»Und wurde sie das? Wurde sie in Schuss gehalten?«
Will nickte nur. Er schien wachsam geworden.
Ramsey setzte wieder seine verblüffte Miene auf. »Aber an dem Tag war sie kaputt, und Ihre Mutter konnte sie nicht schließen. Stimmt das?«
»Ja.«
»Und das hat sie gesagt, als sie Sie in Norwich anrief.«
»Genau.«
»Aha. Normalerweise ist die Kurbel aber bei Ihrer Mutter, nicht wahr?«
»Ja, in einem Schuppen neben dem Haus.«
Ramsey runzelte die Stirn. »Und niemand hat daran gedacht, einen Nachbarn um Hilfe zu bitten?«
»Meine Mutter hat versucht, Frank Yates zu erreichen, aber der war nicht da. Ein anderer Nachbar war in Urlaub.«
»Und Ihre Frau konnte ihr auch nicht helfen. Ist Ihre Frau nicht zu ihr gefahren?«, fragte Ramsey unschuldig.
Will starrte ihn an. »Wie bitte?«
»Ihre Frau. Die kam nicht, um zu helfen?«
»Nein«, sagte Will bestimmt. »Das hätte ich Ihnen bestimmt erzählt, meinen Sie nicht?«
»Sind Sie ganz sicher, Mr. Dearden? Sind Sie ganz sicher, dass sie nicht herausgekommen ist, um zu helfen?«
»Natürlich bin ich ganz sicher.«
»Und was, wenn sie gesehen worden wäre?«
Plötzlich herrschte knisternde Spannung.
»Das kann nicht sein!«, rief Will.
»Aber sie *ist* gesehen worden, wie sie die Salterns Lane hinunterfuhr, in Richtung Reed Cottage und Gunmarsch.«
»Natürlich! Sie hat Charlie zu meiner Mutter gebracht. Das haben wir Ihnen doch längst erzählt ...«

»Das war um vier, Mr. Dearden. Sie ist aber anderthalb Stunden später gesehen worden, etwa um zwanzig vor sechs.«
Will schüttelte den Kopf, immer wieder. »Nein, das kann nicht sein.« Er gab sich alle Mühe, seine Stimme zu kontrollieren. »Dann hätte meine Mutter sie doch gesehen. Oder ich. Nein, da muss sich jemand irren, ganz bestimmt.«
»Es ist kein Irrtum«, erwiderte Ramsey zufrieden. »Sie ist gegen zwanzig vor sechs gesehen worden, wie sie die Salterns Lane hinunterfuhr.«
»Aber sie hatte keinen Grund, zu meiner Mutter zu fahren. Warum hätte sie das tun sollen?« Will klang verstört.
»Vielleicht wegen der Schleuse. Vielleicht wollte sie helfen.«
»Ach was, nein, das wäre das erste Mal gewesen, dass sie sich um so etwas kümmert. Nein …«
»Vielleicht wollte sie etwas bringen, das Sie für die Reparatur brauchten.«
»Nein!«
Ramsey beugte sich ein wenig vor. »Vielleicht hatten Sie einen Streit, unten an der Schleuse, Mr. Dearden. Vielleicht haben Sie sie getötet, vielleicht war es ein Unfall …«
Will schluckte, doch es gelang ihm noch, Ramsey gerade in die Augen zu schauen. »Nein.«
In dem folgenden Schweigen lag Spannung, aber auch Erleichterung darüber, dass Ramsey endlich damit herausgerückt war.
»Vielleicht hat sie auf Sie gewartet, weil sie über etwas anderes mit Ihnen reden wollte, und Sie haben sie aus dem Weg gestoßen und sie ist hingefallen.«
Wills Augen blitzten gefährlich. Eine sehr italienische Wut drohte in ihm aufzusteigen, hitzig und ohne Vorwarnung, doch als er sprach, klang er sehr beherrscht. »Nichts dergleichen ist passiert. Sie sind auf dem Holzweg.«

»Sie hatten keinen Streit?«
»Ich habe bereits gesagt, dass sie nicht da war.«
»Haben Sie sich vielleicht früher an dem Tag gestritten?«
»Nein«, sagte Will ruhig und bestimmt.
»Es bleibt aber die Tatsache, dass Ihre Frau um die Zeit die Salterns Lane hinuntergefahren ist. Sie ist auf dem Weg zu den Marschen gesehen worden. Und seitdem ist sie verschwunden.«
»Aber da war es doch schon dunkel«, wandte Will ein. »Ich verstehe nicht, wie irgendjemand sie gesehen haben will. Es muss sich um einen Irrtum handeln.«
»Den Eindruck haben wir nicht.«
Will blickte mich flehend an, doch ich konnte nur den Kopf schütteln und zum Rückzug raten. Die Glaubwürdigkeit eines Zeugen in Frage zu stellen, der nicht anwesend ist, hat noch nie zu etwas geführt.
»Es gab an jenem Tag also keine Meinungsverschiedenheit zwischen Ihnen und Ihrer Frau?«, bohrte Ramsey weiter.
»Nein.«
»Sie haben sich gut verstanden?«
»Ja, alles war ganz normal.«
»Normal – das beantwortet meine Frage leider nicht, Mr. Dearden. Ich habe Sie gefragt, ob Sie sich gut verstanden haben.«
Will saß vollkommen still und sagte leise: »Ja, wir haben uns gut verstanden.«
»Überhaupt keine Probleme?«
»Nichts, was nicht normal wäre.«
»Sind Sie ganz sicher?«
»Inspector Ramsey«, mischte ich mich ein, »Sie haben ihn jetzt mehrmals gefragt und er hat Ihnen geantwortet. Könnten Sie vielleicht zum nächsten Punkt kommen?«

Ramsey sah mich an und sagte überraschend scharf: »Warum? Ist das vielleicht ein problematisches Thema?« Dann wandte er sich wieder zu Will: »Nichts, was nicht normal wäre, sagen Sie also.« Sein Ton ließ keinen Zweifel daran, dass er im Begriff war, Beweise für das Gegenteil auf den Tisch zu legen. »Angenommen, ich würde Ihnen sagen, Mrs. Dearden wäre am dreizehnten Februar bei einem Anwalt gewesen ...«

Will wartete ab und zeigte keinerlei Regung.

»Angenommen, sie wollte mit ihm eine Trennung besprechen.«

Nur das Ächzen des Windes und das Ticken der Uhr draußen im Korridor waren zu hören. Niemand rührte sich, bis Will fast unhörbar flüsterte: »Ich würde sagen, nun sind Sie *wirklich* auf dem Holzweg.«

»Sie können mir das also nicht erklären?«

Will schüttelte sich, als wäre ihm kalt. »Nein, tut mir Leid.« Nach einer kurzen Pause sagte er langsam: »Wer immer das behauptet, irrt sich.«

»Was Sie angeht, stand eine Trennung also nicht zur Debatte. Ist es das, was Sie sagen wollen?«

»So ist es.« Er hatte sich wieder etwas gefangen. Nur die pulsierende Ader an seiner Schläfe verriet, unter welcher Anspannung er stand.

»Und Ihre Frau war kein bisschen unglücklich?«

»Nein. Ganz im Gegenteil.«

»Sie meinen, sie war glücklich?«

»Ja, sehr.«

Ramsey runzelte die Stirn. »Glücklich mit Ihrer Ehe?«

»Den Eindruck hatte ich.«

»Und Sie haben nie gestritten?«

»Na ja, gestritten wird in jeder Ehe.«

»Gut, ich meine ernsthaften Streit.«

»Nein, absolut nicht.«
»Wenn Ihre Ehe so wunderbar war, wie erklären Sie sich dann, dass Ihre Frau zu einem Anwalt ging, um eine Trennung zu besprechen?«
»Es kann höchstens um Geld gegangen sein. Meine Frau machte sich ziemliche Sorgen über Geld und Charlies Erziehung und … na ja, solche Dinge eben. Ich kann mir höchstens vorstellen, dass sie mit dieser Person über Geldfragen reden wollte.«
»Mit einem *Rechtsanwalt?*«
Will rutschte auf seinem Stuhl herum. »Warum nicht?«
»Wäre sie da nicht eher zu einem Finanzberater oder zu einer Bank gegangen?«
Will schien eine bestimmte Schwelle erreicht zu haben. Er atmete schnell und warf mir einen verzweifelten Blick zu.
»Könnten wir jetzt Schluss machen, Inspector?«, sagte ich sofort. »Mr. Dearden hat Ihre Fragen beantwortet.«
»Hat er das?«, fragte Ramsey unschuldig. »Wenn Sie meinen, Mrs. O'Neill.« Er schob seinen Stuhl zurück und tat, als wollte er aufstehen, doch dann lehnte er sich wieder vor. »Könnten Sie vielleicht noch kurz den Rest der Nacht mit uns durchgehen, Mr. Dearden? Danach wären wir fertig.«
»Hat das nicht Zeit?«, warf ich ein.
»Es dauert nur eine Minute.« Ramsey ließ Will nicht aus den Augen.
Bevor ich weiter mit ihm streiten konnte, sagte Will, ohne auch nur einmal zwischendurch Luft zu holen: »Ich bin zur Schleuse gegangen. Sie war beschädigt. Ich habe versucht, sie an Ort und Stelle zu reparieren, aber das ging nicht. Also bin ich zur Scheune gefahren …«
»Welche Scheune?«

»Auf der Oberfarm«, sagte Will und fuhr noch schneller fort: »Ich habe mir die Werkzeuge geholt, die ich brauchte, und einen Generator und eine Pumpe, bin zur Schleuse zurückgefahren und habe sie provisorisch zusammengeflickt. Dann bin ich zu meiner Mutter gefahren und habe gewartet, bis die Ebbe tief genug war, dass das Wasser abfließen und ich noch einmal versuchen konnte, die Schleuse definitiv zu reparieren, so dass sie hält.«

»Und das hat die ganze Nacht gedauert?«

»Bis halb zehn oder so, aber dann musste ich noch die Marsch entwässern. Das hat noch mal Stunden gedauert.«

»Sie hatten keine Zeit, zwischendurch nach Hause zu fahren?«

»Nein.«

»Nicht einmal für eine halbe Stunde?«

Will sprach endlich wieder in normalem Tempo. »Das hätte sich nicht gelohnt. Ich musste die ganze Zeit hin und her fahren und auf die Ebbe warten. Es war viel einfacher, mich bei meiner Mutter für ein paar Stunden hinzulegen.«

Ramsey überlegte kurz und fragte dann: »Wann sind Sie am Ende nach Hause gekommen?«

»Gegen halb sieben, ungefähr um die Zeit.«

»Und Ihre Frau war nicht da?«

»Nein.«

»Was dachten Sie denn, wo sie sein könnte?«

»Ich dachte, sie wäre zum Bahnhof gefahren.«

»Obwohl ihr Wagen in der Einfahrt stand?«

Will lehnte sich zurück. »Es war noch dunkel. Ich war sehr müde. Ihr Wagen stand neben dem Haus. Da.« Er zeigte zum Fenster. »Leicht zu übersehen.«

Ramsey schien plötzlich einen Entschluss gefasst zu haben. Er schob seinen Stuhl zurück und richtete sich auf. »Danke«, sagte er frisch, als hätte er eine Geschäftssitzung erfolgreich hinter sich gebracht. »Ach ja, Mr. Dearden: Sobald das Wetter besser ist – hoffentlich morgen früh –, werden wir eine neue, ausgedehnte Suchaktion starten.«

Will wirkte verblüfft, sagte aber nichts.

»Wir wollten uns auf die Marschen konzentrieren, es sei denn, Sie schlagen irgendein anderes Gebiet vor, wo wir vielleicht noch nicht gesucht haben.« Ramsey wartete ab, den Kopf auf die Seite gelegt, die Augenbrauen erwartungsvoll gehoben, doch Will reagierte nicht. Schließlich stand er auf und sagte zu mir: »Ich gehe davon aus, dass Mr. Dearden in den nächsten Tagen zu uns aufs Präsidium kommen kann.«

»Weshalb?«

»Wir brauchen eine Aussage.«

»Können wir gleich einen Termin verabreden?« Ich dachte an die Kanzlei und die viele Arbeit, die andere für mich erledigen mussten, während ich nicht da war.

»Wenn Sie das wünschen. Allerdings könnten die Umstände sich ja noch ändern. Ich bin sicher, das sehen Sie auch so. Das bereitet Ihnen doch keine Schwierigkeiten?« Seine Ironie entging mir nicht, und wir einigten uns auf den nächsten Tag, fünf Uhr.

»Müssen Sie auch noch einmal mit Maggie Dearden sprechen?«, fragte ich.

Ramsey blinzelte irritiert. Offenbar hatte er gehofft, Maggie unangekündigt besuchen zu können. »Irgendwann, ja.« Er versuchte, gleichgültig zu klingen, doch es gelang ihm nicht ganz.

»Können Sie sie nicht in Ruhe lassen?« Will erwachte wieder zum Leben. Er lehnte sich zu mir und flüsterte: »Es ging ihr nicht sehr gut in letzter Zeit. Der Stress. Es macht sie krank.«

»Es liegt eine Flutwarnung vor«, sagte ich zu Ramsey.

»Mrs. Deardens Haus ist in großer Gefahr. Vielleicht muss sie evakuiert werden, vielleicht müssen ihre Habseligkeiten aus dem Haus geräumt werden. Außerdem steht es mit ihrer Gesundheit nicht zum Besten. Vielleicht reden wir in ein paar Tagen noch einmal darüber. Einverstanden?«

Ramsey wusste, dass er ausmanövriert worden war, und lächelte milde. Ihm war klar, dass ich vor ihm mit Maggie reden und sie präparieren konnte.

Als der Polizeiwagen endlich weggefahren war, kehrte ich zu Will zurück, der dumpf auf die Tischplatte starrte.

»Wenigstens haben sie es jetzt ausgesprochen«, bemerkte ich. »Sie haben endlich gesagt, was sie denken.«

Doch er hörte nicht zu. Er war meilenweit entfernt. »Ich verstehe es einfach nicht ...«, murmelte er.

»Was verstehst du nicht?«

»Wenn sie da war ... wieso habe ich sie dann nicht gesehen?«

Darauf wusste ich auch keine Antwort, doch in einem war ich nun sicher: Er log nicht, bestimmt nicht. Er hatte sie wirklich nicht gesehen. Ich war erleichtert und zugleich schämte ich mich.

»Es ergibt keinen Sinn. Es ergibt einfach keinen ...«

Dann schaute er abrupt zum Fenster und verstummte.

»Soll ich dir irgendetwas holen?«

»Nein.«

Als ich hinausging, sank er auf den Tisch und vergrub sein Gesicht in den Händen.

Ich ging in die Küche und wollte meine Anrufe erledigen. Als Erstes versuchte ich es bei Maggie, doch dort hob niemand ab.

Im Büro brauchte ich es nur zwei Mal klingeln lassen.

»Wir kommen schon zurecht«, beruhigte mich Cornelia, nachdem wir die wichtigsten Nachrichten durchgegangen waren. »Heute Morgen dachte ich für eine Weile, wir müssten uns schnell verdoppeln, weil jeder an zwei Orten zugleich sein musste, aber irgendwie haben wir es geschafft. Ach ja, und Ihr Jason Hedley ist mal wieder in Schwierigkeiten.«

»Sie machen Witze!«

»Er war bei *Safeways*. Diesmal hat er ein Rumpsteak mitgehen lassen. Aus der Kaution ist natürlich nichts geworden. Er sitzt jetzt in Brixton. Paul nimmt an, ihm ist etwas Schlimmes zugestoßen, so dass er unbedingt ins Gefängnis wollte.«

»Paul hat das übernommen? Ist er da?«

»Er will mit Ihnen reden«, sagte sie diplomatisch, bevor sie mich durchstellte.

»Danke, dass du dich um Jason Hedley gekümmert hast«, sagte ich, sobald er den Hörer abnahm.

»Der Junge war ziemlich daneben«, berichtete Paul. »Soweit ich sehen kann, ist er mit den falschen Leuten zusammen. Er hat sich anscheinend nur schnappen lassen, um für eine Nacht in Sicherheit zu sein.«

»Diesmal wird es wohl mehr als eine Nacht. Hast du ihm erklärt, warum ich nicht kommen konnte?«

»Das habe ich. Wie läuft es denn bei dir?«

Ich schaute mich unwillkürlich in Grace' Küche um. »Keine Spur von ihr, keine Hinweise, und die Polizei ist auf dem falschen Dampfer.«

»Weißt du, wann du zurück sein wirst?« Er klang ein wenig besorgt, und ich hatte ein schlechtes Gewissen, weil ich den Anruf so lange aufgeschoben hatte.

»Ich glaube inzwischen, es wird bis zum Wochenende dauern. Tut mir Leid.«

»Ach so. Na, da kann man wohl nichts machen.«

Seine Stimme hatte etwas Wehmütiges an sich, etwas Sorgenvolles, und ich fragte: »Ist alles in Ordnung?«
»Sicher, alles in bester Ordnung. Na ja, wir kommen schon klar hier, so gerade.«
»Bekommst du genug zu essen?«
»Hört euch das an!« Aber er freute sich, dass ich fragte, das merkte ich genau. »Gestern Abend bin ich zu Hause geblieben und habe mir Rührei gemacht. Gar nicht übel, mein Rührei. Musst du mal probieren.«
Wie immer fragte ich mich, wie viel er wohl getrunken hatte und in welchem Zustand er ins Bett gekommen war. »Das werde ich. Ich versuche, vor dem Wochenende hier wegzukommen.«
»Das wäre schön.« Es trat eine Pause ein. Er schien im Begriff zu sein, noch etwas zu sagen, aber dann wurde er unterbrochen. Irgendwelche Leute erschienen zu einer Besprechung und er musste Schluss machen.
Kaum hatte ich aufgelegt, begann das Telefon zu klingeln. Ich dachte daran, abzunehmen, aber dann sah ich das Licht am Anrufbeantworter und ließ es bleiben. Als ich an der Tür war, hörte ich eine Frauenstimme aus dem Lautsprecher, leise und in Eile. »Ich bins nur.« Ich ging näher heran, um besser hören zu können. »Ich muss mit dir reden. Ich weiß, es ist schwierig im Moment, aber kannst du mich zurückrufen?«
Das Gerät klickte und schaltete sich ab.
Ich spürte es in der Magengegend: Zweifel und – es war nicht zu leugnen – so etwas wie Eifersucht. Die Stimme, der vertrauliche Ton, kein Name. Und das Beunruhigendste war, dass ich meinte, die Stimme schon einmal gehört zu haben. Sie hatte leise gesprochen, aber ich war fast sicher: Es klang wie Anne Hampton.

Als ich ins Esszimmer zurückkam, war Will verschwunden. Er hatte keine Nachricht hinterlassen, keinen Hinweis, wohin er gegangen war. Ich schaute aus dem Fenster und sah, dass der Range Rover weg war.

Als er nach einer Stunde immer noch nicht zurück war, zog ich meinen Mantel an und ging. Der Sturm hatte noch nicht nachgelassen. Der Himmel war eher noch dunkler, der Wind noch heftiger.

Ich fuhr den Kai entlang und die Straße nach Sedgecomb House hinauf.

Die Vormittagssprechstunde war noch im Gange. Zwei Wagen parkten vor dem Grundstück und weitere fünf auf markierten Parkplätzen auf dem Vorplatz. Ich ignorierte die Reserviert-Schilder und nahm den letzten freien Parkplatz an der Ecke.

Die Nebengebäude sahen ganz anders aus als in meiner Kindheit. Die Stallfront hatte jetzt große, hohe Fenster, und das alte Kutschhaus hatte sich in einen zweistöckigen Prachtbau mit polierten Stadthaustüren und Messingschildern verwandelt: *Praxis* und *Apotheke*.

Die Helferin am Empfang schaute sehr abweisend drein, doch als ich mich vorgestellt hatte, wurde sie ausgesprochen freundlich und telefonierte in gewichtigem Ton, sobald der Doktor »zwischen Patienten« war. In zwanzig Minuten werde er frei sein für mich, ließ er sagen, und wenn ich im Haus warten wolle, werde Mrs. Hampton mir sicher eine Tasse Kaffee anbieten.

Ich ging also zum Haus. Das Ganze kam mir unwirklich vor, wie ein Traum, obwohl das Haus so solide und beständig wirkte wie eh und je. Als Kind hatte ich dieses Haus geliebt, weil es mein Zuhause war, doch als Teenager hatte ich es immer mehr als das Gefängnis meiner Mutter betrachtet, was ihm in meiner Erinnerung eine eher traurige Note verlieh.

Ich klingelte und bereitete mich seelisch auf das aufgemotzte Innenleben vor, von dem Edward gesprochen hatte.
»Alex!« Anne Hamptons Begeisterung über mein Erscheinen war für meinen Geschmack ein bisschen zu überschwänglich. »Wie schön, Sie zu sehen! Kommen Sie doch herein! Welch ein Wind! Ein richtiger Sturm! Kommen Sie herein! Wie nett, dass Sie ...« Allmählich beruhigte sie sich. »Wahrscheinlich ist es eine Ewigkeit her, dass Sie das Haus gesehen haben. Wir haben einiges verändert. Ich hoffe, es gefällt Ihnen.«
Im Eingang erkannte ich zu meiner Verblüffung die Deckenlampe und die Wandleuchter, die meine Eltern offenbar mitsamt dem Haus verkauft hatten.
»Vor allem hier haben wir Veränderungen vorgenommen, kommen Sie mit.« Ich folgte ihr in die Küche und war wieder verblüfft, diesmal aber, weil alles vollständig anders war. Selbst der Blick durch das Erkerfenster war nicht mehr derselbe. Er war verzerrt und entwertet, da sie eine ganze Zwischenwand entfernt hatten. Eine helle, moderne Küche ging nun in einen hellen, modernen Essbereich über. Das alte Wohnzimmer, das meine Mutter so liebevoll ausstaffiert hatte, war spurlos verschwunden, als hätte es nie existiert. Keine blassgrüne Täfelung mehr und keine Chintzvorhänge, stattdessen weiße Wände, Spots und Rollos. Der Raum strahlte nicht mehr Ruhe aus, sondern nur noch Modernität.
»Kommen Sie, ich zeige Ihnen die anderen Zimmer«, bot Anne an.
»Würde es Ihnen etwas ausmachen, wenn ich mich allein umsehe?«
Sie legte eine Hand auf meinen Arm und schenkte mir einen verständnisvollen Blick. »Aber ganz und gar nicht. Ich weiß schon: Kindheitserinnerungen.«

Ich ging hinauf ins Schlafzimmer meiner Mutter, von dem aus man die beste Aussicht hatte. In den langen Jahren ihrer Krankheit hatte sie hier in ihrem Sessel gesessen, mit dem Blick über die Marschen.

Als sich die ersten Symptome ihrer Krankheit bemerkbar machten, sprach sie nicht darüber, nicht einmal meinem Vater gegenüber. Sie wollte ihn nicht beunruhigen, aber vielleicht, das hatte ich jedenfalls immer gedacht, fürchtete sie sich auch davor, ihn zu enttäuschen. Stattdessen ging sie zu einem alten Freund meines Vaters, der in Cambridge praktizierte, und der sagte ihr, die Muskelschwäche, die Nadelstiche in den Beinen, ihre Niedergeschlagenheit und der Erinnerungsverlust wären auf Angstzustände zurückzuführen. Er sagte, sie habe sich einfach übernommen und müsse lernen, das Leben ruhiger anzugehen.

Ein Jahr lang sagte meine Mutter keinen Ton, bis sie begann, den rechten Fuß nachzuziehen, und irgendwann stürzte. Mein Vater war ein gewissenhafter, sehr menschlicher Hausarzt, stets heiter und Mut spendend. Seine Nächstenliebe war praktischer Natur und ohne Sentimentalität. Er glaubte an die Macht positiven Denkens, doch nichts in seiner einfachen Philosophie hatte ihn auf die Krankheit meiner Mutter vorbereitet. Die Jahre vergingen und seine Heiterkeit wurde immer verbissener, sein Optimismus immer gezwungener. Am schwersten war es für ihn, mit den Persönlichkeitsveränderungen fertig zu werden, die meine Mutter durchmachte. Damals waren Corticosteroide das einzige Mittel bei multipler Sklerose und sie hatten schreckliche und demütigende Nebenwirkungen. Mutter nahm unheimlich zu und bekam Geschwüre an den Beinen. Ihr Körper quoll auf, bis sie fast nicht mehr wiederzuerkennen war. Zugleich neigte sie zu Zornausbrüchen, wie sie sie früher nie gehabt hatte, und zu tiefer Depression. Eine Zeit lang war mein Vater verwirrt und wütend, doch dann begann er so zu tun, als mache ihm das alles nichts aus, und zog sich hinter seine fröhliche Fassade zurück.

Ich stand in der Tür zu meinem alten Zimmer und ließ die Erinnerungen vorüberziehen, die Jahre, Winter und Sommer, in denen ich an meiner Sorglosigkeit, meinem Optimismus festgehalten hatte. Als meine Mutter noch nicht so krank war und Edward noch zu klein, um mit seinem Leben zu hadern, hatte ich in dem Glauben gelebt, dass sich nie etwas ändern würde, schon gar nicht unsere Zukunft in diesem Haus.

Ich schaute kurz in die anderen Schlafzimmer und ging wieder nach unten.

»Und?«, rief Anne von der Küchentür her. »Wie finden Sie es? Wir wollten einen Wintergarten anbauen, hinten am Haus, aber dann – wir leben sowieso hauptsächlich in der Küche, also hielten wir es für Verschwendung.«

Sie bot mir einen Stuhl in der Frühstücksecke an und plapperte weiter. Ich bildete mir ein, dass sie mit zwei Stimmen sprach – der, die ich von unserem ersten Zusammentreffen in Marsh House kannte, und der, die ich auf dem Anrufbeantworter gehört hatte. Ich dachte daran, sie zu fragen, ob sie die Anruferin gewesen war. Vielleicht war die Nachricht ja ganz harmlos gewesen, vielleicht hatte sie nur als alte Freundin ihre Hilfe anbieten wollen. Aber es war auch möglich, dass mein vager Verdacht zutraf, und aus Erfahrung wusste ich: Wenn man die Antwort nicht hören will, stellt man die Frage am besten gar nicht erst.

Ihre Wangen waren heute nicht so gerötet, als hätte sich ihre Allergie vorübergehend gelegt. Dadurch erschien ihr Haar weniger gelb, sie wirkte ungekünstelt und sah richtig hübsch aus.

Doch nichts konnte ihren Wortschwall bremsen. Sie schien nicht in der Lage zu sein, eine Pause einzulegen und zuzuhören. Ihre nervöse Fröhlichkeit konnte einen zermürben. Ich fragte mich, wie Grace und sie je Freundinnen hatten werden können.

»... und sie war solch eine Hilfe, wissen Sie? Genau im richtigen Augenblick, genau als ich sie brauchte. Solche Menschen gibt es nicht oft, nicht wahr?«

»Nein«, antwortete ich vage. Ich nahm an, dass sie über Grace sprach.

Eine Tür fiel ins Schloss und jemand rief einen Gruß. Julian Hampton kam herein und stellte sich vor, wie man es von einem viel beschäftigten Arzt erwartet: freundlich, aber geschäftsmäßig. »Gehen wir ins Arbeitszimmer?« Er schien nicht auf Widerspruch warten zu wollen, und ich hatte den Eindruck, dass er sich weit öfter in sein Arbeitszimmer zurückzog, als Anne lieb war.

Er führte mich durch die Diele in ein Zimmer mit einem großen Schreibtisch, einem Fernseher, mehreren Regalen voll Videos und einem Fernsehsessel mit Kopf- und Fußstützen. Dort schob er mir einen Stuhl vor den Schreibtisch und ich setzte mich.

Julian Hampton war ein hoch gewachsener Mann, schlank, mit dünnem, braunem Haar. Er hatte kleine, blaue Augen und eine lange Nase, auf der eine rechteckige Goldrandbrille saß. Er sah eher wie ein Chefarzt in einem Krankenhaus aus und nicht wie ein Dorfarzt.

»Ich vertrete die Deardens«, begann ich, während er sich hinter seinem Schreibtisch niederließ.

»Das ist mir bekannt«, sagte er in dem geschäftig-eiligen Ton, den er schon bei der Begrüßung angeschlagen hatte.

»Ich kann Sie natürlich nicht bitten, die ärztliche Schweigepflicht zu brechen, aber vielleicht könnten Sie mir trotzdem helfen. Ich wüsste gern, ob Sie meinen, dass die Polizei richtig liegt, wenn sie Selbstmord von vornherein ausschließt.«

»Sie meinen, ob Grace deprimiert war?« Er gehörte zu den Menschen, die einen anschauen können, ohne zu blinzeln. »Die Antwort ist nein, sie war nicht deprimiert. Meiner Ansicht nach wäre Selbstmord sehr unwahrscheinlich.«

»Könnte sie vielleicht absichtlich verschwunden sein, aufgrund psychischer Probleme?«

»Ebenfalls unwahrscheinlich.«

»Gibt es irgendeinen medizinischen Befund, der einen Unfall wahrscheinlich macht? Ohnmachtsanfälle, Epilepsie, Herzrhythmusstörungen oder dergleichen?«

»Mir scheint, ich höre die Arzttochter durch.«

»Irgendeinen Vorteil muss es ja haben«, erwiderte ich und lächelte.

In professionellem Ton klärte er mich auf: »Nein, derartige Befunde gab es nicht bei ihr. Nichts, was dazu führen würde, dass sie plötzlich das Bewusstsein verliert oder so etwas.«

»Gut. Ich dachte nur, ich frage besser nach.«

Er lehnte sich vor und faltete die Hände auf dem Schreibtisch. »Sie haben Grace nicht gekannt, oder?«

»Nein, eigentlich nicht.«

»Sie hatte eine außerordentliche ...«, er wählte seine Worte mit Bedacht, »... eine ganz außerordentliche *Energie*. Einen großen Lebenshunger, wenn Sie verstehen, was ich meine.«

Ich horchte auf, ließ mir aber nichts anmerken. Wir musterten einander. Ich wartete ab und er schien immer noch nicht sicher, ob er mir gegenüber offen sein sollte. »Ich spreche mehr als Freund und nicht so sehr als ihr Arzt«, fuhr er vorsichtig fort. »Ich rede davon, wie ich sie persönlich kenne. Ich würde sagen, sie war … rastlos. Ein rastloser Geist.« Er runzelte die Stirn. Die Beschreibung gefiel ihm offenbar nicht, doch er fand keine bessere.

Ich wartete weiter ab, ob er mehr zu sagen hatte, und als nichts kam, schlug ich vor: »Eine Sucherin, meinen Sie.«

Ich schien das richtige Wort getroffen zu haben. »Ja, eine Sucherin.« Er überlegte wieder sehr genau, bevor er hinzufügte: »Auch eine große Schönheit natürlich, viel beachtet. Und viel bewundert. Aber Schönheit ist nicht immer genug, nicht wahr?«

»Sie meinen, für den, der sie besitzt?«

»Ja, genau.« Abrupt stand er auf, so als hätte er seiner Ansicht nach genug gesagt. Als er mir an der Haustür die Hand gab, rief er gegen den Wind: »Ich wünschte, ich könnte Ihnen eine größere Hilfe sein.«

Erst als ich im Wagen saß, wurde mir bewusst, dass er von Grace in der Vergangenheit gesprochen hatte.

Ich fuhr ins Dorf und ein Auto kam mir entgegen, unverkennbar Barry Hollands Geländewagen. Er hielt vor dem Eisenwarenladen, und als ich vorbeifuhr, erkannte ich Barry im Fahrersitz. Bis ich vor der Post geparkt hatte, war er schon im Laden verschwunden.

Das Postlädchen hieß immer noch *Evans,* wie auf dem Schild über der Tür zu lesen war, aber drinnen war alles modernisiert und vergrößert worden. Die junge Frau, bei der ich meine Zeitungen bezahlte, war noch ein Kind gewesen, als ich sie das letzte Mal gesehen hatte. Ich versuchte nicht zu erklären, wer ich war, aber ihre Mutter, die mit einem Arm voll Ware aus dem Hinterzimmer kam, rief sofort: »Tag, Alex! Wie gehts denn?«

Ich lächelte. »Sehr gut. Danke, Mrs. Evans.«

Sie war eine fröhliche Frau mit drahtigen grauen Haaren und einem runden Gesicht und hatte ihr ganzes Leben im Dorf verbracht. Während sie ein Regal mit Schokoladenriegeln auffüllte, redeten wir darüber, wie viel Zeit vergangen war und wo ich jetzt lebte und wie furchtbar das Wetter wieder war. Dann sagte sie, es habe ihr sehr Leid getan, als mein Vater starb.

»Wir haben ihn alle sehr vermisst, nachdem ihr weggezogen wart«, sagte sie ernst. »Er war noch ein richtiger Hausarzt der alten Schule. Er kam immer, wenn man ihn brauchte, Tag oder Nacht. Ganz anders als heute. Heute kriegt man nur irgendeine Aushilfe ans Telefon, jemanden, den man noch nie zu Gesicht bekommen hat. Aber das ganze Dorf hat sich schließlich verändert«, sagte sie schicksalsergeben. »Und was bringt dich her? Besuchst du deinen Bruder?«

»Das auch.«

»Er lässt sich kaum blicken im Dorf. Ist viel unterwegs, nicht wahr?«

»Ich glaube schon, ja.«

Sie betrachtete den Stapel Zeitungen, den ich gekauft hatte. »Eine furchtbare Geschichte, das mit Grace Dearden. So eine nette Frau. Immer ein Lächeln auf den Lippen und immer ein nettes Wort.« Sie schaute pessimistisch drein und sagte leise: »Ich kann mir nicht helfen, aber es sieht gar nicht gut aus für sie.«

»Nein?«

»Dabei war sie so voller Leben, nicht wahr?«

»Ich weiß nicht. Ich habe sie nicht so gut gekannt.«

»Ach, sie war immer froh und gut gelaunt und so geschäftig. Immer hatte sie irgendetwas zu organisieren, etwas, das sie in Trab hielt. Und der süße kleine Charlie – sie hatte wirklich keinen Grund, auf und davon zu gehen.«

»Nein, wahrscheinlich nicht.«
»Für Will ist es natürlich ganz furchtbar«, sagte sie voller Mitgefühl. »Er ist fast jeden Tag auf der Suche, er und die Männer, überall.«
Ich klemmte mir die Zeitungen unter den Arm. »War schön, Sie wiederzusehen, Mrs. Evans.«
»Vergiss deine Schokolade nicht!«
Schokolade war eigentlich verboten – ich bekam Kopfweh davon, Migräne –, doch wenn ich fror oder gestresst war, wurde ich immer wieder schwach. So saß ich in meinem eisigen Wagen und verputzte einen halben Riegel, bevor ich mich an die Zeitungen machte.
Als Erstes ging ich die Revolverblätter durch und konnte es kaum fassen. Ich blätterte sie ein zweites Mal durch, doch nur an einer Stelle, irgendwo in der Mitte, wurde unser Aufruf überhaupt erwähnt, und nirgends war ein Foto von Grace zu finden. Und in den anderen Zeitungen sah es kaum besser aus. Nur in einer war Grace' Foto veröffentlicht und die anderen brachten es in wenigen Zeilen unter den Kurznachrichten. Nur die *Daily Mail* hatte der Geschichte einigermaßen Raum gewährt, und ich blieb bei dem großen Foto hängen. Es zeigte Grace und Will auf irgendeinem Empfang, Will im Smoking und Grace in einem pastellfarbenen, hautengen Abendkleid. Es sah aus, als hätte es ein Vermögen gekostet, mit tiefem Rückenausschnitt und dünnen Trägern. Dazu trug sie eine dicke Perlenkette und ihr Haar war zu einem komplizierten Knoten hochgesteckt, der die perfekte Herzform ihres Gesichts betonte. Ihre betörenden Rehaugen strahlten im Blitzlicht und auf ihrem Mund lag das süße, schüchterne Lächeln, das so typisch für sie war. Sie sah einfach atemberaubend aus. Niemand hätte sie für eine Farmersfrau gehalten. Ich erkannte sofort, wie die

Redaktion die Geschichte präsentieren wollte und warum sie ihr fast eine ganze Seite gewidmet hatte: Eine Frau von solcher Schönheit *musste* in Schwierigkeiten geraten. Eine Frau, die so gut gekleidet war, *musste* jeden Mann ruinieren, der nicht schwerreich war. *Ergo* musste es mit ihrem Verschwinden mehr auf sich haben. *Ergo* die Entscheidung, Grace und Will zusammen zu zeigen, so dass die Leser sich ihren Reim machen konnten auf das, was wirklich passiert war.

Will tat das Foto keinen Gefallen. Seine Augen waren schmale Schlitze, die Mundwinkel heruntergezogen. Zweifellos hasste er es, zu solchen Anlässen mitgeschleift zu werden. Auf jemanden, der ihn nicht kannte, musste er wirken wie ein missmutiger, wahrscheinlich eifersüchtiger Mann, der sicher auch jähzornig war.

Ein zweites, kleineres Foto zeigte Will auf der Pressekonferenz. Er sah besorgt aus, bedrückt, doch ein Zyniker hätte gesagt: Na gut, er macht sich Sorgen, aber geht es ihm wirklich um seine Frau?

Der Text war nichts sagend und hielt sich auf dem schmalen Grat zwischen Fakten und Unterstellungen. Grace war beliebt, ein strahlender Stern der Gesellschaft, was in der Sprache der Presse bedeutet, dass sie von vielen bewundert wurde und reichlich Möglichkeiten gehabt hätte, sich jemand anderen zu suchen. Sie war bekannt für ihr Engagement in Sachen Wohltätigkeit: nach außen ein Engel, doch hinter dieser Fassade brennende Leidenschaft. Und schließlich hatte sie dem Artikel zufolge keinerlei Sorgen gehabt, was bedeutete, dass Selbstmord ausgeschlossen war. Will dagegen war der kleine Pächter, ein Hinterwäldler, der sich gezwungen sah, einen Teil seines Landes zu verkaufen. Er war also bankrott und hatte Grace umgebracht, um ihre Lebensversicherung einzustreichen. Und dann hatte er im Fernsehen an die Öffentlichkeit appelliert, was natürlich nur heißen konnte, dass die Polizei längst wusste, dass er schuldig war.

Resigniert fragte ich mich, was mich nur dazu gebracht hatte, Will zu diesem Fernsehauftritt zu drängen, obwohl er geahnt hatte, dass es ein Fehler sein würde. So hockte ich in meinem Wagen und aß grübelnd den Rest meines Schokoladenriegels.

Ein Schatten erschien am Seitenfenster und jemand klopfte an die Scheibe. Ich schaute auf und sah Jillys Gesicht unter der Kapuze eines Anoraks.

»Ich wusste gar nicht, dass du noch hier bist«, sagte sie, nachdem ich das Fenster heruntergekurbelt hatte. »Edward denkt, du wärst längst zurückgefahren.«

»Ich konnte nicht weg. Arbeitest du heute nicht?«

»Nein.«

Ich konnte mir nie merken, was genau Jilly eigentlich in Cambridge machte. Irgendetwas mit Sprachkassetten oder Computerprogrammen.

»Bleibst du über Nacht?« Ihre atemlose Stimme wurde vom Wind davongetragen. »Dein Bett ist noch nicht abgezogen.«

»Danke, aber ich glaube, ich werde es nicht brauchen.«

»Wie du willst.« Sie lächelte nervös und schaute sich um, bevor sie näher ans Fenster kam. Sie schien etwas auf dem Herzen zu haben, doch dann sagte sie nur: »Ein furchtbares Wetter, was? Es ist Flutwarnung.«

Nachdem ich ihr zugestimmt hatte, druckste sie weiter herum.

»Und es gibt nichts Neues?«

»Nein.«

Schließlich nahm sie all ihren Mut zusammen und kam damit

heraus: »Vielleicht ist es besser, wenn du verschwindest. Edward ist in furchtbarer Stimmung.«
»Warum?«
»Will Dearden weigert sich auf einmal, den Vertrag zu unterschreiben.« Als ich keine Reaktion zeigte, erklärte sie schnell: »Der Vertrag über die Gunmarsch! Er will sie plötzlich nicht mehr hergeben! Edward tobt vor Wut. Ich habe ihn noch nie so gesehen. Und Will Dearden hat keinerlei Gründe angegeben, überhaupt keine. Er hat nicht einmal geschrieben.«
Ich hatte das Gefühl, zu wissen, worauf sie hinauswollte. »Dazu ist er nicht verpflichtet.«
»Das mag ja sein, aber vielleicht ... vielleicht lässt sich doch eine Lösung finden. Vielleicht geht es ja nur um eine Kleinigkeit.«
Als ich ihr immer noch nicht entgegenkam, sagte sie schließlich: »Ich dachte, du könntest vielleicht ... du weißt schon ...«
Es fiel ihr furchtbar schwer, es auszusprechen. »Ich dachte, du könntest vielleicht mit ihm reden.«
»Nein, Jilly. Damit habe ich nichts zu tun. Ich mische mich da nicht ein.«
Sie sah enttäuscht aus. »Ich dachte nur, wenn wir seine Gründe kennen würden ... Und du triffst ihn doch bestimmt. Wenn wir nur wüssten, warum ...«
»Das kann ich wirklich nicht tun, Jilly, schon gar nicht unter diesen Umständen.«
Sie versuchte so zu tun, als finde sie sich damit ab, doch es gelang ihr nicht. Sie schien vollkommen verzweifelt.
»Edward wird es schon überleben, Jilly. Das ist nicht der Weltuntergang.«
Sie schaute mich an, als hätte ich nichts verstanden. »Das wird er nicht!«, schrie sie. »Nein!«
»Aber er muss! Er kann nichts dagegen tun!«

Sie war den Tränen nahe. Ich langte durch das Seitenfenster und tätschelte unbeholfen ihren Jackenärmel. »Sieh zu, dass Edward es nicht an dir auslässt. Lass dich nicht von ihm herumschubsen.«

»Darum geht es nicht!« Sie richtete sich auf und wiederholte trotzig: »Darum geht es überhaupt nicht!«

7

Maggies Wagen stand vor dem Cottage, doch als ich an die Tür klopfte, rührte sich nichts. Ich drückte die Klinke herunter, aber es war abgeschlossen, und ich klopfte noch einmal. Vielleicht hörte sie mich nicht bei dem Sturm. Also kämpfte ich mich gegen die Wucht des Windes zuerst zum Wohnzimmerfenster und dann zur Küche durch, wo ich durch das kleine Fenster in der Tür spähte. Die Frühstücksteller standen noch auf der Spüle, die Kaffeetassen auf dem Tisch.
Sobald ich die Klinke berührte, wurde die Tür vom Wind gepackt, flog auf und knallte gegen den Türstopper. Ich machte sie schnell hinter mir zu und rief: »Maggie?«
Immer wieder rief ich ihren Namen, während ich durch den Korridor und die Treppe hinaufging.
Ich fand sie in ihrem Schlafzimmer. Sie lag auf dem Bett, halb mit einem Bademantel zugedeckt. In dem schwachen Licht sah sie so regungslos und kalt aus, als wäre sie tot.
Plötzlich drehte sie den Kopf, wenn auch nicht weit genug, um mich anschauen zu können.
»Maggie – geht es dir nicht gut?«
»Was hat die Polizei gesagt?«
Ich nahm ihre Hand. »Du bist ja ganz kalt!«
»Nun sag schon!« Ihr Ton war herrisch und flehend zugleich.
»Das Gleiche wie immer«, berichtete ich gehorsam, nachdem ich mich auf die Bettkante gesetzt hatte. Zugleich rieb ich ihre

Hand, um ihren Kreislauf wieder in Gang zu bringen. »Will sollte noch einmal den ganzen Mittwoch durchgehen, Orte, Uhrzeiten und alles andere. Die Probleme mit der Schleuse und warum er fast die ganze Nacht damit zubringen musste. Der ganze Kram.«

Sobald ich zu reden aufhörte, verkrampfte sich ihre Hand und sie fragte ängstlich: »Und was noch?«

»Es kam auch eine neue Sache zur Sprache. Sie glauben, sie hätten einen Zeugen, der Grace an jenem Tag gesehen hat, wie sie die Salterns Lane hinunterfuhr, ungefähr um zwanzig vor sechs …«

Sie entriss mir ihre Hand und ballte sie zur Faust. »Der verdammte Kerl!«

»Wer, Maggie?«

»Dieser verfluchte Kerl!«

»Du weißt, wer es ist?«

Anscheinend brachte sie es nicht über sich, den Namen auszusprechen.

Doch ich wusste schon, wen sie meinte. Ich erinnerte mich, wie ich in ihr Gespräch mit Barry Holland geplatzt war, an ihre Stimmen, als ich anklopfte, und daran, in welchem Zustand Maggie war, als sie die Tür öffnete.

»Barry Holland?«

Ihr Blick bestätigte, dass ich Recht hatte.

»Er hat es dir gestern erzählt, stimmts?«

»Er wollte einfach nicht zuhören. Ich habe ihm gesagt, dass er sich irrt, aber er hat nicht zugehört. Nein, nein, er wusste es besser! Er sagte, er müsse es der Polizei erzählen. Ich wusste, es ist schlimm. Ich *wusste* es.« Sie schüttelte ihre Fäuste.

»Warte, Maggie. Er könnte sich tatsächlich getäuscht haben. Er könnte sich in der Zeit irren, was auch immer. Aber jetzt, nur um es noch einmal ganz klar zu machen: Es war gegen vier, als Grace Charlie zu dir gebracht hat, ja?«

»Ja.«

»Und nach zehn Minuten ist sie wieder gegangen?«

»Zwei Minuten, *zwei!* Ich schwöre dir, Alex, sie ist nicht zurückgekommen! Wirklich nicht! Und nun geht dieser dumme Kerl zur Polizei und erzählt solche Dinge! Jetzt werden sie glauben, Will hätte gelogen oder ich oder wir beide!« Ich spürte ihre Verzweiflung, die Verzweiflung einer Frau, die allmählich ihrer Erschöpfung erlag, dem ununterbrochenen Stress und dem tagelangen Warten.

»Hör zu, Maggie. Es war dunkel. Barry Holland war vielleicht ein ganzes Stück entfernt. Hat er gesagt, wo er war, als er meinte, Grace zu sehen? Hat er gesagt, ob er in seinem Haus oder im Auto war?«

Sie machte eine Geste, der ich entnahm, dass sie nicht sicher war.

»Wie gut hat er Grace überhaupt gekannt?«

»Oh ...« Sie richtete sich stöhnend auf. »Er hat sie gut genug gekannt.«

»Aber es war dunkel, Maggie! Wenn er glaubt, er hätte sie gesehen, heißt das noch längst nicht, dass er sicher ist.«

Sie dachte einen Augenblick darüber nach. Sie schloss die Augen und versuchte, sich zu beruhigen. Dann schob sie den Bademantel weg und schwang mühsam ihre Beine aus dem Bett. So saß sie steif auf der Bettkante, mit dem Rücken zu mir.

»Er ist ganz sicher.«

Ich ging um das Bett herum und setzte mich auf einen niedrigen Stuhl in einer Ecke des Zimmers, von wo aus ich ihr ins Gesicht sehen konnte. »Grace fährt einen grauen Volvo-Kombi, stimmts? Davon gibt es doch bestimmt Dutzende in der Gegend, oder zumindest ähnliche Wagen. Vielleicht hat jemand mit einem Volvo einen deiner Nachbarn besucht, jemand mit blondem Haar …«

»Aber er sagt, er ist ganz sicher.«

Ich holte tief Luft und versuchte es anders. »Na gut. Vielleicht war es ja wirklich Grace. Vielleicht wollte sie Charlie etwas sagen oder etwas bringen. Du könntest gerade im Badezimmer gewesen sein oder irgendwo anders, und sie ist gekommen und wieder verschwunden, ohne dass du es gemerkt hast.«

Diese Version lehnte sie entschieden ab. »Nein, das ist ganz und gar ausgeschlossen. Nein. Charlie hat sie auch nicht gesehen. So kann es erst recht nicht gewesen sein.«

»Und Grace könnte niemand anderen in der Nachbarschaft besucht haben?«

»Nein.«

Sosehr sie sich auch dagegen sträuben mochte, zumindest begann sie nun, über verschiedene Möglichkeiten nachzudenken. Allmählich verstand sie, dass diese neuen »Beweise« vielleicht nicht so felsenfest waren, wie sie befürchtet hatte.

Ich setzte mich neben sie und legte ihr einen Arm um die Schultern. »Was soll denn mit deinen Gallensteinen geschehen?«

»Pah!«

»Können sie sie nicht herausnehmen?«

»Ja sicher. Herumschnipseln, das tun sie am liebsten, aber versprechen können sie trotzdem nichts. Vielleicht hilft es, vielleicht nicht.«

»Aber …«

Sie tätschelte mir das Knie. »Lass nur, Alex, es wird schon werden. Bevor mich die Gallensteine umbringen, bin ich längst an der Raucherei gestorben«, lachte sie.

Ich ging nicht weiter darauf ein. Ihre Nikotinsucht hatte die gleichen selbstzerstörerischen Züge, die ich von Paul kannte. Sie würde weiter rauchen, was immer ich sagen mochte. Aber bei Paul konnte ich wenigstens verstehen, warum er sich selbst schaden wollte, bei Maggie dagegen war es mir ein Rätsel. Früher hatte sie das Leben geliebt, und nun schien ihr ganz gleichgültig zu sein, was sie sich antat.

»Es weht und weht«, seufzte sie. »Der Sturm nimmt einfach kein Ende.«

Wir lauschten nach draußen und ich meinte, das Donnern der Brandung hinter den Dünen hören zu können, meinte, das Meer zu hören, wie es sich gegen die Deiche warf. Das Wasser musste sehr hoch stehen.

Maggie stützte sich auf meine Hand, lächelte flüchtig und stand stöhnend auf. »Ich sollte mir vielleicht besser über diese Flut Gedanken machen.«

»Glaubst du, es gibt eine Überschwemmung? Ich dachte …«

»Nein, nein, keine Überschwemmung, aber man sollte doch auf alles vorbereitet sein, oder? Auf alles vorbereitet.«

Ich folgte ihr zur Tür. »Kann ich dir irgendwie helfen?«

»Es sind nur ein paar Dinge, die ich nach oben bringen will.«

»Sag mir einfach, was!«

»Mein liebes Kind.« Sie drehte sich um und umarmte mich. Dann trat sie einen Schritt zurück und schaute mir in die Augen. »Ich wusste, du würdest uns nicht im Stich lassen.«

Sie strich sich eine Haarsträhne aus dem Gesicht, zog ihren Pullover glatt und ging langsam die schmale Treppe hinunter: auf in die Schlacht.

»Wie viel Zeit haben wir?«, fragte ich.

»Wenn die Vorhersage stimmt, bis heute Abend um elf.«

Teppiche, Bücher und Fotoalben bereiteten keine Schwierigkeiten. Das Problem waren die Kommoden, Stühle und Sofas, ganz zu schweigen von Kleider- und Bücherschränken. Für die Bücher brauchte ich länger, als ich gedacht hatte, weil es so viele waren und weil es unten so wenige Plätze gab, wo man sie in sicherer Höhe lagern konnte.

Bald herrschte im Haus ein unheimliches, frühes Dämmerlicht. Als ich mit den Büchern fertig war und gerade einen Stuhl mit gepolsterter Lehne nach oben tragen wollte, hupte draußen ein Wagen, die Haustür flog auf und ich hörte Wills Stimme.

Als er mich sah, schien er im ersten Augenblick verwirrt. »Alex!« Dann sah er die Bücher, die eingerollten Teppiche und die Esszimmerstühle auf dem Tisch. »Du ...?« Er schenkte mir ein dankbares, liebevolles Lächeln und mein Herz machte vor Freude einen Satz.

»Ich war nicht sicher, was ich mit den Sofas und den anderen schweren Sachen machen sollte, ob die nach oben kommen oder ...«

Er lachte, wie ich ihn seit unserer Jugend nicht mehr hatte lachen sehen. Für einen Augenblick schien alle Last von ihm abzufallen und er sah wieder aus wie der unbekümmerte, unverschämt hübsche Bursche, der er mit zwanzig gewesen war. Ich lachte mit, obwohl ich das vage Gefühl hatte, dass er sich über mich lustig machte.

»Entschuldige.« Er bemühte sich, wieder ernst dreinzuschauen. »Ich habe mir nur vorgestellt, wie du versuchst, die Möbel nach oben zu schleppen. Tut mir Leid ...«

»Du meinst, ich würde das nicht schaffen?«, erwiderte ich grinsend.

»O nein, *versucht* hättest du es bestimmt, da habe ich keinen Zweifel.«

Plötzlich stand Charlie in der Tür.
»Hallo, Charlie«, begrüßte ich ihn, »keine Schule heute?«
Er war sehr still und blass und blinzelte zu mir hoch, was ich als eine Art Begrüßung auffasste.
»Wir können ihn hier besser gebrauchen.« Will legte ihm eine Hand auf den Kopf.
Eine Wagentür fiel ins Schloss und Frank Yates und John Simons kamen herein, um bei den Möbeln zu helfen. Sie begrüßten mich wie einen geschätzten, lange vermissten Freund. Ich musste doch schon sehr lange in der Stadt wohnen, dass ich das ungewöhnlich fand.
Die Männer fingen in der Diele an, mit einem kleinen, antiken Tisch, der keine Feuchtigkeit vertragen hätte.
»Möchtest du mir bei den Vorhängen helfen?«, fragte ich Charlie.
Er schien meinem Angebot nicht zu trauen und sah fragend zu seinem Vater.
»Hilf ihr nur, Charlie«, ermutigte Will ihn. »Wir rufen dich, wenn wir dich brauchen.«
Widerwillig folgte Charlie mir ins Wohnzimmer. Ich zeigte ihm, wie er die Vorhänge hochzuheben und jeden zu einem großen Knoten zusammenzubinden hatte.
»Hat dein Vater dir von der großen Flut erzählt, die es hier gegeben hat, als er noch jung war?«
Er nickte schüchtern.
»Damals war es natürlich ganz anders. Die Dünen waren noch nicht befestigt. Heute ist es viel sicherer.«
Sein Gesichtsausdruck verriet, dass die Dünen seine geringste Sorge waren.
»Das ganze Dorf war damals auf den Beinen«, erzählte ich weiter. »Dein Vater und ich haben in einem der Salterns Cottages

geholfen. Hat er dir erzählt, wie die Männer mit einem Kleiderschrank auf halber Treppe stecken geblieben sind?«

Er war sehr damit beschäftigt, das Ende eines Vorhangs zu verknoten, aber er hörte auch zu.

»Sie konnten weder vor noch zurück, und die alte Frau, die in dem Haus wohnte, saß im ersten Stock fest und schrie Zeter und Mordio. Und je mehr sie schrie, desto fester verkeilte sich natürlich der Kleiderschrank.«

Er schaute mich unentwegt an. So helle und klare Augen hatte ich noch nie gesehen. Sie hatten die Farbe von Eis.

»Der Schrank wollte also nicht weiter, aber dort, wo er war, konnten sie ihn schlecht lassen, zumal die alte Dame noch im ersten Stock festsaß. Also musste der Schrank zurück. Ein großer Brocken Putz brach dabei aus der Wand, soweit ich mich erinnere, und als sie das Monstrum aus dem Weg hatten, fehlte vielleicht auch das eine oder andere Stück Geländer.«

Er schien gespannt, wie die Geschichte zu Ende ging.

»Schließlich wussten sie sich keinen anderen Rat, als den Schrank auf das Scheunendach neben dem Haus zu hieven.«

Er schien nicht ganz überzeugt, ob er das gutheißen konnte. »Und da war der Schrank in Sicherheit?«

»Jedenfalls ist er nicht überschwemmt worden. Nur mit dem Regen hatten sie nicht gerechnet ...«

Die Pointe war etwas dünn, aber Charlie war höflich genug, nicht zu stöhnen.

»Also, Charlie, was ist als Nächstes dran? Was meinst du?«

Die Frage brachte ihn einen Moment aus der Fassung, doch dann dachte er nach und führte mich zu einem Schrank voller Fotoalben und Spiele.

Während wir alles zusammenpackten, fragte Charlie: »War das Wasser sehr hoch damals?«

»Ja, ziemlich. Sieben Häuser standen unter Wasser, aber alles Wichtige konnte gerettet werden. Die Flut kam erst gegen Morgen, wir hatten die ganze Nacht Zeit, alles nach oben zu schaffen und die Leute in Sicherheit zu bringen.«
Charlie trug die Alben aus dem Zimmer und ließ mich mit meinen Erinnerungen allein. Damals hatte ich gespürt, dass zwischen Will und mir ein ganz neues Verständnis herrschte, so als hätte Will im Laufe eines einzigen Tages erkannt, dass ich praktisch erwachsen war und doch nicht so viel jünger als er. Wir hatten uns im dunklen Korridor eines der Cottages bei den Händen gefasst und flüchtige Küsse ausgetauscht, und in meiner Naivität hatte ich wieder Hoffnung geschöpft, dass vielleicht doch noch etwas aus uns werden könnte.
Charlie kam zurück und ich fragte wieder: »Was machen wir als Nächstes?«
Nach sorgfältiger Überlegung schlug er vor: »Die Polster?«
»Das klingt vernünftig.« Wir machten uns daran, die Sofas abzuräumen. »Wie war es in der Schule?«, fragte ich nebenbei.
Er zuckte die Achseln.
»Gehst du gern zur Schule?«
Er schwieg noch immer, doch sein Stirnrunzeln sagte alles. In der Schule war es für ihn bestimmt nicht einfach, jetzt da das Bild seiner Mutter überall in den Fernsehnachrichten auftauchte.
»Ich fand die Schule manchmal schrecklich«, sagte ich mitfühlend, »aber manchmal fand ich sie auch ganz gut. Am Ende hat es mir richtig Spaß gemacht. Bekommt ihr viele Hausaufgaben auf?«
Er packte ein Sofapolster und schüttelte kurz den Kopf.
»Was, überhaupt keine?«

Er stand verloren in der Mitte des Zimmers, ein Polster in den Armen, und schaute mich unsicher an, so als überlege er, ob es gefährlich war, mehr zu sagen. »Ich bin Legastheniker.«

»Ach, das ist bestimmt lästig für dich. Kriegst du Extraunterricht?«

Er nickte.

»Also, wo bringen wir diese Polster jetzt hin? Nach oben?«

Ich folgte ihm die Treppe hinauf und sagte im Plauderton: »Es gibt heute Lehrer, die auf Legasthenie spezialisiert sind, weißt du das?«

Er ignorierte meine Frage und wir legten die Polster in einer Ecke von Maggies Schlafzimmer ab.

»Da hat sich vieles verbessert«, plapperte ich weiter. »Wenigstens wird man heute nicht mehr für doof gehalten, wenn man mit dem Lesen Schwierigkeiten hat. Freunde von mir in London schicken ihren Sohn in eine Sonderschule. Die Kinder dort benutzen Sonnenbrillen, nur dass es keine richtigen Sonnenbrillen sind, sondern irgendwelche Filter, die nicht alle Farben durchlassen. Hast du davon schon mal gehört?«

Erst jetzt fiel mir auf, dass Charlie sich vollkommen versteift hatte und zu Boden blickte.

»Charlie?« Ich ging auf ihn zu. »Habe ich etwas Falsches gesagt?«

Er wandte sich ab und wäre wahrscheinlich weggelaufen, wenn ich nicht zwischen ihm und der Tür gestanden hätte.

»Was habe ich denn gesagt?« Ich hätte mir die Zunge abbeißen mögen. Ich hatte Veronicas Gerede über eine Sonderschule für reine Gehässigkeit gehalten, aber nun fragte ich mich, ob so etwas vielleicht doch ernsthaft im Gespräch gewesen war und ob allein das Wort Charlie in Angst versetzte.

»Es tut mir Leid, Charlie. Ich wollte wirklich nichts Falsches sa-

gen. Ich habe keine Ahnung von Legasthenie. Ich habe nur so … dahergeredet.«
Er hob den Kopf ein wenig.
»Es war übrigens eine Tagesschule, wo dieser Junge hinging«, versuchte ich, mich herauszuwinden, »und er war ganz glücklich dort.« Doch es half alles nichts. Der Schaden war angerichtet, und ich gab auf. »Gehen wir nach unten und sehen nach, ob wir noch mehr Polster finden?«
Das ließ er sich nicht zweimal sagen. Er rannte los.
»Ach da seid ihr!«, rief Maggie von unten. Sie schaute Charlie an, der an ihr vorbeihuschte, und dann mich. »Was habt ihr gemacht?«
»Wir haben die Sofapolster nach oben getragen.«
Sie sah mich scharf an, und sobald Charlie außer Hörweite war, flüsterte sie: »Du hast doch nichts zu Charlie gesagt, oder?«
»Du meinst …«
»Über seine Mutter, über …«
»Nein, natürlich nicht!«
»Er kann nämlich nicht darüber reden, verstehst du? Er will nichts davon hören. Er erträgt es nicht.«
»Ich würde seine Mutter nie erwähnen, bestimmt nicht.«
Ihre Miene hellte sich ein wenig auf, wurde jedoch sofort wieder besorgt. »Ich mache mir nämlich Sorgen um ihn«, erklärte sie überflüssigerweise. »Er ist so …« Sie fand nicht das richtige Wort und presste sich stattdessen die Fäuste an die Brust.
»Natürlich.«
»Er ist der Einzige, der zählt. Er ist es, den wir beschützen müssen.«
Ich wollte sie weiter beruhigen, doch da kamen Frank und John aus der Küche und wollten sich verabschieden.

»Du brauchst nicht hier zu bleiben«, sagte Will mit einem herausfordernden Unterton, als wollte er mich irgendwie auf die Probe stellen.

»Könnte ich mich nicht nützlich machen?«

»Du könntest nasse Füße bekommen.«

»Das riskiere ich nicht zum ersten Mal.«

Will war zu sehr mit anderen Dingen beschäftigt, als dass er die Anspielung bemerkt hätte, und ich war zu schüchtern, um zu erklären, was ich meinte.

»Es würde mir nichts ausmachen, auf den Sofapolstern zu schlafen.«

Er nickte abwesend. Dann sagte er fast grob: »Aber wir sollten etwas essen, bevor es zu spät ist.«

Maggie saß am Küchentisch und las Charlie in monotonem Singsang eine Geschichte vor. Sie klang erschöpft. Als ich den Kühlschrank öffnete und Eier, Schinken und Salat hochhielt, schaute sie kaum auf und nickte nur kurz.

Es wurde weder viel gegessen noch viel gesprochen. Maggie schien überhaupt keinen Appetit zu haben. Von Zeit zu Zeit redete sie Charlie gut zu, er solle etwas essen, damit er bei Kräften bleibe, doch auch das hörte bald auf. Sobald wir fertig waren, zündete sie sich eine Zigarette an, die erste von vielen an diesem Abend, und zog gierig daran.

Während ich den Tisch abräumte, stand Will auf und sagte, er werde nach draußen gehen und sich umschauen.

Charlies Schrei kam so plötzlich, so schrill, dass ich zusammenzuckte. Die Teller rutschten mir aus der Hand und fielen in die Spüle.

»Geh nicht! Bitte geh nicht, Daddy!«

Seine Panik war so total, dass Will für einen Moment wie angewurzelt stehen blieb, bevor er sich hinkniete und ihm zusprach:

»Ich gehe doch nur für eine Minute, Charlie. Ich bin gleich wieder da …«

»Geh nicht, bitte nicht!«, schluchzte Charlie voller Angst.

Maggie legte dem Jungen einen Arm um die Schultern und schüttelte ihn sanft. »Hör zu, Charlie, du brauchst keine Angst zu haben, verstehst du mich?«

»Bitte geh nicht raus … bitte nicht …« Tränen liefen ihm über das verzerrte Gesicht und er schluchzte laut: *»Geh nicht … geh nicht«*, immer wieder. Nichts von dem, was Will oder Maggie sagten, schien irgendeine Wirkung zu haben. Charlie ließ sich einfach nicht beruhigen. Er warf nur den Kopf hin und her und versuchte, sich von ihnen loszureißen.

Will gab sich vorübergehend geschlagen und ließ die Arme sinken.

»Ich könnte nach draußen gehen«, bot ich an. »Dann könntest du bei Charlie bleiben.

Will schüttelte den Kopf. Offenbar war er zu einem Entschluss gekommen. Er stand auf und versuchte, Maggie von Charlie wegzuziehen. »Könntest du für einen Augenblick nach nebenan gehen, Mutter?«

»Was?« Sie umklammerte Charlies Schultern noch fester. »Nein, das werde ich nicht!«

Er griff sie beim Arm und sagte bestimmt: »Maggie – geh jetzt nach nebenan.«

Sie funkelte ihn an. »Nein!«

Da zog er sie gewaltsam von dem Jungen weg und schrie: »Tu, was ich sage!«

Maggie verzog das Gesicht. »Nein«, wiederholte sie, doch es klang mehr nach Kapitulation als nach Widerstand. Dann folgte sie mir mit niedergeschlagenem Blick in den Korridor.

Es gab keine Sitzgelegenheiten mehr im Erdgeschoss, also setzten wir uns auf die Treppe. Es war kälter als in der Küche. Ich zog meine lange Wollweste aus und legte sie Maggie um die Schultern. »Er wird sich schon wieder beruhigen, Maggie.« Doch sie wandte sich ab, lehnte die Stirn an die Wand und hielt sich eine Hand vors Gesicht.

Ich erinnerte mich an den Eckschrank im Wohnzimmer, in dem ich Gläser und Flaschen gesehen hatte, ging hin und fand Whisky, Brandy und einen gefährlich aussehenden italienischen Schnaps. Ich goss reichlich Brandy in ein Glas und brachte es Maggie. Sie nahm es wortlos entgegen und trank einen Schluck.

»Vielleicht ist es besser, wenn Charlie allein mit seinem Vater redet«, sagte ich. »Vielleicht braucht er das jetzt.«

Maggie zitterte bereits wieder vor Wut und erwiderte scharf: »Nein! Nein!«

Von da an hielt ich den Mund. Ich holte mir selbst einen Brandy und setzte mich schweigend auf die unterste Stufe zu Maggies Füßen.

Das Schluchzen in der Küche ebbte schließlich ab, und obwohl wir einige Zeit lauschten, blieb es still. Zu hören waren nur das Heulen des Windes und das Kratzen eines Astes an einem der Wohnzimmerfenster.

Maggie stieß einen Seufzer aus, der alle Traurigkeit ihres Lebens zu enthalten schien. »Erzähl …«, begann sie leise, »erzähl mir von den Leuten, die zu dir kommen, Alex.« Sie lehnte mit dem Rücken an der Wand, die Augen halb geschlossen.

»Du meinst meine Klienten?«

»Was ist das Schlimmste, das sie tun? Sind es Räuber? Mörder? Wie werden sie geschnappt? Was geschieht mit ihnen?«

Zunächst wusste ich nicht, was ich sagen sollte, doch dann

begann ich ihr zu erklären, dass ich es überwiegend mit Bagatellen zu tun hatte, mit ein bisschen Gewalt, ein wenig Raub und gelegentlich einem Mord. Ich erzählte ihr, wie verbreitet der Gebrauch von Messern inzwischen war, besonders unter jungen Männern, und dass ein Messer viel leichter jemanden töten kann, als die Burschen sich vorstellten. Und wenn sie es dann herausfanden, war es zu spät und jemand war tot, oft ein Junge ihres Alters. Dann sprach ich von den Berufsverbrechern, für die Einbruch das tägliche Brot war und das Gefängnis zum Leben gehörte. Ich erzählte ihr auch von den wirklichen Schurken, davon, was sie von den anderen unterschied, und dachte dabei an Ronnie Buck.

Ich wusste nicht, ob Maggie mir die ganze Zeit zuhörte, doch ab und zu flüsterte sie eine Frage, weshalb ich weiterredete. Nachdem ich erwähnt hatte, dass es die kleinen Diebe und die Schwerverbrecher waren, die meistens unbestraft blieben, fragte sie: »Und du hilfst ihnen dabei, Alex?«

»Meistens werden sie einfach nicht geschnappt, geschweige denn unter Anklage gestellt. Aber wenn es dazu kommt, ja, dann tue ich mein Bestes, sie vor dem Gefängnis zu bewahren.«

»Auch die Schlimmen?«, fragte sie schleppend. »Bekommst du die auch frei?«

»Ja«, sagte ich nachdenklich, »auch die Schlimmen.«

»Aber du hast gesagt, die schlimmen Verbrecher werden in der Regel nicht gefasst.«

»Das stimmt. Die Leute in ihrer Umgebung haben Angst, den Mund aufzumachen, und andere Zeugen werden mit Geld zum Schweigen gebracht.«

»Sie werden also nie erwischt?«, fragte sie im Ton von jemandem, der eigentlich nur die Zeit totschlagen will.

»O doch. Irgendwann machen sie Fehler. Sie werden leichtsinnig und hinterlassen Spuren. Oder jemand fängt doch noch an zu reden – ein Partner, ein Angestellter, eine Freundin oder jemand, der ihnen eins auswischen will. Aber selbst dann können sie noch freigesprochen werden, wenn die Verteidigung geschickt genug ist.« Schließlich erzählte ich ihr die Geschichte von Ronnie Buck und dem Polizisten, der in dessen Garten halb totgeschlagen worden war. Ich erzählte ihr, dass Buck sich mit Notwehr herausgeredet hatte und dass er nie damit durchgekommen wäre, hätte sich nicht diese Zeugin gemeldet, die aller Wahrscheinlichkeit nach für ihre Aussage bezahlt worden war.

Ich hörte die Küchentür aufgehen. Maggie drückte mir ihren Brandy in die Hand und stand hastig auf.

Will kam auf dem Weg zur Haustür an uns vorbei. »Es geht ihm jetzt besser«, sagte er nur.

Maggie huschte an ihm vorbei in die Küche und Will zog sich eine warme Jacke an.

»Möchtest du, dass ich mitkomme?«

Es dauerte einen Moment, bis er meine Frage begriff. »Nein … aber wenn du hier bleiben könntest …«

»Wirst du lange fort sein?«

»Zwanzig Minuten, wahrscheinlich nicht mal so lange.«

»Nimmst du dein Telefon mit?«

Er klopfte die Jackentaschen ab und hielt sein Handy hoch. Dann zog er Stiefel und eine alte Wollmütze an und öffnete die Tür. Er blieb stehen und schaute über die Schulter zurück, als wollte er etwas sagen, doch dann schien er sich eines Besseren zu besinnen und machte sich wortlos auf den Weg.

Kurz darauf brachte Maggie den immer noch bedrückten Charlie zu Bett. Während sie an mir vorbeigingen, flüsterte sie: »Ich bin müde, Alex. Bis morgen.«

Nach etwa zehn Minuten beschloss ich, meine Notizen auf Vordermann zu bringen, solange Will draußen war. Ich schrieb Barry Hollands Namen auf, die Zeit, um die er Grace gesehen haben wollte – sechs Uhr – und dahinter: *Verwechslung? Falscher Tag? Falsche Zeit? Anderes Auto? Schlechte Sicht/Dunkelheit?*

Darunter schrieb ich: *Falls sie es war, wohin war sie unterwegs?*

Ich schlug eine neue Seite auf und zeichnete eine grobe Karte mit einer langen, geraden Linie quer über das Blatt – der Rand der Marsch von Westen nach Osten – und einer zweiten parallel darunter, welche die Küstenstraße darstellen sollte. Die Kaistraße zeichnete ich als ein umgedrehtes U an der Küstenstraße ein, und rechts oberhalb davon einen Kringel – Marsh House.

An der Hauptstraße, weiter östlich, fügte ich eine weitere Linie hinzu, im rechten Winkel nach Norden, die am Rand der Marschen endete. Das war Salterns Lane. Zum Schluss zeichnete ich Reed Cottage ein, links unterhalb davon, näher an der Abzweigung, die Salterns Cottages und direkt an der Ecke zur Hauptstraße Barry Hollands Haus.

Ich betrachtete die Karte eine Zeit lang und zog, da mir nichts Besseres einfiel, eine weitere Linie für den Gundeich, der unmittelbar östlich von Maggies Haus zu den Dünen abbog. In dieser Darstellung erschien der Damm fast wie eine Verlängerung der Salterns Lane. Links davon malte ich Linien für diverse Wasserläufe und schrieb *Gunmarsch* daneben, obwohl es eigentlich *Süßwassermarschen* hätte heißen müssen. Ich markierte auch die Lage der ersten Schleuse im Damm und zeichnete gestrichelte Linien für die Fußwege ein.

Die Karte war ganz gut gelungen, doch brachte sie mir keine Erleuchtung, wohin Grace an jenem Abend unterwegs gewesen sein könnte. Salterns Lane war eine Sackgasse. Von Charlie hatte Grace sich schon verabschiedet. Mit keinem von Maggies

Nachbarn, außer vielleicht Barry Holland, hatte sie irgendetwas zu tun. Und nach Wills Auskunft wäre sie garantiert nicht gekommen, um ihm an der Schleuse zu helfen, da sie die Marschen nie betreten hätte.

Wie konnte jemand in diesem Teil der Welt zu Hause sein und nie auf die Marschen gehen? Vielleicht hatte sie Angst vor dem Wasser. Oder – ich dachte an ihren makellosen Teint und ihr Engelshaar – sie wollte sich nicht Wind und Wetter aussetzen, der klirrenden Kälte im Winter und der glühenden Sonne im Sommer.

Doch irgendetwas hatte ich vergessen, irgendetwas fehlte.

Ich verfolgte meine Gedanken zurück, Schritt für Schritt, und schließlich kam ich drauf: Wieso hatte Grace von der Schleuse gewusst? Wer hatte ihr erzählt, dass es dort Schwierigkeiten gab? Will konnte es nicht gewesen sein. Er hatte versucht, zu Hause anzurufen, doch es war niemand da gewesen. Also blieb nur Maggie. Vielleicht hatte sie es am Telefon schlimmer dargestellt, als es war, so dass Grace dachte, sie müsste unbedingt zum Reed Cottage zurück und helfen, soweit sie dazu in der Lage war.

Ich ging dieses Szenario mehrmals durch und stieß auf eine Reihe von Problemen. Als Erstes sprach natürlich dagegen, dass Grace nie bei Maggie angekommen war, nachdem sie auf der Salterns Lane gesehen worden war, und die Straße war weder lang noch besonders gefährlich.

Die Haustür ging, und ein eisiger Luftzug wehte herein. Ich ging in die Diele, wo Will gerade seine Jacke auszog.

»Wie sieht es aus?«, fragte ich.

»Schwer zu sagen«, antwortete er besorgt. »Die Flut scheint sich zu verspäten. Es könnte eine Springflut werden.«

Er ging kurz nach oben, um nach Charlie zu schauen. Als er zu-

rückkam, bot ich ihm einen Brandy an, den er akzeptierte, aber zunächst nicht anrührte.
»Ist alles in Ordnung mit Charlie?«
Er ließ sich auf einen der Küchenstühle fallen und kniff erschöpft die Augen zusammen. »Na ja. Er schläft.«
»Ich glaube, ich bin ins Fettnäpfchen getreten«, gestand ich. »Ich habe von Sonderschulen für Kinder mit Lesestörungen angefangen.«
Will runzelte die Stirn. »Warum denn das, um Himmels willen?«
»Ich weiß nicht. Ich habe einfach so drauflosgeredet. Habt ihr wirklich ernsthaft daran gedacht, ihn auf eine Sonderschule zu schicken?«
»Nicht *wir!* Grace!«, sagte er scharf. »Charlie wollte nichts wissen von dieser Schule, und er hatte vollkommen Recht. Ein richtiger Kinderknast!«
»Ein Internat?«
»Natürlich. Deswegen fand Grace es ja so reizvoll. Sie wollte Charlie zurechtstutzen lassen. So hat sie sich ausgedrückt: zurechtstutzen, weil er ihr nicht pflegeleicht genug war, nicht gehorsam genug.« Wieder kam seine ganze Wut auf Grace zum Vorschein.
»War das vor kurzem?«
»Vor einem Jahr.«
Er rieb sich die Augen, schien endlich den Brandy wahrzunehmen und leerte das Glas in einem Zug. Es war ihm deutlich anzusehen, wie er sich quälte. Einige Male setzte er zum Sprechen an, brach aber jedes Mal ab, und schließlich sagte er: »Dass Grace gesehen worden sein soll – ich verstehe das einfach nicht, Ali. Sie hatte keinen Grund, zurückzukommen.«
»Könnte es nicht wegen der Schleuse gewesen sein? Könnte sie

nicht gedacht haben, das Cottage wäre in Gefahr? Vielleicht dachte sie, sie müsste Maggie und Charlie helfen.«

Er nickte langsam, immer wieder. »Anders kann ich mir es nicht erklären.«

»Das Problem ist nur, dass Maggie und Charlie sie dann gesehen haben müssten, und das haben sie nicht.«

Er schaute mich nachdenklich an. »Ja. Es sei denn, Grace hätte gedacht, sie wären draußen auf der Marsch, und wäre gleich hingefahren …« Doch kaum hatte er den Gedanken ausgesprochen, winkte er auch schon ab. »Nein, ausgeschlossen.« Er rieb sich die Schläfen und schüttelte sich, als wollte er sich wachrütteln.

»Vergiss nicht, es besteht immer noch die Möglichkeit, dass Barry Holland sich geirrt hat«, gab ich zu bedenken.

»Barry Holland?«

»Ja. Ich dachte, du wüsstest … Er war es doch offenbar, der sie gesehen hat.«

Allmählich schien es ihm zu dämmern und er rief voller Ironie: »Na klar! Natürlich! Wer sonst?«

»Warum?«

»Ach, weil …« Er zuckte ungeduldig die Schultern. »Weil Grace wegen der Spende hinter ihm her war. Er hat zu den Leuten gehört, die Grace umgarnt hat. Sie hat mit ihm geflirtet und wahrscheinlich war er ganz hingerissen. Habe ich gesagt ›wahrscheinlich‹? Natürlich war er von ihr hingerissen, genau wie alle anderen.« Ruhiger fügte er hinzu: »Es ist fantastisch, wie sie die Leute um den Finger wickeln konnte. Ich habe nie begriffen, wieso keiner das durchschaut hat.«

»Und wie hat sie das angestellt?«

»Oh, ganz einfach: bewundernde Blicke, gespieltes Interesse, die Leute glauben machen, sie würden ihr etwas bedeuten … In

Wirklichkeit vergaß sie die Leute augenblicklich, und ich meine wirklich ›augenblicklich‹. Sie war sofort wieder bei ihren Plänen und ihre Verehrer spielten für sie nur insofern eine Rolle, als sie für ihre Pläne nützlich waren.« Er sprach immer leiser, als hätte er Angst, Charlie könnte aufwachen. »Sie war so kalt, Ali, so verdammt kalt.«
»Sie war also ziemlich oft mit Barry Holland zusammen.«
»Nein, nur gerade oft genug, dass er ihr die Füße küsste. Oft genug, dass er bereit war, sich von seinem Geld zu trennen.«
»Sie hatten also keine Affäre?«
Er lachte trocken. »Was, mit Barry? Nein, das wäre nicht ihr Stil gewesen. Er mag zwar genug Geld haben, er schwimmt geradezu darin, aber ansonsten … ein Vorbestrafter? Gott, nein, das war nicht ihr Stil.«
Aus Wills Verhalten schloss ich eher, dass er nicht sicher war, was zwischen Grace und Barry vorgegangen war, und dass es diese Unsicherheit war, die an seinen Nerven zerrte.
Es trat eine unangenehme Pause ein. Ich machte frischen Kaffee und stellte ihm eine Tasse hin. Plötzlich schaute er auf die Uhr. »Verdammt, ist es schon halb? Ich muss wieder raus.«
»Na komm, du hast noch fünf Minuten Zeit. Ich habe gehört, du hättest dich nun doch entschlossen, die Gunmarsch zu behalten.«
»Was?« Er war schon im Begriff zu antworten, doch dann fiel ihm ein, wessen Schwester ich war, und er überlegte es sich anders. »Edward ist nicht sehr erfreut darüber, nehme ich an«, sagte er nur, zog eine Augenbraue hoch und machte keinen Hehl daraus, dass ihm das vollkommen gleichgültig war.
»Du hattest den Vertrag noch nicht unterzeichnet?«
»Nein.«

»Auch sonst nichts?«
»Nein.«
»Dann kann er kaum etwas machen.«
»Er hat etwas von einer mündlichen Vereinbarung gefaselt.«
»Mündliche Vereinbarungen werden andauernd gebrochen, gerade in Immobiliensachen. Da hat er keine Chance.«
»Um solche Feinheiten scheint er sich nicht zu kümmern. Er sagt, er will klagen.«
»Du weißt, wie er ist. Er wird sich schon beruhigen.« Aber noch während ich das sagte, hatte ich schon Zweifel. Edward würde wahrscheinlich nie aufgeben. Kapitulation kam für ihn nicht in Frage. Edward und Will hatten einander nie sonderlich gemocht, aber diese Sache musste Edward wie ein glühender Dorn im Fleisch stecken.
»Ich an deiner Stelle würde mir darüber jetzt keine Gedanken machen«, sagte ich. »Selbst wenn Edward sich entschließen sollte, vor Gericht zu gehen, wird es Monate dauern, bis du etwas davon hörst.«
»Wie wärs, wenn du mich vertreten würdest?« Ein bitteres Lächeln spielte um seinen Mund.
»Ich glaube, da wärst du schlecht beraten. Ich habe keine Ahnung von Eigentumssachen«, sagte ich und lächelte ebenfalls. »Aber darf ich dich fragen, weshalb du deine Meinung so plötzlich geändert hast?«
Er rührte in seinem Kaffee, dass er fast überschwappte. »Ich kann mich nicht trennen von dem Land. Ich kann einfach nicht. Die Farm wäre damit am Ende. Ich wäre am Ende. Deshalb habe ich beschlossen, die Finanzierung neu zu organisieren, mit einer neuen Hypothek und so.«
»Das ist ja schön.« Ich war froh, dass er die Marsch für sich retten konnte. Noch erleichterter war ich jedoch, dass er sich nicht

auf sein Glück oder auf vage Hoffnungen verließ, dass von irgendwoher plötzlich Geld kommen würde, um seine Schulden abzudecken. Das wäre in seiner Situation ausgesprochen ungünstig gewesen.
Wir schwiegen eine Weile und hörten zu, wie der Wind warnend gegen das Fenster trommelte.
Wieder schaute er auf die Uhr. »Ich muss gehen. Ich muss sehen, was die Flut macht.«
Ich begleitete ihn zur Haustür. Er zog wieder Jacke und Stiefel an, winkte kurz und verschwand in der Dunkelheit.
Er blieb nur fünf oder sechs Minuten weg, doch als er zurückkam, schien er am Ende seiner Kräfte zu sein. Er ließ seine Jacke fallen und sank völlig erschöpft auf einen der Küchenstühle, die Beine ausgestreckt, den Kopf zurückgelegt und die Augen geschlossen. »Mein Gott, bin ich müde, Ali.«
»Warum legst du dich nicht eine Weile schlafen? Ich kann genauso gut Wache halten.«
»Wenn ich jetzt schlafen gehe, wache ich nie wieder auf.«
»Es macht mir nichts aus, aufzubleiben. Wie lange haben wir noch Zeit? Eine Stunde? Zwei?«
»Noch eine Stunde, schätze ich.«
»So lange halte ich bestimmt durch. Kein Problem.«
»Ali«, flüsterte er sanft, »Ali …«
Für einen Augenblick dachte ich, er würde auf seinem Stuhl einschlafen, doch dann murmelte er: »Weißt du noch, die Flut 1978?«
»Ich erinnere mich gut.«
Als ich schwieg, schaute er hoch und blinzelte mich an.
»Ich habe dich geliebt an dem Abend«, sagte ich schließlich.
»Das habe ich nicht gemerkt«, sagte er ernst. »Wie konnte mir das entgehen?«

»Ich weiß nicht. Aber ich glaube, es war ziemlich offensichtlich.«
»Wie konnte mir das nur entgehen? Ich war wohl nicht sehr gut im Empfangen von solchen Signalen.« Er setzte sich auf und betrachtete mich herausfordernd und schüchtern zugleich. »Nur in der einen Nacht? Hast du mich nur in der einen Nacht geliebt?«
»Es können auch zwei Nächte gewesen sein.«
»Ach, Ali, was ist nur mit uns passiert?«
»Was passiert ist? Erst bist du ins College verschwunden, dann ich. Und als ich zurückkam ...« Ich hob eine Hand und ließ sie wieder sinken.
»Grace.« Der Schatten senkte sich wieder über uns. Es gab kein Zurück, für keinen von uns beiden.
Will stand plötzlich auf, holte die Brandyflasche und schenkte uns ein.
»Weißt du, dass das alles ein abgekartetes Spiel war?«
»Wie bitte?«
»Sie hatte es darauf angelegt. Sie ist absichtlich in den Graben gefahren. Wir waren beide auf einer Party. Sie ist vor mir gegangen und hat die Kiste einfach in den Graben gelenkt. Sie hat gelacht, als ich sie herauszog. Sie war sehr langsam gefahren und der Graben war nicht tief. Sie war keine Sekunde in Gefahr. Nicht einmal das Auto hatte eine Beule.« Er lächelte finster. »Aber es gab eine hübsche Geschichte her, und Charlie ...« Er schaute auf seine Hände. »Sie hat mir erzählt, sie nähme die Pille, und dann wurde sie sofort schwanger, wahrscheinlich schon in der ersten Nacht. Der älteste Trick der Welt. Zwei Monate später waren wir verheiratet.« Er kippte einen großen Schluck Brandy. »Schnelle Arbeit, das muss man ihr lassen.«

»Aber du hast Charlie.«
»Ja«, sagte er sanft, »ich habe Charlie.«
Er sah erschöpft aus.
»Lass mich doch aufbleiben«, wiederholte ich.
Er sträubte sich nicht weiter, ließ seinen Oberkörper auf den Tisch sinken, den Kopf auf den Unterarmen. Als ich das Licht ausmachte, schlief er schon fest.
Nun war ich allein mit dem Sturm und stellte mir vor, wie draußen alles unter Wasser stand. Ich nahm mir eine warme Mütze und ein paar Gummistiefel, die eine Nummer zu groß waren und die ich mit einem zusätzlichen Paar Socken ausfüllte; in Wills Jacke fand ich eine gute Taschenlampe. Als ich aus dem Schutz des Hauses trat, dachte ich zunächst, der Wind hätte nachgelassen, doch als ich dann auf den Damm kletterte, war es, als packte mich eine Riesenhand. Der Sturm zerrte an meinen Kleidern und saugte mir die Luft aus den Lungen. Ich lehnte mich mit meinem ganzen Gewicht dagegen, leuchtete nach unten und sah, wie kleine Wellen unermüdlich am Damm nagten, das Echo der mächtigen Brecher vor den Dünen.
Das Wasser stand zweifellos hoch, aber ob es schon gefährlich war, konnte ich nicht beurteilen. Ich ging westlich an der Marsch entlang, an den Salterns vorbei, wo überall Licht brannte, bis ich die Fenster der Häuser oberhalb des Kais erkennen konnte. Manchmal schien das Wasser näher zu kommen, manchmal erreichte es den Weg, doch nirgendwo drohte es über den Damm zu schwappen. An einer Stelle, neben einem kleinen Busch und einem auffälligen Stein am Rand des Wegs, steckte ich einen Zweig in den Boden, um den Wasserstand zu markieren, wobei mir einfiel, dass Will irgendwo entlang des Damms wahrscheinlich das Gleiche getan hatte.
Dann ging ich zurück, am gelblich erleuchteten Küchenfenster

von Reed Cottage vorbei, und kam zur Gunmarsch, wo ich wieder den Deich erklomm. Der Lichtkegel meiner Taschenlampe streifte Schilfbüsche und Grasflecken, aber kein Zeichen von Überflutung.
Ich stemmte mich gegen den Wind. Das Cottage lag nur zwei Minuten entfernt hinter mir. Vor mir erstreckte sich der lange Arm des Gundeiches, fast drei Kilometer bis zum Meer.
Ohne recht zu wissen, was ich damit erreichen wollte, zog ich den Kopf ein und folgte dem Deichweg.
Links leckte das Salzwasser am Fuß des Deichs, plätschernd und zischend über dem Bass des Sturmgebrülls. Rechts lagen die Gunwiesen in der Finsternis.
Ich kam zur ersten Schleuse.
Ich leuchtete in den Tunnel und sah die Flut gegen das Mauerwerk schwappen. Auf der Gunseite flossen Rinnsale durch die Schlitze, die das Schleusentor hielten, und von etwas höher schoss ein dünner Wasserstrahl in die Dunkelheit. Im Ganzen waren die Lecks jedoch nicht der Rede wert. Das bisschen Wasser, das durchkam, sammelte sich in einem Tümpel vor der Schleuse und floss friedlich in einen Entwässerungsgraben ab. Ich wusste nicht, wie Will die Schleuse repariert hatte, aber sie hielt.
Weiterzugehen hatte keinen Sinn. Meine Waghalsigkeit hatte sich gelegt; hier draußen war es nur noch düster und einsam. Also machte ich mich auf den Rückweg, und der Sturm schob mich fast schneller vor sich her, als ich laufen konnte. Den Wind in den Ohren und den Kopf voller Gedanken, starrte ich auf den Weg vor mir.
Irgendwann blieb ich stehen und blickte auf. Rechts sah ich wieder die Lichter der Salterns über dem Wasser schimmern und noch weiter rechts die Fenster über dem Kai, wie Laternen

in der Nacht. Doch vor mir waren nichts als Finsternis und der Schein meiner Taschenlampe.

Ich ging weiter und blieb gleich wieder stehen, diesmal erschrocken – erschrocken, weil ich nicht wusste, weshalb ich stehen blieb.

Die Dunkelheit vor mir schien in Bewegung zu geraten und aufzubrechen. Jemand kam auf mich zu, eine dunkle Gestalt mit gesenktem Kopf.

Ich leuchtete höher, und Will schaute auf, blinzelte und duckte sich wieder.

Meine Erleichterung wich bald neuerlicher Furcht. »Ist etwas passiert?«, rief ich.

Er ging an mir vorbei und verlangsamte seinen Schritt nur, um nachzuschauen, ob ich ihm folgte.

»Was ist denn los?«, rief ich in den Wind.

Ich wusste nicht, ob er mir antwortete. Jedenfalls konnte ich ihn nicht hören.

»Will!«

»Komm mit, Ali! Komm mit!«

Obwohl ich ihn kaum verstand, veranlasste mich sein Ton, ihm zu gehorchen und keine weiteren Fragen zu stellen.

Er ging schnell und ich hatte Mühe, Schritt zu halten. Auf der Schulter trug er eine lange Holzstange und in der rechten Hand einen kurzen Eisenwinkel: die Schleusenkurbel. Vielleicht fürchtete er, dass die Schleuse wieder gebrochen sein könnte. Ich erwog, ihm zu sagen, dass alles in Ordnung war, doch irgendwie wusste ich, er würde nicht auf mich hören. Und dann waren wir schon fast da.

Als die Schleuse in Sicht kam, legte Will sich die Kurbel über die Schulter und nahm mir die Taschenlampe ab. Dann lehnte er sich über das Tor und tastete mit dem Strahl die Seiten der

Schleuse ab. Das dauerte nur eine Sekunde, und bevor ich michs versah, marschierte er schon weiter auf die Dünen zu. Nun versuchte ich nicht mehr, unmittelbar hinter ihm zu bleiben, sondern folgte seiner dunklen Silhouette in einigen Schritten Abstand. Bis zur nächsten Schleuse waren es vielleicht vierhundert Meter, und bald hatte ich mich an sein Tempo gewöhnt.

Inzwischen meinte ich, fernen Donner zu hören, der zuerst im Windgeheul unterging und dann immer lauter wurde, ein tiefes, drohendes Grollen, das den Sturm nach und nach übertönte. In einer solchen Nacht war das Meer unheimlich, ein Alptraum, und verhieß nichts als Zerstörung, wie es, auf der Suche nach einer Lücke, unablässig gegen die Deiche schlug.

Will verlangsamte seinen Schritt, und im Tanz des Taschenlampenstrahls machte ich die zweite Schleuse aus. Will leuchtete vielleicht drei oder vier Sekunden lang am Tor hinunter. Dann drehte er sich zu mir um, so abrupt, dass er mich beinahe umgestoßen hätte.

»Kannst du die Lampe halten?«

Ich nahm sie ihm aus der Hand und erhaschte einen Blick in sein Gesicht. Es war mehr als Sorge, was ich darin sah. Es war Grauen.

»Es tut mir Leid! Es tut mir so Leid, Alex!«

»Was denn? Was meinst du?«

»Gott steh mir bei, aber ich muss nachschauen! Ich muss!«

Mein Magen krampfte sich zusammen. Ich starrte ihn an und versuchte zu sprechen, doch bevor ich einen Ton herausbrachte, war er schon bei der Schleuse, rammte die Kurbel in das Loch an der Spindel und begann sie zu drehen.

Ich ging hin und blieb neben ihm stehen, verloren, zitternd vor Angst.

»Leuchte nach unten, Alex! Nach unten!«
»Nach unten«, murmelte ich benommen. Ich hielt mich am Schleusenrahmen fest und leuchtete am Tor hinunter. Der Tümpel am Fuß der Schleuse gurgelte schon unruhig, und irgendwann, als das Tor eine bestimmte Höhe erreichte, waren wir plötzlich dabei, die Gunmarsch zu fluten.
Ich starrte wie hypnotisiert ins Wasser und wollte mir einreden, ich suchte nach nichts, aber die Kälte in meinem Bauch, die Trockenheit in meiner Kehle sprachen eine andere Sprache. Will kurbelte das Tor immer höher, bis das Wasser ungehemmt auf die Wiesen schoss.
Unterhalb des Tors, tief unter Wasser, schimmerte etwas weiß. Die Lampe zitterte in meiner Hand, und ich strengte mich an, sie ruhig zu halten.
Ein weißes *Etwas*. Mein Gott. Ich begann zu schreien. »Will! Will!«
Er ging neben mir in die Knie und stocherte mit der Holzstange im Wasser, auf das weiße Ding zu. Am Ende der Stange saß ein Haken, den er unter das weiße Ding zu bekommen versuchte. Er glitt ab, einmal, noch einmal. Er legte sich auf den Bauch und rutschte vor, bis er mit den Schultern über dem Schleusentor hing, und versuchte es weiter, und diesmal fand der Haken Halt. Das weiße Etwas kam hoch, nahm Gestalt an. Ich wollte nicht hinsehen, aber ich zwang mich dazu.
Zuerst tauchte ein Bein auf, dann der Rest der Leiche, ganz langsam, so als stecke sie in dem Schleim am Grund des Tümpels fest.
Will heulte auf. Ich schrie. Irgendjemand schrie: »Mein Gott! Mein Gott!« Ich oder er oder wir beide zugleich.
Ich riss die Taschenlampe an mich, und die Schleuse lag wieder im Dunkeln. Ich hörte Will auf dem Boden herumrutschen,

und bis ich begriff, was er vorhatte, war er schon mit einem Bein über die Schleusenkante und bereit, ins Wasser zu springen.

»Nein!« Ich ließ die Taschenlampe fallen, packte ihn bei den Schultern und versuchte, ihn zurückzuhalten. Er hob einen Arm, um mich abzuschütteln. Ich fiel auf die Knie, legte ihm einen Arm um den Hals und wollte ihn hochziehen. »Nein!«, hörte ich mich schreien, »tu das nicht! Nein!« Er versuchte sich loszureißen, doch irgendwie fand ich die Kraft, ihn festzuhalten. Und dann gab er plötzlich nach, leistete keinen Widerstand mehr und ließ sich nach hinten fallen, halb auf mich.

So lagen wir keuchend für eine Weile, bis ich mich schließlich aufraffte, unter ihm hervorkroch und aufstand.

Ich hob die Taschenlampe auf und ließ den Strahl übers Wasser gleiten. Das weiße Etwas war verschwunden. Es war nichts mehr zu sehen als sprudelnde Gischt. Die Leiche war verschwunden, weggespült auf die Wiesen.

Ich leuchtete Will an. Er lag auf der Seite, das Gesicht am Boden, geschüttelt von Weinkrämpfen.

Auch ich weinte, aber vor allem spürte ich die Kälte. Ich nahm die Kurbel und ließ das Schleusentor herunter.

8

Es reicht, Alex! Ich halte das nicht mehr aus!«, rief Maggie wütend. Bisher hatte sie kaum einen Ton gesagt. Der Ausbruch kam vollkommen aus heiterem Himmel.

Wir saßen nebeneinander an einem weißen Tisch in einem kahlen Verhörzimmer in King's Lynn. Wir hatten Plastikbecher mit Automatenkaffee vor uns und warteten auf Ramsey, schon seit zehn Minuten.

»Ich habe ihm gesagt, dass wir nicht lange warten«, sagte ich bestimmt. »Er weiß, dass du nicht genug bei Kräften bist für dieses Gespräch.«

Sie schaute mich verständnislos an. »Was?« Dann starrte sie wieder an die Wand hinter mir. Ich folgte ihrem Blick und begriff endlich, dass es nicht das Warten war, das sie so aufgebracht hatte, sondern das Rauchen-verboten-Schild an der Wand.

Sie schüttelte noch einmal den Kopf, nahm eine Zigarette aus ihrer Handtasche und zündete sie sich trotzig an.

Ich entdeckte einen schmutzigen Blechaschenbecher auf der Fensterbank und stellte ihn ihr hin. Sie nahm tiefe Züge und es tat mir weh, ihre Lungen pfeifen zu hören und das Röcheln, in dem jeder Atemzug endete. Doch das Nikotin tat sofort seine Wirkung. Sie blies genussvoll den Rauch in die Luft, und eine Art Frieden schien sie zu überkommen. »Diese Leute gehen einfach zu weit.« Sie meinte die Nichtraucher ganz allgemein.

Nachdem sie sich noch einmal die Lungen gefüllt hatte, war sie wieder ganz frisch. »Wenn das hier vorbei ist, haben sie, was sie wollen, nicht wahr? Danach kommt doch nichts mehr, oder?«

Es war eine Frage, die ich unmöglich beantworten konnte. Trotzdem sagte ich: »Das hoffe ich. Ja.«

»Und Will? Haben sie auch von ihm alles, was sie brauchen?«

»Ich glaube schon, jedenfalls im Augenblick.«

»Und dann ...?« Sorgenvoll runzelte sie die Stirn.

»Das kann ich noch nicht sagen, Maggie.«

Sie nickte. Sie verstand.

Es war nun vier Tage her, dass Grace gefunden worden war. Die erste Obduktion hatte nichts Schlüssiges ergeben – genau was ich erhofft hatte. Sie hatte eine Prellung seitlich am Kopf, doch die könnte sie sich zugezogen haben, als sie stürzte und ins Wasser fiel. Nichts deutete auf Gewalteinwirkung hin.

Der Art, wie Ramseys Untersuchung verlief, entnahm ich, dass auch er nichts Besonderes gefunden hatte. Die Leute von der Spurensicherung und andere Beamte gingen immer noch bei Maggie und Will ein und aus, ebenso in den Scheunen der Oberfarm. Sie untersuchten Autos, Kleidungsstücke und andere Gegenstände. Manches nahmen sie auch mit, aber im Ganzen schienen sie vollkommen im Dunkeln zu tappen. All dies gab Anlass zur Hoffnung, doch ich nahm mich in Acht, mich nicht zu sehr in Sicherheit zu wiegen.

»Du passt doch auf, dass ich nichts sage, was ich später bereuen würde, ja?« Maggie packte meinen Arm. »Bitte ... tritt mich oder gib mir sonst irgendein Zeichen, wenn ich etwas Falsches sage. Versprichst du mir das?«

Ich überlegte noch, was ich darauf antworten sollte, als Ramsey hereingepoltert kam. »Tut mir Leid, dass Sie warten mussten, Mrs. Dearden. Eine Baustelle ...«

Seine Stirn war schweißbedeckt, sein Kragen zerknittert und

seine Schweinsaugen zwinkerten lebhaft. Mich ignorierte er vollständig, bis ich sagte: »Ich darf Sie daran erinnern, dass Mrs. Dearden vor drei Tagen mit Atembeschwerden ins Krankenhaus eingeliefert worden ist. Ihr Arzt möchte nicht, dass man sie unnötigem Stress aussetzt.«

»Ich verstehe.« Ungeduldig winkte er sein Team herein. Barbara Smith war wieder dabei, der jüngere Wilson und ein anderer, älterer Beamter mit verbittertem Gesicht und ungesunder Haut, den ich noch nicht kannte.

Ramsey setzte sich Maggie gegenüber und legte ein paar getippte Seiten vor sich auf den Tisch. Wilson ließ sich mit Verhörblock und Kugelschreiber neben ihm nieder.

Ramsey wischte sich mit einem zerknautschten Taschentuch über die Stirn und zog sich seine Krawatte gerade. Dann legte er seine fetten Hände ordentlich vor sich auf den Tisch und begann: »Mrs. Dearden. Im Lichte der Ereignisse brauche ich eine genauere Aussage von Ihnen, was die Bewegungen Ihrer Schwiegertochter am achtzehnten Februar betrifft. Detective Wilson wird mitschreiben, wenn es Ihnen nichts ausmacht.«

Maggie schaute kurz in meine Richtung, und ich nickte.

»Sehr schön. Danach lassen wir das schnell tippen, und wenn Sie es durchgelesen haben, brauchen Sie nur noch zu unterschreiben. Möchten Sie noch einen Kaffee?«

Maggie drückte ihre Zigarette aus und schüttelte den Kopf. Ihre Nervosität war nicht zu übersehen.

»Also. Können wir anfangen, Mrs. Dearden?«

Maggie nickte und zündete sich die nächste Zigarette an.

Ramsey nahm das oberste Blatt von dem Stapel, der vor ihm lag. »Das hier ist Ihre frühere Aussage. Ich dachte, es ist gut, wenn wir die zur Hand haben.« Er schaute auf das Papier. »Sie sind Margherita Claudia Dearden, wohnhaft Reed Cottage, Salterns Lane, Deepwell Staithe?«

Maggie sagte erst etwas, als er zu dem Abend kam, an dem Grace verschwunden war.

»Nein. Grace kam um vier, mit Charlie. Sie ist nur zwei, drei Minuten geblieben, dann war sie wieder weg. Um fünf nach vier war sie weg.«

»Aha.« Ramsey hob das Kinn und runzelte die Stirn. »Also nicht um viertel nach, wie Sie vorher gesagt haben.«

»Nein. Um fünf nach vier war sie wieder weg.«

Wilson beugte sich über seinen Block und schrieb langsam, in Kinderschrift, etwas nieder.

Ramsey blickte wieder auf Maggies frühere Aussage und fuhr fort: »Um etwa viertel nach vier entdeckten Sie dann, dass die Wiesen überflutet waren. Ist das korrekt?«

»Ja.«

»Sie haben es gesehen, ja?«

Maggie stieß eine Rauchwolke aus. »Ja, ich habe gesehen, dass das Land überschwemmt war.«

»Von Ihrem Haus aus?«

»Von einem Fenster im ersten Stock. Von da aus kann man es sehen.«

»War es nicht schon zu dunkel?«

»Es war noch nicht ganz dunkel, aber ich bin dann ja rausgegangen, um wirklich sicher zu sein.«

Ramsey starrte auf das Blatt und setzte eine verwirrte Miene auf. »Sie sind rausgegangen? Haben Sie das je erwähnt?«

»Vielleicht. Ich kann mich nicht erinnern.«

Er las das zweite Blatt durch und dann das nächste. »Nein«, sagte er gewichtig, »das hören wir zum ersten Mal. Um viertel nach vier haben Sie also von einem der oberen Fenster im Haus

die Überschwemmung gesehen, und dann sind Sie nach draußen gegangen, um sich zu vergewissern.«
»Ja.«
»Und dann?«, fragte Ramsey.
»Dann bin ich zurückgegangen und habe die Kurbel geholt. Ich …«
»Einen Moment!«, rief Wilson, dem es offenbar zu schnell ging.
Als er fertig war, wiederholte Ramsey: »Und dann?«
»Dann habe ich festgestellt, dass die Schleuse nicht richtig funktionierte.«
»Was meinen Sie damit, sie hat nicht funktioniert?«
»Sie war kaputt.«
»Können Sie uns genau sagen, wo sich diese Schleuse befindet?«
»Es war die erste Schleuse im Gundeich.«
»Und was war mit der zweiten?«
Sie starrte ihn an.
»Haben Sie sich auch die zweite Schleuse angeschaut?«
»Nein. Es war die erste, die kaputt war.«
Er schaute sie einen Moment an. Dann fing er an, aus ihrer Aussage vorzulesen. »›Ich rief meinen Sohn an und berichtete ihm von der Überschwemmung.‹ – Stimmt *das* noch?«
»Ja.«
»Sie haben ihn auf seinem Handy angerufen?«
»Zuerst habe ich es bei ihm zu Hause versucht, für den Fall, dass er schon zurück war.«
»Sie haben zuerst bei ihm zu Hause angerufen?« Ramsey schien unter dem Zwang zu stehen, alles zu wiederholen, was sie sagte.
Maggie nickte.
»Und war jemand da, als sie dort anriefen?«

Maggies Augen verengten sich und sie begann zu zittern. »Grace war da.«
»Grace Dearden ist ans Telefon gegangen?« Ramsey schaute angestrengt in sein Vernehmungsprotokoll, obwohl er genau wusste, dass dort nichts davon stand. »Warum haben Sie uns das nicht schon früher erzählt, Mrs. Dearden?«
»Ich dachte, das hätte ich.«
Ramsey schüttelte langsam den Kopf. »Nein.«
»Ich dachte, das wäre klar, als ich gesagt habe, ich hätte meinen Sohn angerufen.« Sie machte eine Geste, als zweifelte sie an Ramseys Intelligenz. »Woher hätte ich sonst gewusst, dass Will noch unterwegs war? Deshalb habe ich ihn ja im Wagen angerufen. Ich dachte, das müsste ich nicht erklären!«
Ramsey fragte sich offenbar, ob sie absichtlich in Rätseln sprach oder ob es einfach ihre Natur war, so vage zu sein. »Mrs. Dearden, wenn Grace ans Telefon gegangen ist, dann muss sie ja wohl zu Hause gewesen sein.«
Maggie suchte nach einer Falle in dem, was er gesagt hatte, fand aber keine. »Natürlich.«
»Und wann haben Sie dort angerufen?«
»Gegen halb sechs, glaube ich.«
Ramsey ließ es für den Augenblick dabei bewenden und wandte sich wieder seinem Protokoll zu. »Und dann haben Sie Ihren Sohn angerufen, in seinem Wagen?«
»Ja.«
»Und wann war das?«
»Sofort danach. Wann denn sonst?«
»Nach Auskunft der Telefongesellschaft war der Anruf genau um halb sechs«, bemerkte ich. »Das Funktelefon befand sich in Reichweite des Senders am Stadtrand von Norwich.«

Ramsey beäugte mich kalt. »Danke für die Information.« Dann wandte er sich wieder Maggie zu.

»Und was haben Sie zu Ihrem Sohn gesagt?«

»Was ich gesagt habe? Na ja, dass die Schleuse kaputt und die Wiese überflutet ist. Dass er schnell kommen soll und so weiter.«

»Und dann?«

»Dann habe ich es bei Frank Yates versucht, aber der war nicht zu Hause. Ich konnte also nichts anderes tun, als auf William zu warten.«

»Und der kam um halb sieben, richtig?«

»Zwanzig nach sechs oder halb sieben, ja.«

Ramsey lehnte sich zurück und versuchte einen weniger formellen Ton anzuschlagen. »Haben Sie irgendjemanden gesehen, während Sie auf Ihren Sohn warteten?«

»Sie meinen sicher Grace«, sagte Maggie ungeduldig. »Nein. Ich war aber eine Weile draußen, um mir den Schaden anzusehen. Es ist also möglich, dass sie da war.« Sie ließ die Bemerkung im Raum stehen, und ich spürte, wie meine Lippen zuckten.

Ramsey, sofort wieder verunsichert, beugte sich vor. »Sie sind also ein *zweites* Mal auf die Marsch gegangen.«

»Auf den Deich, ja, diesmal mit Charlie.«

Ich gab mir Mühe, keine Miene zu verziehen, und starrte auf einen Punkt oberhalb von Ramseys Schulter.

»Verstehe ich Sie richtig, Mrs. Dearden: Irgendwann nachdem Sie Ihren Sohn angerufen hatten und bevor er bei Ihnen ankam, sind Sie mit Ihrem Enkel hinausgegangen, um sich die Überschwemmung anzusehen, ein zweites Mal?«

»Ja.«

Nun konnte Ramsey seinen Ärger kaum noch verbergen. Kühl sagte er: »Warum haben Sie uns das denn nicht früher erzählt, Mrs. Dearden?«

Ich beobachtete Maggie, während sie antwortete: »Sie haben mich nicht gefragt.« Sie machte eine ihrer italienischen Gesten, eine hochgezogene Schulter, ausgestreckte Hände, aufgerissene Augen. »Woher sollte ich wissen, dass das wichtig ist?»

Das schien Ramsey nur noch mehr zu ärgern. »Und wann war das? Wann sind Sie das zweite Mal rausgegangen?«

»Nachdem ich mit Will gesprochen hatte.«

»Es könnte also zwanzig vor sechs gewesen sein.«

»Möglich. Ich weiß nicht genau.«

»Und Mrs. Deardens Wagen haben Sie nicht gesehen, weder als Sie weggingen noch als Sie zurückkamen.«

Sie überlegte. »Nein«, sagte sie schließlich, »ich habe kein Auto bemerkt. Aber wir sind durch die Küche rausgegangen, Charlie und ich, und auf demselben Weg sind wir auch wieder hereingekommen. Wenn der Wagen vor dem Haus stand ...« Sie zuckte die Schultern. »Aber wenn Grace noch mal da war, dann wäre sie doch bestimmt ins Haus gekommen, oder?« Sie sah mich an. »Ganz bestimmt«, sagte sie dann. »Sie wäre bestimmt ins Haus gekommen.«

»Und später, als Ihr Sohn kam? Da war auch nichts von ihrem Wagen zu sehen?«

»Ich habe nicht nachgeschaut, es könnte ...«

Ramsey stöhnte. Allmählich verstand er. »Ihre Schwiegertochter könnte also gekommen und gegangen sein, ohne dass Sie es gemerkt haben.«

Maggie runzelte die Stirn, als komme diese Möglichkeit ihr jetzt erst in den Sinn. »Ja, das stimmt.«

»Aber Ihren Sohn haben Sie kommen hören.«

»Ja, er hat gehupt, und dann bin ich mit ihm zu der Schleuse gegangen.«

Maggie wurde sichtlich müde. Ihre Augenlider wurden schwer und sie schien auf ihrem Stuhl zu schrumpfen.
»Sie sind gleich mit ihm gegangen?«
»Ja. Er mit der Taschenlampe voraus und ich hinterher, oben auf dem Deich.«
»Und dann?«
»Dann bin ich erst mal bei ihm geblieben, vielleicht eine Viertelstunde, vielleicht ein bisschen länger, bis er herausgefunden hatte, was nicht in Ordnung war, verstehen Sie? Bis er losging, um aus der Scheune Werkzeug zu holen.«
»Die Scheune auf der Oberfarm?«
»Ja.«
»Er ist also mit dem Auto gefahren?«
Sie seufzte und machte keinen Hehl daraus, wie ermüdend sie diese Prozedur fand. »Ja, mit dem Range Rover.«
»Wie lange war er weg?«
»Zehn Minuten, vielleicht fünfzehn.«
»Haben Sie ihn zurückkommen sehen?«
»Ja, natürlich.«
»Und dann?«
»Dann hat er an der Schleuse gearbeitet. Ich habe ihm geholfen.«
»Und wie lange haben Sie ihm geholfen, Mrs. Dearden?«
»Bis er fertig war. Fast drei Stunden, glaube ich. Allerdings habe ich zwischendurch auch mal nach meinem Enkel geschaut. Zwei Mal bin ich zurückgegangen.« Die Augen drohten ihr zuzufallen, und eine knotige Ader pochte an ihrer Schläfe.
Ich beugte mich zu ihr. »Möchtest du eine Pause?«
»Ja«, stöhnte sie sofort.
»Wenn wir jetzt vielleicht einen Kaffee haben könnten …« Barbara Smith und Wilson standen auf, nahmen unsere Wünsche

entgegen und verschwanden. Ramsey musterte Maggie nachdenklich, und dann bat er den griesgrämigen älteren Beamten auf den Korridor.

Während alle in Bewegung waren, fragte ich Maggie leise: »Meinst du, es geht noch?«

»Habe ich etwas Falsches gesagt?«, flüsterte sie ängstlich. »Sag, Alex.«

Mir sank das Herz, als ich sie so reden hörte. »Ich glaube nicht«, beruhigte ich sie.

»Ich habe solche Angst, dass ich was Falsches sagen könnte.«

»Halt dich einfach an das, was du weißt.«

»Ja, aber manchmal kann ich mich nicht erinnern, Alex. Manchmal bringe ich Sachen durcheinander.«

»Du schlägst dich sehr gut«, beruhigte ich sie.

Sie sah mich zweifelnd an. »Du wirst dich doch an alles erinnern, was ich sage, nicht wahr? Damit ich keine Fehler mache.«

»Wir werden deine Aussage sorgfältig durchlesen, bevor du sie unterschreibst. Wir haben viel Zeit, und wir können so viele Änderungen anbringen, wie wir wollen.«

Der Kaffee kam und bald waren wieder alle versammelt. Ramseys Lebhaftigkeit war einer unverkennbaren Verdrossenheit gewichen. »Sie waren also, abgesehen von der Zeit, in der Ihr Sohn die Werkzeuge holte, und den zwei Gelegenheiten, da Sie nach Ihrem Enkel geschaut haben, die ganze Zeit zwischen etwa zwanzig nach sechs und halb zehn mit Ihrem Sohn zusammen.«

»Genau, bis er mit der Schleuse fertig war.«

»Und dann?«

»Mein Sohn kam mit ins Haus, um ein Bad zu nehmen und etwas zu essen, und dann ist er wieder rausgegangen, um die Marsch zu entwässern.«

»Dabei brauchten Sie ihm nicht zu helfen?«
»Nein, das ist nicht so schwer.«
»Und wie macht man das?«
»Wie man das macht?« Sie runzelte die Stirn angesichts der seltsamen Frage. »Man wartet, bis Ebbe ist, dann öffnet man die Schleuse und lässt das Wasser ablaufen.« Sie sprach sehr langsam und deutlich, wie eine Lehrerin zu einem Schüler, der etwas schwer von Begriff ist. »Und dann schließt man die Schleuse wieder.« Sie schaute Ramsey an, als wollte sie sehen, ob er alles verstanden hatte.
»Und während der restlichen Nacht kam und ging Ihr Sohn. Ist das richtig?«
»Kam und ging?« Maggie wusste genau, worauf er hinauswollte, und antwortete gelassen: »Nein, das nicht gerade. Er war nur noch drei Mal draußen, einmal um halb elf, um die Schleuse zu öffnen, dann um halb eins, um sie wieder zu schließen, und dann noch mal um vier, um zu überprüfen, ob sie der Flut standhielt. Und jedes Mal war er nur ein paar Minuten weg.«
Ramsey schaute zu den Fenstern hinter uns, als gäbe es dort etwas Interessantes zu sehen. »Ein paar Minuten?«
»Beim ersten Mal, um halb elf, habe ich ihn weggehen und zurückkommen sehen«, antwortete sie überlegt. »Dazwischen lagen höchstens zehn Minuten.« Dann, nach weiterem Überlegen: »Um halb eins habe ich gehört, wie er sich Jacke und Stiefel anzog. Ich bin auf den Treppenabsatz rausgegangen und habe mit ihm gesprochen, bevor er das Haus verließ. Später habe ich ihn dann zurückkommen hören.«
»Sie haben ihn *gehört*?«
»Ja. Das Cottage ist sehr klein. Man bekommt alles mit.«
»Und wie lange war er diesmal weg?«

Ihre langen Finger zuckten unruhig in ihrem Schoß. »Ich … Es muss – ja, es war vor eins. Um zehn vor eins war er zurück.«
Ramsey schaute nach, ob Wilson das notiert hatte. Maggies Hand stahl sich zu mir und berührte mein Bein, und dann sah sie mich hilflos und flehend an.
Ich schaltete sofort. »Geht es noch, Maggie? Oder möchtest du lieber aufhören?«
»Wir sind fast durch«, sagte Ramsey gelassen. »Noch ein oder zwei Minuten, Mrs. Dearden, wenn es Ihnen nichts ausmacht.«
Maggie schaute zwischen mir und Ramsey hin und her. Sie erkannte die Chance, ihm zu entschlüpfen, schien jedoch wie gelähmt.
»Es sind wirklich nur noch drei Fragen«, sagte Ramsey mit gespielter Freundlichkeit.
»Aber nicht, wenn du dich nicht dazu in der Lage fühlst«, warnte ich sie.
Doch Maggie gab zu erkennen, dass sie weitermachen wollte.
»Sie waren also noch wach, als er um zehn vor eins zurückkam?«
»Ja, ich hörte ihn kommen.«
»Und dann ist er, wie Sie sagen, noch einmal um vier weggegangen.«
»Ja.«
»Sind Sie sicher, dass es vier war?«
»Ja, ich habe ihn gehört. Ich habe auf die Uhr geschaut. Es war ziemlich genau vier, vielleicht fünf Minuten vor oder nach.«
»Wenn Sie sagen, sie hörten ihn weggehen, was genau haben Sie da gehört?«
»Die Tür«, sagte sie bestimmt. »Ich habe gehört, wie er ging.«
Ramseys Augen funkelten für einen Moment. »Und als er zurückkam?«

»Da habe ich ihn auch gehört.«
»Wieder die Tür?«
»Ja.«
Ramsey lehnte sich zurück und versuchte, ein Lächeln aufzusetzen, was ihm jedoch kläglich misslang. »Danke, Mrs. Dearden.«
Maggie versteifte sich. »Es war nicht nur die Tür. Nicht nur die Tür! Es waren auch andere Geräusche. Die Riegel an meiner Haustür sind sehr laut. Und die Badezimmertür ging. Ich habe gehört, wie das Wasser lief, das Klo. Und andere Sachen! Das müssen Sie auch aufschreiben!« Sie zeigte auf Wilsons Block. »Ich will, dass Sie das aufschreiben!«
Ramsey nickte Wilson zu. »Wie Sie wünschen.«
»Ja, das wünsche ich.« Sie wurde immer zorniger. »Ich weiß genau, was Sie da heraushören wollen.«
Ramsey spielte den Verblüfften. »Ich will überhaupt nichts heraushören, Mrs. Dearden.«
»Das glaube ich aber doch!«
»Sind wir jetzt fertig, Inspector?«, warf ich ein.
»Ich muss nur noch wissen, wann Ihr Sohn am nächsten Morgen Ihr Haus verlassen hat«, sagte er. »Und dann möchte ich noch wissen, wie Sie vom Verschwinden Ihrer Schwiegertochter erfahren und was Sie dann unternommen haben.«
Wilson brauchte noch mal endlose fünf Minuten für sein Geschreibsel. Dann schob Ramsey endlich seinen Stuhl zurück und erhob sich. »Wenn Sie jetzt einen Moment warten könnten, während die Aussage getippt wird …«
Die Beamten verschwanden einer nach dem anderen. Sobald wir allein waren, seufzte Maggie: »Mein Gott, Alex, mein Gott!«
»Ach was, es ist doch ganz gut gelaufen.«

»Aber du weißt, was die behaupten wollen!«
»Im Augenblick behaupten sie gar nichts, Maggie.«
»Was? Sie wollen doch nur darauf hinaus, dass Will in der Nacht nach draußen gegangen ist und Grace umgebracht hat. *Das* wollen sie doch.«
»Ach, Grace. Sie wissen im Moment noch nicht einmal, wie Grace überhaupt gestorben ist. Sie haben absolut nichts in der Hand. Sie versuchen nur, alles auszuloten, alle erdenklichen Möglichkeiten. Das müssen sie tun.«
Maggie gab sich sichtlich Mühe, mir zu glauben, obwohl sie es immer noch besser zu wissen meinte. Als Ramsey und Wilson wieder erschienen, hatte sie sich einigermaßen beruhigt. Mit großer Konzentration machte sie sich an die getippte Aussage, las manches laut und manches mehrmals. Einmal war sie kurz davor, sich wieder aufzuregen, als es um die verschiedenen Geräusche ging, denen sie entnommen hatte, dass Will im Haus war. Doch nachdem sie zwei erklärende Sätze hatte hinzufügen und abzeichnen dürfen, schien sie zufrieden und unterschrieb das Protokoll ohne weitere Einwände.
Auf dem Weg nach draußen gab mir Ramsey ein Zeichen, und wir blieben hinter Maggie und Detective Smith zurück.
»Es geht um Ihre Aussage, Mrs. O'Neill. Eine Sache habe ich nicht verstanden: Wie kommt es, dass *sie* die Taschenlampe hatten? Warum haben *sie* ins Wasser geleuchtet und die Leiche entdeckt? Warum nicht Mr. Dearden?«
»Ich glaube, darauf habe ich geantwortet. Mr. Dearden war damit beschäftigt, die Schleuse zu überprüfen.«
»Ohne Taschenlampe?«
»Ja.«
Ramsey musterte mich mit seinen Schweinsaugen, als würde er

nicht recht aus mir schlau. »Und was hat Sie veranlasst, ins Wasser zu leuchten?«

»Auch das habe ich schon gesagt: Ich habe das Schleusentor abgeleuchtet und nach Lecks gesucht.«

»Genau an der Stelle im Wasser?«

»Ich war auf keine besondere Stelle aus, Inspector.«

Er hielt mir eine Schwingtür auf. »Dieser Spaziergang zur Schleuse, war das reine Routine?«

»Genau.«

»Kein besonderer Grund?«

»Nein. Es ist ganz normal, dass man die Schleusen überprüft, wenn das Wetter schlecht ist, besonders bei Sturmwarnung.«

»Aha«, sagte er und nickte nachdenklich, »ganz normal. Sind das Mr. Deardens Worte?«

»Das weiß ich auch so.«

»Das wissen Sie, natürlich. Sie haben früher selbst in Deepwell gelebt, nicht wahr?«

»Ja.«

»Dann wissen Sie so etwas natürlich.«

»Ja.«

»Wissen das alle?«

»Für andere kann ich nicht sprechen.«

Wir kamen in die Eingangshalle und er wartete ab, ob ich noch etwas zu sagen hätte, doch den Gefallen konnte ich ihm nicht tun. Er wusste, es hatte keinen Zweck, mich zu drängen. Schweigen ist Gold, da brauchten wir uns nichts vorzumachen.

Die Container, die die Polizei als Einsatzzentrale herangeschafft hatte, waren endlich verschwunden. Ebenso das rotweiße Plastikband, mit dem sie den Gundeich abgesperrt hatten.

Ich stellte Maggie eine kalte Mahlzeit hin und drehte die Heizung etwas hoch. Dann rief ich bei Frank Yates an und hinterließ eine Nachricht auf seinem Anrufbeantworter; ich fragte, ob er zu Maggie kommen und helfen könne, die letzten Möbel wieder an ihren Platz zu stellen. Die Teppiche hatte ich schon ausgerollt und die meisten Bücher waren auch wieder, wo sie hingehörten.

Maggie brachte mich zur Tür und umarmte mich zum Abschied. »Wie lange noch, Alex, was glaubst du?«

Ich war nicht sicher, was sie meinte. Dass es bis zu einem Gerichtstermin noch Monate dauern konnte, hatte ich ihr schon erklärt. Fast ebenso lange würden sie warten müssen, bis sie Grace beerdigen konnten. »Wie lange, bis was passiert?«

»Bis sie uns endlich in Ruhe lassen.«

»Sie werden abwarten, was die Spurensicherung ergibt, und dann kommt irgendwann der endgültige Obduktionsbericht. Und ...«

»Ja, ja«, warf sie ein, als spielte das keine Rolle. »Aber wenn das alles erledigt ist ...«

»Ich weiß es wirklich nicht, Maggie. Ich müsste lügen. Es kann Wochen oder Monate dauern. Alles hängt davon ab, ob sie den Fall abschließen wollen oder ob sie glauben, dass es sich um ein Verbrechen handelt.«

Doch davon wollte sie nichts hören. Wann immer das Wort Verbrechen fiel, wann immer jemand andeutete, es könnte etwas nicht mit rechten Dingen zugegangen sein, zog ein Schatten über ihr Gesicht und sie wechselte das Thema. »Ein paar Wochen also«, sagte sie bestimmt.

»Oder Monate, Maggie.«

»Ich möchte nämlich, dass die beiden zusammen in Urlaub fahren, Alex. Ich will, dass sie hier wegkommen. Ich habe ein bisschen Geld, das ich ihnen geben kann. Sie sollen in Urlaub fahren. Sie sollen einen neuen Anfang machen. Das ist wichtig, Alex. Sie müssen hier weg.«

»Ich wüsste nicht, warum das nicht gehen sollte.«

»Nein? Meinst du wirklich?«

»Natürlich dürfen sie in Urlaub fahren.«

Als ich im Auto saß, dachte ich darüber nach, wie verschieden Menschen auf einen Todesfall reagieren können. Ich hatte Fälle erlebt, wo die Angehörigen wochenlang weinten, und andere, wo überhaupt nicht geweint wurde. Manche erlitten einen Schock, wie Maggie in jener ersten Nacht, als sie um Atem rang und uns in Angst und Schrecken versetzte, bis Julian Hampton kam und ihr irgendetwas gab. Andere verfielen in fieberhafte Aktivität und kümmerten sich um alles und jeden, wie Will an den ersten beiden Tagen. Und wenn der erste Schock vorüber war, flüchteten manche Menschen sich in praktische Dinge, wie Maggie mit ihren Urlaubsplänen, während andere immer verstörter wurden. Will hatte am Morgen wie ein Schlafwandler ausgesehen, benommen und vollkommen desorientiert. Charlie hatte sich völlig abgeschottet, ein steifer, stiller kleiner Kerl, der niemandem in die Augen sah.

Ich bog in die Kaistraße ein, fuhr an den Straßenrand, schaltete mein Handy ein – das erste Mal seit fast vierundzwanzig Stunden – und hörte die Nachrichten von Cornelia und Ray ab. Paul hatte nicht angerufen, und voller Schuldbewusstsein machte ich mir klar, dass ich seit zwei Tagen nicht mehr mit ihm gesprochen hatte.

Als Erstes versuchte ich es bei Ray, aber sein Handy war abgeschaltet, also hinterließ ich eine Nachricht.

Paul war im Büro.

»Ah! Lexy!« Er klang erfreut oder zumindest nicht wütend.

Ich erklärte ihm, wie sehr ich mit den Deardens beschäftigt war und dass ich keine Gelegenheit gehabt hatte, ihn anzurufen.

»Kommen sie klar?«

Es waren nur drei Wörter, aber es reichte. Ich hörte sofort, dass er getrunken hatte, und spürte die gewohnte Enttäuschung, aber auch Wut. Es war noch nicht einmal drei Uhr nachmittags, und er lallte schon.

»Ja, sie kommen klar«, sagte ich kurz.

»Ist es Mord?«

»Die Obduktion hat noch nichts ergeben.«

»Und was denkst du?«

Was ich dachte? Früher war uns diese Frage ein lieb gewonnenes Ritual gewesen, eine Gelegenheit, Meinungen, die wir anderen gegenüber niemals aussprechen durften, frei zu äußern.

»Ich glaube, es könnte Mord sein.«

»Und?«

»Nichts und.«

»Ist der Ehemann der Hauptverdächtige?«

»So hätten sie es jedenfalls gern.«

»Aber sie haben nichts in der Hand.«

»Nein.«

»Also sieht es im Augenblick ganz gut aus?«

»Das müssen wir abwarten. Und wie geht es bei dir?«

Wenn er die Kälte in meiner Stimme gehört hatte, ließ er es sich nicht anmerken. »Oh, alles bestens.« Seine Stimme war ein wenig zu laut, sein Frohsinn etwas gezwungen. »Nicht das geringste Problem. Endlich hängen wir mit der Arbeit einmal nicht hinterher.«

»Ich komme heute Abend, aber ich weiß noch nicht, wann«, sagte ich.

»Wunderbar!«, trällerte er. »Und wie siehts mit Essen aus?«

»Ich hoffe, es ist etwas im Kühlschrank.«

»Nein, nein, ich koche was! Wie wärs mit Lachs? Oder ein Steak?«

Es fiel mir schwer, an Essen zu denken. »Lachs«, sagte ich schnell, um das Thema abzuschließen. »Etwas Kaltes genügt. Vielleicht ein Salat.«

»Wird gemacht. Und fahr vorsichtig.«

Als er das sagte, spürte ich etwas von der alten Wärme zwischen uns, doch dann hörte ich wieder den Alkohol in seiner Stimme und fröstelte.

»Pass du auch auf dich auf.«

Nach dem Gespräch fragte ich mich, ob er noch trank, um sich selbst zu entkommen, oder ob inzwischen ich diejenige war, die er nicht ertrug.

Ich fuhr weiter, und kurz darauf kam mir ein roter Sportwagen entgegen. Edwards Mercedes.

Wir hielten nebeneinander an.

»Ich habe nach dir gesucht«, sagte Edward in anklagendem Ton. »Hör zu. Ich weiß, du bist sehr beschäftigt …«

»Das bin ich allerdings«, fiel ich ihm ins Wort.

»Könntest du vielleicht trotzdem vorbeikommen? Wenn du mal einen Moment Zeit hast, meine ich?«

»Worum gehts denn, Ed?«

»Ach, nur um diese Anwaltsgeschichte, du weißt schon.«

Ich wusste genau, was er meinte, aber aus irgendeinem Grund wollte ich, dass er es aussprach.

»Welche Anwaltsgeschichte?«

»Die …« Um ein Haar hätte er losgeschrien, doch dann besann er sich eines Besseren und sagte beiläufig: »Die Sache mit Vaters Geld.«

»Hat das nicht Zeit?« Ich wollte keinen Zweifel daran lassen, dass ich Wichtigeres zu tun hatte.

»Natürlich, sicher. Nur wenn du mal eine Minute übrig hast.« Als ich nichts weiter sagte, fragte er: »Gibt es was Neues?«

»Worüber?«

»Über Grace. Was denn sonst?«

»Nein.«

»Verhaften sie bald jemanden?«

»Es geht nicht darum, jemanden zu verhaften. Erst mal müssen sie herausfinden, wie sie gestorben ist.«

»Was! Das wissen sie nicht? Sie ist umgebracht worden, was denn sonst! So weit müssen sie doch schon gekommen sein!«

»Ich kann wirklich nicht darüber reden.«

»Und erzähl mir nur nicht, sie hätten keinen Verdächtigen«, keifte er. »Erzähl mir nicht, sie hätten Will nicht im Visier.«

»Da irrst du dich, Ed. Da irrst du dich gewaltig.«

»Wirklich?« Seine Stimme triefte vor Hass, und ich verzweifelte fast an meinem Bruder.

»Bis dann, Ed.« Ich legte einen Gang ein.

»Sie müssen doch wissen, dass er da war, um Himmels willen! Sie müssen doch wenigstens wissen, dass er draußen auf der Marsch war und an den Schleusen gefummelt hat, als Grace verschwunden ist.«

»Na und?«

»Na und? So blöd können die doch gar nicht sein! Wie soll sie denn unter die Schleuse geraten sein, wenn nicht jemand nachgeholfen hat?«

Ich schwieg.

»Mein Gott, Alex«, geiferte er weiter, »er hatte Angst, die Farm zu verlieren! Er hatte Angst, Grace könnte auf und davon gehen und die Hälfte mitnehmen, die Hälfte vom Haus, vom Geld, von allem.«

Das ließ mich aufhorchen, und ich schaltete zurück in den Leerlauf. »Wie kommst du denn darauf? Hast du das gehört?«

»Es ist jedenfalls plausibel, oder?«

Edward war kaum zu ertragen, wenn er auf einem seiner Rachefeldzüge war; ich war kurz davor, die Beherrschung zu verlieren. »Willst du damit sagen, sie hätten kurz vor der Trennung gestanden?«

»Sie hatte jedenfalls einiges einzustecken«, sagte er mit bedeutungsvollem Blick. »Alle Welt weiß doch, dass er jemanden nebenher hatte.«

Ich versuchte gar nicht erst, meine Verblüffung zu verbergen. »Was sagst du?«

»Schockiert, Alex? Dein heiliger William und eine andere Frau! Na sieh mal an!«, rief er mit unverhohlener Gehässigkeit.

»Und wer soll diese andere Frau gewesen sein?«

Die Frage schien ihm nicht zu gefallen, wahrscheinlich weil er keine Antwort darauf wusste. »Glaubst du, das hätte sie einfach so herausposaunt?«

»Wer? Grace? Oder von wem hast du diese Geschichte? Hast du nicht gesagt, alle wüssten davon?«

»Es wissen genug Leute«, wand er sich.

»Wer genau? Wer hat es dir erzählt?«

»Verdammt, ich weiß nicht! Irgendwer!«

Das war also der Mann, der grundsätzlich nicht auf Gerüchte hörte. Anscheinend hatte Edward in seinem Hass auf Will jegliche Hemmung verloren.

»Vorsicht«, warnte ich ihn. »Pass gut auf, was du sagst, Ed.«

»Ich? Warum sollte ich vorsichtig sein?«

»Weil du hier wilde und gefährliche Behauptungen aufstellst.«

»Sie sind nicht wild, sie sind wahr!«

»Dann solltest du damit zur Polizei gehen, oder?«

»Das werde ich auch tun, wenn es so weitergeht.«

Ohne jede Warnung packte mich plötzlich die Wut. »Verdammt noch mal, Ed! Es ist schließlich nur ein Stück Land! Warum kannst du nicht aufgeben? Gib es doch endlich auf!«

Seine Augen funkelten bedrohlich. »Nur ein Stück Land?«

»Darum geht es dir doch, oder?«

Für einen Augenblick verschlug es ihm vor Wut die Sprache. »Ach, fahr doch zur Hölle, Alex«, zischte er schließlich. »Fahr doch zur Hölle.« Er bedachte mich mit einem letzten wilden Blick und trat aufs Gas, dass die Reifen quietschten.

Ich machte den Motor aus und blieb still sitzen, bis ich mich einigermaßen beruhigt hatte. Dann fuhr ich langsam in Richtung Marsh House.

Diesmal lungerten endlich keine zweifelhaften Figuren vor dem Haus herum, keine schleimigen Reporter, die aus ihren Autos krochen und Aussagen und Interviews forderten, und keine Fotografen, die hinter Schnappschüssen vom »trauernden Witwer« her waren.

Ich öffnete die Hintertür zur Küche und rief Wills Namen; als es still blieb, rief ich noch einmal. Dann ging ich durch die Diele und fand ihn im Wohnzimmer, wo er in einem Lehnstuhl saß, das Kinn in die Hand gestützt, und in den kalten Kamin starrte.

»Hi.« Ich gab mir alle Mühe, nicht deprimiert zu klingen. »Wie gehts?«

Er schaute kurz auf. »Hi.«

Ich setzte mich in einen Sessel in seiner Nähe. »Maggie hat ihre Aussage gemacht«, sagte ich energisch. »Das hätten wir also hinter uns.«

Maggies Aussage hatte ihm fast so etwas wie ein Alibi verschafft, aber dessen schien er sich nicht bewusst zu sein – oder es war ihm egal.

»Als Nächstes kommen die Ergebnisse der Spurensicherung und dann der endgültige Obduktionsbericht.«

»Wie spät ist es?«

Ich schaute auf die Uhr. »Zwanzig nach drei.«

»Ich muss Charlie abholen.«

»Wenn du willst, kann ich das machen.«

Das lehnte er ab, was mich nicht überraschte. Diese Art von Routine war das Einzige, was seinem Leben noch Struktur gab, Charlie das Essen hinstellen, Charlie zu Freunden fahren und abholen, mit Charlie fernsehen und ihn ins Bett bringen.

Will starrte immer noch wie hypnotisiert in den Kamin. »Wann fährst du nach London zurück?«

»Heute Abend. Es sei denn, du möchtest, dass ich bleibe.«

»Ja, ich möchte, dass du bleibst, Ali. Ich möchte, dass du für immer bleibst. Aber ich weiß, du musst fort.«

»Ich werde alle paar Tage nach euch sehen.«

Er löste sich aus seiner Trance und rieb sich das Gesicht. Er sah zerzaust und verloren aus und unendlich müde.

»Bevor ich fahre, wollte ich dich noch etwas fragen«, begann ich vorsichtig. »Würde es dir etwas ausmachen, wenn ich Grace' Papiere noch einmal gründlicher durchgehe?«

»Was?« Sein Blick war vollkommen leer.

»Kann ich noch einmal ihren Schreibtisch, ihre Papiere durchsehen?«

»Sicher. Alles, was du willst.« Erneut versuchte er, sich auf die Gegenwart zu konzentrieren. »Was haben sie bei der Polizei gesagt?«

»Eigentlich nichts. Sie scheinen noch nichts gefunden zu haben.«

»Nichts gefunden ...« Sein Blick schweifte wieder ab. »Haben sie nicht nach der Schleuse gefragt?«
»Nein. Wir haben jetzt alle ausgesagt. Es ist also ...«
Ein Lächeln flackerte über sein Gesicht. »Die gute, treue Alex. Und was hast du ausgesagt?«
»Eigentlich nur, was du auch gesagt hast: dass wir wegen der Flut zu den Schleusen gegangen sind, reine Routine bei dem Wetter. Ich habe gesagt, ich hätte mit der Taschenlampe das Schleusentor abgeleuchtet, während du mit dem Antrieb beschäftigt warst. Weiter nichts. Und das ist alles wahr.«
Wahr, sicher, aber ich hatte einiges ausgelassen, das wussten wir beide.
»Meine Zeugin. Meine Komplizin«, geißelte sich Will.
Mein Magen krampfte sich zusammen, voller Angst, aber auch voller Freude, und ich lachte nervös.
In dem Schweigen danach vergaß ich schließlich die erste Regel, die man mir beigebracht hatte: Stell nie eine Frage, auf die du die Antwort nicht hören willst. Stell nie eine Frage, die nicht notwendig ist, da die Antwort dem Klienten nicht hilft, sondern wahrscheinlich nur seine Verteidigung beeinträchtigt. »Warum bist du zu der Schleuse gegangen, Will? Warum gerade dann?«
Er dachte angestrengt nach, so als hätte er sich diese Frage auch schon gestellt. »Ich bin nicht sicher.«
»Hast du vorher nie daran gedacht, dort zu suchen?«
»Doch, ja, aber ... ich war so auf die Salzmarsch fixiert, die Kanäle ... Vielleicht ist sie in Richtung Meer gespült worden, dachte ich. Etwas anderes konnte ich mir gar nicht vorstellen. Aber dann – dass sie gesehen worden ist, dass sie in Richtung Gunmarsch zurückgefahren ist, ohne dass Mutter und Charlie sie bemerkt haben. Wo könnte sie hingegangen sein?, dachte ich. Wo könnte sie sein?«

Während ich ihm zuhörte, dämmerte mir die nächste, noch gefährlichere Frage, und ich hörte mich sagen: »Wie konnte sie nur unter die Schleuse geraten? Wie kommt es, dass sie unter dem Tor feststeckte?«
Er drückte sich eine Faust vor den Mund. »Das haben die doch nicht gefragt, oder?«
»Nein«, flüsterte ich. »Sie denken bestimmt …«
Sie dachten wahrscheinlich, die Leiche wäre von der Flut gegen das Tor gedrückt worden.
»Das Schreckliche ist, dass sie die ganze Zeit da gewesen sein muss. Schrecklich …« Die Stimme versagte ihm.
Ich wartete. Ein Motorengeräusch kam näher und verstummte. Im nächsten Augenblick schlug jemand eine Wagentür zu. »Du meinst, sie hat von Anfang an unter der Schleuse gelegen?« Ich kannte die Antwort, aber ich wollte es von ihm hören.
»Ja, seitdem ich das Tor heruntergefahren …«
… und sie darunter eingeklemmt habe. Das war sein Gedanke.
Ich musste es genau wissen und fragte weiter: »Diese Schleuse – die zweite Schleuse – hast du sie in jener Nacht geöffnet?«
»Ja, damit das Wasser schneller abfließen konnte.«
»Wie lange war sie offen?«
»Fünf, sechs Stunden …«
»Und wie spät war es, als du sie wieder geschlossen hast?«
»Vier Uhr morgens. Kurz nach vier.« Er schlug beide Hände vors Gesicht. »Mein Gott!«
Ich kniete mich vor ihn hin und legte ihm einen Arm um die Schultern. »Sie war tot, Will«, versuchte ich, ihn zu trösten. »Sie war doch schon tot.« Draußen öffnete jemand das Gartentor.
»Aber sie war da! Was immer zwischen uns geschehen ist …«
»Du konntest nicht wissen, dass sie da war.«

»Aber warum habe ich nicht nachgeschaut? Ich hätte nachschauen sollen!« Er vergrub sein Gesicht in den Händen. Ich redete auf ihn ein, versuchte, ihn zu trösten, aber irgendwann gingen mir die Worte aus, und ich drückte meine Wange an seinen dunklen Schopf.

Dann hörte ich ein Geräusch hinter mir, gerade laut genug, dass ich mich umdrehte.

Anne Hampton stand in der Tür. »Entschuldigung«, sagte sie überraschend scharf. »Ich wollte nicht stören. Ich habe geklopft.«

Will nahm schnell die Hände vom Gesicht und lehnte sich zurück. Ich ließ seine Schultern los und richtete mich auf.

»Charlie!«, rief Will plötzlich. »Ich muss sofort los.« Er sprang auf und ging schnell aus dem Zimmer, vorbei an Anne, die er kaum anschaute.

»Was ist passiert?«, fragte Anne. Ihre Wangen glühten rosa.

»Nichts«, antwortete ich.

»Aber er ist so verstört.« Es klang fast wie eine Anklage.

»Ja, aber es ist nichts Bestimmtes.«

»Nicht wegen Charlie?«

»Nein.«

»Oder wegen der Polizei?«

»Nein.«

»Sie würden es mir doch sagen, wenn etwas passiert wäre, nicht wahr?«

»Es wäre nicht an mir, Ihnen etwas zu sagen.«

»Nein, natürlich nicht«, sagte sie schnell, als meinte sie, sie hätte sich verraten. »Ich dachte nur …« Sie lächelte verlegen. »Es wäre furchtbar, wenn er jetzt allein wäre – ich meine, falls es schlechte Nachrichten gibt.«

Ich fragte mich, was für schlechte Nachrichten sie wohl im Sinn

hatte, und sagte: »Ich werde mein Bestes tun, dass das nicht geschieht.«
Vielleicht war es etwas in meiner Stimme, vielleicht hörte sie eine Warnung darin. Jedenfalls lächelte sie nervös.
»Er hat ein solches Glück, dass er Sie hat«, sagte sie, und wieder war ich nicht sicher, wie sie es meinte.

In der Diele hatte sich die Post von zwei Tagen angesammelt. Sobald Anne Hampton gegangen war, trug ich die Umschläge in den Salon und öffnete sie an Grace' Sekretär: Beileidsbriefe, Rechnungen und ein Brief von einem Anwalt in King's Lynn, betreffs »Gunmarsch/Pachtvertrag«, in dem Will mitgeteilt wurde, dass die Gegenseite drohte, wegen Vertragsbruchs zu klagen. Der Anwalt riet dazu, nichts zu unternehmen, bevor die andere Seite ernsthaft Anstalten machte, vor Gericht zu gehen. Die Liste der Anrufe, die die Telefongesellschaft für heute versprochen hatte, war natürlich nicht gekommen.
Ich legte die Post beiseite und starrte Grace' Sekretär an. Nach ihrem Testament brauchte ich nicht mehr zu suchen, das hatte sie bei einem Notar in London hinterlegt. Ich hatte die Polizei auch auf ihren Terminkalender und das Adressbuch in der Küche aufmerksam gemacht, und beides war längst abgeholt worden. Doch das war alles nur Oberfläche gewesen, ihr sorgfältig poliertes Image. Nun wollte ich endlich wissen, was darunter lag.
Ich begann mit der obersten Schublade. In einer Ecke lag ein von einem Gummiband zusammengehaltenes Bündel aufgebrauchter Scheckbücher. Die Schecks waren auf ein gemeinsames Konto ausgestellt, W.R. & G.S. Dearden. Den Abschnitten nach waren damit hauptsächlich Haushaltsrechnungen bezahlt worden, Heizöl, Zeitungen, Kreditkartenabrechnungen und so

weiter. Nichts Ungewöhnliches. Ich ging sechs Scheckbücher durch, bis zurück zum Februar des vergangenen Jahres. Damals war erheblich mehr Geld rausgegangen als in letzter Zeit.
Die Kreditkartenabrechnungen fand ich in der unteren Schublade in einem kleinen Hefter. Die meisten Ausgaben in den Monaten, in denen sie so viel ausgegeben hatten, waren in Inneneinrichtungsläden angefallen, deren Namen mir alle bekannt vorkamen. Außerdem hatte jemand bei *Harvey Nichols* und in verschiedenen anderen teuren Kleiderläden an der Sloane Street eingekauft. Bis Juli gab es auch regelmäßig Restaurantrechnungen, alle aus London, aber keine aus *La Brasserie.*
Alles in allem, so rechnete ich aus, hatten sie in dem Jahr allein über die Kreditkarte an die fünfzehntausend Pfund ausgegeben – das Gehalt einer Anwaltssekretärin, das Spesenkonto eines wohlhabenden Geschäftsmanns.
Ich ging die untere Schublade weiter durch und fand einen Hefter mit Stoffproben und Kostenvoranschlägen sowie einen mit Prospekten für Einbauküchen, Küchengeräte und teure Badezimmerarmaturen. In einem dritten Ordner mit dem Aufkleber *Garten* ging es um Wintergärten und Gartenlauben in allen möglichen Ausführungen.
Die obere Schublade war zum größten Teil mit Papieren zu dem Musikfestival gefüllt: ein Hefter mit Finanzplänen und Kostenschätzungen, ein zweiter mit Briefen und Voranschlägen von Baufirmen und einer mit der Aufschrift *Sponsoren.* Diese letzte Mappe legte ich auf die Schreibplatte und zog einen dicken Stapel Papier heraus.
Grace hatte über zweihundert Spendenanfragen rausgeschickt. Sie hatte sowohl große Firmen und internationale Konzerne als auch örtliche Unternehmen angeschrieben. Ihre Erfolgsquote lag bei etwa zehn Prozent, was nach meiner Einschätzung ganz

gut war. Es gab fünfzehn Angebote, verschiedene Produkte kostenlos zur Verfügung zu stellen, und vier Geldangebote, darunter die tausend Pfund und drei Leihwagen von dem Volvohändler.

Während ich die Kopien der Bittbriefe durchblätterte, fiel mir ein großes Kreuz in rosa Textmarker am Kopf eines der Briefe auf. Über einer Firmenadresse, *Clawfoot Productions,* im Londoner Westend, las ich den Namen Barry Holland.

Der Brief begann: *Lieber Barry, hier nun die offiziellen Pläne, die ich versprochen habe!* Dann die üblichen Sätze, mit denen sie das Festival zu beschreiben pflegte, eine Auflistung der Vorteile für den Spender und zum Schluss die Bitte um, in diesem Fall, fünftausend Pfund.

Ich suchte nach einem Antwortbrief, doch entweder war der nicht abgeheftet worden oder es war nie einer gekommen. Ich ging die frühere Korrespondenz durch, falls der Brief falsch abgelegt worden war, doch auch da fand sich nichts. Vermutlich hatten sie nur telefoniert.

Als Nächstes waren die Ablagefächer dran. Die Kontoauszüge waren – vielleicht bezeichnend – im Vergleich zu den anderen Papieren in ziemlicher Unordnung. Die Blätter waren zusammengefaltet und einfach in ein Fach gestopft worden. Das Konto war natürlich überzogen und entsprechend waren die Zinsen und sonstigen Bankgebühren.

Im nächsten Fach lagen weitere Kontoauszüge, Briefe von der Bank und von einem Börsenmakler sowie Auszüge von einem Bausparkonto. Finanzen waren nie mein Gebiet gewesen – Steuer- und Betrugsfälle, für die man sich in diesen Dingen auskennen musste, hatte ich immer Paul überlassen –, aber diesmal waren es nicht die Beträge selbst, die mir Schwierigkeiten bereiteten. Ich hatte einfach nicht auf die Kontonummern und

Namen auf den einzelnen Blättern geachtet. Als ich sie daraufhin noch einmal durchsah, ging mir auf, dass Will und Grace bei derselben Bank noch ein zweites Konto hatten, ebenfalls überzogen.
Von dem Bausparkonto lag ein Jahresabschluss vor, in dem die monatlichen Abzahlungen für eine Hypothek aufgelistet waren. Bei derselben Bausparkasse gab es außerdem ein Anlagekonto, das jedoch – im Gegensatz zu der Hypothek – nur auf Grace' Namen lief. Das hatte Will der Polizei verschwiegen, doch solche Konten waren normalerweise nicht so leicht zugänglich; wenn man etwas abheben wollte, musste man das in der Regel eine Woche vorher ankündigen.
Auch das Konto bei dem Börsenmakler lief nur auf Grace' Namen. Den Gesamtwert des Portfolios konnte ich nirgendwo finden, doch offenbar hatte der Makler für das Konto allein in den letzten drei Monaten Aktien im Wert von über 50 000 Pfund erworben. Allem Anschein nach hatten Grace und Will also gemeinsame Schulden in Höhe von mindestens 135 000 Pfund, während Grace allein über Guthaben von 65 000 Pfund oder mehr verfügte. Will hatte so etwas angedeutet. Das alles entsprach in etwa meinen Erwartungen, und trotzdem hatte ich das Gefühl, dass etwas nicht stimmte. Hatte ich etwas gesehen und die Bedeutung nicht erfasst? Ich ging alle Auszüge ein zweites Mal durch, fand aber nichts, wonach auch immer ich suchte.
Privat schien Grace keine große Briefschreiberin gewesen zu sein. Aufbewahrt hatte sie nur ein paar Dankschreiben von Leuten, die sie zum Essen eingeladen hatte, und vier Briefe von Freunden oder Bekannten, anscheinend aus Schul- oder Studentenzeiten, die jedoch nichts Interessantes enthielten. Und in keinem wurde ein Brief von Grace erwähnt.
Vielleicht schrieb sie nicht gern, aber das Telefon hatte sie be-

stimmt benutzt. Dennoch fand ich unter ihren Papieren keine einzige Telefonrechnung. Möglicherweise hatte Will sie als Betriebsausgaben verbucht und sie befanden sich in seinem Büro draußen im Hof.

In den Minischubladen unter den Ablagen stieß ich auf Bündel aussortierter Kalenderblätter aus einem Filofax, drei Jahre, jedes durch eine große Büroklammer zusammengehalten. Im letzten Jahr hatte Grace dort nur Verabredungen und Treffen eingetragen, keine Lieferanten- oder Handwerkerbesuche. Alles war in derselben sauberen Handschrift vermerkt: Partys, Essen, Besuche in London, Uhrzeiten, Orte, Vornamen oder Initialen, aber kein W.R.M. Und in *La Brasserie* hatte sie in dem Jahr offenbar nur ein Mal gegessen, ziemlich zu Beginn. In anderen Restaurants war sie dagegen regelmäßiger gewesen, vor allem in Knightsbridge, aber auch in Covent Garden, Belgravia und Chelsea. Mir fiel auf, dass sie zu jedem Essen Vornamen oder ganze Namen notiert hatte, Frauennamen, keinen besonders oft. Bis vor ungefähr sechs Monaten. Von da an waren die Leute, mit denen sie sich zum Essen getroffen hatte, plötzlich anonym.

Warum? Ich betrachtete es aus mehreren Blickwinkeln, kam jedoch immer zu demselben Schluss: Sie musste sich jedes Mal mit derselben Person getroffen haben, mit jemandem, dessen Namen sie nicht einmal ihrem Taschenkalender hatte anvertrauen wollen.

Weiterhin fiel mir auf, dass sie von da an öfter in London gewesen war, jede Woche anstatt alle zehn oder vierzehn Tage, und dass sie in der Zeit immer in Knightsbridge gegessen hatte, bis sie schließlich nur noch in *La Brasserie* gegangen war.

Es musste sich um Mr. Gordon vom Hans Place handeln.

Ich blätterte zum Juli zurück, dem letzten Monat, in dem Grace ihre Begleiter mit Namen genannt hatte. Es gab eine Sarah, eine Diana R. und zum ersten Mal auch jemanden, der nur mit einem einzigen Buchstaben bezeichnet war: T.

Mr. T. Gordon? Tony, Tom, Tim?

Von dem Zeitpunkt an war sie – abgesehen von einem kurzen Urlaub in Frankreich – wöchentlich nach London gefahren; für die Nachmittage war »Einkaufen« oder gar nichts notiert, keine Pläne oder Termine.

Nach Weihnachten waren die Besuche wieder seltener geworden, ganze drei Essen in *La Brasserie* innerhalb von sechs Wochen. War die Liebe abgekühlt oder stand den Treffen irgendetwas im Wege?

Ich beschloss, die Kalenderblätter an mich zu nehmen, und steckte sie in meine Tasche. Was jedoch nicht hieß, dass ich sie nicht sofort der Polizei übergeben würde, falls man sich entschied, Grace' Tod als verdächtig zu behandeln, und mit einem Durchsuchungsbefehl kam. Ich würde die Kalenderblätter der Polizei nicht vorenthalten, aber ich würde sie auch nicht anbieten.

Wills Büro war abgeschlossen. Ich ging in die Küche und suchte das Schlüsselbrett über dem Telefon durch, doch keiner der Anhänger hatte die Aufschrift »Büro«. Dann erinnerte ich mich an die Lieblingsentschuldigung meiner Einbrecherklienten – *aber der Schlüssel lag doch offen herum* –, ging wieder auf den Hof, zur Bürotür, und begann, ein paar Steine umzudrehen, die in der Nähe lagen, und die Dachrinne über der Tür und dem Fenster abzutasten. Ich fand den Schlüssel im Gehäuse eines Ventilators an einer der Seitenwände.

Auf Wills Schreibtisch hatte sich, seit ich ihn das letzte Mal gesehen hatte, noch mehr Kram angesammelt und die Unordnung war noch größer geworden. Ich machte einen großen Bogen darum und ging direkt zu einem Regal, in dem Aktenordner aufgereiht waren. Die Telefonrechnungen fanden sich in einem Ordner mit dem Etikett *Büroausgaben.* Offenbar gab es zwei Anschlüsse, einen fürs Büro und einen im Haus, die beide vom Farmkonto bezahlt wurden, doch die Seiten mit den aufgelisteten Ferngesprächen fehlten. Ich schaute gleich beim letzten Jahr nach, aber es waren nur die vierteljährlichen Zusammenfassungen abgeheftet.

Nun musste ich mich doch den Papierbergen auf dem Schreibtisch zuwenden. Ich tat mein Möglichstes, die Ordnung, die sich vielleicht doch in dem Chaos verbarg, nicht zu stören. Ich hob vorsichtig Briefe an, las die Ecken von Rechnungen und blätterte verschiedene Stapel durch. Nach einer Weile erkannte ich ein gewisses System. Was zuoberst lag, war vollkommen durcheinander, so als hätte Will seine Post einfach auf den Schreibtisch geworfen, doch die Stapel darunter waren mehr oder weniger nach Themen sortiert: Lieferantenkataloge, Broschüren vom Landwirtschaftsministerium, Bestellungen und Rechnungen und schließlich Briefwechsel. Unter den Rechnungen fand ich dann nicht nur eine, sondern gleich zwei der Telefongesellschaft, eine für jeden der beiden Anschlüsse, und dazu noch eine Cellnet-Rechnung für Wills Handy – inklusive der Liste der Anrufe.

Doch dann kam die große Enttäuschung: keine Verbindung zum Hans Place. Keine einzige Nummer unter den Ferngesprächen, die sie regelmäßig angerufen hätte. Nicht einmal ihre Mutter, wie mir auffiel. In den drei Rechnungsmonaten hatte sie sie ganze zwei Mal angerufen, im Abstand von mehreren Wochen. Obwohl mir das Ganze immer sinnloser vorkam, notierte ich mir die drei anderen Nummern, die Grace – oder Will – mehr als einmal vom Haus aus gewählt hatte.

Der Büroanschluss gab noch weniger her. Es hatte kaum Ferngespräche gegeben, nur zwei nach London, Nummern, die mir nichts sagten.

Ich wusste nicht, was schlimmer war, das Gefühl, etwas übersehen zu haben, oder der Verdacht, dass es nichts zu entdecken gab, dass Grace vielleicht gar keine Geheimnisse gehabt hatte.

Meine Neugier war nicht nur beruflicher Natur, als ich Wills Cellnet-Rechnung durchlas. Die Mehrheit der Anrufe hatten Marsh House gegolten. An zweiter Stelle, mit geringem Abstand, rangierte Reed Cottage. Dann gab es fünf Anrufe nach Norwich und der Rest verteilte sich auf verschiedene örtliche Nummern.

Unter diesen Nummern gab es eine, die er regelmäßig gewählt hatte, und die kam mir bekannt vor.

Ich fand ein Telefonbuch und begann erwartungsvoll zu blättern. Hammer, Hammond, – *Hampton, Dr. J., Arztpraxis,* aber kein Privatanschluss, wie heute üblich bei Ärzten.

Ich saß über dem Telefonbuch und wünschte, ich könnte mich stoppen, doch es gelang mir einfach nicht. Ich wählte die Nummer, und es klingelte für eine Ewigkeit. Dann eine Frauenstimme mit leichtem Dialekt, wie ihn die Leute hier sprachen.

»Entschuldigung«, sagte ich, »mit wem spreche ich bitte?«

»Carol Yates.«

»Ah, Mrs. Yates!« Ich kicherte nervös. »Tut mir Leid, dass ich Sie stören muss.« Zum Glück fiel mir sofort ein Vorwand ein. Ich fragte, ob Frank bei Gelegenheit vorbeikommen könne, um Maggie mit ihren Möbeln zu helfen.

Als Nächstes wählte ich die Nummer in Norwich, wo sich eine Agrarhandlung meldete.

Meine Erleichterung war unbeschreiblich. Will hatte also *keine*

Affäre. Kein Mann konnte eine Geliebte haben, ohne sie mit regelmäßigen Anrufen bei der Stange zu halten. Ich fühlte mich zusehends besser. Wenn ich keinen Hinweis auf eine andere Frau entdeckte, so ging mir nun auf, dann würde auch die Polizei nichts finden. Polizisten dachten in Klischees. Ihrer Auffassung nach war eine Affäre für einen Mann Grund genug, seine Frau umzubringen. Sobald sie eine Geliebte auftaten, würden sie den Fall als erledigt betrachten und keine andere Möglichkeit mehr verfolgen.

Es gab nur ein Problem, und das hätte ich am liebsten ignoriert: Wenn Verliebte sich so danach sehnen, miteinander zu reden, was war dann mit Grace und Mr. Gordon vom Hans Square? Wie hatten die miteinander kommuniziert? Wie hatten sie die Zeiträume zwischen ihren Treffen überbrückt?

Ich wählte Rays Nummer, und er war sofort da. Im Hintergrund hörte ich Verkehrsgeräusche.

»Wo sind Sie?«, fragte er.

»In Norfolk.«

»Ich habe versucht, Sie zu erreichen.«

»Ich hatte mein Handy abgeschaltet. Hören Sie, ich brauche unbedingt Informationen zu dieser Hans-Place-Adresse.«

»Also dann. Etwas mehr habe ich herausgefunden. Der Fond, dem die Wohnung gehört, wird von einer Familie Aubrey kontrolliert. Das Ganze wird in Guernsey verwaltet, das habe ich Ihnen wohl schon gesagt, aber wo die Familie herkommt, ist schon schwieriger zu ergründen. Sie wissen, wie diese Anwälte auf Guernsey sind.«

Also kein Mr. Gordon. Ich schluckte meine Enttäuschung herunter und sagte: »Bleiben Sie am Ball, Ray. Ich brauche einen Namen, eine Büronummer, irgendeine Möglichkeit, mit denen in Kontakt zu treten.«

»Kommt alles«, versprach er. »Ich hätte der Sache mehr Zeit geopfert, aber dann gab es einen Notfall.«

»Ja?«

»Paul hatte einen Zeugen verloren. Aber warten Sie. Wenigstens habe ich einen Namen für den Typen am Regent's Park.«

»Was?«

»25 Avon Court an der Prince Albert Road ist vermietet an einen Mr. Barry Holland. Dem gehört eine Firma namens –«

»Clawfoot Productions«, unterbrach ich ihn.

»Sie kennen den Mann?« Der Verkehrslärm wurde immer lauter, und Rays Stimme verschwand. Nach einer Weile rief er: »Hallo? Alex? Hallo? Sind Sie noch dran?«

»Ja. Danke, Ray …«

»Reicht Ihnen das, was Mr. Holland angeht?«

»Das reicht vollkommen. Kümmern Sie sich vor allem um Hans Place.«

Ich legte auf, starrte vor mich hin und sah Grace und Barry Holland vor mir. Ging es nur um seine Spende? War es Freundschaft? Liebe? Abenteuer? Mir kam die Idee, dass er sich vielleicht eine zweite Wohnung in London hielt, am Hans Place, doch nein, das war unwahrscheinlich.

Ich versuchte, mir die beiden zusammen vorzustellen. Barry, der Mann aus dem Nichts, der große Konzertveranstalter, das Haar immer ein wenig zu geleckt, die Anzüge ein bisschen zu breitschultrig, das Aftershave etwas zu aufdringlich. Und dann Grace mit ihrem unfehlbaren Geschmack, ihrer gelassenen Schönheit, ihrem aristokratischen Auftreten. Mir fiel nichts ein, was die beiden hätten gemeinsam haben können, auch wenn das natürlich noch nie zwei Menschen davon abgehalten hat, sich zueinander hingezogen zu fühlen. Doch selbst wenn man in Betracht zog, wie verlockend Geld sein kann, konnte ich mir die beiden nicht als Paar vorstellen. Barry war einfach nicht kultiviert genug. Die Art, wie er seinen Wohlstand zur Schau stellte, hätte Grace sicherlich abgestoßen. Nein, es konnte nur um Geld gehen. Etwas anderes hätte sie nie zusammengebracht, denn was Geld anging, waren sie beide Experten, wenn auch auf ganz unterschiedliche Weise.

Plötzlich wurde mir klar, dass ich noch nicht einmal wusste, ob Barry verheiratet oder sonst irgendwie liiert war.

Bevor ich Wills Schreibtisch in Ruhe ließ, konnte ich der Versuchung nicht widerstehen, ein paar verirrte Rechnungen in Stapeln zu sortieren. Und da ich einmal dabei war, machte ich gleich mit den anderen Papieren weiter.

Manchmal sieht man Dinge und manchmal nicht. Ich schaute den Brief kaum an, als ich ihn auf den entsprechenden Stapel legte, doch irgendwie wollte er mir nicht aus der Hand, und ich las ihn genauer. Vielleicht waren es die Zahlen, die mir ins Auge sprangen, rein die Summen. Der Brief war von Wills Bank und besagte, dass ihm eine Hypothek von 250 000 Pfund gewährt werden könne, gesichert durch das Haus und die Farmpacht. Man sei sich der Tatsache bewusst, dass dies weniger sei als die 300 000, um die Will gebeten habe, doch mehr sei auf keinen Fall möglich.

9

Pauls Wagen war ordentlich vor dem Haus geparkt, parallel zum Bordstein. Die Lampe über der Haustür war an und durch das Fenster der Abstellkammer schimmerte die Korridorlampe.

Ich konnte nicht anders, ich musste diese Dinge einfach registrieren. Ebenso wenig entging mir, dass die Mülleimer noch draußen standen, zwei Tage nach der Leerung, und dass ein neues Telefonbuch unberührt neben dem Blumentopf lag. Es waren Nichtigkeiten und es ärgerte mich, dass ich sie überhaupt bemerkte.

Ich schloss die Tür auf und rief einen Gruß.

Paul kam aus dem Wohnzimmer, ein verschwommenes Lächeln im Gesicht. »Willkommen zu Hause, Fremde.«

Wir umarmten uns und ich genoss den Augenblick der Heimkehr, wenn ich auch nichts Gutes ahnte.

Paul hielt mich auf Armeslänge von sich weg und rief: »Du bist zu spät!«

»Wirklich? Hatten wir denn eine Zeit gesagt?«

»Du wolltest zum Abendessen hier sein«, sagte er, die Hausfrau spielend. »Aber vielleicht ist es noch essbar. Das hoffe ich jedenfalls.«

Seine Stimme war belegt und der Alkohol quoll ihm förmlich aus den Augen. Ich schaute weg.

Er legte einen Arm um meine Schulter und führte mich in die

Küche, wo der Tisch gedeckt war, als erwarteten wir Gäste, mit Kerzen, Servietten und den besten Weingläsern. Es rührte mich, zu sehen, welche Mühe er sich gegeben hatte, und zugleich fühlte ich mich unbehaglich.

Er spielte den Kellner und schob mir den Stuhl zurecht. Dann griff er nach einem Küchentuch, öffnete den Backofen, holte einen Teller heraus und musste die Zähne zusammenbeißen, um ihn nicht fallen zu lassen.

»Heiß! Heiß!« Er verzog das Gesicht und stellte mir den Teller eilends hin.

»Etwas Warmes? Damit habe ich gar nicht gerechnet.« Lachs mit Bratkartoffeln und Erbsen.

»Ha! Du kriegst es aber trotzdem!« Er schenkte Wein ein, setzte sich mir gegenüber und bedeutete mir, ich solle essen.

»Und was ist mit dir?«

»Ich habe üppig zu Mittag gegessen«, sagte er hastig. »Kein Hunger. Nun fang schon an.«

Nach ein paar Bissen stellte ich fest, dass auch ich keinen Hunger hatte. »Also, was gibts Neues?«, fragte ich.

»Was es Neues gibt?« Offenbar musste er nachdenken. »In der Kanzlei ist alles in Ordnung, alles planmäßig. Wir hatten ein paar Probleme, aber jetzt läuft alles wieder bestens.« Sein Lächeln war etwas übertrieben.

»Und sonst?«

»Was sonst? Nichts. Wirklich nicht.«

»Ray hat gesagt, ihr hättet in der Klemme gesteckt.«

»Ach, das war schnell vorbei. Wir haben einen Alibizeugen verloren, in einer Einbruchsache.«

Ich ließ einen Moment verstreichen, bevor ich weiterfragte: »Und was ist mit dieser schweren Körperverletzung? Munro – war das nicht der Name?«

Es gelang ihm nicht ganz, die Schärfe seines Tons zu dämpfen. »Was soll damit sein?«

»Ich wollte nur wissen, wann es vor Gericht geht.«

»Oh, das wird noch eine Ewigkeit dauern.« Er versuchte, gelassen zu klingen, doch seine Körpersprache verriet ihn.

»Es gibt also nichts, worüber du reden möchtest?«

»Nein, wieso?«

»Ich hatte das Gefühl … ich weiß nicht … ich dachte, du wärst nicht glücklich mit dem Fall. Ich dachte, es gäbe Schwierigkeiten.«

»Warum denkst du dauernd, es gäbe ein Problem?«, brauste er auf. »Wirklich, Lexy, du siehst immer nur schwarz, wenn es um mich geht.«

»Nein, das stimmt nicht, Schatz. Ich will nur wissen, was los ist, weiter nichts.«

»Aber du hörst dich immer an, als wäre *ich* derjenige, der etwas falsch gemacht hat. Du schaffst es immer wieder, dass ich mich schlecht fühle!« Abrupt stand er auf, so dass sein Stuhl beinahe umgekippt wäre, und stampfte aus dem Zimmer.

Einen Augenblick später kam er mit einem großen Whisky zurück, den er geräuschvoll auf den Tisch stellte. Er setzte sich wieder und warf mir einen beleidigten Blick zu. »Und schau mich nicht so an!«

»Ich schaue dich nur so an, weil ich nicht weiß, was ich sagen soll«, meinte ich hilflos.

»Tu doch nicht so, als wüsstest du nicht, wovon ich rede! Du brauchst gar nicht so zu tun!«

Ich fühlte Hitze in mir aufsteigen. »Ich glaube, ich lasse dich besser mit deinem Whisky allein.« Ich ging aus dem Zimmer und nach oben, ins Badezimmer, wo ich die Hähne voll aufdrehte. Als ein paar Minuten später Paul erschien, drohte die

Badewanne schon überzulaufen. Ich saß auf einem Stuhl und starrte die Wand an.
Paul drehte das Wasser ab, setzte sich auf den Wannenrand und tastete nach meiner Hand. »Mein Gott, jetzt weinst du. Es tut mir Leid. Es tut mir so Leid. Ich mache dir keinen Vorwurf, Lexy, wirklich nicht. Ich meine nur, manchmal … manchmal habe ich das Gefühl, dass du mich ständig kritisierst.«
»Das tue ich auch, wenn du den Alkohol für dich reden lässt. Dann kritisiere ich dich.«
»Ich mache dir keinen Vorwurf, wirklich nicht.«
Ich schaute ihm ins Gesicht. »Du siehst es also ein? Du merkst, was mit dir passiert?«
»Es ist doch nur, wenn ich unter Stress stehe … dann trinke ich zu viel. Wenn ich angespannt bin.«
»Das stimmt nicht, Paul. Es passiert andauernd.«
»Ich kann weniger trinken. Ich verspreche dir, ich werde weniger trinken, radikal.«
»Aber du wirst nicht aufhören.«
»Wenn du willst, höre ich ganz auf.«
»Es geht nicht darum, was *ich* will. Was *du* willst, darum geht es. Um nichts anderes.«
»Du hast Recht, Lexy. Du hast immer Recht.« Es hörte sich an wie ein Vorwurf.
»Warum tust du es nur, Paul? Warum? Bin ich der Grund? Ist es unsere Ehe?«
»Nein, nein, Lexy. Nein.«
»Was dann?«
»Nichts Bestimmtes. Es ist nichts Besonderes. Ich reiße mich zusammen, das verspreche ich dir.«
Wir schwiegen eine Weile. Irgendwann stieß er einen tiefen

Seufzer aus und sagte wie ein Schuljunge, der eine Missetat zu gestehen hat: »Ich verliere meinen Führerschein.,‹
»Was?«
»Sie haben mich angehalten vor ein paar Tagen, abends.«
Allmählich begriff ich. »Und wie weit warst du über dem Limit?«
Er lachte beschämt. »Das Dreifache.«
»Was? Mein Gott ...« Ein Auto war unentbehrlich bei unserer Arbeit. Es brachte uns mitten in der Nacht zu Polizeirevieren und tagsüber zu den Gerichten, die teilweise noch weiter entfernt waren.
»Ich werde mich mit Taxis durchschlagen«, sagte er kleinlaut. Das würde nie funktionieren, wir wussten es beide, aber ich verkniff mir den Kommentar. »Du könntest die Jobs in der Nähe übernehmen. Die Nachtschichten könnten andere machen«, schlug ich vor, obwohl ich wusste, dass wir nicht genug qualifizierte Leute hatten, um die Nächte abzudecken.
»Mit dem Taxi wird es schon gehen, es muss sich eben einspielen.«
Ich hatte nicht die Kraft, ihm zu widersprechen. Wie er so mit krummem Rücken auf dem Badewannenrand saß, sah Paul plötzlich viel älter aus und, trotz seiner Massigkeit, viel kleiner. Seine Augen waren verquollen, seine Haut fahl und sein Haar stumpf und grau. Ich hatte einen Mann vor mir, der alles Selbstvertrauen, alle Selbstachtung verloren hatte. Es war so weit. Er war nur noch ein Schatten seiner selbst.
»Wir werden schon irgendwie durchkommen«, sagte ich. »Sturgess dürfte jetzt so weit sein, dass er die leichteren Sachen übernehmen kann.«
Sein Blick wurde unruhig und er war wieder angespannt. »Über Sturgess müssen wir auch noch reden.«

»Was ist mit ihm?«
»Wir werden uns von ihm trennen müssen.«
Ich starrte ihn an. »Was? Warum?«
»Ach, das ist eine lange Geschichte. Lass mich nur sagen, er ist nicht auf unserer Wellenlänge, ganz und gar nicht. Er macht Fehler. Er überschreitet die Grenzen.«
»Aber wie? Was hat er denn getan?«
Paul winkte ab, als wäre die Sache viel zu kompliziert, um sie im Einzelnen zu besprechen. »Er hat Instruktionen missachtet, und zwar nicht nur einmal. Fast hätte er einen Klienten in ernsthafte Schwierigkeiten gebracht. Er gerät in Situationen ... immer wieder.«
»Situationen? Was denn für Situationen?«
Es fiel ihm schwer, mir in die Augen zu schauen. »Ach, er stellt Fragen, die er nicht stellen sollte. Und noch schlimmer, er bekommt auch die Antworten. Er macht es sich unmöglich, die Leute zu vertreten. Es gibt aber noch jede Menge andere Probleme mit ihm, einen ganzen Haufen. Da hat sich einiges aufgestaut. Nein«, sagte er entschieden, als hätte ich dagegen gesprochen, »er muss gehen, und damit hat es sich.«
»Wenn du wirklich meinst.«
Er stand auf. »Er muss weg!«
»Na gut.«
Er schien überrascht und unsicher zu sein, dass ich keinen Einwand erhob, so als traue er einem so leicht errungenen Sieg nicht. Doch dann murmelte er nur: »Dein Essen ist wahrscheinlich hin.«
»Ich hatte sowieso keinen Hunger, wenn ich ehrlich bin.«
«Ich tu es in den Abfalleimer.« An der Tür blieb er noch einmal stehen. »Du fährst sicher bald wieder nach Norfolk, was?«
»Ja.«

»Wann?«

»Sobald ich kann.«

Er sah mich an, gedankenvoll, traurig, als hätte ich soeben etwas bestätigt, das er nicht ändern konnte, unwiderruflich. Dann nickte er und ging.

Ich nahm ein Bad, wusch mir die Haare und stellte mich unter die kalte Dusche, bis ich es nicht mehr aushielt. Aufgepumpt mit der nervösen Energie, die kaltes Wasser und Müdigkeit in einem erzeugen können, ging ich ins Arbeitszimmer hinunter und machte mich an die Post. Aus der Küche hörte ich Teller klappern, Paul war mit Aufräumen beschäftigt. Ich schloss die Tür hinter mir, legte eine Mozart-CD auf und begann mit dem Haufen Rechnungen und Briefe. Unter meinen alten Papieren blieb ich bei den Notizen hängen, die ich mir nach Wills erstem Anruf gemacht hatte. Die Liste, was zu tun war, wenn jemand vermisst wurde, und ganz unten, am Rand des Blattes: *Medizinische Probleme? Emotionale Probleme? Doppelleben?*

Ich starrte das Wort »Doppelleben« an und mir ging auf, dass Will Recht gehabt hatte: Wenn Grace einen Liebhaber gehabt hatte, dann hatte sie die Affäre absolut geheim gehalten, perfekter, als die meisten Frauen es je konnten oder gar wollten. Anscheinend hatte sie mit niemandem darüber gesprochen, weder mit Anne Hampton, die ihre engste Freundin gewesen zu sein schien, noch mit ihrer Mutter, was vielleicht weniger überraschte. Offenbar hatte sie sich nicht das Geringste anmerken lassen, niemandem gegenüber. Es gab nicht die Spur eines Gerüchts über sie.

Mein Bild von Grace wandelte sich von Minute zu Minute. Ich bekam sie einfach nicht zu fassen. War sie die kaltherzige, berechnende Frau gewesen, die Will beschrieben hatte? Oder hatte sie das Aufsehen gefürchtet, das es gegeben hätte, wenn sie erwischt worden wäre? Ich konnte mir kaum vorstellen, dass Grace vor irgendjemandem oder irgendetwas Angst gehabt hatte - oder vielleicht doch? Konnte sie davor Angst gehabt haben, ihren Geliebten zu verschrecken? Oder - vielleicht noch plausibler - hatte der Geliebte darauf bestanden, die Sache absolut geheim zu halten? Vielleicht hatte dieser Geliebte zu viel zu verlieren. Vielleicht hatte er Grace verboten, ihn anzurufen, und alles war über sein Telefon gelaufen.

Ich ging die Post durch und kümmerte mich um die Rechnungen. Nachdem ich den letzten Scheck in einen Umschlag gesteckt hatte, schrieb ich die Summen auf den letzten Kontoauszug und rechnete den neuen Stand aus. Wir waren noch in den schwarzen Zahlen. Das waren wir immer. Den Gedanken, überzogen zu haben, konnte Paul nicht ertragen.

Grace schien da ganz anders gewesen zu sein. Sie hatte gekauft, was sie wollte und wann sie es wollte, und was sie gewollt hatte, war stets das Beste. Will hatte mir erzählt, Grace hätte das, was sie zu viel ausgab, von ihrem eigenen Geld genommen, aber wenn mir auf den Kontoauszügen nicht etwas Entscheidendes entgangen war - zum Beispiel, dass sie auf irgendwelchen verwickelten Wegen Geld überwiesen hatte -, konnte das nicht stimmen. Warum hatte Will es dann gesagt? War das eine Art instinktive Loyalität ihr gegenüber oder glaubte er wirklich, es sei so gewesen?

Nach einer weiteren halben Stunde hatte ich Anweisungen für unsere Putzfrau auf einen Zettel gekritzelt und mir die letzten Notizen gemacht. Als ich aus dem Arbeitszimmer kam, war alles still. Also ging ich auf Zehenspitzen ins Wohnzimmer und fand Paul ausgestreckt auf dem Sofa, leise schnarchend, den Mund weit offen. Ich war versucht, ihn liegen zu lassen, damit er am frühen Morgen so aufwachte, einsam und frierend. Doch in Sachen Einsamkeit konnte ich Paul nichts mehr beibringen, nichts, was er seit seiner Kindheit in einem Alkoholikerhaushalt nicht längst gewusst hätte.

Ich ging um das Sofa herum und rüttelte ihn sanft an der Schulter. »Na komm. Zeit, ins Bett zu gehen.«

Er stöhnte und zog seine Schulter weg.

Ich versuchte es noch einmal, diesmal ein bisschen fester.

Er hob einen Arm und hielt ihn sich vors Gesicht, als hätte er Angst, geschlagen zu werden. »Lass mich in Ruhe! Lass mich doch in Ruhe!«, lallte er heiser.

Ich richtete mich auf und schaute auf ihn hinunter. Mir fiel auf, dass ich kaum noch etwas empfand, nicht einmal Mitleid. Irgendwann hat auch das ein Ende. An einem gewissen Punkt ist nichts mehr übrig, und dieser Punkt schien nun erreicht.

Ich holte eine Wolldecke und breitete sie über ihm aus. Dann verriegelte ich die Haustür und legte mich ins Bett, obwohl ich hellwach war.

Es war fast Mitternacht, als das Telefon ging, und im ersten Moment dachte ich, Paul wäre vielleicht als Pflichtverteidiger eingeteilt und hätte vergessen, es mir zu sagen.

»Ja?«

»Ich bins.«

»Will?«

»Bin ich zu spät dran?«

»Nein. Ich bin noch wach.«

»Ich wollte mit dir reden.« Er klang niedergeschlagen.

Ich setzte mich auf und schob mir ein Kissen in den Rücken.

»Natürlich. Schieß los.«

»Es ist nichts Besonderes ...«

»Das macht nichts.«

»Charlie war heute Abend wieder ein bisschen durcheinander. Ich konnte überhaupt nicht mit ihm reden.«

»Was hältst du davon, wenn wir einen Psychologen für ihn ausfindig machen? Vielleicht würde ihm das helfen.«

Er lachte trocken. »Wir sind hier in Norfolk, Ali, nicht in London.«

»Ja, natürlich. Wie wärs dann mit einem Freund, einem Erwachsenen, den ihr gut kennt und dem er vertraut?«

»Nein, das würde er nicht wollen. Ich glaube nicht, dass er mit irgendjemandem reden würde.«

»Und was ist mit Maggie? Kann er sich auch ihr nicht anvertrauen?«

»Nein.« Er klang schon wieder irritiert. Mein letzter Vorschlag schien ihm überhaupt nicht zu gefallen. »Sie behandelt ihn wie ein Kleinkind. ›Deine Mutter ist jetzt im Himmel‹ und solches Zeug. Sie versteht nicht, wie ihn das verwirrt und dass es ihm überhaupt nicht gut tut.«

»Aber du kannst ihm auch nicht helfen, oder?«

Er sagte etwas, das ich nicht ganz mitbekam: »… ich wünschte, er würde …« Und dann wechselte er das Thema. »Ich habe mir übrigens die Gezeitentafeln angeschaut.«

»Die Gezeiten?«

»Ja, für besagte Nacht, nur um ganz sicher zu sein.«

»Du meinst die Strömungen?«

»Als ich die Schleusen geöffnet habe, war das Wasser auf dem Rückzug. Und als ich sie wieder schloss, war es seit zwei Stunden im Steigen.«

Er wartete auf meine Reaktion, und ich sagte: »Es wäre also alles hinausgespült worden, weg von der Gunmarsch.«

»Nein, darum geht es nicht! Der Punkt ist, sie kann unmöglich von der anderen Seite gekommen sein, von der Meerseite.«

Offenbar fand er das sehr wichtig, doch ich begriff nicht, was er meinte. »Und was heißt das?«

»Auf der Meerseite könnte sie von überall gekommen sein! Vom Kai, vom Haus, von überall her!«

Allmählich verstand ich. Auf der Meerseite fließt das Wasser sehr schnell durch die Kanäle. Die Strömung könnte eine Leiche dort sehr weit tragen. »Du meinst also, sie war auf der Gunmarsch, als es passierte?«

»Ja.«

»Nicht weit von der Schleuse?«

»Ja, anders kann es nicht gewesen sein. Auf dieser Seite war die Strömung nur ein Rinnsal. Sie kann nicht sehr … nicht sehr weit abgetrieben sein. Aber warum? Was wollte sie da?«

»Wir können alles noch einmal durchgehen, wenn ich wieder da bin«, versuchte ich, ihn zu beruhigen.

»Und wann kommst du, Ali?«

»Morgen. Morgen Abend.«

»Kannst du eine Weile bleiben?«

Wenn ich länger als einen Tag blieb, war schon Freitag, und dann lohnte es sich kaum, vor Montag nach London zurückzukehren. Ich musste mich entscheiden. Schließlich sagte ich: »Ja, ich bleibe ein paar Tage.«

»Sonst bliebe mir nur die Whiskyflasche.« Er versuchte zu lachen.

»Untersteh dich.«

Am Morgen wachte ich in einem leeren Haus auf. Auf dem Küchentisch lag eine Nachricht von Paul, er hätte den Tag über in Ealing zu tun. Er war in der Nacht nicht ins Bett gekommen und ich hatte ihn nicht weggehen hören. Das Telefon hatte sehr früh geklingelt, lange bevor es hell wurde, doch es hatte aufgehört, bevor ich mich auf die andere Seite des Betts rollen und den Hörer abnehmen konnte. Als ich aufstand, sah ich an den feuchten Badetüchern und der schmutzigen Unterwäsche auf dem Boden, dass Paul im Gästebad geduscht und sich angezogen hatte. Getrennte Badezimmer: So lebt man sich auseinander.

Strömender Regen und ein liegen gebliebener Lastwagen hatten den Verkehr im Einbahnstraßensystem um Camden Town zum Erliegen gebracht, noch früher als gewöhnlich. Als der Verkehr endlich wieder in Bewegung kam, piepste mein Handy. Ich dachte, es wäre Cornelia, und trällerte ein frisches »Guten Morgen«.

Doch es war eine männliche Stimme, dem Klang nach ebenfalls von einem Handy; im Hintergrund Verkehrsgeräusche. »Alex?«

»Ja, am Apparat. Wer spricht da?«

»Sturgess!«

»Gary? Was gibts?«

»Ich muss Sie sprechen, sofort.«

»Ich bin auf dem Weg in die Kanzlei. Kommen Sie doch gleich in mein Büro. Ich werde in einer Viertelstunde da sein.«

»Nein, nicht dort.«

Nun meinte ich zu wissen, worum es ging: Sturgess' Zukunft in der Kanzlei und Pauls Entschlossenheit, ihn zu feuern. »Wie wärs dann mit dem neuen Café am Clerkenwell Green? Der italienische Laden mit den schwarzen Rollläden.«

»Ja, das kenne ich.«

Ich fuhr in meine Parkbucht neben der Kanzlei, nahm meinen Schirm aus dem Kofferraum und ging zu Fuß zu dem Café. Sturgess saß an einem Ecktisch. Als er mich kommen sah, zuckte er hoch wie an einer Strippe gezogen und starrte mich an.

»Was ist denn los?«, fragte ich.

»Es ist etwas passiert.«

Ich setzte mich. »Was? Meinen Sie Ihren Job? Es tut mir Leid, wenn es da Probleme gegeben hat.«

»Mein Job?« Er schien verblüfft. »Nein, es ist etwas passiert, etwas Furchtbares.«

»Was denn?«

»Munro«, erklärte er atemlos, »die Körperverletzung.«

»Ich erinnere mich.«

»Er ist tot, Alex. Tot! Man hat ihn heute Morgen gefunden! Und ich bin schuld! Es war alles mein Fehler!« Er heulte fast. »Er wollte keine Kaution! Er wollte einfach nicht! Und ich habe ihn überredet, habe gesagt, es ginge schon alles in Ordnung. Er wusste, dass nichts in Ordnung war! Er wusste, dass es passieren würde! Mein Gott, er wusste es!«

»Sie haben ihm Kaution verschafft?«

»Ja, gestern, obwohl er es nicht wollte. Er wusste, die würden ihn erwischen!«

Endlich verstand ich. »Wollen Sie damit sagen, er ist ermordet worden?«

Er nickte.

»Jetzt mal ganz langsam, Gary, eins nach dem anderen und beruhigen Sie sich. Sie meinen tatsächlich, Munro wusste, dass er in Gefahr war?«

»Natürlich! Er hatte unheimliche Angst, er hat sich vor Angst fast in die Hose gemacht! Immer wieder hat er gefragt: ›Meinen Sie wirklich, ich kann mich raustrauen? Schicken die mir bestimmt keinen auf den Hals?‹ Ob er es wusste? Bei Gott, er wusste es besser als jeder andere. Und ich habe ihn überredet. Ich habe ihm erzählt – es wäre in Ordnung! Können Sie sich das vorstellen? Und er hat mich immer wieder gefragt: ›Das sollen Sie mir ausrichten? Sagen Sie wirklich, es ist in Ordnung? Sind Sie ganz sicher?«

»Hat er gesagt, vor wem er Angst hatte?«

»Ja, sicher! Er hat mir die ganze verdammte Geschichte erzählt, von Anfang bis Ende! Ich konnte ihn nicht aufhalten. Ich wollte nichts davon hören, aber ich konnte ihn nicht stoppen!«

»Er wollte also, dass Sie es wissen.«

Sturgess zog eine Grimasse. »Sie meinen, er wollte mich als seine Versicherungspolice? Eine schöne Versicherung!«

Einen Augenblick lang tat er mir Leid. Wahrscheinlich hatte ihn nichts in seiner Ausbildung auf so etwas vorbereitet.

»Also, wer war hinter ihm her?«, fragte ich.

»Ronnie Buck. Er war einer von Bucks Leuten. Ronnie hatte ihn im Schwitzkasten.«

Ich brauchte einen Moment, um das zu verdauen, auch wenn es mich kaum überraschte. »Okay«, sagte ich, so ruhig ich konnte. »Jetzt wollen wir überlegen, wie wir …«

»Aber das ist noch nicht alles«, fiel mir Sturgess ins Wort. »Es kommt ja noch schlimmer!« Er lehnte sich vor und ich sah die feuerroten Flecken auf seinen Wangen. »Ich habe gesehen, wie sie ihn abgeholt haben.«

»Was?«

»Nachdem ich mit Munro fertig war, hatte ich noch einen anderen Fall, und als ich damit durch war, war Munro weg. Das dachte ich jedenfalls. Aber dann, auf dem Weg zur U-Bahn, habe ich ihn wieder gesehen. Er ging in dieselbe Richtung, ein paar Meter vor mir, anscheinend ebenfalls zur U-Bahn. Und dann hält dieser Wagen neben ihm an, ein großer Mercedes. Munro schaut kurz hinein und geht weiter, aber in einem Höllentempo, und der Wagen rollt neben ihm her. Munro unterhält sich offenbar mit dem Fahrer, und es geht nicht sehr freundlich zu. Munro versucht abzuhauen, aber der Wagen überholt ihn. Der Fahrer und ein anderer Kerl springen raus, packen Munro und schmeißen ihn auf den Rücksitz. Ich bin hinterhergelaufen, aber sie waren weg wie der Blitz.«

»Haben Sie die Autonummer?«

Er schüttelte den Kopf.

Ich wurde wütend. »Was, keinen einzigen Buchstaben, keine Ziffer?«

»Ich war einfach zu baff! Ich konnte es nicht fassen, wie sie ihn einfach abschleppten, am helllichten Tag. Ich war total schockiert, Alex. Mir war richtig schlecht. Irgendwie wusste ich, was passieren würde. Vor allem, nachdem ich den Fahrer gesehen hatte.«

»Sie haben ihn erkannt?«

»O ja, das habe ich. Es war Russell. Der hat den Wagen gefahren. Verstehen Sie? *Russell!*«

»Ronnie Bucks Fahrer? Der Typ, der mit Ronnie freigesprochen worden ist?«

»Genau der.«

Ich lehnte mich vor. »Sind Sie sicher?«

»Mein Gott, ich hatte den Kerl sechs Wochen lang vor Augen, jeden Tag. Natürlich bin ich sicher!«

»Wie weit waren Sie von dem Mercedes entfernt?«

»Fünf Meter oder so, auf keinen Fall weiter. Und er hat sich umgedreht. Ich habe sein Gesicht gesehen. Wahrscheinlich hat er mich auch gesehen. Ganz sicher, Alex, es war Russell.«

Mir ging alles Mögliche durch den Kopf, als ich das hörte, und das meiste war sehr beunruhigend. Nur eins stand fest. »Sie müssen zur Polizei gehen. Verstehen Sie?«

Er spielte mit seiner Kaffeetasse. »Ja. Ich nehme an, Sie haben Recht.«

»Sie müssen, Gary!« Dann zwang ich mich, die letzte Frage zu stellen: »Sagen Sie, Gary – ich will es nur verstehen –, was hat Sie dazu gebracht, Kaution zu beantragen?«
Es trat eine lange Pause ein. Er schaute auf seine Tasse. Schließlich murmelte er: »Sie meinen, wer.«
Ich brauchte eigentlich nicht weiter zu fragen. »Hat Paul gesagt, Sie sollten so vorgehen?«
»Ja.«
»Und was genau hat er gesagt?«
»Er sagte, es wäre in Ordnung.«
»Das war alles?«
Er rutschte auf seinem Stuhl herum. »Na ja ... mehr oder weniger.«
»Können Sie mir bitte genau sagen, was Paul gesagt hat?«
Er wollte nicht, aber ich ließ nicht locker, bis er schließlich erzählte: »Als Paul sagte, ich sollte auf Kaution drängen, habe ich gefragt, ob er ganz sicher ist, und erwähnt, dass Munro sich ziemliche Sorgen macht, was werden soll, wenn er rauskommt. Ich habe gesagt, dass Munro echte Angst hätte, aber Paul meinte nur, ach was, Munro brauche sich um gar nichts Sorgen zu machen. Und ich habe noch mal gefragt, ob er sicher ist, ob das wirklich gut wäre, wo der Kerl doch solche Angst hatte. Und Paul hat losgelegt, ich würde sein Urteil in Zweifel ziehen und es gäbe keinen Grund, solchen Wirbel zu machen. Er meinte, ich solle in die Gänge kommen, und dann war er mit etwas anderem beschäftigt und ich konnte nicht mehr mit ihm reden.«
»Vielen Dank«, sagte ich förmlich.
Wir saßen eine Weile schweigend da, jeder in seine Gedanken vertieft. Irgendwann murmelte ich: »Ich glaube, was die Polizei angeht, wäre es das Beste, sich an die einfachen Fakten zu halten.«

»Keine Sorge«, sagte er sofort. Sturgess war ein fixer Bursche. Wahrscheinlich brauchte ich ihm nicht zu erklären, was er zu tun hatte, doch ich wollte lieber sichergehen.
»Erwähnen Sie nur, was Sie gesehen haben.«
»Klar, nur Russell und den Wagen.«
»Alles andere würde es …«
»… zu kompliziert machen, ich weiß.«
Wir verstanden uns also, obwohl ich nicht wusste, womit Paul solche Loyalität verdient hatte.
Sturgess hatte noch etwas anderes auf dem Herzen. »Ich werde aber auch erzählen müssen, dass Munro eine Heidenangst vor Ronnie hatte. Er hatte furchtbare Angst, der arme Teufel. Er wusste, was passieren würde. Das werde ich der Polizei sagen müssen, Alex.«
»Ja, das sollten Sie wahrscheinlich.«
»Ich werde sagen …« Er druckste herum. »Ich sage, er wollte untertauchen, sobald er auf Kaution wäre. Sonst wird die Geschichte nur zu kompliziert und sie fragen, warum ich überhaupt Kaution beantragt habe.«
Wie sehr ich Paul dafür hasste, dass er Verschwörer aus uns gemacht hatte, indem er Sturgess dieses faule Ei von einem Fall zugeschoben hatte! »Sagen Sie nichts, wobei Ihnen nicht wohl ist, Gary.«
»Aber ich werde Paul auch nicht reinreißen. Bestimmt wollte er nicht, dass Munro etwas zustößt. Ich bin sicher, es war keine Botschaft, die er mir übermittelt hat, als ich ihn gefragt habe. Es war nur seine Meinung.«
Ich wollte, ich wäre da ebenfalls so sicher gewesen, und dennoch verstrickte ich mich immer tiefer. »Auf jeden Fall würde das die Sache vereinfachen. Wie ist Munro denn umgekommen? Wissen Sie das?«

»Sie haben ihn erschossen.«
»Und woher wissen Sie das?«
»Von Cornelia. Sie hat mich heute Morgen angerufen.«
»Hat sie auch gesagt, wo es passiert ist und mit welcher Kriminalabteilung wir es zu tun haben?«
»Vielleicht. Ich kann mich nicht erinnern.«
Ich schaute auf die Uhr, griff nach meinem Telefon und wählte Cornelias Nummer.
»Lewisham hat den Fall«, sagte sie.
»Und wer?«
»Inspector Barrett.«
»Woher wissen Sie das?«
»Woher ich das weiß?« Sie klang etwas überrascht. »Na, von Paul. Er hat mich gleich heute Morgen angerufen. Er sagte, man hätte ihn noch in der Nacht informiert.«
Das war also das Telefonklingeln gewesen, das ich gehört hatte.
»Hat Paul Ihnen irgendwelche Instruktionen hinterlassen?«
»Er hat mich gebeten, die nächsten Angehörigen aufzutreiben, aber ich bin die Akte durchgegangen, und da sind keine Verwandten erwähnt.«
»Wann wollte Paul aus Ealing zurück sein?«
»Um die Mittagszeit.«
Ich schaute zu Sturgess hinüber, dem immer noch der Schock ins Gesicht geschrieben stand, und fragte Cornelia: »Was hat Sturgess für heute auf dem Programm?«
Ich hörte, wie sie im Hauptterminkalender blätterte. »Keine Gerichtstermine. Heute Nachmittag zwei Klientengespräche, eins um zwei und das andere um halb vier.«
»Können Sie vielleicht eine Vertretung für ihn auftreiben? Für mich übrigens auch.«

Cornelia sagte nichts, aber bestimmt fragte sie sich, was da vorging.
»Werden Sie erreichbar sein?«
Ich überlegte kurz. »Nein.«
»Und was soll ich Paul sagen?«
»Sagen Sie, ich komme später vorbei.«
Ich klappte das Handy zu und bezahlte den Kaffee, den wir getrunken hatten.
»Es ist in Lewisham«, informierte ich Sturgess. »Lassen Sie uns gleich hinfahren.«
»Kennen Sie die Leute dort? Wie sind sie?«
Ich dachte an Dave Adamson. »Einer ist ganz in Ordnung.«
»Einer?« Etwas von Sturgess' altem Sarkasmus schimmerte durch. »Na, dann brauchen wir uns ja keine Sorgen zu machen.«

Es war drei Uhr nachmittags, als Detective Inspector Barretts Team sich endlich in der Lage sah, unsere Aussagen offiziell aufzunehmen, und sie hatten es damit nicht sehr eilig. Um vier, als man mir eine Nachricht von Dave Adamson zuschob, dass er im Gebäude sei, kämpften wir uns immer noch damit ab. Um zwanzig vor fünf konnte ich mich endlich mit Adamson treffen, auf dem Korridor vor der Verhörkabine.
»Habe ich richtig gehört?«, fragte er in unverhohlener Freude. »Sie haben einen Zeugen für den Munro-Mord vorbeigebracht?«
»Nicht direkt für den Mord …«
»Aber für die Entführung, oder? Also!« Er hob triumphierend eine Faust und strahlte mich an.
»Damit ist leider noch lange nichts bewiesen, Dave.«
»Aber wenigstens haben wir Ronnie wieder vor der Flinte!«

»Ich darf Sie daran erinnern, dass Ronnie Buck immer noch zu unseren Klienten zählt.«

»Ach!« Er lächelte ironisch. »Aber der Fahrer, Russell, ist doch nicht Ihr Klient, oder?«

»Er wird von jemandem in Catford vertreten, glaube ich.«

»So ein Pech für ihn.«

Ich ging nicht auf seine Ironie ein und entgegnete: »Es wäre nicht sehr professionell, wenn ich jetzt mehr sagte.«

»Sie haben ihn vorher gefoltert, wissen Sie das?«

Ich starrte ihn an. »Nein, davon habe ich nichts gehört.«

»Ganz abscheulich. Der arme Kerl.«

Ich beschloss, Sturgess noch nichts davon zu erzählen. Er fühlte sich schon schuldig genug.

»Es ist eindeutig Bucks Handschrift.«

Schließlich gab ich den letzten Anschein von Klientenloyalität auf. »Ich hoffe, Sie fassen ihn.«

»Wir werden unser Bestes tun, darauf können Sie sich verlassen.«

Wir verstummten, während zwei Beamte vorbeigingen.

»Ich bin also nicht mehr in Ihrem schwarzen Buch?«, fragte ich lächelnd. »Ich wollte Sie nämlich um einen Gefallen bitten.«

Er lächelte ebenfalls, wenn auch etwas skeptisch. »Schießen Sie los.«

»Es geht um eine Wohnung in Knightsbridge, am Hans Place. Sie gehört dem Privatfond einer Familie Aubrey, der von Guernsey aus verwaltet wird. Ich möchte wissen, wer diese Wohnung benutzt.«

Daves Gesicht war ein großes Fragezeichen. Mein Anliegen war so einfach, dass er einen Haken vermutete.

»Ich will nur wissen, wer da wohnt oder regelmäßig dort ist. Ich habe sogar die Telefonnummer.«

»Das ist alles?«
»Ja.«
»Na gut. Ist morgen früh genug? Ich habe heute Spätdienst.«
»Morgen wäre sehr gut.«
Er hob noch einmal die Faust. »Wissen Sie was? Ich fühle mich richtig wohl, weil wir diesem Buck endlich auf den Fersen sind.«

»Ich soll ihm sofort Bescheid sagen, wenn Sie kommen.« Cornelia zeigte auf Pauls Büro.
Es war nach halb sechs. Die anderen waren alle schon gegangen. »Irgendetwas für mich?«, fragte ich leise.
Cornelia schaute auf den Stapel der Akten, die sofort zu erledigen waren. »Jede Menge, aber es kümmert sich schon jemand darum.« Sie war sehr kühl. Ich wusste, sie nahm es mir übel, dass ich sie den Tag über nicht auf dem Laufenden gehalten hatte.
»Danke«, sagte ich angemessen kleinlaut.
»Ein Inspector Ramsey hat für Sie angerufen, aus Norfolk. Er möchte mit Mr. Will Dearden sprechen, morgen früh um zehn, bei Dearden zu Hause, wenn das geht.«
»Sagen Sie ihm, das ist in Ordnung.«
»Fahren Sie wieder hin?«
»Ja, heute Abend.«
»Und wann werden Sie zurück sein?«
»Ich weiß nicht.«
Dann fiel mir ein, dass ich schon beschlossen hatte, übers Wochenende in Norfolk zu bleiben. »Sonntagabend. Geht das?«
»Also gut.« Cornelia war schon dabei, alles zu planen. »Und Gary?«

»Der wird morgen wieder zur Stelle sein.« Nun zeigte sie unverhohlene Neugier und ich erklärte: »Wir hatten etwas zu erledigen.«
»Ach ja?«
Eine Tür öffnete sich, und ich hörte Schritte im Gang. Es konnte nur Paul sein.
»Ich kann jetzt nicht darüber reden«, sagte ich schnell, »ich darf nicht.«
Sie schaute wieder etwas freundlicher drein. Ein bisschen Intrige war immer nach ihrem Geschmack. »Aus Sicherheitsgründen?«
»Ja.« Damit war ich der Wahrheit nahe genug. »Aber sagen Sie zu niemandem ein Wort, Cornelia, nicht einmal zu Paul.«
»Ich verstehe«, raunte sie stolz, ganz Diskretion.
Paul erschien in der Tür, verschwitzt, mit aufgekrempelten Hemdsärmeln. »Du bist schon hier?«
»Seit einer Minute.«
»Wo warst du?«, fragte er vorwurfsvoll.
Ich ging vor ihm her zu seinem Büro.
»Warum hast du nicht angerufen? Hier war die Hölle los wegen dieser Munro-Sache. Hast du davon gehört?«
»Ja, ich habe davon gehört. Wo hat man ihn gefunden?«
»Irgendwo in der Nähe von Lewisham.« Er folgte mir in sein Zimmer.
»Wie ist er gestorben?«
Er schob ein paar Akten auf seinem Schreibtisch beiseite, um sich Platz zu schaffen. »Erschossen, sagt die Polizei.« Er setzte sich halb auf den Schreibtisch und wieder einmal fiel mir auf, wie sehr er im letzten Jahr zugenommen hatte. Er hatte einen enormen Bauch. Sein Hemd war total verknittert; er musste es direkt aus dem Wäschekorb gefischt haben, nur weil er nicht

ins Schlafzimmer kommen und ein Gespräch mit mir riskieren wollte.
Ich schloss die Tür. »Es war also eine Hinrichtung, stimmts? Eine Bandensache.«
Er mied meinen Blick. »Sieht ganz so aus.«
»Wusste Munro, dass er auf der Abschussliste stand?«
»Was?« Er tat, als verstehe er nicht, wovon ich redete, doch er wollte nur Zeit gewinnen, das sah ich ganz deutlich. »Was?«, wiederholte er abwesend. »Ob er es wusste? Na ja, er hat irgendwas gesagt, dass er sich Sorgen mache, was werden soll, wenn er rauskommt. Aber sind sie nicht alle in solchen Schwierigkeiten, die Munros dieser Welt? Ich habe das nicht so ernst genommen. Und schließlich hat er keinen *Einspruch* erhoben, als wir sagten, wir würden Kaution beantragen. Er hat uns keine *Instruktionen* gegeben, es nicht zu tun. Er hat nichts *gesagt,* verstehst du?« All das spulte er rasend schnell ab, als wollte er verhindern, dass ich ihn unterbrach.
»Zu welcher Bande hat er gehört?«
Paul spielte den Unschuldigen, wie immer, wenn er eine Lüge auftischen wollte. »Was weiß ich?«
»Jemand hat mir erzählt, er wäre einer von Ronnie Bucks Leuten gewesen.«
Er hob die Hände. »Hör zu: Ich habe ihn nicht gefragt. Es ist sicherer so, verstehst du?«
»Aber du musst es gewusst haben.«
»Was meinst du damit?«, brauste er auf. »Wieso soll ich es gewusst haben? Seit wann empfiehlt es sich, so etwas zu wissen?«
Ich wurde immer wütender. »Na komm, Paul. Du willst mir doch nicht erzählen, Munro hätte seine Anwaltskosten selbst bezahlt.«
»Er hatte Prozesskostenhilfe!«, rief er beleidigt. »Schon immer!

Worauf willst du eigentlich hinaus, Lexy? Nun sag schon, worauf willst du hinaus?«

Ich ließ mich auf den Besuchersessel fallen. »Ich frage nur.«

Es kann nicht sehr überzeugend geklungen haben, denn er schrie mich an: »Nein, du willst auf etwas ganz Bestimmtes hinaus, und das gefällt mir überhaupt nicht!«

Das Telefon klingelte. Er funkelte mich an und ignorierte das Klingeln eine Weile. Dann machte er eine Geste, als falle ihm plötzlich etwas Wichtiges ein, und nahm den Hörer ab. Es war der Verteidiger, mit dem wir in einem Erpressungsfall zusammenarbeiteten, der am nächsten Morgen im Old Bailey verhandelt werden sollte.

Als er auflegte, hatte er sich etwas beruhigt. »Also, wo warst du den ganzen Tag?«, fragte er vorsichtig.

»Es hat sich etwas ergeben.«

»Mit Gary?«

Für einen furchtbaren Augenblick dachte ich, er wüsste schon Bescheid. »Ja, ich habe Gary gesehen.«

»Ach ja? Und worum ging es?«

»Darüber kann ich leider nicht reden.«

Sein Mund zuckte. »Was sagst du?«

»Ich bin nicht befugt, darüber zu reden.«

Er versuchte, den Verblüfften zu spielen. »Nicht *befugt?* Was soll *das* denn heißen, Lexy?«

»Ich kann nicht darüber reden, aus professionellen Gründen.« Und dann konnte ich es mir nicht verkneifen, hinzuzufügen: »Und aus ethischen Gründen, wenn du es genau wissen willst.«

»Moment mal.« Er hielt eine Hand hoch, als wollte er diesem Unsinn Einhalt gebieten, bevor es noch schlimmer würde. »Professionelle Gründe? Na, die möchte ich hören. Ich meine, dazu habe ich doch wohl ein Recht, oder? Und ethische Gründe, sagst du? Kannst du mir vielleicht erklären, was das bedeuten soll?«

»Mit professionellen Gründen meine ich nur, dass wir uns in einem Interessenkonflikt befinden, mehr nicht.«

»Und wer ist dein Klient? Kannst du mir nicht wenigstens sagen, wer dein Klient ist?«

»Es wäre augenblicklich nicht im Interesse meines Klienten, wenn irgendjemand wüsste, wer er – oder sie – ist.«

Nun spielte er wieder den Beleidigten. »Nicht mal, wenn *ich* es wissen möchte?«

»Ja, das gilt auch für dich.«

Er hatte Mühe sich zu beherrschen. »Na gut«, sagte er mit angestrengter Geduld, »na gut. Dann lass uns über die ethische Seite reden. Warum, in Gottes Namen, wäre es also ethisch nicht vertretbar, es mir zu sagen?«

»Das kann ich nicht beantworten. Ich hab mein Wort gegeben, nichts zu sagen.«

»Es hat doch nichts mit Munro zu tun, oder?« Jetzt funkelte er mich an.

Ich hatte keine Bedenken, ihm Lügen zu erzählen. Nicht, wenn es um Sturgess' Sicherheit ging – und um mein Gewissen. »Nein«, sagte ich, seinem Blick mühelos standhaltend. »Aber wir wollen doch kein Ratespiel daraus machen, Paul.«

»Ronnie Buck – es hat also damit zu tun, stimmts?«

Ich stand auf. »Nein, Paul, ich lasse mich auf keine Ratespielchen ein.«

»Na gut«, wiegelte er sofort ab, »in Ordnung.« Er atmete schwer. Ein Schweißtropfen lief ihm die Wange hinunter.

»Geh doch nach Hause und leg dich ein bisschen hin«, riet ich ihm.

Er rieb sich die Augen. »Du kommst also nicht nach Hause?«
»Ich werde bis Sonntagabend wegbleiben, vielleicht bis Montag.«
»Norfolk?« Er versuchte, gelassen zu klingen. »Da kann ich wohl nicht mithalten.«
Er schaffte es immer noch, mir Schuldgefühle einzuflößen.
»Versuch doch, heute Abend nichts zu trinken«, sagte ich.
Er lachte boshaft. »Sicher, Schatz. Sicher.«
Wahrscheinlich dachte er gar nicht daran. Offensichtlich hatten wir den Punkt erreicht, an dem wir auf die Gefühle des anderen keine Rücksicht mehr nahmen.

Schon im Lift fühlte man sich wie in einem arabischen Palast: Spiegel mit vergoldeten Rahmen, Marmorfußboden und poliertes Messing. Der Korridor im vierten Stock war mit prunkvollem, orientalisch gemustertem Teppichboden ausgelegt. Von der Decke hingen kitschige Kronleuchter, an den Wänden standen hier und da Louis-XVI.-Tischchen mit barocken Vasen und extravaganten Blumensträußen.
An der Wohnungstür hatte man die Wahl zwischen einem vergoldeten schweren Klopfer und einem vergoldeten Klingelknopf. Ich entschied mich für die Klingel.
Barry Holland öffnete die Tür in einem Anzug, wie ihn Medienstars tragen, dunkel, bequem und von tadellosem Schnitt, dazu ein einfaches weißes Hemd mit offenem Kragen. Diese Kluft passte viel besser zu ihm, dem internationalen Konzertpromoter und Großstadtmenschen, als der Gutsherrenlook, in dem ich ihn vorher gesehen hatte.
»Kommen Sie herein, Alex.« Er trat zur Seite, und ich schaute in eine Diele mit noch mehr Spiegeln, Marmor, Kronleuchtern

und Blumen, als wäre hier derselbe Innenarchitekt am Werk gewesen, der auch den Korridor verbrochen hatte.
Das Wohnzimmer war geräumig, die Beleuchtung zurückhaltend und warm, so dass das große Fenster zum Regent's Park hin voll zur Geltung kam.
»Möchten Sie etwas trinken? Ich habe eine Flasche Champagner offen.«
Ich bat um ein Glas Mineralwasser. Auf dem Weg zur Küche machte Barry noch mehr Lichter an und ich stellte fest, dass der Raum wesentlich einfacher möbliert war als die Diele. Ich setzte mich auf ein Sofa vor dem ehemaligen Kamin, in dem jetzt eine große Bronzestatue prangte, ein Delfin. Barry kam mit den Getränken und setzte sich auf ein Sofa daneben, von dem aus man zum Fenster blickte. Hier, in seiner vertrauten Umgebung, mit einem Glas Champagner in der Hand, strahlte er das Selbstbewusstsein und die Energie eines Mannes aus, der es aus eigener Kraft zu wirklichem Reichtum gebracht hat.
»Also, was kann ich für Sie tun?«, fragte er freundlich, wenn auch mit spürbarer Zurückhaltung.
»Kurz gesagt, ich versuche ein paar Lücken zu füllen, die ich in Grace' Terminkalender entdeckt habe.«
»Hat das die Polizei nicht schon längst getan?«, wandte er höflich ein.
»Vielleicht, aber ich möchte ganz sicher sein, dass nichts übersehen worden ist.«
»Und was sollte das sein?«
»Das ist genau der Punkt. Das möchte ich gern herausfinden.«
»Aber was, glauben Sie, könnte vergessen worden sein? Sie müssen doch irgendeine Idee haben, wonach Sie suchen.« Bei aller Höflichkeit hatte sein Ton etwas Unerbittliches. Unklar war nur, ob er immer so redete, wenn er von jemandem eine

Antwort haben wollte, oder ob er diese Tour nur bei mir probierte.
»Ich möchte zunächst einmal alles ausschließen, was ohne Bedeutung ist.«
Er dachte eine Sekunde darüber nach. »Aha.«
Ich hatte das Gefühl, es ihm genauer erklären zu müssen. »Die Familie will alles wissen, was es zu wissen gibt. Es ist amtlicherseits noch keine Todesursache festgestellt worden. Vielleicht wissen Sie das nicht. Es gibt noch nicht die geringste Erklärung, was passiert sein könnte.«
»Die Familie?« Das schien ihn zu verwundern. »Ich dachte, Sie vertreten Will Dearden.«
»Will und die Familie.«
Er nickte nachdenklich. »Ach so.« Dann fixierte er mich mit einem trägen Blick, dem sicher kaum etwas entging. »Sie wollen also die Lücken füllen.«
»Grace hatte einen Termin für den Donnerstag vermerkt, nachdem sie verschwunden ist. Um halb sieben in dieser Wohnung.«
»Stimmt, aber das haben wir abgeblasen.«
»Aus einem bestimmten Grund?«
»Weil ich sowieso nach Deepwell wollte. Es erschien einfacher, wenn wir uns dort treffen würden.«
»Und? Haben Sie sich in Deepwell getroffen?«
»Wir wollten etwas ausmachen, sobald sie aus London zurück wäre, am Freitag, aber dann ...« Er machte eine hilflose Handbewegung. »Nein. Wir haben uns nicht getroffen.«
»Darf ich fragen, worum es bei diesem Treffen gehen sollte?«
Er nippte an seinem Champagner und beobachtete mich über den Glasrand hinweg. Als er den Mund wieder aufmachte,

klang er, als hätte er sich entschlossen, etwas offener zu sein. »Es ging um das Musikfestival. Meine Firma wollte – will – etwas Geld beisteuern. Fünftausend Pfund, um genau zu sein. Grace und ich wollten ein paar Einzelheiten besprechen, Plakate, Werbung und solche Dinge.«

»Ich verstehe. Und wer ist W.R.M.?«

»Wie bitte?«

»Grace hatte die Initialen W.R.M. neben den Termin geschrieben, über Ihrer Adresse hier.«

»W.R.M?« Er zog die Mundwinkel nach unten. »Keine Ahnung.«

»Sie haben also niemand anderen erwartet?«

»Nein.« Plötzlich schien ihm ein Licht aufzugehen. »Es sei denn …« Er grinste in sich hinein. »Vielleicht war da Grace' Sinn für Humor am Werk. Es könnte mit dem Spitznamen zu tun haben, den sie manchmal für mich hatte.« Er lächelte wieder. »Ein oder zwei Mal hat sie mich ›Wahnsinnig Reicher Mensch‹ genannt. Das hat sie mir wirklich ins Gesicht gesagt, ›Sie wahnsinnig reicher Mensch‹. Das konnte sie, ohne eine Miene zu verziehen. Sie hatte einen sehr trockenen Humor. Also, beantwortet das Ihre Frage?«

»Hatten Sie sich davor schon manchmal getroffen?«

»Was, wegen des Festivals? Ja, zwei oder drei Mal.«

»Hier?«

Seine Augen verengten sich ein wenig und in seiner Miene las ich eine milde Drohung, als würde ich nun Dinge fragen, die mich eigentlich nichts angingen. Warum war er nur so zurückhaltend, geradezu beschützend, was Grace anging?

»Ein Mal haben wir uns in Deepwell getroffen«, antwortete er schließlich, »und ein Mal in meinem Büro in der Firma. Und ein Mal hier.«

»Hatten Sie auch sonst mit Grace und Will Umgang, gesellschaftlich, meine ich?«

»Ja, wir sind einander hin und wieder begegnet, aber nicht sehr oft. In Norfolk spiele ich gern den Einsiedler. Ich fahre nach Deepwell, wenn ich meine Ruhe haben will. Auf das Gesellschaftliche bin ich nicht so scharf.« Und empfindlich, dachte ich. Angesichts seiner Vorgeschichte wollte er es wahrscheinlich nicht riskieren, dass ihm jemand die Tür vor der Nase zuknallte.

»Wann haben Sie Grace zum letzten Mal gesehen?«

Es trat eine Pause ein, in der er zu überlegen schien, ob ich wohl wusste, dass er der Zeuge für Grace' rätselhafte letzte Fahrt war – dass er es war, der sie gesehen hatte, wie sie zu den Marschen zurückfuhr.

»Ich meine, wann haben Sie sie das letzte Mal getroffen und mit ihr geredet?«, modifizierte ich meine Frage.

»Ach so.« Er dachte kurz nach. »Das war vor etwa drei Wochen, glaube ich.«

»Und sie wirkte … normal?«

»Normal?« Aus irgendeinem Grund veranlasste ihn der Ausdruck, die Stirn zu runzeln. »Sicher. Sie war in glänzender Form, keine Frage.«

Dies war der Augenblick, etwas direkter zu werden. Ich beugte mich vor. »Erzählen Sie mir von ihr, Barry. Wie war sie *wirklich?*«

»Wie sie wirklich war? Eine gute Frage. Etwas geheimnisvoll, würde ich sagen, wie die meisten Frauen. Eine unbekannte Größe, sozusagen. Ich habe eine Menge Frauen kennen gelernt, aber ich könnte nicht behaupten, sie je verstanden zu haben.« Er kicherte selbstzufrieden. Offenbar war er ziemlich stolz auf seine Erfahrungen. »Wie sie wirklich war!« Eine

Weile dachte ich, er würde mich mit irgendeiner Phrase abspeisen, doch dann nahm er sich die Zeit, seine Antwort sorgfältig abzuwägen. »Sie war eine ganz eigenartige Mischung. Nach außen hin die reine Liebenswürdigkeit und Heiterkeit, aber darunter sehr hart. Verstehen Sie, was ich meine? Selbstbewusst und clever. Nicht besonders intelligent, das meine ich nicht, aber ... ja, clever. Und sehr bei der Sache, sehr organisiert und effizient, vielleicht sogar« – wieder verengten sich seine Augen – »vielleicht sogar ein wenig übertrieben, wie sie alles planen wollte, zum Beispiel, welche Gäste ich zu diesem Festival mitbringen sollte, wie sie gekleidet sein sollten. Sie wollte nichts, aber auch gar nichts dem Zufall überlassen. Sie selbst wusste natürlich genau, wie sie sich zu kleiden hatte. Sie hatte Klasse, sah immer großartig aus.« Er blickte an mir vorbei, während er weiter über sie nachdachte. »Ansonsten – ja, ehrgeizig war sie, ganz bestimmt. Ich meine das nicht negativ. Ein bisschen Ehrgeiz kann nicht schaden.« Er zog die Augenbrauen hoch, womit er wohl sagen wollte, dass *ihm* ein bisschen Ehrgeiz bestimmt nicht geschadet hatte. »Sie wollte etwas vom Leben und sie wusste, wie sie es erreichen konnte. Sie war sehr zielstrebig. Zielstrebig und gerissen. In der Regel bekam sie, was sie wollte, verstehen Sie?« Und dann fügte er hinzu: »Natürlich nicht immer, wenn man glaubt, was die Leute sagen.«

»Nein?«

Er wischte die Bemerkung beiseite. »Ach, ich habe da nur etwas gehört. Ist schon lange her.«

»Erzählen Sie.«

»Es ist wirklich eine Ewigkeit her. Ein Freund erzählte mir damals, Grace wäre unheimlich verknallt in ihn. Ach was, warum soll ich es Ihnen nicht erzählen? Es war Dan Elliott, der Schauspieler.« Ich erinnerte mich. Veronica hatte sich darüber ausgelassen, wie verliebt er in Grace gewesen sei. »Irgendwann hatten sie einen Riesenstreit, und er ließ sie fallen. Dan scheint da seine Probleme zu haben: ein echter Ladykiller, aber sobald es ernst wird, sucht er das Weite. Das muss Grace ziemlich zugesetzt haben, jedenfalls hat Dan es so erzählt. Eine Zeit lang hat sie ihm wohl das Leben zur Hölle gemacht. Sie sei wahnsinnig wütend gewesen, sagt Dan, habe ihn regelrecht verfolgt. Sie wollte einfach nicht lockerlassen. Am Ende hat sie sogar den Trick mit der Überdosis versucht.«

»Eine echte Überdosis? Ich meine, sah es so aus, als hätte sie es ernst gemeint?«

»Ach was!« Er schüttelte den Kopf. »Sie wissen doch, wie so etwas geht: nur ein paar Pillen, um den guten Dan an ihr Bett zu bekommen. Wie auch immer, dann hat sie jedenfalls Will geheiratet, um ihm eins auszuwischen. Das sagt jedenfalls Dan. Er sagt, er sei unheimlich erleichtert gewesen. Er hat aber auch erzählt, sie hätten sich vor gar nicht langer Zeit wieder gesehen und sie sei sehr nett gewesen. Aber so war sie eben: Das Leben geht weiter, immer Haltung bewahren. Das war unsere Grace. Sie hat einiges mitgemacht, wie wir alle, aber sie war eine Kämpferin, knallhart und keine Bandagen.« Er grinste bewundernd. »Ich muss zugeben, für mich war sie eine Wucht, die gute Grace.«

»Haben Sie sich gut verstanden?«

»Was?«, rief er. »Darauf können Sie Gift nehmen! Wir waren ein Herz und eine Seele. Wir haben dieselbe Sprache gesprochen. Vor mir brauchte sie sich nicht zu verstellen. Ich wusste, wie sie war, und ich habe sie dafür bewundert.« Die Neugier stand mir wahrscheinlich ins Gesicht geschrieben, jedenfalls sagte er nüchtern: »Und was Ihre nächste Frage angeht: Nein, wir hatten nichts miteinander. Sie war reizvoll, mehr als das, aber es wäre nicht recht gewesen. Ich hätte das Gefühl gehabt, ihre Lage auszunutzen.«

Bemüht, meine Verblüffung nicht zu offen zu zeigen, hakte ich nach. »Ihre Lage? Ausnutzen?«

»Na ja, sie war schließlich nicht glücklich. Sie war sogar ziemlich verzweifelt, das wissen Sie doch bestimmt. In diesem Zustand wissen Frauen oft nicht, was sie wirklich wollen. Da kann man nicht einfach etwas anfangen, das gibt nur einen Haufen Probleme. Sie brauchte einen Burschen mit allem Drum und Dran – Loyalität, Zukunft und gemeinsames Bankkonto, möglichst groß. Ich fand es besser, mich da rauszuhalten.«

Es fiel mir nicht leicht, mir Barry als den großzügigen Frauenkenner vorzustellen, den edlen Ritter, der schweren Herzens Frauen abwies, um sie vor sich selbst zu bewahren. »Das habe ich nicht gewusst«, murmelte ich. »Ich dachte … Sie sagten doch, sie sei so selbstbewusst gewesen, so organisiert.«

Er warf mir einen zweifelnden Blick zu, so als verdächtige er mich, die Ahnungslose zu spielen. »Es gab Schwierigkeiten in der Ehe. Wissen Sie das wirklich nicht?«

»Nun ja, Schwierigkeiten gibt es in allen Ehen.«

»Aber Grace war echt in der Klemme. Der gute Will muss ein ziemlicher Alptraum gewesen sein: Geld, andere Frauen …«

»Hat Grace Ihnen das erzählt?«

Er wusste sofort, was ich meinte. »Sie glauben, es wäre nicht so gewesen?«

»Ich glaube, sie hat vielleicht etwas übertrieben, wenn es ihr in den Kram passte.«

Der Gedanke schien ihn zu amüsieren. »Wissen Sie, das könnte ich mir durchaus vorstellen. Das hätte zu ihr gepasst. Sie liebte solche Spielchen. Auf der anderen Seite wusste aber jeder, dass

Will in finanziellen Nöten war und Grace das ganze Geld hatte. Das war allgemein bekannt.«

»Wirklich?«

»Sie glauben mir nicht?«

»Doch, doch, aber meines Wissens hatte Grace gar nicht so viel Geld. Und wenn sie einmal etwas davon beigesteuert hat, dann war das wahrscheinlich vor langer Zeit.«

Barry schaute versonnen in sein Glas. Dann trank er aus und sagte bewundernd: »Wenn sie gelogen hat, dann war sie eine verdammt gute Lügnerin.«

»Sie haben ausgesagt, Sie hätten sie an dem Abend gesehen, auf dem Weg zur Marsch. Haben Sie sich da bestimmt nicht geirrt?«

»Nein.«

»Waren Sie weit weg?«

»Nein, nur ein paar Meter. Ich stand an meinem Tor, und ein Auto kam die Straße herunter, in einem Höllentempo. Ich konnte ihr Gesicht sehen, als sie vorbeifuhr. Es war Grace, ganz bestimmt. Den Wagen habe ich auch erkannt. Irrtum ausgeschlossen.«

»Warum sind Sie nicht früher zur Polizei gegangen?«

»Ich war in Hongkong und L.A. Ich bin Freitagabend weggefahren. Von Grace' Verschwinden habe ich erst erfahren, als ich zurückkam.«

Als ich nichts sagte, schaute er zum Fenster und kicherte in sich hinein. »Interessant, die Sache mit dem Geld. So wie sie aussah, musste man denken, sie hätte haufenweise davon.«

»Hat sie je gesagt, sie wäre wohlhabend?«

»Ja, das hat sie.« Er lächelte, wieder voller Bewunderung.

»Was hat sie Ihnen noch erzählt?«

»Sie meinen, welche kleine Lügen sie mir noch aufgetischt

haben könnte?« Plötzlich wurde er sehr ernst. »Ja, da war eine Sache: Einmal hat sie ziemlich unmissverständlich angedeutet, dass Will ihr die Hölle heiß machte – dass er gewalttätig war.«

»Haben Sie das der Polizei gegenüber erwähnt?« Mir lief es kalt den Rücken herunter.

»Ja. Ich dachte, das sollte ich lieber.«

Ich trank schnell mein Wasser aus, und Barry brachte mich zur Tür.

Er hatte schon die Klinke in der Hand, als er noch sagte: »Ich glaube übrigens, dass sie sich schon irgendwo einen anderen Mann warm gehalten hat.«

»Wie kommen Sie darauf?«

»Nennen Sie es Instinkt.« Nun hatte er wieder seinen Frauenkennerblick. »Ein Mann wie ich weiß das einfach. Frauen senden bestimmte Signale aus, ob sie wollen oder nicht. Zuerst, noch letzten Sommer, war Grace auf der Jagd, da gibt es gar keinen Zweifel. Es konnte einem nicht entgehen, die Art, wie sie einen anschaute, und nicht nur mich, auch andere Männer. Sie hatte diesen Blick, unschuldig und zugleich verdorben, und sehr entschlossen. Sie wollte raus aus ihrer Ehe, das war sonnenklar. Aber irgendwann hat sich ihr Blick verändert, war dann mehr ein ›Ich habe ihn‹-Blick. Klar?«

Ich tat so, als hätte ich verstanden, was er meinte.

»Und dann – es muss im September gewesen sein, als wir uns in meinem Büro trafen – klingelte einmal ihr Handy und sie machte etwas aus, für später.« Seine Augen funkelten spitzbübisch. »Und da war bestimmt keine Freundin am anderen Ende. Das hört man. Verstehen Sie, was ich meine?«

Auf dem ersten Stück der MII hatte es einen Unfall gegeben; der Stau war über fünfzehn Kilometer lang. Halb zwölf war ich schließlich in Deepwell. Marsh House sah aus, als wäre es für die Nacht dichtgemacht worden. Das einzige Licht, das ich sah, war ein schwacher Schimmer hinter einem Fenster im ersten Stock.

Die Haustür war abgeschlossen. Ich ging also ums Haus herum und fand die Küchentür offen. Ich machte Licht und schaute nach, ob auf dem Tisch eine Nachricht lag, doch es war keine da. Auch als ich leise rief, blieb alles still.

Ich ging in den Salon und machte dort das Licht an. Grace' Welt aus gelber und blauer Seide erwachte kalt zum Leben. Ich setzte mich an ihren Sekretär und begann, nach dem einen Hinweis zu suchen, der mir entgangen war.

Die Kontoauszüge ergaben nichts. Telefonrechnungen werden normalerweise monatlich direkt von einem Konto abgebucht, aber was ich an Zahlungen per Einzugsermächtigung fand, war ausschließlich für Zinsen und Versicherungsprämien. Um ganz sicher zu sein, ging ich die Scheckabschnitte durch, obwohl ich wusste, dass die Telefongesellschaften keine Schecks annehmen. Aus den Abschnitten ging nur eine regelmäßige Zahlung hervor; seit dem vergangenen Juli hatte Grace jeden Monat zwischen 29,38 und 36 Pfund an ›S.T.‹ gezahlt. Fünf Mal waren es genau 29,38 Pfund gewesen – vielleicht die Pauschalgebühr für eine bestimmte Anzahl von Gebühreneinheiten, die in jenen Monaten nicht überschritten worden war.

Allerdings kannte ich keine Telefongesellschaft mit den Initialen ›S.T.‹. Ich hätte bei allen Gesellschaften anrufen und fragen können, doch wenn das Handy nicht auf Grace' Namen angemeldet war, hätte auch das nichts gebracht. Ich ging die Scheckbücher noch einmal durch, und diesmal bemerkte ich, dass auf einem der Abschnitte nicht ›S.T.‹, sondern ›S-T‹ stand. Also blätterte ich weiter zurück, zu den Juni-Schecks, und fand eine Zahlung von 58,76 Pfund – genau das Doppelte der monatlichen Mindestbeträge, die später herausgegangen waren. Der Empfänger war ein ›Stephen M‹. Ich kramte in meinem Gedächtnis, und bald war ich ziemlich sicher, dass mir im Zusammenhang mit Grace nur ein Stephen M. begegnet war: Stephen Makim, der Buchhalter und Schatzmeister des Musikfestivals. Die Buchstaben S-T bedeuteten wahrscheinlich ›Stephen – Telefon‹.

Ich ging in die Küche, griff mir das Telefonbuch und suchte Stephen Makim heraus. Während ich die Nummer und die Adresse in Fakenham notierte, hörte ich ein Geräusch irgendwo im Haus, einen leisen, dumpfen Knall, wie wenn etwas auf den Boden fällt.

Ich klappte mein Notizbuch zu, ging in die Diele und lauschte, doch es war nichts mehr zu hören.

Schließlich ging ich noch einmal in den Salon, packte die Scheckbücher weg, schloss den Sekretär und löschte das Licht. In der Diele blieb ich wieder stehen und horchte, und diesmal hörte ich es: das Atmen eines schlafenden Mannes, der unverkennbare Rhythmus, fast Schnarchen, aber nicht ganz.

Er lag auf dem Sofa im dunklen Wohnzimmer, und ich konnte nicht gegen den Gedanken an, dass es offenbar mein Schicksal war, mit Männern zu tun zu haben, die den Weg ins Bett nicht fanden.

»Will?« Er lag auf der Seite, den Kopf auf einem Ellbogen. Er sah schön aus im Schlaf, die Linie seiner Augenbrauen, sein Mund, das Gesicht umrahmt von den dunklen Haaren. Ich hockte mich neben ihn, im Schimmer des Dielenlichts, und be-

trachtete ihn still, wie man einen Geliebten anschaut, der neben einem im Bett liegt. Lange sah ich ihn so an, bevor ich noch einmal seinen Namen sagte.
Er rührte sich schmatzend, öffnete die Augen halb und schaute mich verwirrt an.
»Ich bins«, sagte ich, »Ali.«
»Ali.« Er lachte leise. *»Ali«* Er schloss die Augen wieder, streckte einen Arm nach mir aus, legte seine Hand in meinen Nacken und zog mich an sich. Ich fiel auf die Knie und ließ ihn gewähren. Warum nicht?, dachte ich. Als unsere Wangen sich berührten, sank sein Arm auf meine Schultern und er zog mich noch enger an sich. »Ich habe auf dich gewartet, Ali. Ich habe eine Ewigkeit gewartet.«
»Jetzt bin ich hier.«
»Gewartet … Ich hatte Wein für dich, aber …« Er seufzte schuldbewusst. »Aber dann habe ich ihn allein getrunken.«
»Ja.« Ich hatte es längst gerochen. Ich wusste, er hatte zu viel getrunken.
»Es war guter Wein. Ich dachte, ich trinke ihn besser aus, bevor der verdammte Drache ihn in die Finger bekommt.«
»Der Drache?«
»*Veronica,* die böse, verrückte Veronica. Sie hat mir einen gemeinen Brief geschrieben. Sie sagt, ich würde versuchen, Grace' Geld zu stehlen.«
»Ich kümmere mich morgen früh darum. Lass mich das machen.«
Er seufzte und schien wieder einzunicken.
»Ali?«, flüsterte er im Halbschlaf.
»Ja?«
Er seufzte noch einmal, doch diesmal wohlig. »Es ist so … seltsam. Dass du hier bist … zurück … hier bei uns.«

Er drückte mich fester an sich und rieb liebevoll seine Wange an der meinen. Sein Mund streifte mein Ohr.
Die Zeit für Träumereien war vorbei. Ich zog mich zurück.
Er riss die Augen auf und schaute mich verschwommen an. »Wo willst du hin? Geh nicht weg.«
Ich entfernte sanft seinen Arm von meinen Schultern. »Du gehörst ins Bett, Will.«
»Bitte geh nicht weg«, flehte er, »bitte nicht.«
»Ich bleibe über Nacht hier. Ich gehe nicht weg.«
»Versprochen?«
»Versprochen.«
»Diese Alpträume, Ali ...«
»Heute Nacht wirst du keine Alpträume haben.«
Er ergriff meine Hand und zog sie an seine Brust. Er wäre wieder eingeschlafen, doch zum Glück hatte ich Übung darin, einen Mann gegen seinen Willen ins Bett zu verfrachten. Bald hatte ich ihn auf den Beinen und auf dem Weg zur Treppe.
Auf der zweiten Stufe blieb er stehen und drehte sich zu mir um. »Welch eine Verschwendung, Ali«, murmelte er traurig. »So viel Zeit, das ganze Leben, alles verschwendet. Ihr Leben, meines. Wozu das Ganze?«
Ich bugsierte ihn zum ersten Treppenabsatz. »Sag, Will«, fragte ich beiläufig, »weißt du vielleicht von einem Handy, das Grace gehört haben könnte?«
Er blieb mit einem Fuß auf der nächsten Stufe stehen und musterte mich aus glasigen Augen. »Ein Handy? Nein, so was hatte sie nicht.«
»Aber hat sie vielleicht eins benutzt?«
»Nein.« Er wedelte unbeholfen mit einem Arm. »Nein, bestimmt nicht.«
Ein Stück weiter blieb er wieder stehen. Sein Gesicht verzog

sich zu einer fast komischen, verwirrten Grimasse: »Wie kommst du denn darauf, dass sie ein Handy gehabt haben soll?«

»Jemand hat mir erzählt, er hätte sie mit einem gesehen.«

Er wedelte wieder mit einer Hand. »So ein Ding hat sie nie besessen.«

Im Schlafzimmer überredete ich ihn, sich wenigstens teilweise auszuziehen. Während er sich aufs Bett rollte, murmelte er: »Ich sehe sie dauernd vor mir … dieser Traum. Ich sehe sie, da im Wasser … Es ist so kalt. So kalt.«

»Vielleicht solltest du mit Charlie für eine Zeit zu Freunden ziehen.«

»Zu Freunden? Ich will nicht zu Freunden.« Schließlich fielen ihm die Augen zu. »Julian ist ein arroganter Schwätzer …«

»Julian?«

»Ja«, grunzte er, »Anne redet die ganze Zeit auf uns ein … wir könnten bleiben, so lange wir wollten …«

Ich wusste nicht, was mich mehr verstörte: der Gedanke, dass Will dann in unserem alten Haus wäre, oder die Vorstellung, dass er mit Anne Hampton unter einem Dach schlafen würde.

»Ich dachte eigentlich an ein bisschen Abstand, an einen Ort in einer anderen Ecke Englands.«

»Ich kann Frank doch nicht zumuten, sich die ganze Zeit um die Farm zu kümmern. Das kann ich nicht.« Er gähnte und vergrub seinen Kopf in den Kissen. »So gut, dass du hier bist, Ali«, murmelte er. »So gut … geh nicht weg …«

»Ich gehe nicht weg.«

Will war endlich eingeschlafen, und als das Telefon klingelte, war ich schon auf dem Weg nach unten. Es klang sehr schrill in der Stille der Nacht, und ich lief schnell die letzten Stufen hinunter, um ranzugehen.

»Hallo?«, wiederholte ich mehrmals. Am anderen Ende der Leitung war tiefes Schweigen und dann ein Klick: aufgelegt. Ich schaute auf die Uhr. Es war weit nach Mitternacht.
Ich wählte 1471 und eine Maschinenstimme teilte mir die Nummer des letzten Anrufers und die Uhrzeit des Anrufs mit. Ich wählte sofort noch mal 1471, aber ich hatte mich nicht verhört. Der Anruf war aus Wickham Lodge gekommen.

10

Das Haus stand in einer gepflegten Sackgasse am Rand von Fakenham, einer von sechs identischen Neubauten im klassizistischen Stil mit Säulen vor der Tür, Schiebefenstern und geschniegeltem Rasen drum herum. Vor dreien der Häuser standen BMWs in der Garageneinfahrt, und Stephen Makim schien einen Lexus zu fahren.

Er sah weitgehend so aus, wie ich ihn mir nach seiner Stimme vorgestellt hatte, ein energiegeladener Mann von etwa fünfundvierzig, sauber und gepflegt wie sein Haus, mit großen Brillengläsern vor den Augen, in grauem Anzug, weißem Hemd und Sportkrawatte.

»Ich habe es schon der Polizei erzählt«, sagte er, während er mich ins Wohnzimmer führte. »Ich habe gesagt, dass Grace für ihre Arbeit ein Handy hatte. Ich habe es ihnen gesagt.«

Im Hintergrund, wahrscheinlich am Frühstückstisch, waren junge, streitende Stimmen zu hören und eine Frau, die die Kinder zur Eile anhielt.

Wir setzten uns einander gegenüber und ich fragte: »Der Anschluss lief aber auf Ihren Namen, oder?«

»Ja, es war mein Telefon, aber ich habe es kaum noch benutzt. Ich arbeite jetzt meistens in der Zentrale und reise nicht mehr so viel wie früher. Grace hat es für ihr Festival gebraucht, also habe ich es ihr überlassen, vorübergehend sozusagen. Sie bestand aber darauf, die Rechnungen selbst zu bezahlen. Ich habe versucht, ihr beizubringen, dass sie die Kosten aus dem Spendenfond begleichen könnte, aber sie sagte, es sei ihr zu umständlich, Festivalangelegenheiten und Privatgespräche auseinander zu rechnen. Sie meinte, vielleicht würde sie einen Teil der Anrufe abrechnen, wenn das Festival näher rückte und sie das Handy öfter benutzen würde. Erst dann würde es sich lohnen.«

»Sie hatte also kein eigenes?«

»O nein, das war es ja gerade. Sie wollte keins. Nach dem Festival würde sie es bestimmt nicht mehr brauchen, hat sie gesagt. Die Dinger sind ja nicht billig, wenn man es sich überlegt, ganz und gar nicht billig.«

»Könnten Sie mir vielleicht eine der Rechnungen zeigen?«

»Die Listen der Anrufe, meinen Sie? Nein, leider nicht. Die habe ich immer gleich an Grace weitergereicht. Sie zu überprüfen, hätte keinen Zweck gehabt. Woher hätte ich schließlich wissen sollen, ob sie korrekt waren?« Die Angst, dass etwas nicht korrekt sein könnte, saß offenbar tief in seiner Buchhalterseele. »Nein, Grace sagte, ich sollte mich nicht darum kümmern. Senden Sie sie einfach an mich weiter, hat sie gesagt. Sie wollte sie selbst durchsehen.«

»Ich brauche die letzte Aufstellung, Mr. Makim. Könnten Sie vielleicht bei Cellnet anrufen und eine Kopie der letzten Rechnung anfordern, am besten per Fax, und dringend?«

»Ich habe hier kein Fax, aber ich nehme an … wenn man sich dort damit einverstanden erklärt, die Papiere an mein Büro zu senden. Aber welchen Grund soll ich angeben? Was meinen Sie? Soll ich ihnen die ganze Geschichte erzählen?«

»Besser nicht. Sagen Sie nur, es sei dringend. Bieten Sie an, dafür zu bezahlen, falls die sich dumm anstellen.«

»Dringend, ja.« Er faltete seine gepflegten, weißen Hände und sah ein wenig unsicher aus. »Und das Handy selbst ... was soll ich sagen? Soll ich sagen, ich hätte es verloren?«

»Das haben Sie wohl. Bis jetzt ist es jedenfalls nicht gefunden worden.«

»Ich könnte es also verloren melden, nicht? Ich könnte sagen, dass ich deshalb auch die letzte Rechnung noch mal brauche.« Mit dieser Lösung schien er glücklicher zu sein. Er war ein Mann, für den alles seine Richtigkeit haben musste. »Ich verstehe nur nicht ganz, wieso die Polizei dem nicht nachgegangen ist. Die haben noch nicht einmal nach der Nummer gefragt, können Sie sich das vorstellen? Sie wollten überhaupt keine Einzelheiten wissen.«

»Wahrscheinlich werden sie noch darauf zurückkommen.« Viel wahrscheinlicher war aber, dass sie es einfach vergessen hatten, doch das wollte ich nicht erwähnen, sonst wäre Mr. Makim wahrscheinlich sofort ans Telefon gestürzt und hätte sie daran erinnert.

»Wie wird denn die Familie damit fertig?«, fragte er höflich.

»Na ja ... Sie können sich vorstellen ...«

»Und Charlie? Der arme Junge. Unser Sohn und er gehen nämlich zur selben Schule.«

»Oh, das wusste ich nicht.«

»Ein fabelhafter Junge. Sehr geschickt mit den Händen, sehr künstlerisch. Er war ein oder zwei Mal bei uns, nachmittags.«

»Ein glückliches Kind?«

Er dachte einen Moment nach. »Ich glaube, da fragen Sie besser meine Frau. Er ist ein bisschen still, würde ich sagen, und schüchtern, jedenfalls Fremden gegenüber. Aber so sind Kinder ja oft in dem Alter, nicht wahr?«

Wie um ihn gleich Lügen zu strafen, ließ ein Kind im Korridor eine Wuttirade los, und er seufzte: »Na ja, manche jedenfalls.«

Eine Frauenstimme tadelte den kleinen Schreihals, und im nächsten Augenblick trampelte jemand die Treppe hoch.

Stephen Makim sprang auf. »Ich muss die Einfahrt frei machen. Normalerweise bin ich um diese Zeit schon weg.« Er ging zur Tür, lauschte in den Korridor und kam zurück, etwas entspannter als vorher. »Sie war fabelhaft mit Charlie«, vertraute er mir an. »Er ist schwer legasthenisch, das wissen Sie vielleicht. Aber sie war sehr geduldig mit ihm. Sie hat mit ihm gelesen, stundenlang, hat ihn immer wieder angespornt. Außerdem hat sie ihn für diese Spezialschule angemeldet, offenbar ein weltbekanntes Institut mit einer riesigen Warteliste. Dort einen Platz zu bekommen, ist ein Kunststück, aber Grace hat so lange für ihn gekämpft, bis sie ihn angenommen haben. Sie hat sich nicht abwimmeln lassen …« Seine Gefühle drohten ihn wieder zu übermannen und er musste schlucken. »Sie war eine gute Frau.«

Wir verließen das Haus gemeinsam.

»Mir war nicht klar, dass Charlie schon einen Platz hatte.«

»Doch, doch, für den Herbst. Es war alles organisiert, und Charlie hat sich riesig darauf gefreut.«

Zurück fuhr ich einen Umweg, enge Nebenstraßen mit lauter unübersichtlichen Kurven.

Hinter dem letzten Hügel ging es über Felder zu den Marschen hinunter, die als dünne Streifen vor dem Meer lagen. Nicht weit im Osten erstreckte sich Wills Oberfarm mit Getreide- und Rübenfeldern, zwei großen Scheunen im rechten Winkel zueinander und einem Getreidesilo daneben. Dahinter lagen eine Pferdekoppel und ein kleines Stallgebäude. Ein kurzer Feldweg führte zu den Scheunen, doch Wills Range Rover war nirgendwo zu sehen.

Die Hecken links und rechts an der Straße versperrten die Sicht, bis ich zu einer Kurve kam, von wo aus die Scheunendächer zu sehen waren. Die Einfahrt kam sehr plötzlich; ich bremste scharf und bog durch ein offenes Tor in den Feldweg ein.

Der Weg war mit Schieferplatten bedeckt und mein Wagen machte kaum einen Laut darauf. Der Range Rover stand auf einer weißen Betonfläche vor einer der Scheunen. Ich beschleunigte ein wenig und bremste gleich wieder.

Da stand noch ein Wagen, gleich hinter dem Tor der größeren Scheune. Ich fuhr noch langsamer und schaute noch einmal hin, so verblüfft war ich. Es war ein blauer Golf. Jillys Golf. Nein, ermahnte ich mich, ein Wagen *wie* Jillys Golf.

Ich parkte neben dem Getreidesilo und ging hinüber zur Scheune. Drinnen schien es zunächst vollkommen dunkel zu sein, doch vom Tor aus, wo ich neben dem Golf stehen blieb, sah ich dann das Licht, das durch große Dachfenster in das andere Ende des Raumes fiel. Ich sah das Vieh in seinen drei Pferchen, einen Anhänger voll Futtersäcke und, ganz hinten in der Scheune, Will, an ein Gitter gelehnt, die Arme verschränkt, im Gespräch mit einer Frau. Es war Jilly, ganz ohne Zweifel.

Ich rührte mich nicht von der Stelle. Will senkte den Kopf und sagte etwas. Jilly hörte ihm zu, trat näher an ihn heran und legte ihm eine Hand auf die Schulter. Sie wandte den Kopf etwas in meine Richtung und ich war immer noch wie gelähmt, als würde die Szene sich als Einbildung erweisen, wenn ich nur lange genug hinstarrte.

Jilly senkte den Kopf. Möglicherweise berührten sich ihre Hände, das konnte ich nicht sehen. Ihre eine Hand lag immer noch

auf seiner Schulter. Ich starrte sie an, neugierig, aber auch in düsterer Vorahnung, wie jemand, der Freunde ins Unglück rennen sieht und es nicht verhindern kann.
Zwischen dem Muhen und Stampfen der Kühe schlug plötzlich etwas gegen Metall. Ich wich erschrocken zurück, ging schnell zu meinem Wagen, fuhr den Feldweg hinunter und bog in die Straße ein, gepeinigt von Zweifeln.

Aus irgendeinem Grund hatten sich die Pressegeier wieder um Marsh House niedergelassen. Einer saß im Wagen, ein anderer lehnte an der Fahrertür und plauderte durchs offene Seitenfenster mit ihm. Ich hatte die beiden noch nie gesehen, doch ich erkannte die Sorte sofort, die räuberischen Blicke, die verstohlenen Gesten, die Art, wie sie sich mir näherten, wie sie auf mich zuschlenderten.
»Mrs. O'Neill?«, rief der eine – sie nennen einen immer beim Namen. »Wir dachten, vielleicht wäre Mr. Dearden zu einer zweiten Pressekonferenz bereit …«
»… darüber, wie er damit fertig wird«, fiel der andere ein.
»… und was er über den Mörder zu sagen hat.«
Mörder. Fast hätten sie mich auf dem falschen Fuß erwischt. Die Versuchung, sie zu fragen, was sie wussten, war groß. Wahrscheinlich hatte die Polizei beschlossen, den Fall als Mord zu behandeln. Journalisten waren oft die verlässlichste Quelle für solche Neuigkeiten. Ebenso waren sie allerdings Experten darin, mit Halbwahrheiten und Verdrehungen Leute zum Reden zu bringen, selbst wenn es nicht in deren Interesse war.
Als ich das Tor hinter mir schloss und auf den Gartenweg trat, wurden sie schon etwas direkter.
»Stimmt es, dass Mrs. Dearden an Scheidung gedacht hat?«

»Ist es wahr, dass Mrs. Dearden eine hohe Lebensversicherung hatte?«

»Kein Kommentar«, erwiderte ich kühl. Seltsam, dass sie so kurz vor Ramseys Besuch hier auftauchten. Sie mussten einen Tipp bekommen haben.

Die Küchentür war noch verriegelt, wie ich sie morgens um sieben hinterlassen hatte. Ich schaute durchs Fenster, sah Charlie beim Frühstück und klopfte behutsam an die Scheibe.

Er hob den Kopf ein wenig und hörte auf zu essen, schaute sich aber nicht um.

»Ich bins, Charlie«, rief ich. »Kannst du mich reinlassen?«

Unendlich langsam drehte er den Kopf, schaute aber immer noch nicht zum Fenster. Ich klopfte noch einmal ans Glas. Endlich schien er mich zu hören und sah mich an, aber er schien mich nicht zu erkennen.

»Charlie!«, rief ich noch einmal.

Langsam stand er auf und ging in Richtung Tür. Ich stellte mich davor und rechnete damit, den Riegel zu hören, aber nichts geschah. Den Mund dicht am Türspalt, bat ich ihn noch einmal, mir aufzumachen, und endlich sprang die Tür auf.

»Danke, Charlie.«

Gleich darauf saß er wieder am Tisch und löffelte seine Cornflakes.

Ich blieb neben ihm stehen und überlegte, was ich sagen sollte.

»Dein Vater ist oben bei der Scheune, stimmts?«

Er antwortete nicht und ich fühlte mich wie eine unerwünschte Besucherin, eine Fremde, die immer nur schlechte Nachrichten brachte. Seit seine Mutter gefunden worden war, hatte ich mich gehütet, ihm zu nahe zu kommen.

»Es macht dir doch nichts aus, wenn ich hier auf ihn warte und eine Tasse Kaffee trinke?«, fragte ich möglichst unbefangen.

Seinem Gesichtsausdruck nach zu urteilen, registrierte er mich kaum. Er wirkte vollkommen abwesend.
Ich machte mir einen starken Kaffee und beschäftigte mich mit meinen Notizen für den Tag.
Als Charlie aufgegessen hatte, blieb er sitzen und starrte auf den leeren Teller. Nach einer Weile griff er sich den Karton Obstsaft und goss sich etwas in sein Glas. Seine Bewegungen waren langsam, sein Blick verschwommen, wie in Trance. Im Laufe der Jahre hatte ich einige Menschen unter Schock gesehen, auch Kinder, aber dies hier war anders, ganz anders.
Dann hörte ich vorn im Haus ein Geräusch. Ich ging in die Diele, wo Maggie gerade die Haustür hinter sich zuschlug. Sie rollte wütend die Augen und nickte in Richtung der Reporter. »Diese Leute! Ich habe ihnen gesagt, dass sie kein Recht haben, hier zu sein! Ich habe ihnen gesagt, sie sollen verschwinden!«
»Leider kann ihnen keiner verbieten, da draußen herumzulungern. Sie brechen damit kein Gesetz.«
»Aber wie können sie es wagen, solche Dinge zu mir zu sagen? Sie haben mich gefragt, ob Grace eine Scheidung wollte und ob sie eine große Lebensversicherung hatte! Wie können sie es wagen!«
»Sie versuchen einfach ihr Glück.«
Es nahm sie mehr mit, als ich zunächst gedacht hatte. Ihre Lippen zitterten und ihre Augenlider flatterten vor Erregung. »Aber woher wissen sie all diese Dinge, Alex? Kannst du mir das sagen?«
»Sie wissen gar nichts.«
»Aber ja, natürlich tun sie das!« Dann, plötzlich, schien sie zu verstehen, was ich sagte, und lenkte ein. »Du hast Recht.« Ihr Blick war eigenartig. »Natürlich wissen sie nichts.« Wieder die-

ser Blick. Mit einem nervösen Lächeln hielt sie sich ihr dünnes Handgelenk vors Gesicht und schaute auf die Uhr. »Wann wollte die Polizei hier sein – halb zehn?«
»Um zehn.«
»Charlie und ich machen uns jetzt lieber auf den Weg. Wir fahren nach Norwich. Hamburger und Eis, du weißt schon. Und ein Film!« Wie ein Wirbelwind lief sie in Richtung Küche.
»Maggie?«
Widerwillig blieb sie stehen.
Ich sprach so leise, dass ich in der Küche nicht zu hören sein würde. »Charlie wirkt heute sehr … niedergeschlagen.«
Ihre Augen blitzten auf. »Wirklich? Hat er irgendetwas gesagt?«
»Nein, ich meine sein ganzes Benehmen.« Ich suchte nach einem neutralen Wort. »Er sieht so erschöpft aus.«
Sie nickte ernst. »Er hat schlechte Träume und nachts solche Angst. Will hört ihn einfach nicht.«
»Warum ziehst du denn nicht für eine Weile her, Maggie? Warum kümmerst du dich nicht eine Zeit lang um die beiden?«
»Weil William mich nicht hier haben will«, sagte sie leichthin.
Ich runzelte ungläubig die Stirn. »Warum *das* denn?«
»Er ist böse auf mich.« Sie zuckte die Schultern, als müsste man so etwas, selbst wenn man die Gründe nicht versteht, einfach hinnehmen.
»Aber das ist doch verrückt, Maggie. Könnt ihr euch nicht zusammenraufen?«
Sie machte eine Geste, die wohl bedeuten sollte, dass die ganze Geschichte längst vergessen wäre, wenn es nach ihr ginge. Dann eilte sie zur Küche.
Ich folgte ihr und sah, wie sie sich hinter Charlie stellte, sich über ihn beugte und ihm etwas ins Ohr flüsterte. Charlie hörte

ihr zu, offenbar mit immenser Anstrengung, so als halte ihn etwas gefangen, dem er sich mit aller Kraft zu entreißen suchte. Wieder fiel mir sein verschwommener Blick auf, seine Abwesenheit, und dann begriff ich, was mit ihm los war. Es war so offensichtlich, dass ich mich fragte, wieso ich nicht längst darauf gekommen war: Der Junge stand unter Beruhigungsmitteln.

Mir fiel ein, dass Julian Hampton in den Stunden und Tagen, nachdem Grace gefunden worden war, mehrmals im Haus gewesen war. Er hatte ihm wohl etwas verschrieben, was mich allerdings wunderte, denn ich fand Beruhigungsmittel für ein Kind ziemlich drastisch.

Oder irrte ich mich? Ich schaute Charlie noch einmal an. Nein. Es musste stimmen. Sie hatten ihm etwas gegeben.

Nachdem Maggie mit Charlie weggefahren war, schaute ich zu den Presseleuten hinaus.

Ich fühlte mich zusehends unwohler. Journalisten pflegen nicht so lange zu warten, wenn sie nicht mit irgendwelchen »Entwicklungen« rechnen.

Als gegen neun etliche weitere Wagen vorfuhren und Fotografen mit schwerer Ausrüstung ausstiegen, bekam ich es wirklich mit der Angst zu tun. Ich griff zum Telefon und wählte Wills Handynummer.

Er meldete sich nach dem fünften Rufton.

»Wo bist du?«

»Vor der Scheune. Ich packe gerade zusammen.«

»Bleib, wo du bist. Fahr erst los, wenn ich es dir sage.«

»Was ist denn passiert? Stimmt etwas nicht?«

»Vertrau mir. Tu, was ich sage.«

»Wo ist Charlie?«, fragte er voller Angst.

»Der ist mit Maggie nach Norwich unterwegs. Nein, es geht nicht um Charlie. Ich will nur nicht, dass du herkommst.«
»Aber wenn die Polizei auf mich wartet ... Ich bringe es lieber hinter mich.«
»Nicht jetzt, Will. Vertrau mir.«
»Aber ich weiß, weshalb sie gekommen sind, Ali. Sie wissen, dass ich draußen auf der Gun war. Sie wissen, dass Grace mir gefolgt ist, um mich aufzuhalten.«
»Darüber können wir später reden!«, schrie ich ins Telefon.
»Aber ...«
»Tu, was ich sage!«
Schließlich gab er nach. »Ich bleibe also hier«, seufzte er.
»Ja. Warte, bis ich wieder anrufe oder zu dir komme.«
Ramsey erschien pünktlich um zehn. Sie kamen zu viert in zwei Wagen.
»Dringende Geschäfte?« Ramsey hatte Mühe, seine Wut zu unterdrücken, als ich ihm eröffnete, dass Will nicht da war. »Geschäfte, die er gestern nicht vorhersehen konnte?«
»So ist es«, sagte ich ruhig.
Ramsey glaubte mir kein Wort, doch das war mir gleichgültig. Wilson und Barbara Smith standen neben ihm, als ginge sie das alles nichts an.
»Und Sie können mir nicht sagen, wo er ist?«
»Nein.«
»Heißt das, Sie wissen nicht, wo er ist?«
»Nicht genau, nein.« Ich wusste wirklich nicht, ob er in der Scheune war, davor oder auf der Pferdekoppel.
Die Beamten standen in der Diele, direkt hinter der Tür, und ich hatte nicht vor, sie weiter ins Haus zu lassen.
»Und Sie wissen auch nicht, wie lange ihn diese dringenden Geschäfte aufhalten werden?«

»Nein.«
»Stunden oder Tage?«
»Einige Stunden wird es sicher dauern.«
»Aber der Junge ist zu Hause, oder?« Ramsey schaute sich um, als meinte er, ihn irgendwo entdecken zu können.
Ich ahnte, weshalb er fragte, aber das ließ ich mir nicht anmerken. »Wie bitte?«, fragte ich unschuldig. »Spielt das eine Rolle?«
»Hat Mr. Dearden seinen Sohn bei sich?«
»Nein, Charlie verbringt den Tag mit seiner Großmutter.«
Ramsey verzog den Mund. »Es ist sehr schade, dass wir nicht mit Mr. Dearden reden können.« Er machte eine Geste, die wohl Bedauern ausdrücken sollte. »Wir hätten es vorgezogen, ihn selbst von den neuesten Entwicklungen zu unterrichten. Jetzt wird er es wohl auf andere Weise erfahren müssen.«
»Und wie sehen diese neuesten Entwicklungen aus?«, fragte ich gelassen.
»Ich habe die Pflicht, Sie darüber zu informieren, dass wir Mrs. Grace Deardens Tod jetzt als Mord behandeln und dass wir unsere Nachforschungen entsprechend intensiviert haben.«
Es stimmte also. Ich schaute zu Boden, um meine Enttäuschung zu verbergen. Wie hatte ich nur hoffen können, es würde nicht so weit kommen? Als ich wieder aufblickte, stellte ich angemessene Bestürzung zur Schau. »Das ist ja furchtbar!« Vor allen Dingen wollte ich noch etwas Zeit gewinnen. »Was ist denn passiert, Inspector? Was hat Sie zu dieser Überzeugung veranlasst?«
»Das kann ich im Augenblick noch nicht offen legen.«
»Ganz allgemein, worum geht es? Ist bei der Spurensicherung etwas Neues herausgekommen? Haben Sie irgendwelche neuen Informationen? Zeugenaussagen?«
Nun wurde er erst recht verstockt. Ich wusste genau, in welcher

Zwickmühle er sich befand. Ich repräsentierte die Familie, und zugleich vertrat ich Will. Als die Familienanwältin hatte ich das Recht, auf dem Laufenden gehalten zu werden, als Wills Rechtsvertretung dagegen, die auch mit seiner Verteidigung zu tun haben würde, war ich die Gegnerin, die es so weit wie möglich im Dunkeln zu lassen galt. Ich erkannte sein Dilemma vollkommen. Und natürlich war ich nicht bereit, ihm aus der Klemme zu helfen.

»Es ist nicht nur die Spurensicherung«, sagte er vorsichtig.

»Aber es *ist* etwas dabei herausgekommen, nicht wahr?« Als er nicht antwortete, bohrte ich weiter. »Was hätte Sie denn sonst zu diesem Schritt veranlassen können?«

»Neue Informationen«, gab er schließlich zu.

»Ein Zeuge?«

»Das darf ich Ihnen wirklich nicht sagen.«

»Haben Sie einen Verdächtigen?«

Er schaffte es, keine Miene zu verziehen. »Auch diese Frage kann ich Ihnen im Moment nicht beantworten.«

»Na gut. Steht eine Verhaftung bevor?«

Diesmal verriet ihn sein Blick. »Dazu kann ich nichts sagen.« Dieser Blick und sein feindseliges Schweigen waren Antwort genug: Sie waren gekommen, um Will unter Mordverdacht festzunehmen. Alles wies darauf hin: die Pressefritzen vor dem Haus, die beiden Polizeiwagen und sein Zorn darüber, dass ich ihm einen Strich durch die Rechnung gemacht hatte.

»Was soll ich der Familie sagen?« Ich hob ratlos die Hände.

Ramsey zeigte auf Barbara Smith. »Detective Smith wird der Familie als Verbindungsbeamtin zur Seite stehen, rund um die Uhr, solange es erforderlich ist. Von ihr wird die Familie auch erfahren, wenn sich etwas Neues ergibt.«

»Ich werde meine Klienten davon unterrichten.«

»Detective Smith ist gern bereit, hier zu warten, bis sie zurückkommen.«
Daran hatte ich keinen Zweifel. »Das kann aber dauern.«
»Sie kann im Wagen warten.«
»Wo die Presse vor der Tür steht? Halten Sie das für eine gute Idee?«, fragte ich unschuldig. »Könnten die nicht einen falschen Eindruck bekommen.«
Ramsey verzog keine Miene.
»Komisch, dass sie gerade heute wieder hier aufgetaucht sind«, sagte ich. »Eigenartig, dass sie gerade heute Morgen hier erscheinen, fast als hätten sie gewusst ...«
Er gab sich alle Mühe, meine Andeutungen zu überhören. »Wann wird Mr. Dearden wieder zur Verfügung stehen?«
»Ich kann später mit ihm zu Ihnen kommen.«
Wir verstanden uns vollkommen. Ich wollte Will ohne viel Aufhebens zum Verhör bringen und Ramsey seinen großen Presseauftritt vermasseln.
»Könnten Sie mir vielleicht eine Zeit sagen?«
»Im Augenblick nicht.«
Ramsey bemühte sich standhaft um Gelassenheit. »Sobald Sie können also. Ich wäre Ihnen dankbar, wenn Sie mir so früh wie möglich Bescheid sagen würden.«

Will meldete sich nicht, und als ich es ein paar Minuten später noch einmal versuchte, war sein Handy abgeschaltet oder außer Reichweite.
Ich ging mit meinem Aktenkoffer und einem Stapel Dokumente aus dem Haus, als wäre ich auf dem Weg zu einem Termin. Detective Smith hatte es sich in ihrem Wagen vor der Gartentür bequem gemacht und bereitete sich auf einen langen Tag vor. Der letzte Fotograf lud seine Ausrüstung in seinen Gelän-

dewagen und fuhr davon. Ich setzte mich ebenfalls in meinen Wagen und fuhr in Richtung Osten, nicht direkt zur Oberfarm, sondern in die entgegengesetzte Richtung auf Burnham Market zu. Ich bog erst ab, als ich ganz sicher war, dass die Straße hinter mir leer war. Die kleine Seitenstraße schlängelte sich zwischen hohen Hecken und Büschen hindurch. Niemand konnte mir folgen, ohne von mir gesehen zu werden.

Ich schlug einen weiten Bogen nach Süden, näherte mich den Scheunen aus derselben Richtung wie zuvor – und hätte die Einfahrt beinahe wieder verpasst.

Wills Range Rover war weit und breit nicht zu sehen, was mir gar nicht gefiel. Ich hupte mehrmals kurz.

Erst als ich um die Ecke der großen Scheune kam, sah ich Will. Er stand vor den Ställen und war dabei, Strohballen auszuladen.

Ich lief quer über die Koppel, und er rief: »Das ging aber schnell.«

»Ramsey ist nicht lange geblieben.«

Will hob einen weiteren Strohballen aus dem Range Rover und warf ihn in eine Pferdebox. »Also, was bedeutet die ganze Aufregung?«

»Die Presse. Sie hingen wieder vor deinem Haus herum.«

Sein Blick sagte mir, dass er sich damit nicht abspeisen lassen würde.

»Ramsey wollte dich bitten, mit ihm nach Norwich zu kommen, und ich dachte, es wäre besser, wenn keine Fotos in den Zeitungen erscheinen, auf denen du hinten in einem Polizeiwagen sitzt.«

»Wie von einem Verdächtigen, meinst du.«

Als ich nicht widersprach, schien er endgültig zu begreifen, was kommen würde.

»Die Polizei hat beschlossen, es als Mordfall zu behandeln«, eröffnete ich ihm schließlich. Ich ließ ihm einen Augenblick Zeit, das zu verdauen, bevor ich ihm die anderen schlechten Neuigkeiten mitteilte. »Ich bin nicht hundertprozentig sicher, aber ich glaube, sie wollen dich verhaften, zumindest der Form halber.«

»Der Form halber?«

»Ja, damit sie dich offiziell verhören können, so dass sie alles, was du sagst, als Beweismittel gegen dich verwenden können. So sichern sie sich ab. Das muss nicht bedeuten, dass sie schon jetzt wirklich stichhaltige Beweise haben. Es bedeutet auch nicht, dass es zu einer Anklage kommt oder dass sie dich in Haft nehmen werden.«

Nacheinander spiegelten sich verschiedene Empfindungen in seinem Gesicht, Furcht, Panik, Verbitterung.

»Ich habe Ramsey gesagt, wir würden irgendwann im Laufe des Tages zu ihm nach Norwich kommen.«

Will warf den letzten Strohballen in die Box und schloss die Tür. Irgendwo in der Nähe schnaubte ein Pferd. Es raschelte im Stroh, und ein hübscher Brauner steckte seinen Kopf durch die Obertür der Nachbarbox.

»Ist das deiner?«, fragte ich.

»Er hat Grace gehört. *Ihr Jagdpferd.*«

»Ich wusste gar nicht, dass sie an Jagden teilgenommen hat.«

»Das hat sie auch nicht. Das Pferd und sie konnten sich nicht einigen, was sie mit den Zäunen anstellen sollten. Ich wollte ihn letztes Jahr verkaufen, aber dann fand Grace auf einmal wieder Spaß daran. Ihre Jagdbegeisterung war gewöhnlich am größten, wenn die Ballsaison näher rückte. Ich weiß, es klingt gemein. Ich sollte nicht so reden. Das verdient sie nicht. Was

immer sie war, sie war nicht ... *schlecht.* – So!«, lachte er plötzlich verzweifelt. »Sie wollen mich also verhaften. Ich nehme an, sie werden ihre Gründe haben.«
»Es könnte sich auch nur um ein Indiz handeln, der kleinste Fetzen eines Beweises reicht oft schon für eine Verhaftung.«
Er schüttelte den Kopf. Offenbar war er überzeugt davon, dass es anders war. Er knallte die Heckklappe des Rover zu und warf sich so heftig mit dem Rücken dagegen, dass der ganze Wagen wackelte. »Du hast dich in mir getäuscht, Ali. Ich bin deine Mühe nicht wert.«
»Das würde ich über niemanden sagen.«
»Nein? Du wirst es noch bereuen, dass du dich meiner angenommen hast.«
»Das glaube ich nicht.«
»Sie werden sagen, dass ich ihnen alle möglichen Lügen erzählt habe.«
»Das versuchen sie immer.«
»Nein! Nein! Sie haben nämlich Recht, verstehst du? Ich meine, ich *habe* gelogen. Natürlich nicht die ganze Zeit. Ich meine, ich habe Grace nicht umgebracht, aber was soll das schon!« Er stieß wieder dieses freudlose Lachen aus und wurde noch lauter. »Ich habe gelogen und sie wissen es. Und ich kann es nicht abstreiten ...«
»Du kannst *alles* abstreiten!«, schrie ich zurück. »Du brauchst überhaupt nichts zu sagen. Untersteh dich, jetzt schon irgendetwas zuzugeben! Wir müssen erst alles durchgehen, Schritt für Schritt! Versprich mir, dass du nicht im Traum daran denken wirst, irgendetwas zu sagen!«
Meine Schärfe schien ihn zur Besinnung zu bringen. Er nickte wortlos.
»Gut«, sagte ich in ruhigerem Ton. »Und jetzt erzähl mir, wie

sie deine Geschichte in Zweifel ziehen könnten. Sag mir, was sie wissen könnten.«

»Ich kann dir sagen, was sie bestimmt wissen.«

»Na gut, dann erzähl es mir.«

»Sie wissen mit Sicherheit, dass Grace wusste, was ich vorhatte, und dass sie gekommen ist, um mich davon abzuhalten. Sie hatte mitbekommen, dass ich die Gunmarsch fluten wollte. Sie wollte mich daran hindern. Deshalb hat sie sich in den Wagen gesetzt und ist mir nachgekommen.«

»Aber das hattest du doch nicht vor, oder?«

»Doch, das wollte ich.«

»Warum?«

Er zog eine Schulter hoch. »Um sie mit Salzschlamm zu bedecken. Um sie zu ruinieren.«

Ich schüttelte hilflos den Kopf. »Nur weil du nicht wolltest ... nur wegen Edward? Nur weil du nicht wolltest, dass er die Gun bekommt?«

»So ungefähr. So war es.«

Ich holte tief Luft. »Also – berichtige mich, wenn ich mich irre: Du wolltest die Gunmarsch fluten, Grace hörte davon und kam, um dich aufzuhalten.«

»Ja, aber sie dachte, ich wäre schon da, ich wäre schon dabei, die Schleusen zu öffnen, und als sie mich dann nicht fand, fuhr sie wieder weg – und verschwand.«

»Jetzt warte mal ...« Er hatte mit Sicherheit einiges ausgelassen. »Woher wusste sie, was du vorhattest?«

»Durch einen Anruf«, sagte er jetzt leise und wich meinem Blick aus.

»Von Maggie?«

»Nein, von mir.«

Ich wartete auf eine Erklärung.

»Als ich sie vom Wagen aus anrief, habe ich ihr gesagt, was ich tun würde.«

»Du hast also doch mit ihr gesprochen?«

»Ja, ich habe mit ihr gesprochen. Ich habe ihr gesagt, was ich vorhatte. Natürlich fing sie an zu schreien. Sie wollte gar nicht hören, was ich weiter zu sagen hatte, und sie merkte auch nicht, dass ich noch unterwegs war, dass ich vom Wagen aus anrief. Sie knallte den Hörer auf und raste zum Reed Cottage hinunter.«

»Aber hat Maggie nicht gesagt, die Marsch hätte schon unter Wasser gestanden, lange bevor du dort ankamst?«

»Na und?« Wieder der trotzige Blick. »In Wirklichkeit ... Maggie wollte mir nur helfen. Sie dachte, es würde alles einfacher machen, wenn sie sagt, die Marsch wäre zum Teil schon überflutet gewesen – weil die Schleuse gebrochen war. Wir ... haben uns abgesprochen. Diese Geschichte fanden wir am einleuchtendsten.«

Ich fragte mich, ob es noch schlimmer kommen konnte, ob noch mehr solcher Enthüllungen zu erwarten waren. Irgendwie musste ich festen Boden unter die Füße kriegen.

»Du hast also Grace erzählt, du hättest vor, die Marsch zu fluten, und Grace dachte, du wärst schon dabei. Deshalb ist sie gleich weggefahren. Aber wissen wir das überhaupt? Wissen wir, dass sie gleich losgefahren ist?«

»O ja.« Will ließ den Kopf hängen und betonte jedes einzelne Wort. »Grace war nicht allein. Sie hatte Besuch in Marsh House. Das war es, was Jilly mir heute Morgen erzählen wollte. Du warst hier, nicht wahr? Du hast sie gesehen.«

Ich nickte.

»Jilly hat mir erzählt, dass Edward bei Grace war, zu Besuch, auf eine Tasse Tee. Er wusste, dass ich nicht da war.« Er schüttelte sich und dann redete er hastig weiter, als wollte er die ganze traurige Geschichte so schnell wie möglich heraushaben. »Anscheinend war Edward bei ihr, als ich anrief. Grace hat ihm erzählt, nun wäre ich vollkommen verrückt geworden, dass ich mir in den Kopf gesetzt hätte, die Marsch zu zerstören, dass ich die Schleusen geöffnet hätte – irgend so etwas. Und dann ist sie wohl aus dem Haus gestürmt und in ihren Wagen gesprungen. Ach ja, und dann …« Er winkte verächtlich ab. »Das sagt jedenfalls Edward: Dann hatte Edward auf einmal ein schlechtes Gewissen und dachte, er fährt ihr besser nach. Wahrscheinlich hat er sich mehr Sorgen um die Gun gemacht als um Grace. Sein teures Land, um Himmels willen! Jedenfalls will er hinübergefahren sein, und dann will er einen Streit gehört und gedacht haben, er hält sich besser raus und zieht ab. Das hat Edward der Polizei erzählt, das ist seine Geschichte. Gestern, sagt Jilly. Deshalb veranstalten sie heute diesen Zirkus.« Er verstummte und starrte finster in die Ferne.

Meine erste Reaktion war nichts als Staunen. Mein zweiter Gedanke war vollkommener Unglaube. Ich glaubte ihm kein Wort. »Aber das ist doch verrückt, Will. Es ergibt nicht den geringsten Sinn! Warum ist Edward nicht schon viel früher damit herausgekommen? Warum hätte er so lange warten sollen? Das Ganze ist doch absurd!«

»Jilly hat ihn davon abgehalten. Sie hat ihn überredet, nichts davon zu sagen.«

»Aber warum?«

»Was glaubst du? Herzensgüte?«

»Was … Jilly?«

Er sagte nichts weiter und ich stand vor einem Gewirr von Widersprüchen. Also versuchte ich, das Ganze noch einmal aufzurollen, und begann mit dem ersten Punkt, den ich nicht begrei-

fen konnte. »Die Marsch ... du wolltest sie wirklich wertlos machen?«
Sein Zögern entging mir nicht. »Damals hielt ich das für eine gute Idee.«
»Aber doch nicht im Ernst, oder?«
»O doch, es war mir absolut ernst.«
»Aber welchen Sinn hätte das gehabt?«
»Ich weiß nicht. Ich war an dem Abend nicht ganz klar im Kopf. Ich war wütend, weil ich gezwungen war zu verkaufen. Ich habe durchgedreht.«
Ich wollte es immer noch nicht glauben. Es war einfach zu absurd. »Also gut. Kannst du mir jetzt erzählen, was geschah, als du zu den Schleusen kamst?«
»Was? Ach ja, ich habe sie geöffnet.«
»Beide?«
Wieder zögerte er. »Ja. Beide Schleusen.«
»Und dann?«
»Na was wohl? Dann habe ich angefangen, die Marsch unter Wasser zu setzen.«
»Für wie lange?«
»Das weiß ich nicht genau. Vielleicht eine Stunde.«
»Und Grace? Wo war die?«
»Keine Ahnung. Sie hat wohl nach mir gesucht und dann ist sie wieder weggefahren. Auf der Marsch habe ich sie nicht gesehen. Ich wusste nicht einmal, dass sie da war. Aber das glaubt mir sowieso niemand, oder?« Er lächelte grimmig.
»Und was ist mit diesem Streit, den Edward gehört hat?«
»Das waren Grace und Maggie. Als sie mich nicht fand, hat sie eben Maggie angeschrien.«
»Also noch mal, um es ganz klar zu haben: Du hast Grace weder am Nachmittag noch am Abend gesehen.«

»Nein.«
Ich holte tief Luft und sortierte in Gedanken alles von Neuem.
»Was hast du gemacht, nachdem du die Schleusentore geöffnet hattest? Wo bist du hingegangen? Was hast du gemacht?«
Er musste wieder nachdenken. »Ich bin einfach losgelaufen«, sagte er schließlich. »Ich bin gelaufen und gelaufen, meilenweit. Ich war wütend über mich selbst, über das Leben, über die Geldprobleme, darüber, dass ich die Gun verkaufen musste, wütend über alles. Ich bin zu den Dünen gegangen, am Strand entlang zur anderen Seite der Marsch und dann zurück.«
»Wohin?«
»Zum Reed Cottage.«
»Wann bist du da angekommen?«
»Das weiß ich nicht.«
»Nicht einmal ungefähr?«
»Vielleicht um acht«, seufzte er.
»Und Grace war nicht da?«
»Nein.«
»Auch nicht ihr Wagen?«
»Nein!«
Ich musste noch einmal fragen. »Es hat kein Streit zwischen euch stattgefunden?«
»Nein.«
»Und wann hast du die Schleusen wieder dicht gemacht?«
»Kurz nachdem ich zurück war. Als mir klar wurde, wie blöd ich war.« Er schüttelte angeekelt den Kopf. »Als mir aufging, dass ich mir damit ins eigene Fleisch schnitt: gutes Land zu ruinieren! Jegliche Verkaufschance zunichte zu machen! Blöd. Verrückt.«
»Und dann?«

»Dann? Dann musste ich die Ebbe abwarten, damit ich das Wasser wieder abfließen lassen konnte.«

»Du bist bei Maggie geblieben?«

»Ja, ja«, sagte er matt. »Ich habe zu viel Wein getrunken und bin auf dem Sofa eingeschlafen. Mir war so *elend,* Ali. Es war alles so verdammt verfahren. Ich wollte nur noch meinen Kopf in den Sand stecken – oder in einen Gasofen. Ich wusste überhaupt nicht mehr, was ich tun sollte.«

Ich ließ meinen Blick über die Felder schweifen. Die Landschaft wirkte auf einmal nur noch öde und kalt. »Also, dann will ich mich mal in Ramseys Lage versetzen«, sagte ich. »Ich höre mir das alles an und reime es mir folgendermaßen zusammen: Du hast vom Auto aus Grace angerufen und ihr gesagt, du wolltest die Gunmarsch unter Wasser setzen. Gegen halb sieben warst du dann auf der Marsch, bist sofort zu den Schleusen gegangen und hast sie geöffnet. Grace war vor dir da, konnte dich natürlich nicht finden, hatte einen Streit mit Maggie und verschwand wieder. Du hast sie nicht gesehen. Als dann klar wurde, dass Grace verschwunden war, hast du dir mit Maggie eine Geschichte zurechtgelegt, nach der die Marsch von allein unter Wasser geraten war und ihr Grace nie gesehen habt, nicht einmal ihren Wagen …« Ich schaute ihn an und warf beide Arme hoch. »Das ist doch Unsinn, Will! Kompletter Unsinn!«

»Wieso? Ich wünschte, es wäre Unsinn.«

»Die Geschichte kannst du doch keinem erzählen!«

Ich stampfte davon und lief im Kreis herum, um meiner Wut Herr zu werden. Dann baute ich mich vor ihm auf und sagte sehr langsam und deutlich: »Diese Geschichte wird dir großen Schaden zufügen, Will. Mit dieser Geschichte werden sie dich unter Anklage stellen!«

»Aber sie wissen von dem Anruf. Sie wissen, dass ich vorhatte, die Schleusen zu öffnen. Edward hat ihnen alles erzählt.«

»Hör zu.« Ich fixierte ihn mit dem strengsten Blick, den ich zustande brachte. »Es ist Wahnsinn, das weißt du selbst. Nach deiner Geschichte warst du zur falschen Zeit am falschen Ort, ohne Alibi und mit einem Motiv. Mit dieser Geschichte landest du vor Gericht.«

Er presste die Lippen aufeinander.

»Mein Rat«, fuhr ich fort, »nein, es ist mehr als ein Rat. Ich lege dir dringendst ans Herz, bei dem zu bleiben, was du bisher gesagt hast, und deiner Aussage nichts hinzuzufügen, kein Wort. Wenn sie dir vorhalten, du hättest die Schleusen absichtlich geöffnet, dann weise sie einfach darauf hin, dass es nicht in deinem Interesse gewesen wäre, so etwas zu tun, dass es, ganz im Gegenteil, nur das Land ruiniert hätte, das du gerade verkaufen wolltest, und zwar zu dem Zeitpunkt, da du den höchsten Preis dafür erzielen musstest. Wenn sie sagen, Grace wäre auf die Marsch gekommen, um dich zurückzuhalten, erwidere einfach, dass du gar nicht da warst, dass du noch meilenweit entfernt warst und dass wir die Telefonabrechnungen haben, die das beweisen. Biete ihnen keine weiteren Erklärungen an, keinen Kommentar zu Edwards Aussage. Spiel den Verblüfften, was auch immer.« Ich spürte, dass sich immer mehr Widerstand in ihm aufbaute, und kam ihm zuvor: »Sie können dir keinen Strick daraus drehen, wenn du sagst, du wüsstest nichts, Will! Es ist überhaupt kein Risiko, wenn du nichts sagst. Gefährlich wird es erst, wenn du ihnen Dinge erzählst, die sie noch nicht wissen, Dinge, die ihnen falsche Ideen einpflanzen! Glaub mir! Vertrau mir! Bleib bei dem, was du schon gesagt hast. Ändere nichts an deiner Aussage. Du darfst nicht sagen, du hättest dich geirrt, und schon gar nicht darfst du sagen, du hättest gelogen und mit Maggie irgendwelche Geschichten abgesprochen! Ich bitte dich!«

Er schien immer noch nicht überzeugt.

Ich packte seinen Arm. »Wenn sie dich unter Anklage stellen, gibt es kein Zurück mehr. Verstehst du, was ich sage, Will? Kein Zurück. Die Anklage wird monatelang über dir hängen. Es wird einen Prozess geben. Der Fall wird sich ewig hinziehen, Tag um Tag vor Gericht. Es werden furchtbare Dinge gesagt werden. Die Gossenblätter werden dein Privatleben ausschlachten, deine Familie, bis in die kleinste Einzelheit. Die Leute werden für immer mit dem Finger auf dich zeigen.«

Nun sah er verängstigt aus, aber noch nicht ängstlich genug, um wirklich nachzugeben.

Ich spielte also meine nächste Karte aus. »Denk an Charlie. Du müsstest auch Charlie alles erklären. Du müsstest ihm erklären, warum alle glauben, du hättest seine Mutter umgebracht. Du müsstest ihm sagen, dass du in Zukunft vielleicht nicht mehr für ihn da sein kannst.«

Er starrte mich wütend an, als wäre es nicht fair, ihm so zu kommen.

»Das ist der beste Rat, den ich dir geben kann, Will, und ich kann dir nur dringend ans Herz legen, dich daran zu halten.«

Ich ließ ihn stehen, damit er Zeit hatte, darüber nachzudenken, und schaute zu den schwarzen Regenwolken, die über dem Horizont heraufzogen.

»Du solltest noch jemand anderen fragen«, sagte ich, ohne mich umzudrehen. »Das musst du sogar.« Ich sprach nun die Bedenken aus, die sich in mir aufgebaut hatten, seit er mir erzählt hatte, dass Edward zur Polizei gegangen war. »Ich muss den Fall niederlegen. Ich werde dich nicht mehr vertreten können.«

»Aber warum nicht?«, rief er wütend. »Nur weil ich sagen will, was ich für richtig halte?«
Ich stellte mich wieder vor ihn. »Es hat nichts mit dem zu tun, was du sagen oder nicht sagen wirst. Es ist wegen Edward.«
Er verstand mich immer noch nicht.
»Edward mag sein, was er will, aber er ist immer noch mein Bruder. Ich stecke in einem Loyalitätskonflikt, verstehst du? Genau genommen sollte ich noch nicht einmal …«
»Das ist doch nicht dein Ernst, oder? Das kann nicht dein Ernst sein.«
»Doch, den Regeln nach sollte ich den Fall wirklich niederlegen. Normalerweise würde ich nie daran denken, aber wenn Edward der entscheidende Zeuge wäre … Die Situation wäre unmöglich.«
»Aber ihr seht euch doch kaum. Er ist noch nicht einmal nett zu dir!«
Sein Argument war von so entwaffnender Naivität, dass ich zunächst nicht wusste, was ich darauf erwidern sollte, doch dann fing ich mich. »Da magst du Recht haben, aber es spielt keine Rolle. Wenn es zu einer Gerichtsverhandlung käme, müsste ich alles tun, um ihn unglaubwürdig zu machen, selbst wenn ich ihn dazu persönlich angreifen müsste. Es wäre …«
»Was muss ich tun, damit du mir weiterhin hilfst?«
»So einfach ist es leider nicht, Will.«
Er fasste mich an den Schultern. »Aber ich schaffe es nicht ohne dich, Ali. Ich schaffe es nicht! Bitte, Ali, lass mich nicht hängen! Bitte!«
Er musste spüren, dass ich wieder weich zu werden begann.
»Ohne dich komme ich niemals durch! Ich kann nicht … Also gut. Ich überlege mir noch mal, was du gesagt hast.« Er wandte

sich ab, und nach kurzem Schweigen sagte er: »Ich werde tun, was du willst!«
»Es ist wirklich das Beste, Will. Glaub mir.«
»Aber du wirst mich nicht im Stich lassen?«, flehte er. »Du wirst bei mir bleiben?«
Ich wusste nicht mehr, was ich sagen sollte, konnte mich nicht mehr wehren, vielleicht wollte ich auch gar nicht. »Im Augenblick – ja, ich werde dich weiter vertreten.«
Er umarmte mich, wie er mich auf der Marsch umarmt hatte an jenem ersten Tag, plötzlich und überwältigend, doch diesmal hielt er mich fest, lange, sehr lange.

Auf meinem Anrufbeantworter war eine Nachricht von Dave Adamson. Sein Handy schien abgeschaltet zu sein, also versuchte ich es in seinem Büro und dann bei ihm zu Hause, bevor ich ihn schließlich in einem Fitnesscenter in Südlondon erreichte. Ich musste mich als Kollegin von ihm ausgeben, damit sie bereit waren, ihn zum Telefon zu rufen.
»Ich muss fünf Kilo loswerden«, erklärte Dave keuchend. »Es sind die letzten zwei, die sich noch sträuben. Meinen Sie, das könnte das Bier sein?«
»Welche Antwort möchten Sie hören?«
»Typisch Rechtsanwalt.«
»Haben Sie etwas für mich, Dave?«
»Ja. Neuigkeiten. Seit zwei Stunden steht Russell in dem Munro-Fall unter Mordanklage. Es ist nicht ganz so schön, als wenn wir Ronnie direkt erwischt hätten, aber das kommt auch noch.«
»Und wie sieht es mit Hans Place aus?«
»Ich habe einen Namen für Sie. Hans Place 19D gehört einem Esme Aubrey Family Trust, aber die Rechnungen bezahlt eine Familie Hampton. Alex? Hallo? Sind Sie noch dran?«

»Hampton?«
»Ja, das ist der Name.«
»Haben Sie auch einen Vornamen?«
»Nur den Anfangsbuchstaben: J. Hampton. Hilft Ihnen das weiter?«
Ich schaltete mein Handy ab und blieb ein paar Minuten fassungslos im Wagen, bevor ich langsam ins Dorf hineinfuhr. Ich wusste nicht, was mir unglaublicher erschien: dass Grace dem obskuren Charme des Landarztes Julian Hampton verfallen sein sollte oder dass der Doktor so perfekt den Unbeteiligten gespielt hatte, als ich ihn über Grace befragte.
Ein stetiger Landregen empfing mich, als ich vor Hamptons Praxis aus dem Auto stieg. Ich lehnte den Vorschlag der Praxishilfe, auf einen Kaffee zu Mrs. Hampton ins Haus zu gehen, ab und setzte mich ins Wartezimmer. Nach zehn Minuten öffnete sich eine Tür mit einer grünen Lampe darüber und eine ältere Frau kam herausgeschlurft, dicht gefolgt von einem eleganten, hemdsärmeligen Julian Hampton, die Goldrandbrille halb auf der Nase und einen Stapel Papiere in einer Hand.
Seine Helferin machte ihn auf mich aufmerksam. Er schaute zu mir herüber und rief meinen Namen aus, als wäre ich eine Patientin. Während er mich zu seinem Zimmer führte, fiel mir wieder auf, wie groß er war. Er ging leicht gebeugt, wie jemand, der ständig mit zu niedrigen Türen zu kämpfen hat.
Julian Hampton wies mir einen Sessel an und arrangierte seine langen Glieder hinter dem Schreibtisch. Sein Haar sah heute etwas weniger geleckt aus und seine Augen waren etwas wässrig. Jetzt bemerkte ich auch den Knick in seiner Nase, der wahrscheinlich auf einen Zwischenfall in seiner Jugend, vermutlich während eines Rugbymatchs, zurückging.

»Sie sagten, es dauert nur eine Minute?« Er hatte sein professionelles Lächeln im Gesicht, aufmerksam, aber distanziert.
»Das hoffe ich. Ich dachte, Sie könnten mir weiterhelfen, was Grace Deardens regelmäßige Besuche am Hans Place angeht.«
Er drehte den Kopf, als meinte er, sich verhört zu haben. »Besuche?«
»Ihre wöchentlichen Besuche.«
Er runzelte die Stirn, zog die Augenbrauen zusammen und zeigte auch sonst alle Anzeichen von Verwunderung. »Wöchentliche Besuche? Die hat es nicht gegeben.« Er schüttelte den Kopf. »Da muss ein Irrtum vorliegen.«
Wenn er log, dann tat er es mit großer Begabung.
»Aber es ist doch Ihre Wohnung, Nummer 19D?«
»Eine Familienwohnung, nicht meine. Wir haben die Wohnung von Annes Großmutter geerbt.«
»Benutzen Sie sie regelmäßig?«
»Nein, kaum.«
»Vielleicht einmal die Woche?«
Er lachte laut. »Einmal die Woche? Ein Mal die Woche komme ich *nirgendwohin,* schon gar nicht nach London! Ich habe hier eine überlastete Praxis zu führen! Nein, wir sind vielleicht alle sechs oder acht Wochen in der Wohnung, wenn wir mal ins Theater gehen oder zu ähnlichen Anlässen.«
»Wird die Wohnung noch von jemand anderem benutzt?«
»Ja, ein paar Vettern und Cousinen schlafen manchmal dort, aber die leben in Frankreich. Das kommt äußerst selten vor. Aber sagen Sie ...« Seine Augen verengten sich. »Wie kommen Sie darauf, dass Grace in der Wohnung war? Und einmal die Woche?«
»Sie hat die Telefonnummer dort angegeben, wenn sie Tische reserviert hat, in Restaurants.«

Er runzelte die Stirn und blätterte in seinem Adressbuch. Dann las er mir eine Telefonnummer vor, die mit der übereinstimmte, die ich von *La Brasserie* hatte, was ich ihm bestätigte.
Er klappte das Buch zu, sehr langsam, und presste die Lippen zusammen. Seine Finger zitterten vor Erregung. »Es könnte höchstens sein …« Ihm schien ein Gedanke zu kommen, der ihm überhaupt nicht gefiel. »Ich glaube, Sie sprechen besser mit Anne.«
Nun hatte er mich wirklich überrascht. »Mit Anne?«
»Ja. Sie kümmert sich um die Wohnung. Sie sollte wissen, was dort vor sich geht. Wenn jemand Ihre Fragen beantworten kann, dann sie.«
Ich starrte ihn an und mir wurde klar, wie sehr ich mich geirrt hatte.
Abrupt stand er auf und ging zur Tür, immer noch mit sorgenvollem Gesicht. Auch ich erhob mich, allerdings langsamer, wobei ich laut dachte: »Mit wem könnte Grace sich dort nur getroffen haben?«
Er hob eine Augenbraue und sagte würdevoll: »Jedenfalls nicht mit mir.«
Sein Gesichtsausdruck war so ehrlich, so offen und so voller Missbehagen angesichts der Situation, dass ich ihm sofort glaubte. Mein Blick machte ihm hoffentlich klar, dass ich den Verdacht, mit dem ich zu ihm gekommen war, zurücknahm.
»Sie haben also gar keine Idee …?«
»Nein, keine Ahnung. Sie sollten wirklich Anne fragen.«

Wie konnte ich mich nur zu einem so voreiligen Schluss hinreißen lassen?, fragte ich mich auf dem Weg zum Haus. Wie hatte mir entgehen können, was auf einmal so sonnenklar war? Anne Hampton mochte Will gern haben. Vielleicht hatte sie sogar ein wenig nach ihm gehungert, aber ihre wirkliche Loyalität und Hingabe hatte immer Grace gehört, der Grace, die sie bewundert hatte, dem Zauberwesen ohne Fehl und Tadel, der souveränen Gastgeberin, die so triumphal über das gesellschaftliche Leben der Gegend geherrscht hatte. Anne hatte sich geehrt und geschmeichelt gefühlt, dass Grace sie ihre Freundin nannte. Zweifellos hatte sie großen Respekt vor Grace gehabt, fast Ehrfurcht, und eine Freundin, die ständig im Schatten der anderen lebt, tut alles, ihr zu gefallen.

Und da hatte Anne einiges zu bieten: ein perfektes Versteck, wo Grace ihren Liebhaber empfangen konnte, die Wohnung, die Anne ihr zur Verfügung stellte, sooft sie sie brauchte, unter dem Schutz eines Schweigegelöbnisses, an das Anne sich sogar noch nach Grace' Tod hielt. Solche Loyalität. Solche Großzügigkeit. Und – diesen Gedanken konnte ich mir nicht verkneifen – solche Macht. Die Kehrseite dieser Loyalität war nämlich die Möglichkeit des Verrats, eine Möglichkeit, die sicher nie ausgesprochen worden war, und wenn doch, wäre sie wahrscheinlich energisch bestritten worden. Je mehr ich darüber nachdachte, desto klarer wurde mir, wie wichtig Annes Schweigen für Grace gewesen sein musste.

Auf dem Weg zu Annes Haustür dachte ich auch, dass sie vielleicht nicht einmal jetzt bereit sein würde, darüber zu reden. Doch dann hatte ich eine Idee, wie ich sie aus der Reserve locken konnte. Ich blieb im Regen stehen und nahm mein Handy aus der Tasche.

Stephen Makim klang überraschend zurückhaltend, fast widerwillig. Ja, das Fax von Cellnet sei eingetroffen. Ja, er habe es vor sich liegen. Ja, es enthalte eine vollständige Auflistung der Anrufe.

»Und?«, fragte ich.

Neun von zehn Anrufen seien an dieselbe Nummer gegangen, klärte er mich auf und las mir die Nummer vor. Im selben Augenblick kam Anne Hampton aus dem Haus, den Autoschlüssel in der Hand, sah mich und stieß einen kleinen Überraschungsschrei aus.

»Hallo!«, rief sie in ihrer aufgekratzten Art. »Wollten Sie zu mir? Möchten Sie schnell eine Tasse Kaffee?«

Ich starrte sie an und hatte Mühe, einen Ton herauszubringen. »Nein«, murmelte ich, »danke, vielen Dank, aber … ich habe jetzt keine Zeit.«

11

Der rote Mercedes war nirgends zu sehen, doch Jillys Golf war selbstbewusst in der Mitte des Kiesplatzes geparkt, an der Stelle, die ich immer für Edwards Parkplatz gehalten hatte.

Jilly erschien sofort an der Tür, so als hätte sie auf jemanden gewartet.

Sie blinzelte aufgeregt. »Alex, komm rein.«

»Ist Edward da?«

Sie forschte in meinem Gesicht, wohl um herauszufinden, ob ich schon mit Will gesprochen hatte, ob er mir schon erzählt hatte, dass Edward bei der Polizei gewesen war. »Er müsste bald zurück sein, spätestens in einer halben Stunde.«

»Dann komme ich später wieder.«

»Nein, bleib doch!« Sie streckte ihre Hand nach meinem Arm aus, zog sie aber auf halbem Weg wieder zurück. »Ich muss mit dir reden. Können wir … kannst du …?«

Sie schloss die Tür hinter mir und führte mich durch die Halle, wobei sie einige Male über ihre Schulter schaute, wie um sicher zu sein, dass ich meine Meinung nicht änderte und ihr davonlief.

Im Wohnzimmer mussten die Lampen dem grauen Morgenlicht nachhelfen. Im Kamin brannte ein Feuer. Jilly wartete, bis ich mir einen Sessel ausgesucht hatte, und setzte sich verkrampft auf die Sofakante mir gegenüber. Diesmal hatte sie fast keine Wimperntusche aufgetragen und auch mit dem Augenbrauenstift war sie sparsamer umgegangen als gewöhnlich. Selbst die blonden Strähnen in ihrem Haar wirkten nicht so grell wie sonst. So sah sie richtig hübsch aus, auf ihre blasse, elfenhafte Art.

Schließlich nahm sie allen Mut zusammen und hauchte: »Edward war bei der Polizei.«

»Ich weiß.«

»Ah! Ich war nicht sicher, ob Will es dir schon erzählt hat.«

»Das hat er.«

»Es tut mir so Leid!«, klagte sie. »Ich wollte ihn davon abhalten! Ich habe es wirklich versucht!«

»Warum?« Ich wusste nicht genau, was mich zu dieser Frage getrieben hatte, doch nun war ich auf die Antwort gespannt.

Sie starrte mich an. Sie schien mich nicht zu verstehen. Oder sie wollte nicht. »Bitte?«

»Warum wolltest du ihn davon abbringen, zur Polizei zu gehen?«

Sie schaute sich Hilfe suchend um. »Na ja, ich … weil …«

Ich war nicht bereit, ihr irgendwelche Hilfestellung zu geben. Über den Punkt, wo ich noch auf die Gefühle anderer Rücksicht nehmen konnte, war ich längst hinaus.

»Ich dachte, es wäre schlecht für Will«, sagte sie schließlich. »Und für Edward ist es eine furchtbare Verantwortung. Ich meine wirklich furchtbar. Ich dachte, er würde es sein Leben lang bereuen.«

»Ich glaube, das stimmt nicht ganz.«

»Ich weiß nicht, was du meinst.« Ihre Stimme zitterte. Sie wusste nur zu gut, was ich meinte, das war ihr deutlich anzusehen.

»Du wolltest nicht, dass alles herauskommt. Du wolltest nicht, dass Edwards Affäre mit Grace ans Licht kommt.«

Einen Moment lang schien sie es noch abstreiten zu wollen, doch dann sah sie ein, dass das Spiel ein Ende hatte. Ihr Gesichtsausdruck verhärtete sich und sie überlegte sich ihre nächsten Worte genau. »Ich habe getan, was ich für richtig hielt.«
»Richtig für ihn, meinst du, für Edward?«
»Für alle!«, erwiderte sie trotzig.
Ich konnte nicht mehr an mich halten. »Was? Wie kannst du das sagen? Wie konntest du nur zulassen, dass er so mit dir umspringt? Hast du denn gar keine Selbstachtung, Jilly, kein bisschen Stolz? Warum hast du ihn nicht zum Teufel gejagt? Er ist ein Bastard, und das sage ich als seine Schwester – ein kaltherziger Bastard!«
»Aber du verstehst nicht! Du verstehst überhaupt nichts! Er ist nie über seine Kindheit hinweggekommen! Nie! Es peinigt ihn immer noch!«
Ich musste lachen. »Mein Gott, Jilly! Es peinigt ihn also. Und das gibt ihm das Recht, auf dir herumzutrampeln und eine Affäre mit einer verheirateten Frau anzufangen? Ich bitte dich!«
Ich machte Anstalten aufzustehen.
»Nein!« Sie beugte sich vor und streckte einen Arm aus, als wollte sie mich festhalten. »Du verstehst nicht! Er war so … verletzt, so voller Zorn. Er sah einfach keinen Ausweg. Bis Grace kam. Grace war für ihn nur eine Art Befreiung.«
Ich war nicht in der Stimmung für derart unausgegorenes Psychogeschwätz. Zu viel Zeit meines Lebens hatte ich damit zugebracht, Menschen zu verteidigen, bei denen die Worte »verletzt« oder »Zorn« wirklich einen Sinn hatten, Menschen, die in ihrer Kindheit nichts als Misshandlung und Vernachlässigung erlebt hatten. Meiner Auffassung nach war für Edward die Zeit, da er damit sein selbstsüchtiges Verhalten entschuldigen konnte, längst abgelaufen.

Das wollte ich Jilly klar machen, als sie neu ansetzte: »Er hat es dir nie erzählt. Er hat es niemandem erzählt. Er hat es die ganzen Jahre für sich behalten, in sich hineingefressen. Und die ganze Zeit war er so verzweifelt, so elend.«

»Was soll er mir nie erzählt haben? Hör zu: Edward mag seine Probleme gehabt haben, aber so schlimm kann es nicht gewesen sein, glaub mir. Er hat einfach nie gelernt, die Dinge ruhen zu lassen und die Verantwortung für sein Leben zu übernehmen. Ich weiß von den Problemen, die er mit Vater hatte, von den Auseinandersetzungen. Ich weiß, dass Vater bei ihm vieles falsch gemacht hat. Aber verglichen mit dem, was andere Kinder durchmachen …«

Jilly holte zweimal tief Luft und wollte etwas sagen, doch erst beim dritten Versuch brachte sie es heraus. »Edward hat etwas gesehen, etwas … Furchtbares. Furchtbar für ein Kind, meine ich. Er hat … er hat euren Vater gesehen …« Sie stockte.

»Na und?«

»Mit Maggie Dearden.«

Ich starrte sie an.

»Er hat sie zusammen gesehen … ich meine wirklich zusammen … als sie dabei waren …« Sie schaute auf ihre Hände. »Mitten dabei, oben in der … in der Scheune, auf der Oberfarm.«

Es traf mich wie ein Hammer. Ich spürte einen Stich im Bauch und meine Kehle war plötzlich ausgetrocknet. »Mein Gott …« Ich sah die Scheune vor mir … in der Scheune! »Aber … war es … hatten sie …?« Ich brauchte einen Moment, um einen klaren Gedanken zu fassen. »War es … ging das lange? Hatten sie eine Affäre?«

Sie wich meinem Blick aus, schaute fortwährend auf ihre zitternden Hände. »Ich weiß nicht.«

Ich fühlte mich unwirklich. So viele Empfindungen überrollten mich, so viele widersprüchliche Gefühle, dass ich nicht mehr wusste, was wirklich in mir vorging. Sicher, ich war überrascht. Verletzt, ja, auch das ein wenig. Seltsam, wie das Leben immer wieder gigantische Überraschungen bereithält. Von einem Augenblick auf den anderen verliert man einfach jeden Boden unter den Füßen.

»Wann war das?«, fragte ich.

»Edward war neun.«

Also in dem Jahr, in dem ich nach dem Schulabschluss mit meinem Rucksack auf Reisen ging. Ich versuchte, mich zu erinnern, wie es damals zu Hause gewesen war, ob sich irgendetwas verändert hatte. Ich suchte in meinem Gedächtnis nach Hinweisen, nach Ereignissen, doch nichts kam zum Vorschein. Dann versuchte ich, mir Vater vorzustellen, wie er damals war, konnte mich aber an nichts Besonderes erinnern, er war wie immer, sehr beschäftigt und manchmal übermüdet, wenn er nachts gerufen worden war. Aber stets ruhig und ausgeglichen, kaum je ohne das leicht amüsierte Lächeln, das er so gern zur Schau stellte, selten ohne einen Scherz auf den Lippen, denn Worte liebte er über alles, das Spiel damit, das Spiel mit den Bedeutungen. Ich sah einen Mann vor mir, der zufrieden schien mit seinem Leben, einen Mann, dem ein gutes Kreuzworträtsel, ein Glas Rotwein, ein gutes Gespräch beim Essen vollkommen ausreichten, den Tag abzurunden. Ich sah einen Mann vor mir, der keine große Leidenschaft zeigte und der »romantischen Quatsch« mit Misstrauen betrachtete. Romantik und Liebe waren für ihn nur ein Schritt auf dem Weg zur Ehe gewesen, so hatte ich gedacht, danach hatten sie keine besondere Rolle mehr gespielt. Frauen gegenüber war er eher schweigsam gewesen, höflich und nett, aber im Grunde zurückhaltend.

Doch was weiß man schon über die Menschen, die einem nahe sind? Wie entschlossen können sie sein, ihr geheimes Selbst zu verbergen? Plötzlich hatte ich das Gefühl, meinen Vater nie wirklich gekannt zu haben.
Und in einer Scheune! Ich konnte, ich wollte es mir nicht vorstellen – mein Vater in einer Scheune – mit einer Frau! Mein Vater, der so auf seine Kleidung bedacht war, der jeden Morgen sein Jackett ausbürstete, bevor er aus dem Haus ging. Ich sah ihn wieder vor mir, mit welchem Eifer er seine Schuhe polierte. In einer Scheune, mit all dem Staub und dem Stroh! Das Klischee vom älteren Mann und seiner Geliebten, wie sie sich im Heu wälzen ... Die Vorstellung war so schlimm, dass es weh tat.
Doch dann erinnerte ich mich, dass es um Mutters Gesundheit in jenem Jahr besonders schlecht bestellt gewesen war. Ihr Zustand hatte sich plötzlich verschlechtert und sie hatte Monate gebraucht, um sich etwas zu erholen. Wir wussten, dieses Auf und Ab gehörte zu ihrer Krankheit, wir hatten es oft genug gesehen. Wir wussten, es gab keine greifbare Ursache für diese Krisen, doch jetzt konnte ich mir reichlich Gründe vorstellen. Der Gedanke, sie könnte von Vaters Affäre gewusst haben, war so schmerzlich, so schauderhaft, dass ich laut aufstöhnte.
»Es tut mir so Leid!«, rief Jilly verzweifelt. »Ich hätte es nicht sagen sollen. Ich hätte es dir nicht erzählen sollen. Ach, Alex ... es tut mir so Leid.«
»Nein, nein, lass nur. Ich bin froh, dass du es mir gesagt hast.«
»Wirklich? Aber du wirst es Edward gegenüber nicht erwähnen, ja? Ich glaube, es wäre ein Fehler, es Edward zu erzählen.«
So weit hatte ich noch gar nicht gedacht. Ich konnte überhaupt nicht weit denken, ganz gleich in welche Richtung.

»Verstehst du jetzt, warum er sich so benommen hat, wenn es um die Deardens ging? Weshalb er so wütend war wegen der Gunmarsch? Ich weiß, er hat sich viel zu viel daraus gemacht, aber er konnte einfach nicht anders. Erst die Sache mit dem Geld, und dann das. Es war einfach zu viel. Er hat sich wieder betrogen gefühlt, und das erträgt er nicht. Es ist sein Stolz, weißt du? Er ist so stolz! Der kleinste Rückschlag ist eine Katastrophe für ihn. Und dann kam eins nach dem anderen.«

Inzwischen wusste ich überhaupt nicht mehr, wovon sie redete.

»Ach, Alex ... jetzt habe ich wieder zu viel gesagt. Sie presste die Arme an den Leib, als wäre ihr kalt.

»Du hast von Geld geredet«, erinnerte ich mich. »Du hast gesagt, ›erst die Sache mit dem Geld‹ ...«

»Ach, Alex ...« In Wirklichkeit schien sie erleichtert, dass es heraus war. »Es geht um das Geld eures Vaters, das nach seinem Tod nicht aufzufinden war, verstehst du? Edward ist überzeugt, er hat es Maggie Dearden gegeben.« Sie wartete vergeblich auf eine Reaktion von mir, bevor sie den Rest des Geheimnisses preisgab. »Und er denkt, dass sie schon früher eine Menge Geld von ihm bekommen hat, als deine Eltern von hier wegzogen. Er glaubt, sie hätte damit ihr Cottage gekauft.«

Eigenartig, aber ich empfand Erleichterung. Es war also keine kurze Affäre gewesen, trotz der Scheune. Nein, es musste sich über Jahre hingezogen haben. Ich nahm an, es hatte um die Zeit begonnen, als Mutter ernsthaft krank wurde, und hatte aufgehört, als meine Eltern nach Cornwall zogen. Und wenn er ihr so viel Geld gegeben hatte, musste es eine tiefe Beziehung gewesen sein. Der Gedanke tröstete mich vielleicht mehr, als er sollte, aber ich hatte es schon immer schwer gefunden – zumal in meinem Beruf –, Menschen zu verurteilen, nur weil sie ihr Glück genossen, wo sie es fanden. Ich war immer der Ansicht

gewesen, dass etwas Liebe nicht schadet, solange dabei niemand verletzt wird.
In diesem Fall war allerdings jemand verletzt worden.
Jilly seufzte tief und ließ die Schultern hängen. »Jetzt habe ich es dir also erzählt«, sagte sie mit ihrer Mäuschenstimme. »Ich hoffe, ich habe es richtig gemacht.«

Die Tür flog auf und Edward kam herein. Sein Blick, als er mich sah, war alles andere als freundlich.
»Was machst du denn hier?«, fragte er aggressiv.
»Ich muss mit dir reden.«
Er warf Jilly einen finsteren Blick zu und sie sprang sofort auf, ging mit gesenktem Kopf an ihm vorbei und verließ das Zimmer.
»Also?« Er stand an der Tür, eine Hand auf der Klinke, halb abgewandt, als wollte er mich jeden Moment hinauswerfen.
»Ich weiß von dir und Grace.«
An seiner Miene änderte sich nichts und er sagte grob: »Was soll sein mit mir und Grace?«
»Ich weiß von eurer Beziehung, von den Essen in *La Brasserie,* der Wohnung am Hans Place, den vier oder fünf Anrufen am Tag.«
Er stand vollkommen still. Sein Gesicht wurde zu einer kalten Maske. Dann schob er die Tür zu, stellte sich mit dem Rücken zum Kamin, verschränkte die Arme vor der Brust und schaute auf mich herab. »Na und?«
»Meinst du nicht, du hättest der Polizei davon erzählen sollen?«
»Warum?«
»Ach komm, Ed!«
»Meine Beziehung mit Grace hat nichts zu tun mit ihrem Tod!«, schrie er plötzlich los, in unbändiger Wut. »Nichts! Warum

fragst du nicht deinen geliebten Will, was Grace zugestoßen ist? Frag doch deinen geliebten Will!«

»Aber Ed, um Himmels willen! Es muss dir doch klar sein, dass du eine solche Sache nicht einfach …« Ich brach ab. Ich hätte ihn nur noch mehr gegen mich aufgebracht. Ich musste es auf andere Weise versuchen und begann von neuem: »Da du dich entschieden hast, als Zeuge aufzutreten, hat deine Beziehung mit Grace leider sehr viel damit zu tun. Du bist kein neutraler Zeuge mehr. Du bist parteiisch – milde ausgedrückt.«

»Du wirst es also der Polizei erzählen.«

»Ed … Früher oder später werden sie es sowieso herausfinden.«

»Na und?«, brüllte er. »Das kann mir doch egal sein!«

Er wandte sich ab und stocherte mit der Stiefelspitze in der Asche, dass die Funken nur so stoben. Mit der gleichen Wut packte er zwei Holzscheite aus dem Korb und warf sie auf die Glut.

»Ich habe gehört, du warst bei Grace im Marsh House, als dieser Anruf kam. Könntest du mir sagen, was da geschehen ist?«

Edward lehnte sich auf den Kaminsims, die Fäuste geballt, und starrte ins Feuer. »Welche Version willst du denn hören?«

Ich war nicht sicher, was er meinte. »Irgendeine.«

»Also die offizielle Version …« Er stockte und biss sich auf die Lippen. »Ja«, krächzte er, »wir waren zusammen, Grace und ich. Wir haben Tee getrunken und über das Festival geredet. Dann klingelte das Telefon. Sie hob ab und ich habe sofort gesehen, dass es ernst war. Sie war sehr wütend, hysterisch geradezu. Sie hat geschrien am Telefon. Und dann hat sie aufgelegt und gesagt: ›Er hat die Schleusen geöffnet. Er will die Gun unter Wasser setzen.‹ Und dann ist sie …« Er drehte den Kopf zur

Seite und hustete erstickt. Als er fortfuhr, war seine Stimme belegt und heiser. »Und dann hat sie ihren Mantel angezogen, hat die Autoschlüssel genommen und ist rausgerannt. Ich habe ihr angeboten, sie zu begleiten, aber sie wollte nichts davon wissen. Sie konnte verdammt stur sein, wenn sie wollte. Verdammt stur.«

»Und sie hat nicht gesagt, wer am Telefon war?«

Er richtete sich auf, grub in seiner Hemdtasche und zog ein Päckchen Zigaretten heraus. »Nein.«

»Hast du sie gefragt?«

»Dazu war gar keine Zeit! Sie ist ja gleich losgerannt.«

»Hat sie sonst etwas gesagt?«

Er klemmte sich eine Zigarette zwischen die Lippen und nahm eine Schachtel Streichhölzer vom Kaminsims. »Nein. Sie war vollkommen sprachlos. Sie konnte nicht fassen, was er vorhatte. Sie konnte nicht ...« Die Stimme versagte ihm, und er wedelte nur mit seiner Zigarette.

»Sie war wütend?«

»Ist es nicht egal, ob sie wütend war oder nicht?«, fauchte er mich an. »Das ist doch wohl keine Entschuldigung für das, was dann passiert ist! Sie hatte allen Grund, wütend zu sein!«

Ich versuchte, möglichst neutral zu klingen. »Ich sage ja nicht, dass sie kein Recht hatte, wütend zu sein. Ich versuche nur, mir ein Bild zu machen, mehr nicht.«

Er sah mich finster an, nicht sicher, ob ich ihn nicht auf irgendeine gemeine Weise ausmanövrieren wollte. »Ja, sie war wütend«, gab er schließlich zu, »unheimlich wütend, wenn du es genau wissen willst. Aber was solls? Das ist doch vollkommen egal!«

Mit diesem letzten Ausbruch schien seine Energie verbraucht zu sein. Er zündete die Zigarette an, ließ sich in den Sessel mir gegenüber fallen und legte den Kopf so weit zurück, dass ich sein Gesicht kaum sehen konnte.

»Ich hätte sie nicht allein gehen lassen sollen«, sagte er heiser. »Ich hätte bei ihr bleiben sollen. Ich hatte mir immer Sorgen gemacht, dass er ihr etwas antun könnte, dieser Schweinehund. Also bin ich hingefahren, ziemlich nahe ans Cottage heran, bin ausgestiegen und habe gelauscht. Ich habe gehört, wie sie sich stritten, unglaublich.« Gierig zog er an seiner Zigarette. »Aber dann wurde es plötzlich still und – na ja, Grace wäre bestimmt nicht erfreut gewesen, wenn ich auf einmal aufgetaucht wäre. Sie wusste, dass Will womöglich versuchen würde, mich umzubringen. Ich dachte … ich dachte, ich halte mich besser raus.« Sein Kopf schnellte vor und er hielt sich eine Hand vor die Augen. Als er sie wieder wegnahm, sah er vollkommen verzweifelt aus. Noch nie hatte ich ihn so aufgewühlt gesehen, jedenfalls nicht seit er gelernt hatte, alles zu verachten, das ihn berühren könnte.

»Hat Will über dich und Grace Bescheid gewusst?«

Es dauerte eine Weile, bis er meine Frage aufnahm. »Nein. Grace wollte nicht …« Er stockte, als hätte er Angst, zu viel zu sagen, und zog wieder an seiner Zigarette. »Nein, Will wusste nichts davon. Da waren wir sehr vorsichtig. Es war nicht nur eine Affäre. So war es nicht. Es war etwas … etwas anderes. Etwas …« Seine Augen glänzten, seine Lippen zitterten, und wieder konnte ich mich nur wundern, wie tief seine Gefühle für sie gewesen zu sein schienen.

»Sie wollte ihn verlassen. Sie wollte unbedingt von ihm weg, verstehst du? Sie war sehr unglücklich.« Er sah mich forschend an, prüfte meine Reaktion. Dann sagte er in noch vertraulicherem Ton: »Sie hätte ihn schon vor Monaten verlassen, aber ihr ganzes Geld hat in der Farm gesteckt, in dem Haus, in Wills ganzem finanziellem Schlamassel. Sie wäre da nicht rausgekommen, ohne alles zu verlieren. Und dann natürlich der Junge. Sie wusste, dass sie um ihn zu kämpfen haben würde. Sie war dabei, alles zu regeln. Sie wollte raus.«

Ich nickte schweigend.

»Sie war sehr unglücklich«, wiederholte er, als meinte er, mich unbedingt davon überzeugen zu müssen.

»Ich weiß, dass sie bei einem Anwalt war.«

»Ja, aber leider bei einem ziemlichen Versager!«

»Du hast sie wohl sehr geliebt.«

Selbst jetzt fiel es ihm noch schwer, solche Gefühle einzugestehen. »Man musste sie einfach lieben. Sie war … sie war …« Er wedelte mit den Händen, suchte vergeblich nach einem Ausdruck, der außerhalb seiner Reichweite zu liegen schien. »Sie war hinreißend. Sie war nicht wie andere Menschen, weißt du? Sie hat aus vollen Kräften gelebt, voller Energie, voller Ideen. Sie hat dich einfach mitgerissen. Sie war wie ein Wirbelwind.« Er war immer noch nicht zufrieden mit seiner Beschreibung und versuchte es noch einmal. »Sie hatte eine Art … Mit ihr fühlte man sich gut, verstehst du? Man fühlte sich irgendwie – bedeutend, als wäre man der glücklichste Mann der Welt.« Nun wurde es ihm offenbar doch zu peinlich. »Ach, ich weiß nicht!«, brüllte er schließlich, bevor er sich wieder den Tröstungen des Nikotins hingab.

Mir war klar, was Grace mit dieser Beziehung im Sinn gehabt hatte. Nie hätte sie so viel Zeit und Mühe in heimliche Treffen in London und bis zu fünf Anrufe pro Tag investiert, hätte sie es nicht auf eine Heirat und letztlich auf Wickham Lodge abgesehen gehabt. Edward war vielleicht nicht ihr Traummann gewesen, aber er musste ihren Wünschen zumindest ziemlich nahe gekommen sein: Landeigentümer, unangefochtenes

Mitglied der Gesellschaft, vier Farmen neben der, die an Will verpachtet war, ein gesundes Einkommen, das nicht einmal sie mit ihren Ansprüchen erschöpfen würde. Und ein großes Haus, das nach gründlicher Renovierung eine glänzende Kulisse für alle erdenklichen Anlässe darstellen würde. Edward war zweifellos eine gute Partie. Er war sechs Jahre jünger als Grace, doch das hätte sie nicht gestört. Vielleicht ganz im Gegenteil.
»Hattet ihr schon Pläne geschmiedet?«, fragte ich also.
Es schien Edward zu überraschen, dass ich annahm, ich könnte ihn so einfach erwischen. »Wenn du meinst, ob wir zusammen durchbrennen wollten: Nein. Es sollte alles geregelt sein, bevor wir über so etwas nachdenken wollten. Sie wollte alles so fair und würdevoll wie möglich über die Bühne bringen, alles ganz zivilisiert.«
Darauf hätte ich gewettet. Schließlich war sie vor allem eine große Planerin gewesen. Sie hätte gewusst, welche lange und bittere Auseinandersetzung ihr bevorgestanden hätte, wenn Will je herausgefunden hätte, dass sie ihn wegen Edward verließ. Die Demütigung wäre zu viel gewesen für Will, der Gedanke, dass Charlie hier, in Edwards Haus, aufwachsen würde, unerträglich. Nein, sie hatte gewusst, dass sie erst mit ihrem Geld ›raus‹ sein und das Sorgerecht geregelt haben musste, bevor sie die Bombe platzen lassen konnte. Aber warum hatte sie so lange gewartet, bevor sie die Trennung vorbereitete? War sie vielleicht nicht sicher gewesen, ob Edward schon so weit war?
Irgendwie musste ich es aus ihm herauskitzeln. »Aber ihr wusstet doch, wo die Reise hinging, oder?«
»Ja, natürlich haben wir über die Zukunft gesprochen«, gab er widerwillig zu. »Ich habe doch schon gesagt, es war nicht nur eine Affäre.«

Plötzlich und ohne ersichtlichen Grund dachte ich an die Gunmarsch und fragte mich, ob die nicht der eigentliche Grund für ihr Abwarten gewesen war. Vielleicht hatte Grace erst den Verkauf unter Dach und Fach haben wollen. Oder war Edward derjenige gewesen, der warten wollte? Je mehr ich darüber nachdachte, desto plausibler erschien mir das. Edward hatte warten wollen, bis er die Gun sicher hatte. Tief im Innern setzte er immer noch viel mehr Vertrauen in Land und Eigentum als in Menschen. Und Rache war ein besserer Antrieb als Liebe. Edwards eigentliches Ziel war es, die Deardens zu demütigen, indem er ihnen das Land wegnahm, das sie seit hundert Jahren bewirtschafteten. Grace war nur der Zuckerguss gewesen, die Krönung seines Rachefeldzugs.

Ich stand auf. »Danke, dass du mir das alles erzählt hast«, sagte ich recht förmlich.

Edward warf die Zigarette ins Feuer. »Du wirst es also der Polizei berichten?«

Eine gute Frage. »Nein, noch nicht.«

»Es sähe nämlich nicht sehr gut aus für Will, stimmts?« Erst nachdem er die Bemerkung losgeworden war, schien ihm aufzugehen, wie Recht er damit hatte. Seine Augen funkelten vor Schadenfreude. Als ich ihn so sah, dachte ich wieder, was für ein unverbesserlicher, kaltherziger Bastard er sein konnte. Grace und er hätten perfekt zusammengepasst.

Dann fiel mir etwas anderes ein. »Du hast gesagt, das war die offizielle Version. Und wie lautet die inoffizielle?«

»Habe ich das gesagt?«, fragte er, den Verblüfften spielend. »Nein.«

Er blieb sitzen, als ich hinausging.

Jilly stand in der Halle, und obwohl ich sehr schnell ging, war sie vor mir an der Tür. Sie stellte sich mir in den Weg und

flüsterte: »Wenn es nicht Edward gewesen wäre, dann irgendein anderer. Grace war diese Sorte Frau.«
»Liebe Jilly«, erwiderte ich, »es *war* aber Edward.«

Ich fuhr durch den Regen, ohne Richtung und ohne zu denken. Schließlich hielt ich unter einem Baum an, kurbelte das Fenster herunter und ließ mir die feuchte Luft ins Gesicht wehen. Die Enthüllungen und Überraschungen der letzten Stunden schienen jeden Winkel meines Gehirns zu füllen. Nirgends sah ich noch Sinn. Ich sah Vater und Maggie zusammen, wie sie sich heimlich trafen, jahrelang, und den neunjährigen Edward, wie er an der Scheunentür stand und sein Urteil fällte, gnadenlos. Ich sah Will vor mir, wie er die Schleusen öffnete, blinde Zerstörungswut. Und Grace, wie sie Maggie anschrie, nichts als Hass im Herzen. Alles schien auf dem Kopf zu stehen, nichts stimmte mehr an dem Bild, das ich von diesen Menschen gehabt hatte.
Schlimmer war aber, dass ich in meiner Verwirrung immer noch das Gefühl hatte, etwas Wichtiges übersehen zu haben, die eine, einfache Tatsache, die Will die Polizei vom Leibe halten würde. Mir war, als müsste ich nur einen Weg durch das Chaos finden, das mein Gehirn verstopfte, um zu dem unumstößlichen Beweis zu kommen, der für Will die Freiheit bedeuten würde.
Ich schloss die Augen, ließ meine Gedanken treiben, versuchte, die Widersprüche und Ungereimtheiten beiseite zu schieben und mich auf die Dinge zu konzentrieren, die klar waren.
Klar war jedenfalls, dass Wills Geschichte nicht stimmen konnte. Das sagte mir jeder Instinkt. Nichts daran klang wahr. Der Anruf bei Grace – hätte er ihr wirklich angekündigt, was er vorhatte? Nein. Das Öffnen der Schleusen – damit hätte er nur sich

selbst geschadet, niemandem sonst. Und dann seine Entscheidung, die Schleusen wieder zu schließen – nein, es ergab nicht den geringsten Sinn. Und wenn ich daran dachte, wie Will die Geschichte erzählt hatte, sein Zögern und seine Unsicherheit, konnte ich nur zu dem Schluss kommen, dass er sich das Ganze ausgedacht hatte.

Bis auf einen Punkt: die lauten Stimmen, der Streit zwischen Grace und Maggie. Das war das Einzige in der Geschichte, was ich glauben konnte. Wenn Edward nicht gelogen hatte, als er sagte, er wäre Grace zum Reed Cottage gefolgt – und ich kannte ihn gut genug, um das für unwahrscheinlich zu halten –, wen konnte er sonst gehört haben, wenn nicht Grace und Maggie?

Ich schloss das Fenster und fuhr weiter, zunächst in Richtung Marsh House, doch dann fand ich mich plötzlich auf der Salterns Lane, auf dem Weg zum Reed Cottage. Maggie war in Norwich. Ich würde ihr einen Zettel auf den Tisch legen. Ich musste sie unbedingt sprechen.

Der geduckte, graue Umriss von Reed Cottage tauchte im Regen auf, die Fenster dunkel und verschwiegen unter triefendem Efeu.

Und dann musste ich zwei Mal hinschauen: Maggies Citroën stand da.

Hastig ging ich noch einmal die Fragen durch, die ich ihr stellen wollte. Darüber, weshalb sie nicht in Norwich war, dachte ich gar nicht nach.

Ich hielt direkt vor der Haustür, zog mir die Jacke über den Kopf und rannte los. Den Citroën beachtete ich nicht mehr, weshalb mir entging, dass jemand auf dem Fahrersitz saß.

Ich klingelte schnell und hatte schon die Hand auf der Klinke,

als die Tür sich öffnete und Charlie vor mir stand, mit nassem Haar, als wäre er gerade aus dem Regen gekommen.
»Grandma!«, keuchte er, »sie braucht ihre Tabletten!«
Er hielt etwas in der Hand, aber ich begriff noch immer nicht, wovon er sprach. »Kann ich dir irgendwie helfen?«
Er antwortete nicht, sondern drückte sich an mir vorbei und rannte zu dem Citroën.
Jetzt endlich sah ich Maggie durch die beschlagene Windschutzscheibe. Ihr Kopf lag schlaff an der Nackenstütze, ihr Mund war leicht geöffnet, ihr Blick ging in meine Richtung.
Als Charlie die Wagentür öffnete, war ich schon bei ihnen.
»Was ist los?«, rief ich. »Geht es dir nicht gut?«
»Bring mich ins Haus, Alex«, sagte sie leise.
Ihre Haut war grau, ihre Augen halb geschlossen vor Schmerz oder Schwäche. Ich zog ihr den Mantelkragen eng um den Hals und half ihr aus dem Wagen. Sie stützte sich schwer auf mich, einen Arm um meine Schultern gelegt. Charlie nahm den anderen Arm um seine Schultern, und dennoch konnte sie nur ganz kleine Schritte machen; als wir am Haus waren, tropfte ihr schon das Wasser vom Kinn und das Haar klebte ihr am Kopf.
Ich brachte sie ins Esszimmer, setzte sie auf den nächsten Stuhl und bat Charlie, ein Handtuch zu holen. Ihr Kopf lag auf der Rückenlehne, ihre Augen waren geschlossen, die Arme hingen schlaff seitlich herunter.
»Ich bringe dich ins Bett«, sagte ich, »und dann rufe ich den Doktor.«
»Kein Arzt«, keuchte sie, »nur meine Tabletten.«
Charlie gab mir ein Fläschchen mit weißen Kapseln und ich hielt es ihr vors Gesicht. »Zwei Stück«, sagte sie und nickte.
Charlie holte ein Glas Wasser und hielt es ihr an den Mund,

während sie die Kapseln schluckte. Sie wollte sich hinlegen, doch nicht auf ihrem Bett. Also brachten wir sie ins Wohnzimmer. Während ich sie am Ellbogen hielt, den anderen Arm um ihre Hüften, musste ich an Vater denken, hier in diesem Cottage, wie er durch die Zimmer ging, die Treppen hinauf, wie er in dem kleinen weißen Zimmer neben Maggie im Bett lag. In diesem Cottage, das er vielleicht bezahlt hatte, zumindest teilweise. Ich dachte auch an die Zeit, als Maggie noch in Marsh House wohnte, als dort ständig Leute hereinschneiten, als Will Student war und lange Ferien hatte. Wie hatte das Verhältnis so lange geheim bleiben können? Hatten sie sich immer in Scheunen oder an anderen abgelegenen Orten getroffen? Das Leben meines Vaters war so betriebsam und organisiert gewesen, dass mir unbegreiflich war, wie er je die Zeit dazu gefunden hatte.

Ich half ihr aus dem Mantel, und sie legte sich auf das Sofa. »Fünf Minuten, eine Tasse Tee, und ich bin wieder auf dem Damm«, keuchte sie, und dann, mit einem strengen Blick: »Keine Anrufe, Alex, kein Doktor. Versprichst du mir das?«

Ich versprach es für den Augenblick.

Charlie blieb unsicher neben dem Sofa stehen, als ich den Tee holen ging, doch sobald ich wiederkam, zog er sich in Richtung Tür zurück. Maggie streckte einen Arm aus, als wollte sie ihn aufhalten.

»Wir fahren in einer halben Stunde«, rief sie ihm nach, »in einer halben Stunde, Charlie!« Ihr Arm fiel herunter und sie horchte, während er die Treppe hinaufpolterte und in sein Zimmer ging. »Der arme Junge. Es ist nicht gut für ihn, mich so zu sehen. Überhaupt nicht gut.«

»Hast du Schmerzen?«

Sie verzog ablehnend das Gesicht. So leicht würde ich es nicht

aus ihr herausbekommen. »Diese Ärzte haben doch keine Ahnung.«
Ich ließ sie für eine Weile ausruhen und ging in die Diele, um ein paar Anrufe zu erledigen.
Will klang leise tadelnd. »Wo bist du? Ich versuche die ganze Zeit, dich zu erreichen.«
Ich hätte ihm lieber die Wahrheit gesagt, doch ich wollte erst mit Maggie sprechen. »Ich bin auf dem Weg nach Fakenham«, sagte ich. »Stephen Makim hat eine Liste der Anrufe, die Grace von ihrem Handy aus gemacht hat.«
»Von ihrem Handy?« Er stöhnte. »Aber sie hatte doch gar keins, das habe ich dir doch gesagt!«
Ich erzählte ihm, dass sie sich Makims Handy ausgeliehen und ausgiebig benutzt hatte, sechs oder sieben Mal am Tag. Wenn Will es seltsam fand, dass sie daraus solch ein Geheimnis gemacht hatte, ließ er es sich nicht anmerken.
»Wann kommst du wieder? Detective Smith sitzt bei mir in der Küche und will wissen, wann wir nach Norwich kommen können.«
»Sag ihr, du kannst nichts abmachen, solange ich nicht zurück bin. Geh für ein paar Stunden weg, wenn du kannst. Ich will nicht, dass Ramsey erfährt, dass du da bist. Er könnte auf die Idee kommen, wieder bei dir aufzukreuzen.«
»Wann kommst du?« Er klang unruhig.
»In ein oder zwei Stunden.«
»Fahren wir dann nach Norwich? Ich will es endlich hinter mich bringen, Ali, so schnell wie möglich. Charlie soll endlich wieder ein normales Leben führen können.«
Offenbar erkannte er nicht, in welcher Gefahr er schwebte, oder ich hatte es ihm nicht deutlich genug erklärt.
»Vielleicht ist es besser, wenn wir damit bis morgen warten.«

»Warum denn das?«
»Ich würde gern ein paar Dinge überprüfen, bevor du deine Aussage machst.«
»Was für Dinge?«
»Darüber reden wir, wenn ich zurück bin.«
»Stimmt etwas nicht, Ali? Du klingst so besorgt.«
»Ich klinge vorsichtig, Will.«
»Jag mir keinen Schrecken ein, Ali.« Er lachte nervös.
Ramsey war keineswegs bereit, die Vernehmung auf den nächsten Tag zu verschieben, also handelten wir eine Uhrzeit am Abend aus. Ich schlug sieben vor, er drängte auf fünf und ich beharrte höflich auf sieben. Will hätte den ganzen Tag auf der Farm zu tun, sagte ich, und es ginge nicht früher.
Als ich das geklärt hatte, überlegte ich, wie viel Zeit mir blieb, und es war nicht genug, wie immer ich auch rechnete.
Ich machte frischen Tee und brachte leise eine Tasse ins Wohnzimmer. Maggie hörte mich trotzdem und wandte den Kopf. Die Tabletten schienen zu wirken, der Schmerz schien verschwunden zu sein.
»So, Alex!«, sagte sie streng. »Was war mit der Polizei?«
Sie sah noch so schwach aus, dass ich nicht wusste, ob dies der richtige Augenblick war, es ihr zu erzählen. Aber sie musste gewarnt werden. Vielleicht war es sogar ganz gut, wenn sie es ein wenig mit der Angst bekam. Vielleicht hörte sie dann endlich auf, mich anzulügen.
»Es war jemand bei der Polizei«, begann ich, »ein neuer Zeuge. Offenbar war er an jenem letzten Nachmittag bei Grace im Marsh House. Anscheinend bekam Grace einen Anruf, während diese Person dort war, einen Anruf, bei dem sie erfuhr, dass Will dabei war, die Schleusen zu öffnen. So dachte sie jedenfalls. Und dann …«

»*Das* hat er gesagt?« Maggie richtete sich auf, zitternd vor Wut. »Dein Bruder hat gesagt, *Will* hätte die Schleusen geöffnet?«

»Du wusstest, dass Edward ...«

»Wie kann er nur so etwas tun?«, explodierte sie. »Wie kann er so furchtbare Lügen verbreiten?«

»Du wusstest von Edward?«

»O ja! Aber ich hätte nie gedacht, dass er zu so etwas fähig ist! Ich hätte nicht geglaubt, dass er solche Lügen erzählen würde! Solche Lügen!«

»Seit wann wusstest du es?« Ich fragte mich allmählich, ob wir über dasselbe redeten.

Sie aber ließ sich von ihrem Zorn davontragen. Sie zitterte vor Wut und verfluchte Edward, bis sie erschöpft zurücksank. Dann schaute sie sich vergeblich nach Zigaretten um.

»Bitte, Maggie, erzähl mir doch, was sich abgespielt hat, als Grace herkam.«

»Meine Tasche, Alex. Meine Tasche.«

Ich wollte nicht mit ihr streiten, also ging ich zu ihrem Wagen und holte die Tasche.

Als ich zurückkam, hatte sie sich ein wenig beruhigt. Sie nahm ein Päckchen Zigaretten aus der Tasche, schüttelte eine heraus und sagte ein letztes Mal: »Wie kann er nur so etwas sagen, Alex? Wie kann er nur?«

»Ob es stimmt oder nicht, jedenfalls hat die Polizei nun entschieden, Grace' Tod als Mord zu behandeln und ... ich fürchte, sie werden Will verhaften.«

Sie wurde blass und forschte in meinem Gesicht. Plötzlich war sie sehr still, sehr ruhig.

»Erzähl mir, was passiert ist, als Grace kam.«

Aber sie hing ihren Gedanken nach. Sie nickte geistesabwesend und nickte unaufhörlich. Schließlich zündete sie sich ihre Zigarette an, sog den Rauch tief in die Lungen und starrte zum Fenster. Nach einem weiteren tiefen Zug schien sie zu einem Entschluss zu kommen.

»Ich habe also keine Wahl«, verkündete sie düster. »Ich werde alles sagen.«

»Was wirst du sagen?«

»Die Wahrheit.«

Wie immer, wenn jemand ankündigte, er werde die Wahrheit sagen, läuteten die Alarmglocken bei mir. »Sollten wir nicht erst mal über das reden, was du ihnen sagen *musst?*«

»Nein. Ich werde die ganze Wahrheit sagen, alles.« Sie erschauerte, als würde ihr erst jetzt richtig klar, zu was sie sich entschlossen hatte.

»Lass uns doch erst einmal alles durchgehen!«, drängte ich sanft. »Vielleicht sehen wir dann, was die Polizei wissen sollte und was nicht.«

»Nein.«

»Maggie, du musst mir jetzt vertrauen.«

»Aber dir wird nicht gefallen, was du zu hören bekommst, Alex. Du wirst versuchen, mich zu stoppen.«

»Sicher«, erwiderte ich unumwunden. »Vielleicht verstehst du nämlich nicht, was für Folgen es haben könnte. Du könntest Dinge sagen, die am Ende mehr schaden als nützen würden.«

Sie dachte ausgiebig nach. »Haben wir Zeit?«

»Ja, wir haben Zeit.«

Sie hob warnend einen Finger. »Du wirst mich nicht stoppen, Alex, auch wenn ich es dir jetzt erzähle.«

Ich meinte, im Korridor etwas zu hören, und ging zur Tür, aber es war niemand da. Ich lauschte kurz, und durch das stetige Rauschen und Tröpfeln des Regens hörte ich das Quäken eines Computerspiels oben in Charlies Zimmer. Ich schaute auch aus

dem Esszimmerfenster, sah aber nur meinen Wagen und den Citroën und unablässigen Regen.
Wieder im Wohnzimmer, wartete ich, bis Maggie einen Schluck Tee getrunken hatte, und fragte noch einmal: »Also, was ist wirklich passiert, Maggie?«
Sie schaute zum Fenster. »Ich war es«, sagte sie matt. »Ich war es. Ich habe die Schleusen geöffnet.«

Sie schaute mich an und zuckte die Schultern. »Ich habe sie geöffnet.« Sie wartete auf meine Reaktion, und als ich nichts sagte, fuhr sie fort: »Ich habe es getan, damit Edward Woodford nichts mit der Gunmarsch anfangen kann. Ich habe es getan, damit er nur schwarze, nach Salz stinkende Felder bekommt.«
»Aber die Marsch war doch noch gar nicht verkauft, Maggie. Sie hat ihm doch noch gar nicht gehört.«
Der Einwand schien sie zu überrumpeln. »Das wusste ich nicht. Ich dachte, es wäre schon alles gelaufen, alles unter Dach und Fach. Ich habe das nicht gewusst.«
Das fand ich so unglaublich, dass ich nachfragen musste: »Du dachtest, der Verkauf wäre schon besiegelt gewesen?«
»Das hatte Will mir erzählt. Er hat gesagt, es sei alles erledigt.«
Ich nickte langsam, immer noch verwirrt. »Und warum wolltest du es gerade da an diesem Nachmittag tun?«
Ihr Blick wurde hart. »Warum? Das kann ich dir sagen: weil mir da vieles klar wurde. Viele, viele Dinge.« Sie schaute verbissen zu Boden.
»Erzähl es mir, Maggie, alles!« Aus alter Gewohnheit fügte ich hinzu: »Von Anfang an.«
»Von Anfang an?« Ihr Atem ging unregelmäßig und sie hustete bedrohlich. »Es ist zu viel, um einen Anfang zu finden! Wo soll

der Anfang sein?« Es hörte sich an, als meine sie damit die ganze Welt.

»Dann erzähl mir von den Ereignissen an jenem Nachmittag.«

»Die Ereignisse …«, echote sie ernst, als müsste sie ihre Gedanken in eine Ordnung zwingen. Sie drückte die Zigarette aus und hustete wieder ihren rasselnden Raucherhusten. »Grace kam mit Charlie her. Sie ist nicht lange geblieben, wie immer. Als sie weg war, hat Charlie etwas gegessen, und ich habe ihn nach seinen Hausaufgaben gefragt. Er hatte sie zu Hause vergessen. Natürlich mit Absicht. Dann meinte er, er werde die Sachen holen gehen, aber es war ein dunkler Tag und ich wollte nicht, dass er geht. Also bin ich selbst losgegangen und habe Charlie vor dem Fernseher hocken lassen.«

Sie griff schon nach der nächsten Zigarette, hustete aber immer noch und drehte stattdessen die Zigarettenpackung eine Weile zwischen ihren langen Fingern. »Ich komme also zu dem Haus, zum Marsh House, und sehe das rote Auto vor der Tür, Edwards Auto. Ach ja, das Festival, dachte ich. Jedenfalls habe ich versucht, mir das einzureden.« Sie verdrehte viel sagend die Augen. »Ich gehe durch die Küche, höre Stimmen irgendwo in einem anderen Zimmer, kümmere mich aber nicht darum, sondern mache mich gleich auf die Suche nach Charlies Schulsachen. Nirgendwo zu finden. Was bleibt mir übrig, ich muss also in den anderen Zimmern suchen. Die Stimmen kommen aus dem ersten Stock, merke ich dann. Ich gehe rauf. Ja, ja«, unterbrach sie sich, als hätte ich etwas gesagt, »ich weiß, ich sollte meine Nase nicht in anderer Leute Angelegenheiten stecken! Aber irgendwie wusste ich ohnehin, was ich da oben zu sehen bekommen würde. In meinem Herzen wusste ich es schon. Ich wusste nur nicht, *wer,* verstehst du, ich war nicht sicher, *wer* es war.« Sie machte eine ausladende Geste, als wäre damit alles ge-

sagt. »So, und dann habe ich sie gesehen, da wusste ich, wer es war. Da wusste ich es endlich.«
Schließlich konnte sie der Versuchung nicht mehr widerstehen und nahm sich doch wieder eine Zigarette. Während sie mechanisch ihr Ritual vollzog – Feuerzeug in die Hand nehmen, Zigarette anzünden, ersten Zug ausatmen –, hielt sie ständig eine Hand hoch, als müsste sie einen Angriff von mir abwehren. »Ich will dir von Grace erzählen! Lass mich erzählen! Grace hat ihr Leben lang nur an einen Menschen gedacht – an sich selbst. Der Mittelpunkt der Welt, das war Grace. Alle anderen waren nur für sie da – Grace. Eines Tages, vor drei oder vier Jahren, schaut sie sich um und stellt fest, dass ihr Leben ihr nicht mehr gut genug ist. Sie beschließt, dass sie mehr Geld braucht, mehr schöne Sachen, mehr teure Sachen. Sie beschließt, dass sie ein Haus möchte, wo sie Lords und wichtige Leute empfangen und die große Dame spielen kann. Und wenn sie etwas will, dann bekommt sie es auch. Verstehst du, was ich sage, Alex? Grace muss immer bekommen, was sie will. Sie fängt also an, alles Mögliche zu kaufen und Marsh House in diesen *Palazzo* zu verwandeln! Marsh House! Es war nie als *Palazzo* gedacht! Es ist ein Bauernhaus! Da passen keine Seidentapeten und klotzigen Möbel rein, keine Gemälde von hässlichen Leuten auf Pferden! Aber sie hat es sich in den Kopf gesetzt. Sie fängt an, Geld auszugeben, als gäbe es kein Morgen. Und wie sie Geld ausgibt! Jedes Mal, wenn Will ihr sagt, sie soll sich zusammennehmen, erklärt sie, es ist ihr Geld. *Ihres*. Niemals! Ich sage dir, Alex, es ist nie ihr Geld. Sie sagt, sie zahlt alles zurück, aber das tut sie nicht; kein einziges Mal. Ja, vielleicht ein Mal am Anfang, aber danach nie mehr. Nein, denn jetzt hat sie schon ganz andere Pläne. Pah! Da hat sie schon eine bessere Idee.«

Sie drückte sich die Fingerspitzen an die Schläfen, als hätte sie mit furchtbaren Kopfschmerzen zu kämpfen, nahm ihre Tasse in die Hand, trank aber nicht. »Nein, jetzt beschließt sie, dass ihr das Haus nicht gut genug ist. Sie braucht ein besseres, einen richtigen Landsitz.« Wieder eine verächtliche Handbewegung, so dass sie beinahe ihren Tee verschüttet hätte. »Und dazu natürlich einen neuen Mann, aber keinen Farmer, der jeden Morgen aufstehen muss, um das Vieh zu füttern, keinen, der sein Land *pachten* muss. Nein, sie will jemanden, dem das Land *gehört,* jemanden, der ihr das schöne Leben geben kann, das sie will, mit dem Haus, dem Geld, den Leuten, die zum Essen kommen …«

»Ich weiß erst seit heute davon«, warf ich ein. Ich hatte das Gefühl, das sagen zu müssen, damit ich nicht als Komplizin dastand. »Ich habe nicht geahnt, dass er und Grace …«

»Ja. Edward«, sagte sie kalt.

Wir schwiegen beide einen Augenblick, und dann redete Maggie weiter, als hätte sie keine Zeit zu verlieren, immer schneller. »Aber sie haut nicht gleich ab. Nein, nein, erst muss sie Will noch dazu bringen, die Gunmarsch zu verkaufen, an Edward. Das ist ihr Abschiedsgeschenk, kannst du das begreifen?« Sie schrie fast vor Wut. »Erst tut sie alles, um ihn zu ruinieren, gibt sein ganzes Geld aus, und zu guter Letzt will sie ihn noch dazu bringen, sein Land an ihren Geliebten zu verkaufen!« Mehr wollte sie dazu anscheinend nicht sagen. Sie schüttelte nur noch den Kopf und knallte ihre Tasse auf den Tisch. »Und für Charlie hat sie auch ihre Pläne! Nicht genug, dass sie eine schlechte Mutter ist, dass sie nicht lieb zu ihm ist. Nein, sie plant natürlich, das Sorgerecht an sich zu reißen und ihn in diese Sonderschule abzuschieben, damit aus ihm wird, was sie will, damit er ihr gehorcht! Was ist das für eine Frau? Ich frage dich, Alex, was ist das für eine Frau?«

»Und wer hat von alldem gewusst? Wer hat gewusst, dass Grace vorhatte, Will zu verlassen?«
Sie drückte ihre Zigarette auf der Untertasse aus. »Niemand! Sie ist nämlich schlau, sehr schlau! Wie ein Fuchs. Sie sagt keinen Ton. Sie ist verschwiegen. Niemand weiß davon. Aber ich – ich spüre es. Ich spüre vieles. Ich errate vieles. Ich sehe, wie unglücklich Will ist, sehe, wie das Geld draufgeht, wie sie es zum Fenster rausschmeißt. Und Charlie, ich sehe, wie der Junge leidet. Oh, Alex, er hat solche Angst, die ganze Zeit, hat so viele schlechte Gefühle in sich, und dabei will er doch nur, dass seine Mutter ihn lieb hat. Ich beobachte Grace, sehe, dass sie keine Probleme hat, nein, nein. Sie ist glücklich, immer obenauf, und dann weiß ich es. Frag mich nicht wie, Alex, aber ich weiß es. Und dann bete ich, sie soll doch verschwinden! Ich will, dass sie geht! Aber nicht …« Sie zeigte mit dem Finger auf mich und blinzelte daran entlang wie an einem Pistolenlauf. »Aber nicht mit der Gunmarsch! Die nimmt sie nicht mit! Das würde William umbringen. Das würde ihm den Stolz rauben, für immer.« Sie warf den Kopf zurück und stöhnte heiser.
»Du bist also rausgegangen und hast die Schleusen geöffnet«, warf ich ein, ihr sanft auf die Sprünge helfend.
»Ich habe die Schleusen geöffnet.« Ihr Zorn schien verflogen, ihre Stimme war vollkommen tonlos. »Ich habe die Kurbel genommen und habe sie geöffnet. Bei der ersten ging es schwer und ich hatte zu kämpfen. Bei der zweiten war es leichter, ganz einfach sogar. Und das Wasser – noch nie habe ich solches Wasser gesehen, so viel, so schnell.« Die Erinnerung schien sie ein wenig zu erschrecken, aber auch zu befriedigen. Ihre Augen glänzten triumphierend. »Und dann bin ich nach Hause gegangen.«
»Aber … was war mit diesem Anruf bei Grace?«

»Das war ich. Ich habe sie angerufen, wie ich es der Polizei gesagt habe.« Allmählich wurde sie müde, ihre Lider wurden schwer.

»Und was hast du gesagt?«

»Ich habe sie gefragt, ob Will schon zurück ist. Ich habe gesagt, die Marsch stünde unter Wasser. Nein – ich habe gesagt, sie sei schlimm überflutet«, fügte sie energisch hinzu. »Dass Will die Schleusen geöffnet hat, davon war überhaupt nicht die Rede. Das wäre doch verrückt. Warum sollte ich so etwas sagen? Ich wollte nur wissen, ob er schon zurück war. Warum hätte ich das fragen sollen, wenn er hier bei mir gewesen wäre? Nein, es ist verrückt von Edward, so etwas zu behaupten.« Der Gedanke an Edward brachte sie wieder in Fahrt. »Warum sagt er so etwas? Will war noch unterwegs, im Auto, meilenweit entfernt. Nein, Edward irrt sich, ganz und gar.« Sie tippte sich mit einem Finger an die Stirn. »Er ist verrückt. Oder er hat sich verhört. Oder er wollte sich verhören! Er sagt das nur, weil er William schaden will!«

»Aber warum hast du überhaupt angerufen, Maggie? Warum wolltest du wissen, ob Will da war?«

Ihr Blick war beschämt und trotzig zugleich. »Auf einmal habe ich mir Gedanken gemacht. Dass ich vielleicht nicht das Richtige getan hatte, zu voreilig gewesen war. Ich hatte mit dem Herzen gedacht, nicht mit dem Kopf. So viel Wasser, Alex, und alles ging so schnell. Ich dachte, ich rufe besser Hilfe.«

»Hast du nicht versucht, die Schleusen selbst wieder zu schließen?«

»Natürlich«, sagte sie schnell. »Ich war gerade auf dem Weg, es zu versuchen, als Grace kam. Ja, ich hatte die Kurbel bei mir. Ja …«

»Und ihr habt euch gestritten.«

Sie spitzte die Lippen und atmete pfeifend aus. »Grace war wütend. Ich sage dir, Alex, solche Wut kannst du dir nicht vorstellen. Sie bebte vor Wut. Halb wahnsinnig!« Maggie fixierte mich und zog eine Augenbraue hoch. »Ich übertreibe nicht, Alex, wirklich nicht. Wahnsinnig, sage ich dir. Sie hat mich geschlagen, immer wieder, zuerst auf den Arm, dann auf den Kopf, aufs Ohr. Sie war wild vor Wut. Ich habe geblutet. Ich dachte, mein Ohr wäre innerlich verletzt! Ich dachte …« Mit einem schwachen Kopfschütteln ließ sie das Thema fallen. »Ich sage dir, Alex, so etwas habe ich noch nie erlebt! Und dann – ja, wir haben alles Mögliche gesagt, viele schlimme Dinge, vieles, was wir uns seit langer, langer Zeit sagen wollten.« Sie lachte auf, ein kurzes, beißendes Lachen. »Und als uns die Worte ausgingen, zog sie ab, um die Schleusen zu schließen. Sie ging mit der Kurbel weg. Danach habe ich sie nie wieder gesehen.«

Sie verstummte, und wir schauten beide zum Fenster hinaus.

»Was hast du dann gemacht?«

»Ich? Ich musste mich erholen. Es ist viele Jahre her, dass mich jemand so geschlagen hat, Alex. Seit meiner Kindheit bin ich nicht so geschlagen worden, und nicht einmal da hat mich jemand so geohrfeigt. Ich war … ich konnte kaum atmen, so schockiert war ich. Ich habe einfach abgewartet, bis ich mich besser fühlte.«

»Wo?«

»An der Hütte.« Sie zeigte in Richtung Garten.

»Und dann?«

Wieder zuckte sie mit den Schultern, und wieder wirkte sie sehr erschöpft. »Dann bin ich ins Haus gegangen, um mich zu waschen, mich hinzusetzen und mich weiter zu erholen.«

»Und Charlie? Wo war Charlie die ganze Zeit?«

»Der war drinnen«, sagte sie schnell, »vor dem Fernseher. Ich hatte ein Video eingelegt, sein Lieblingsvideo; er sollte nicht sehen, wie ich die Schleusen öffne.«

»Wann ist Grace verschwunden? Wie spät war es da ungefähr?«

»Oh, das war vor sechs, vielleicht zehn vor sechs. Ich weiß nicht genau.«

»Also eine ganze Weile bevor Will kam?«

Sie forschte in ihrem Gedächtnis. »Ja.«

»Und danach hast du Grace nicht mehr gesehen?«

»Nein.«

»Als Will herkam, bist du dann mit ihm zu den Schleusen gegangen?«

Sie senkte den Kopf und nickte.

»Und du hast ihm nichts gesagt?«

»Ich habe nichts gesagt.« Ihr Kopf war immer noch gesenkt. »Ich habe mich geschämt. Ich wollte ihm nicht erzählen, dass alles meine Schuld war.«

»Aber der Wagen! Grace war doch mit ihrem Wagen unterwegs.«

»Den habe ich später selbst zurückgefahren. Es brauchte niemand zu wissen, dass sie bei mir gewesen war.«

»Wie viel später?«

Sie nahm sich die dritte Zigarette in zwanzig Minuten. Als sie sie anzündete, fiel mir auf, dass ihre Hände zitterten. »Später, viel später – als Will mit den Schleusen beschäftigt war. Vielleicht um zehn.« Sie schaute mich durch die Rauchwolke an und sagte in eisiger Ruhe: »Also, Alex. So ist es gewesen. Ich bin nicht stolz auf das, was ich getan habe, aber so war es.«

Mir lagen etliche Fragen auf der Zunge. »Und du hast nie daran gedacht, jemandem zu erzählen, dass Grace auf die Marsch gegangen ist?«

Ihr Blick wurde wieder trotzig. »Es hat mich nicht interessiert, was ihr zugestoßen sein könnte. Es war mir gleichgültig, ob sie verschwunden war oder nicht oder ob ihr etwas passiert war … Es war mir egal, ob sie tot war. Nein, es machte mich sogar glücklich, Alex. Ich war froh, dass sie weg war.«

»Nicht einmal Will hast du es erzählt?«

»Dem schon gar nicht! Hätte ich ihm erzählen sollen, dass sie ihm untreu war? Hätte ich ihm etwa sagen sollen, dass sie ihn wegen Edward Woodford verlassen wollte? Dass sie die Gunmarsch als Hochzeitsgeschenk für ihren Liebhaber mitnehmen wollte? Sie hat damit geprahlt, sie war stolz darauf! Wie konnte ich Will etwas von dem sagen, was sie mir erzählt hatte? Furchtbare, schlimme Dinge, wie kein Mensch sie sagen sollte. Nein. Ich habe den Mund gehalten!«

Ich drückte mich so vorsichtig wie möglich aus. »Maggie, du musst wissen, dass die Polizei deine Geschichte so wahrscheinlich nicht akzeptieren wird – nicht ohne Beweise. Sie könnten denken, du hättest das alles nur erfunden, um Will zu decken. Gibt es irgendetwas, das deine Version belegen könnte? Irgendjemanden, der sie bestätigen kann? Was ist mit Charlie? Er hat doch bestimmt etwas gesehen oder gehört.«

»Charlie hat überhaupt nichts gesehen!«, rief sie sofort. »Er weiß nichts! Er darf nichts davon erfahren!« Plötzlich kam etwas über sie, Schmerz oder Übelkeit, und sie verdrehte die Augen und hielt sich den Bauch. »Meine Tabletten, Alex. Könnest du …?«

Ich holte sie ihr. »Darfst du denn schon wieder welche nehmen?« Ich schaute auf den Aufkleber auf der Tablettenflasche.

Mit einer raschen Geste wischte sie meine Frage beiseite und nahm noch zwei Tabletten, die sie mit Tee herunterspülte. »Fünf Minuten, Alex, fünf Minuten …«

Ich stand vor ihr und schaute auf ihr fahles, gepeinigtes Gesicht hinab. Sie schien zu frieren, deshalb holte ich einen trockenen Mantel und deckte sie damit zu.
Als ich die Tür hinter mir schloss, meinte ich sie keuchen zu hören.

Die Tür war offen. Die Hütte war niedrig und schmal, Helligkeit kam nur durch ein kleines Oberlicht. Direkt vor mir sah ich die Stange, die Will in der Sturmnacht zu den Schleusen mitgenommen hatte, den Haken, mit dem er Grace' Leiche unter dem Schleusentor hervorgezogen hatte. Daneben standen Gartengeräte und Kästen mit Sämereien und dahinter eine Reihe vermoderter Liegestühle, eine alte Lampe und ein Stapel voll gestopfter Pappkartons.
Die Schleusenkurbel hing an der Wand neben der Tür. Ich zog sie aus ihren Haltern, doch als ich einen Schritt zurücktrat, entdeckte ich noch eine zweite Kurbel, die hinter der Tür hing. Beide sahen vollkommen gleich aus, also ließ ich die zweite an ihrem Platz.
Ich ging zum Gundeich, kletterte eilig den Grashang hinauf und beeilte mich noch mehr, sobald ich auf dem Weg war. Der Wind blies von der Salzmarschseite, der Regen schlug mir kalt ins Gesicht. Zwei Mal begegneten mir Leute in Anoraks, die ihre Hunde spazieren führten. Sie bedachten mich mit seltsamen Blicken – ich hatte keine Regenkleidung an, trug diese Kurbel mit mir herum und schaute wahrscheinlich ziemlich grimmig drein.
Bei der ersten Schleuse angelangt, schaute ich mir den Mechanismus an und rammte die Kurbel mit beiden Händen in ihre Buchse. Ich wollte mein ganzes Gewicht in die erste Umdrehung legen, doch die Kurbel bewegte sich ohne jeden Wider-

stand. Sie war nicht richtig in die Wendelstange eingerastet. Ich rüttelte am Ende der Kurbel, drückte sie tiefer in ihr Loch, bis ich spürte, wie sie in die Wendel rutschte, und versuchte es noch einmal.

Entweder war der Mechanismus sehr starr oder das Schleusentor sehr schwer, jedenfalls hatte ich alle Mühe. Nach ein paar Umdrehungen spürte ich schon meine Glieder. Die Flut hatte vor etwa drei Stunden eingesetzt, und ich hörte, wie das Wasser hereinzuströmen begann. Nach sechs oder sieben Umdrehungen schaute ich über den Rand und sah, dass das Tor sich höchstens einen halben Meter gehoben hatte.

Ich ließ es wieder herunter, was bedeutend leichter ging als das Öffnen. Immer noch keuchend klemmte ich mir die Kurbel unter den Arm und ging schnell zurück.

Ich hielt mich am Rand der Stufen, wo sie weniger knarrten. Auf dem Treppenabsatz war es schwieriger; es knirschte ein wenig, aber zum Glück waren der Regen und Charlies Computer lauter. Ich blieb stehen und lauschte, ob sich im Wohnzimmer etwas rührte, doch es blieb still. Maggie hatte mich nicht gehört.

Ich klopfte leise an Charlies Tür. Das Computergepiepse verstummte. Ich klopfte noch einmal und öffnete die Tür einige Zentimeter. »Charlie?«, rief ich leise, ohne mich zu zeigen. Als er nicht antwortete, rief ich noch einmal und schob meinen Kopf in den Türspalt.

Er saß vor dem Bildschirm, auf dem grellrote Figuren durch ein grünes Labyrinth hüpften.

»Deine Oma fühlt sich immer noch nicht sehr wohl«, sagte ich. »Vielleicht muss die Fahrt nach Norwich ausfallen.«

Er starrte auf seinen Bildschirm und sagte kein Wort.

Ich trat in den Raum. »Kann ich dich etwas fragen, Charlie?«, sagte ich freundlich, aber bestimmt genug, dass er nicht ohne weiteres nein sagen würde.
Er sackte ein wenig zusammen und senkte den Kopf, so dass ihm der weißblonde Haarschopf in die Stirn fiel.
»Ist das mit Grandma schon einmal passiert?«
Er antwortete mit einem winzigen Nicken.
»Ist es immer so schlimm?«
Das wusste er anscheinend nicht. Er runzelte die Stirn, und ich fragte nicht weiter.
Ich zog mir einen Stuhl an seinen Schreibtisch, machte es mir bequem und schaute mir den Jungen etwas genauer an, ohne dass er es merkte. Er kam mir viel wacher vor; wenn er noch unter Beruhigungsmitteln stand, dann war ihre Wirkung nicht mehr annähernd so drastisch wie zuvor.
»Charlie, darf ich dich etwas fragen? Es ist nur eine Kleinigkeit, aber ich dachte, du kannst mir vielleicht helfen.«
Die hellen Augen hingen weiter an den hüpfenden roten Figuren. Der Computer quäkte und johlte vor sich hin.
»Könntest du vielleicht einen Moment damit aufhören?« Ich zeigte auf den Bildschirm.
Er drückte eine Taste und es wurde sofort still.
Er verschränkte die Arme vor der Brust und sah überhaupt nicht glücklich aus bei dem Gedanken, dass jemand ihm Fragen stellen wollte, aber er protestierte auch nicht.
»Die Sache ist die …« Ich wollte mich möglichst klar ausdrücken, ohne dass er sich dumm vorkam. »Du weißt, weshalb ich hier bin, nicht wahr, Charlie? Du weißt, was mein Beruf ist. Ich bin hier, um deine Familie zu vertreten – das heißt dich, deinen Vater und deine Großmutter –, wenn die Behörden, zum Beispiel die Polizei, etwas von euch wollen.

Dass ich euch vertrete, bedeutet vor allem, dass ich vollkommen auf eurer Seite bin, was auch immer geschieht. Es bedeutet, dass ich hier bin, um euch zu beschützen.«

Er rührte sich nicht. Sein Blick wanderte von einem Ende des Schreibtischs zum anderen.

»Die Sache ist die, Charlie: Ich brauche deine Hilfe.« Ich sprach zu ihm wie eine alte Freundin, die ihn um einen wichtigen Gefallen bat. »Weißt du, wenn ich mich vernünftig um deinen Vater und deine Oma kümmern will, so gut ich kann, muss ich einiges noch besser verstehen. Ich muss wissen, wann bestimmte Dinge passiert sind an jenem Abend – an dem Abend, als die Gun überflutet war, meine ich.«

Sein Gesicht zeigte Anzeichen von Panik, und er drückte die Arme noch fester an die Brust.

»Ich möchte nur wissen, was *vorher* und was *nachher* geschehen ist. Es ist wichtig, dass ich die Reihenfolge richtig im Kopf habe, Charlie. Besonders wichtig ist es für deinen Vater.«

Das hatte ich eigentlich nicht sagen wollen, doch nun, da es schon heraus war, ließ ich es einen Moment lang im Raum stehen. »Ich habe mir schon erzählen lassen – mehrmals sogar –, wie alles abgelaufen ist, aber irgendwie verstehe ich es immer noch nicht. Ich dachte, du könntest mich vielleicht aufklären.«

Sein Blick huschte über mein Gesicht und floh sofort wieder auf den Schreibtisch.

»Zum Beispiel, als deine Mutter von der Überschwemmung erfuhr und schnell hierher kam, war es da schon dunkel oder noch nicht?« Ich wollte ihm Zeit geben für seine Antwort und fügte hinzu: »Ich dachte, du hast vielleicht ein besseres Gedächtnis als deine Großmutter. Sie weiß das alles nicht mehr so genau, ob es nun dunkel war oder nicht und so weiter. Kannst du mir da helfen? Es ist ziemlich wichtig für deinen Vater, weißt du?«

So plauderte ich, um die Stille zu überbrücken, und als er schließlich sprach, tat er es so leise, dass ich es fast nicht mitbekommen hätte. »Vorher.«

»Bevor es dunkel wurde? Siehst du, das habe ich nämlich auch gedacht«, sagte ich freundschaftlich. »Und die andere Sache, über die ich mir nicht ganz im Klaren bin: Als dann dein Vater kam und zur Schleuse ging, das war …« Ich fasste mir an den Kopf, als versuchte ich mein rostiges Gehirn in Gang zu bringen. »… das war *später,* oder? Da war es doch schon dunkel, nicht wahr?«

Er nickte eilig, als hoffte er, die Folter hätte dann schneller ein Ende.

»Es war richtig Nacht, meine ich. Stimmt das? Es war schon ganz dunkel, oder?«

Er drückte sein Kinn an die Brust und nickte noch einmal, ein einziges, abgehacktes Nicken.

»Siehst du, das war schon alles. Tut mir Leid, dass ich dich damit behelligen musste. Ich wollte es nur ganz klar haben.«

Er schien sich etwas zu entspannen.

»Ach ja …« Ich verengte meine Augen und legte die Hände zusammen, als wäre mir doch noch eine Frage eingefallen. »Wie dumm von mir … Es ist eigentlich nicht wichtig, ich bin nur neugierig – du musst sehr stark sein, wenn du diese Schleusen ganz allein öffnen kannst.«

Seine Reaktion überraschte mich vollkommen, so schnell, so heftig war sie. Ein kurzer Blick, voller Schrecken, und dann war er nur noch ein Bild des Elends, eine Träne erschien auf seiner Wange und dann viele, viele mehr. Er krümmte die Schultern und zog den Kopf ein, um sein Gesicht zu verbergen.

Ich streckte eine Hand nach ihm aus, zog sie aber gleich wieder zurück. »Niemand macht dir einen Vorwurf, Charlie«, versuchte ich, ihn zu trösten, »niemand gibt dir die Schuld, wirklich nicht.«

Ich fand ein sauberes Taschentuch in meiner Tasche und hielt es ihm hin. Er drückte es zu einem Ball zusammen und wischte sich die Augen.

»Niemand gibt dir die Schuld, Charlie«, wiederholte ich.

Der Sturm hatte sich so schnell gelegt, war so schnell vergangen, wie er gekommen war. Nun war das Gesicht des Jungen leer, der Tränenstrom versiegt, und er schien nur noch erschöpft.

»Du dachtest bestimmt, du tust das Richtige. Das verstehe ich.«

Ich spürte, dass er sich wieder zu verschließen drohte, und redete ruhig weiter. »Ich wusste, dass du es gewesen sein musst, aber bisher habe ich niemandem davon erzählt, kein Wort, weil ich dachte, wir könnten es geheim halten. Jetzt muss ich ihnen aber davon erzählen, Charlie, und weißt du warum? Weil die Polizei sonst etwas ganz Falsches denkt.«

Es war, als redete ich gegen eine Wand.

Ich holte tief Luft. »Sie werden denken, dass dein Vater schlimme Dinge getan hat. Sie werden denken, er hätte deiner Mutter wehgetan.«

Sein Blick war so voller Grauen, dass ich schnell hinzufügte: »Aber wenn sie hören, was du ihnen zu sagen hast, dann werden sie das nicht mehr denken, Charlie. Sie werden verstehen, was passiert ist, und sie werden nicht mehr schlecht von deinem Vater denken.«

Er atmete schwer und ich war nicht sicher, ob er mich verstanden hatte.

»Sollen wir es mal zusammen durchgehen, Charlie? Nur um sicherzugehen, dass wir uns nicht irren – dass *ich* mich nicht irre, meine ich. Was hältst du davon? Du brauchst gar nichts zu sagen. Überlass das Reden mir; du brauchst mich nur zu unterbrechen, wenn ich etwas falsch verstanden habe. Wollen wir es so machen? Wenn ich etwas Falsches sage, schüttelst du einfach den Kopf. Mehr brauchst du nicht zu tun, schüttel einfach den Kopf.«

Erleichtert stellte ich fest, dass er mir wieder zuzuhören schien.

»Also – deine Mutter hat dich bei deiner Großmutter abgesetzt«, begann ich langsam, »und du hast etwas gegessen.«

Ich machte eine kurze Pause. Charlie saß steif und starr da, den Kopf gesenkt, den Blick auf den Tisch gerichtet.

»Aber du hattest etwas zu Hause vergessen und bist noch einmal zurückgegangen. Allein.«

Er saß so still, dass ich ihn kaum atmen hörte.

»Und da, zu Hause, hast du dann deine Mutter gesehen, mit Edward Woodford ...«

Er sog die Luft ein, und für einen Augenblick dachte ich, er wollte den Kopf schütteln, es bestreiten, doch dann saß er wieder still.

»Du hieltst es nicht für recht, dass Edward Woodford Vaters Land bekommen sollte, und du hast gewusst, dass dein Vater es am liebsten gar nicht verkauft hätte. Deshalb hast du die Schleusen geöffnet.«

Nun war ich wirklich gespannt, wie er reagieren würde, doch es kam immer noch kein Kopfschütteln, vielleicht sogar ein unmerkliches Nicken. Als ich fortfuhr, hatte ich das Gefühl, dass wir über den Berg waren.

»Und dann hat deine Großmutter die Überschwemmung gesehen. Sie hat versucht, deinen Vater zu finden, damit er kam und die Schleusen schloss.«

Ich erinnerte ihn sanft: »Schüttel einfach den Kopf, wenn etwas nicht stimmt, Charlie.«

Sein Kinn hob sich ein wenig, seine Schultern entspannten sich, aber er schüttelte nicht den Kopf.

»Und während deine Großmutter auf deinen Vater wartete, kam deine Mutter und ging auf die Marsch hinaus, um die Schleusen selbst zu schließen.«

Plötzlich sprach er, ganz leise. »Ich wollte ihr helfen.« Wieder war er den Tränen nahe. »Ich wollte doch nur helfen.«

»Natürlich, Charlie. Du brauchst dir keine Vorwürfe zu machen.«

»Ich wollte ihr doch nur helfen!«, schluchzte er jetzt.

Ich versuchte ihn zu trösten, doch das war unmöglich. Ich gab ihm noch ein Taschentuch, und als er sich die Nase geputzt und sein Atem sich etwas beruhigt hatte, sagte ich: »Du wolltest deiner Mutter helfen, die Schleusentore herunterzulassen?«

Er nickte eifrig.

»Aber sie wollte nicht, dass du mitkommst.«

Die Verzweiflung in seinem Gesicht war Antwort genug.

»Du hast gesehen, wie sie weggegangen ist, um die Schleusen zu schließen?«

Er nickte.

»Gut gemacht, Charlie. Jetzt sag mir nur noch, ob ich auch den Rest richtig verstanden habe: Dein Vater kam erst viel später, als deine Mutter schon seit einiger Zeit auf der Marsch war. Stimmt das?«

Charlie hob den Kopf ein wenig und nickte.

»Und ist dein Vater dann allein zu den Schleusen gegangen?«

»Grandma …«

»Grandma ist mitgegangen?«

Er nickte sofort.

»Das ist sehr wichtig«, sagte ich und lächelte.
Endlich schaute er mir in die Augen.
»Jetzt brauchen wir nur noch zur Polizei gehen und denen alles erzählen«, sagte ich ruhig.
Wieder nickte er, und die Erleichterung kam über mich wie warmer Sonnenschein. Endlich war es geschafft. Endlich.

12

Der Regen hatte nicht nachgelassen, und die Straße war ein einziger, schillernder Wasserspiegel. In einer Senke kurz vor der Einfahrt zu Wickham Lodge hatte sich ein kleiner See gebildet. Ich fuhr langsam hindurch und wollte gerade in das Tor einbiegen, als der rote Mercedes aus dem Lorbeertunnel geschossen kam. Der Fahrer hatte mich offenbar nicht gesehen, bremste im letzten Augenblick und kam Zentimeter vor den Torpfosten schleudernd zum Stehen.

Zwischen den Scheibenwischern hindurch sah ich, wie Edward beide Hände hochwarf und zum Himmel schaute. Wahrscheinlich flehte er um Erlösung von den idiotischen Autofahrern dieser Welt.

Er setzte zurück und zwängte sich zwischen den Torpfosten und meinem Kühlergrill hindurch.

Ich bedeutete ihm, er solle sein Fenster herunterkurbeln.

Er öffnete es nur einen Spaltbreit und rief: »Keine Zeit!«

»Ich muss mit dir reden! Es ist sehr wichtig!«

»Ich habe jetzt keine Zeit!«, wiederholte er, als wäre ich taub oder dumm. Dann schloss er sein Fenster wieder und brauste davon.

Mich packte heiße Wut. Ich setzte ebenfalls zurück, riss das Lenkrad herum und war wieder auf der Straße, als Edward durch die überschwemmte Senke stob, dass das Wasser zu beiden Seiten wegspritzte. Ich gab Vollgas.

Edward fuhr wie ein Verrückter, doch auch ich gebärdete mich halb wahnsinnig. Ich jagte durch Kurven, immer das schleudernde rote Heck des Mercedes im Blick, und verließ mich einfach darauf, dass Edwards Verhalten mich warnen würde, wenn jemand entgegenkäme. Einmal geriet ich auf den Randstreifen und spürte, wie die Hinterräder durchdrehten, und einmal schlug mir das Herz bis zum Hals, als ich sah, wie der Mercedes außer Kontrolle zu geraten drohte.

Endlich an der Hauptstraße, bog Edward links ab und gleich danach wieder links in die Seitenstraße, die zu seinem Jagdrevier in den Hügeln führte. Er wurde etwas langsamer, dann noch langsamer, bis er fast im Schritttempo durch die Landschaft rollte. Ich wusste, was er im Sinn hatte: Er tat so, als hätte sein kindisches Benehmen, seine dumme Raserei nie stattgefunden. Doch ich war immer noch außer mir vor Wut und hängte mich an seine Stoßstange. Erst als er wild zu gestikulieren begann, kam ich zur Vernunft und ließ mich ein paar Meter zurückfallen.

Bald waren wir in dem langen, bewaldeten Tal, wo Edward seine Fasane hielt. Er hielt an, sprang aus dem Wagen und öffnete ein Holztor, doch bevor ich ihn erwischen konnte, saß er schon wieder hinter dem Lenkrad und fuhr weiter. Ich folgte ihm über einen laubbedeckten Weg zu einer Lichtung mit einer dunklen Holzhütte und einer Reihe Fasanenkäfige.

»Du bist das Allerletzte!«, rief ich, als wir endlich beide ausstiegen.

»Was immer du zu sagen hast, ich will nichts davon hören, kapiert?« Er setzte seine Mütze auf und wollte davonstapfen.

»Hast du nicht gehört? Es ist wichtig!«, rief ich, immer noch wütend.

»Wenn du sagst, es ist wichtig, dann hat es wahrscheinlich mit den Deardens zu tun, und mit denen will ich nichts mehr zu tun haben, vielen Dank. Ich hatte Grace sehr gern, aber jetzt ist sie tot und ich will nichts mehr davon hören.« Er ging an der Hütte vorbei zu den Käfigen und überprüfte mit einer Hand, ob der Maschendraht noch in Ordnung war.

Ich ging hinter ihm her. »Du bist gesehen worden, Ed – und zwar mit Grace.«

Er runzelte die Stirn und starrte mich verständnislos an. Vielleicht wollte er mich nicht verstehen. Er zupfte an seinem Maschendraht.

»An jenem letzten Nachmittag, Ed«, sagte ich ungeduldig. »Jemand hat euch zusammen gesehen.«

»So?«

»Ich nehme an, ihr wart ... ihr wart im Bett. Oder auf einem Sofa. Habe ich Recht?«

Er trat von einem Fuß auf den anderen und war im Begriff, es abzustreiten, doch im letzten Moment presste er die Lippen zusammen und seufzte bestätigend. »Großartig! Die Leute schleichen herum und spionieren einem nach! Als gäbe es nichts Besseres zu tun in diesem verdammten Dorf! Wer zum Teufel war es? Hat er seinen Namen genannt? Das bezweifle ich.«

Ich zögerte, und er drängte weiter: »Na, wer war es?«

Ich schaute zu Boden. »Der Junge.«

Er glotzte mich unverändert an, als wäre ich ein hoffnungsloser Dummkopf, der wieder alles falsch mitbekommen hat. »Quatsch! Der war nicht da!«

»Ich weiß, er war bei Maggie. Aber er hatte etwas vergessen. Er ist zurückgekommen.«

»Unsinn! Das ist unmöglich!« Edward hatte den verstockten Blick, den ich so gut an ihm kannte.

»Er ist über die Marsch gekommen, allein.«

»Nein. *Nein!*«
»Leider doch. Er hat euch beide gesehen, und zwar in einer Situation, die ihn tief verstört hat.«
Er wandte sich trotzig ab. »Wir hätten ihn gehört. Wir hätten ihn bemerkt. Verdammt noch mal – Grace hatte doch alle Türen abgeschlossen!«
»Dann muss er irgendwo einen Ersatzschlüssel gefunden haben. Oder er hat euch durchs Fenster gesehen.«
»Nein, nein! Das ist alles Quatsch, kompletter, verdammter Unsinn!« Die Reaktion war typisch für Edward. Wenn etwas Unangenehmes geschah, versuchte er es abzublocken, einfach durch Sturheit.
Ich packte ihn am Arm und zwang ihn, mich anzuschauen. »*Charlie* hat die Schleusen geöffnet. Er hat sie geöffnet, weil er euch gesehen hatte.« Ich rüttelte seinen Arm. »Wegen dir und seiner Mutter, Edward.«
»Ich glaube dir kein Wort.« Seine Lippen waren ein dünner, weißer Strich, seine Wangen zuckten. Er glaubte mir sehr wohl. »Du sagst das alles nur, um deinem teuren Will aus der Patsche zu helfen! Du hast dir das Ganze nur ausgedacht!« Er drehte sich auf dem Absatz um und ging an den Käfigen entlang, immer eine Hand am Gitter.
Ich folgte ihm in wenigen Schritten Abstand. Meine Haare waren triefend nass, Regen rann mir in den Nacken. Edward trat nach einem Stück losen Maschendrahts. »Verdammte Füchse!« Noch einmal trat er gegen das Gitter, diesmal mit aller Gewalt, voller Wut. Schließlich stand er nur noch da, gebeugt und regungslos.
»Woher soll ich wissen, dass es wahr ist?«, fragte er, als ich bei ihm war.
»Der Junge hat es mir erzählt.«

»Der könnte doch lügen, oder? Wahrscheinlich hat ihn sein Vater dazu angestachelt.«

»Kinder lügen nicht. Das solltest du eigentlich wissen.«

Sein Kopf schnellte herum und er starrte mich an, halb schockiert, halb zweifelnd.

»Kinder erfinden manchmal etwas, um einer Bestrafung zu entgehen«, fuhr ich fort, »aber sie lügen nicht, wenn es um Ereignisse geht, die ihnen wirklichen Schmerz bereiten. Sie haben einfach nicht die Vorstellungskraft.«

Das Wort »Schmerz« schien ihn zu treffen und vielleicht war das meine Absicht gewesen. Es gab ihm jedenfalls zu denken, und er wurde immer erregter. »Mein Gott, mein Gott! Bist du sicher? Bist du absolut sicher?«

»Ja.«

»Und die Schleusen – das war Charlie?«

»Ja, Ed.«

Er kehrte mir den Rücken zu, ging ein paar Schritte und blickte in den dunklen, nassen Wald. Einmal seufzte er, dann schüttelte er verzweifelt den Kopf.

Schließlich schnellte er herum und schrie: »Wir haben uns sonst nie in ihrem Haus getroffen! Nie! Mein Gott, im Haus ihres Mannes! Wo jeder mein Auto kennt! Es war verrückt! *Nie* haben wir uns in ihrem Haus getroffen. Es war das erste Mal. Es war *ihre* Idee, Lex! Ich schwöre dir, es war *ihre* Idee!«

Ich sagte nichts.

Er stampfte herum und trat das Laub vor sich her wie ein kleiner Junge. »Ich hätte es nie tun sollen! Das hätte ich nie riskieren sollen!« Er schüttelte sich vor Wut und Selbstekel. »Mein Gott … mein Gott!«

Er lehnte sich auf einen Käfig und ließ den Kopf hängen.

»Noch mal zu diesem Anruf, Ed: Grace hat nie gesagt, wer es

war, oder? Sie hat nicht gesagt, dass Will derjenige war, der die Schleusen geöffnet hat.«

Er blickte auf und schien fieberhaft in seinem Gedächtnis zu wühlen. »Sie … ich dachte, sie …« Er fasste sich an die Stirn, als meinte er, verrückt zu werden. »Sie hat gesagt, *er* öffnet die Schleusen. Sie war so wütend, hat so geflucht, dass ich kaum mitbekommen habe, was sie sagte. Ich dachte, es könne nur …« Er schloss die Augen, während ihm das Ausmaß seines Irrtums voll zu Bewusstsein kam. »Mein Gott, wie hätte ich denn darauf kommen sollen?«, rief er, als wolle er sich rechtfertigen. »Wer hätte denn daran gedacht? Sie war dermaßen wütend, total hysterisch. Es konnte nur Will sein. Die Art, wie sie geflucht hat, was sie gesagt hat – *Bastard* und solche Dinge. Ich dachte … mein Gott …«

»Es ist noch nicht zu spät.«

Er war immer noch dabei, in seinem Gedächtnis zu forschen. »Einmal hat sie gesagt … ja … ich glaube, sie hat gesagt: ›verdammter *kleiner* Bastard‹ – aber dabei habe ich mir doch nichts gedacht! Sie hat so schnell geredet, eine solche Tirade von Flüchen und Beschimpfungen, dass ich dachte, ich hätte mich verhört. Sie war wirklich außer sich, Lex, noch als der Anruf längst vorbei war. Sie hat vor sich hin geflucht, ihren Mantel und die Autoschlüssel geschnappt und ist losgerannt. Ich habe kaum verstanden, was sie sagte.«

»Aber die Worte ›verdammter kleiner Bastard‹ hast du gehört?«

Er nickte langsam.

»Bist du sicher?«

Er stieß einen Seufzer aus und nickte wieder.

»Du kannst es immer noch in Ordnung bringen. Es ist noch nicht zu spät«, wiederholte ich.

»Du meinst, wenn ich noch mal zur Polizei gehe?«
»Ja. Erklär denen, dass du dich geirrt hast. So was passiert. Es kommt häufig vor, dass Zeugen ihre Aussage ändern.«
»Aber Will war trotzdem dabei, oder etwa nicht? Er war auf der verdammten Marsch. Er hat sie dort getroffen. Oder willst du das abstreiten?«
Ich zwang ihn, mir in die Augen zu schauen. Ich sprach sehr langsam und betonte jedes Wort. »Will kam erst viel später, da war Grace längst fort. Er war nicht da, Ed. Er war nicht da, als du den Streit gehört hast. Er war noch unterwegs, das können wir beweisen. Der Range Rover kann nicht da gewesen sein, als du zum Reed Cottage kamst. Oder meinst du, du hättest ihn dort gesehen?«
Seinem Blick entnahm ich, dass davon etwas in seiner Aussage stehen musste.
»Hast du etwa der Polizei erzählt, du hättest den Range Rover gesehen?«
Es ärgerte ihn, dass ich ihn bei einem Fehler erwischt hatte, wie ein kleiner Junge. »Sie haben mich immer wieder gefragt, ob ich den Wagen gesehen hätte«, gab er schließlich zu. »Bis ich irgendwann dachte, ich *hätte* ihn gesehen. Es war fast dunkel, das weißt du doch, und ich war ja noch ein Stück entfernt.«
»Das kommt vor. Du brauchst nur zu sagen, du hättest dich geirrt und jetzt seist du sicher, dass sein Wagen nicht dastand.«
Einen Moment lang sah er aus, als wollte er wieder einen Streit anfangen. »Und wen habe ich dann gehört? Von wem kam dieses Geschrei?«
»Das waren Grace und Maggie.«
Er versuchte, das mit seinen Erinnerungen in Einklang zu bringen.

»Ich nehme an, du hast weibliche Stimmen gehört«, half ich nach.
»Ja, ja, das stimmt«, gab er schließlich zu. »Aber, was ist dann wirklich passiert, um Himmels willen? Was ist mit Grace geschehen?«
»Grace ist auf die Marsch gegangen und wollte die Schleusen dicht machen. Sie ist allein gegangen und nie zurückgekehrt. Sie muss gestolpert sein. Gestürzt.«
Er starrte mich an. »Allein?«
»Maggie war zu schwach, um ihr zu helfen. Die beiden hatten sich gerade gestritten – geprügelt, sollte ich wohl eher sagen.«
»Aber warum soll sie gestürzt sein?«
»Das passiert schnell. Die Schleusentore sind sehr schwer. Man braucht eine Menge Kraft, um den Mechanismus zu bewegen. Ich habe es selbst versucht und wäre auch fast ausgerutscht.«
Er forschte in meinem Gesicht, suchte nach Bestätigung, nach der Sicherheit, die er immer und bei allem brauchte. »Ich gehe zur Polizei«, sagte er schließlich in beinahe verzweifeltem Ton. »Ich werde ihnen sagen, dass ich mich geirrt habe.«
Ich wusste, wie schwer es ihm fiel, selbst den kleinsten Fehler einzugestehen. »Es ist wirklich das Beste, Ed.«
»Und was ist mit dem Jungen?«, brummte er. »Man wird ihn doch nicht durch die Mühle drehen, oder?«
»Ich glaube, er *will* darüber reden, wenn du das meinst. Ich glaube, es würde eine große Last von ihm nehmen, wenn er ihnen alles erzählen könnte.«
»Auch die Sache mit mir und Grace?« Er starrte verlegen zu Boden. »Wäre das nicht … unfair?« Er schaute mich an, dann wieder weg, und ich sah ihn als kleinen Jungen an dem Scheunentor vor mir. »Nicht, dass es mir etwas bedeutet, was die Leute von *mir* denken«, erklärte er hastig. »Das interessiert mich einen

Dreck. Es ist nur … Ist es nicht unfair dem Jungen gegenüber? Ich meine, er sollte doch nicht …« Er beendete den Satz mit einer hilflosen Geste.

»Ich werde dafür sorgen, dass nichts davon an die Öffentlichkeit kommt. Ich werde mit der Polizei eine entsprechende Abmachung treffen.«

»Kannst du das?«

»Ich glaube schon.«

Er hob eine Hand und ließ sie wieder fallen. »Du bist ja ganz nass!«, sagte er unvermittelt, und wir gingen zu seiner Hütte.

»Sag, Edward, wie war Grace an jenem Tag? In welcher Stimmung war sie?«

»Ihre Stimmung?« Er dachte einen Augenblick nach. »Na ja, sie war ein bisschen … ein bisschen überdreht, ein bisschen …« Schließlich schien er das richtige Wort gefunden zu haben. »… ja, empfindlich, das war sie, empfindlich. Weißt du, was ich meine? Wahrscheinlich war ich daran schuld. Ich hatte ihr gesagt, ich könnte nicht nach London kommen. Ich hatte sie am Tag davor angerufen und sie war überhaupt nicht glücklich darüber. Hat geweint und so. Deshalb bin ich dann überhaupt nur zu ihr gefahren. Sie hatte es geschafft, dass ich mich schuldig fühlte. Und sie sagte, sie hätte mir etwas Wichtiges zu erzählen.«

»Und stimmte das?«

»Ach was! Es war absolut nichts Neues, das Übliche eben, dass Will all ihr Geld ausgab, dass er es mit anderen Frauen trieb und wie sehr sie von ihm wegwollte. Und dass sie …« Er stockte verlegen. »… dass sie ohne mich nicht leben könne.« Er schüttelte den Kopf. Den Gedanken, er könnte für irgendjemanden solcher Gefühle wert sein, hatte er seit langem begraben. »Was sie meinte, als sie sagte, sie hätte mir dringend etwas zu erzählen, war die Gunmarsch. Aber das hatten wir schon hundert Mal durchgekaut. Es war überhaupt nichts Neues. Sie meinte, sie sei nicht sicher, ob sie Will dazu bringen würde, den Vertrag zu unterschreiben. Aber die Tour kannte ich. Sie hat mir den Vertrag immer als eine Art Köder vor die Nase gehalten. Sie hat versucht, mir damit Versprechungen zu entlocken, sozusagen als Gegenleistung dafür, dass sie Will zum Unterschreiben brächte. Aber darauf bin ich nicht hereingefallen, Lex. Ich lasse mich nicht gern unter Druck setzen. Die Gun hatte nichts mit Grace und mir zu tun. Die Gun war Geschäft, das hat sie einfach nicht in ihren Kopf gekriegt. Es war reines Geschäft. Will sollte zu meinen Bedingungen verkaufen oder überhaupt nicht.«

»Habt ihr auch über andere Dinge geredet?«

»O ja, sie wollte natürlich auch über die Zukunft reden. Das wollte sie immer: Wann wir endlich richtig zusammen sein könnten und solcher Kram. Sie wollte, dass ich ihr den Tag nenne, an dem sie einziehen kann! Sie hat mich echt unter Druck gesetzt. In ihren Augen waren wir schon verheiratet! Meine Güte! Versteh mich nicht falsch, Lex, ich habe sie wirklich gern gehabt, sehr gern. Wir hatten schöne Zeiten zusammen, es war fantastisch. Dass wir uns in London getroffen haben, ohne dass eine Menschenseele davon wusste – das war genau nach meinem Geschmack. Von mir aus hätte es so weitergehen können. So haben wir wenigstens niemandem geschadet.« So hatte ich ihn noch nie erlebt. Bei dem Wort »geschadet« krümmte er sich geradezu vor Reue.

»Ich will ganz ehrlich sein, Lex«, fuhr er im Ton einer Beichte fort, »das war alles zu viel für mich. Verstehst du, was ich meine? Sie hat mich in gewisser Weise bedrängt. Es hat mir richtig Angst gemacht, wie sie alles geplant hatte. Sie fing an, mein Leben in die Hand zu nehmen, so kam es mir jedenfalls vor. Sie hat versucht, mich zu ändern, mich zu einem anderen Menschen zu machen. Aber du weißt, wie ich bin, Lex: Mir reicht es, wenn man mich mit meiner Bratpfanne, meinen Kippen und meinem Whisky in Ruhe lässt. Mehr will ich gar nicht. Ich will nicht, dass jemand ankommt und das ganze Haus auf den Kopf stellt. Ich kann es nicht vertragen, wenn ich mich die ganze Zeit benehmen soll. So bin ich nun mal, Lex.«

»Ich weiß, Ed.«

»Sie wurde verdammt borstig, als sie merkte, dass ich einen Rückzieher machen wollte. So hatte ich sie noch nicht kennen gelernt. Nach außen hin immer kühl und clever, aber innen drin … meine Güte.« Er schüttelte sich bei der Erinnerung.

Wir standen nebeneinander unter dem Vordach der Hütte und schauten in den Regen. »Sie war also wütend.«

Er rollte die Augen. »Wütend? Wütend ist gar kein Ausdruck! Ich habe versucht, ihr beizubringen, dass es mir ein bisschen zu viel wurde. Das habe ich bestimmt zwei oder drei Mal versucht. Wir sollten uns vielleicht nicht mehr so oft sehen, habe ich gesagt, so in der Richtung. Aber irgendwie hat sie es immer geschafft, das zu ignorieren. Sie hat mich immer beschwichtigt, ich solle mir keine Sorgen machen und so. Ich kam einfach nicht zu ihr durch, hatte ich den Eindruck. Es war, als wenn …«

Worte waren noch nie seine starke Seite gewesen. So gab er den Gedanken auf und schüttelte nur den Kopf. Er griff nach der Türklinke, doch die Hütte war abgeschlossen, und er kramte zerstreut in seinen Taschen, ob er den Schlüssel bei sich hatte. Das gab er jedoch gleich wieder auf und sprach weiter.

»An dem Nachmittag habe ich dann meinen ganzen Schneid zusammengenommen und es geradeheraus gesagt, ohne mich unterbrechen zu lassen. Ich habe gesagt, dass ich es nicht so gut fände, wenn wir zusammenzögen. Und sie war wütend. Sie hat versucht, es zu verbergen, das ist ihr meistens auch gelungen, aber diesmal konnte ich es sehen. Ihre Augen waren wie Feuersteine. Die verschmähte Frau, du weißt schon. Und dann fing sie mit ihrem üblichen Geschwätz an, dass wir so gut zusammenpassen, dass ich sie glücklich mache und was wir alles zusammen unternehmen könnten. Es klang alles wunderbar, das muss ich zugeben, aber die ganze Zeit … Wirklich, es war einfach zu viel für mich, Lex.«

»Und dann?«

»Ja, dann habe ich mich wieder ablenken lassen«, sagte er verschämt, »wie immer. Sie hatte mich wieder da, wo sie mich haben wollte. Sie war … na ja, ziemlich gut in der Richtung.«

»Ihr habt euch also umarmt und vertragen.«

Er hob hilflos die Hände.

»Als der Anruf kam, dachte sie, es wäre wieder alles in Ordnung zwischen euch.«

»Das nehme ich an.« Er schaute mir in die Augen. »Mein Gott, du glaubst doch nicht … « Er lachte trocken. »Du glaubst doch nicht, sie wäre meinetwegen so ausgerastet? Niemals! Ich habe sie nur ein Mal weinen sehen, und da auch nur, weil sie es gerade für passend hielt. Nein, niemals – wegen *mir*? Nein.« Plötzlich schien er sich an etwas zu erinnern. »Nein, es war Charlie, der sie so auf die Palme gebracht hat.« Es war, als führe ihn eine Erinnerung zur nächsten. »Nach dem Anruf, als sie fluchend und keifend durchs Haus rannte, sagte sie immer wieder: ›Ich bringe ihn um! Wenn ich den in die Finger bekomme! Ich bringe ihn um!‹«

Wir schwiegen eine Weile, und dann fragte ich: »Wer ist T.?« Ich dachte an Grace' Terminkalender. »Bist du das?«

»Ja, sieht so aus«, gab er verlegen zu.

»T für Ted?«

Seine Miene sagte mir, dass es noch schlimmer sein musste.

»Teddy?«

»Ich habe ihr gesagt, dass ich es hasse, so genannt zu werden, aber sie hat sich einfach nicht darum geschert. Das war Grace. Sie hatte nicht die geringste Ahnung, was für ein Mensch ich eigentlich bin. Bestimmt kein *Teddy!*«

Ramsey saß auf dem Fahrersitz und starrte auf die beschlagene Windschutzscheibe, durch einen winzigen Flecken, den er freigewischt hatte. »Wir haben alles da.« Er klang geistesabwesend. »Wir haben ein spezielles Vernehmungszimmer für Opfer, bequeme Sessel, Bilder an den Wänden, alles in angenehmen Farben. Die Videokamera ist nicht zu sehen. Wir sind ziemlich stolz darauf, einer der besten Räume weit und breit.«

»Und Sie haben jemanden, der dafür ausgebildet ist, Kinder zu vernehmen?«

Er schaute mich an. »Wir haben eine Kinderpsychologin an der Hand. Ich selbst hatte noch nicht mit ihr zu tun, aber sie soll sehr gut sein. Sie arbeitet gewöhnlich mit einer weiblichen Beamtin zusammen.«

»Könnte man das bald arrangieren, solange seine Erinnerung noch frisch ist?« In Wirklichkeit meinte ich, solange er noch bereit ist, darüber zu reden, aber das sagte ich nicht.

»Natürlich«, sagte er sofort, als sei er der Letzte, der ein Interesse an einer Verzögerung hätte. »Gleich morgen früh, wenn wir es irgendwie einrichten können.«

»Und vorher würde ich gern kurz mit der Psychologin reden, wenn es Ihnen nichts ausmacht.«

In der letzten halben Stunde hatte Ramseys Verhalten sich von offenem Zweifel über widerwillige Einsicht zu fast so etwas wie

Hilfsbereitschaft gewandelt. »Worüber möchten Sie denn mit ihr reden?«
»Es gibt ein, zwei Punkte, über die sie Bescheid wissen muss, Dinge, die sie nicht erwähnen sollte, damit der Junge sich nicht verschließt.«
»Zum Beispiel?«
Zunächst war ich entschlossen, nichts zu verraten, doch dann erinnerte ich mich daran, dass wir beide dasselbe wollten: Charlie auf dem Weg zur Wahrheit helfen. »Seine Mutter hatte gedroht, ihn in eine Sonderschule zu stecken. Das ist ein sehr schwieriges Thema für ihn. Und dann natürlich, was vorging, als er seine Mutter mit ihrem Liebhaber sah. Ich glaube, man sollte keinem Kind zumuten, so etwas zu beschreiben.«
»Seine Mutter mit Mr. *Woodford*«, betonte Ramsey genüsslich.
»Genau.«
»Ihr Bruder, Mrs. O'Neill.«
»Ja.«
»Es war seine Aussage, nach der Ihr Klient fast unter Anklage gestellt worden wäre.« Er klang plötzlich wieder unfreundlich, als wäre ich an allem schuld.
»Das ist mir bewusst.«
Er schien noch etwas dazu sagen zu wollen, doch dann schüttelte er nur den Kopf und fuhr fort: »In Ordnung, reden Sie mit der Psychologin. – Und der Junge hat wirklich gesehen, dass seine Mutter allein auf die Marsch gegangen ist?« Er glaubte es offenbar immer noch nicht ganz.
»Ja.«
»Ist er ganz sicher?«
»Absolut sicher.«
»Sie ist da rausgegangen, um die Schleusen herunterzulassen?«
»Ja.«

Ramsey wischte nachdenklich an der Windschutzscheibe und schaute auf den regennassen Kai.
»Wenn Sie Charlies Aussage haben, ist alles erledigt, nicht wahr, Inspector?«, fragte ich nach einer Weile.
Er zog eine Augenbraue hoch und schenkte mir einen wissenden Blick, als würde er anerkennen, dass ich es wenigstens versuchte. »Meine liebe Mrs. O'Neill, was immer Maggie Deardens Absichten waren – und ich akzeptiere, dass sie *vielleicht* in bester Absicht gehandelt hat –, es bleibt die Tatsache, dass sie uns schwer hinters Licht geführt hat. Sie hat uns entscheidende Informationen vorenthalten. Durch ihre Schuld hat die Polizei enorme Zeit und Mittel verschwendet, und ich meine wirklich enorm: fünfzig Beamte in Suchtrupps, drei in der Einsatzzentrale und seit gestern an die zwanzig in der Mordkommission. Nein, Mrs. O'Neill, ich kann Ihnen wirklich nicht versprechen, dass damit alles erledigt sein wird. Das steht nicht in meiner Macht.«
»Sie ist krank.«
Er machte eine bedauernde Geste. »Es steht nicht in meiner Macht.«
»Was wird also passieren?«
»Als Erstes wird sie noch eine Aussage machen müssen, und zwar vollständig und wahrheitsgetreu. Ich erwarte, dass sie mich über eine Reihe von Punkten aufklärt. Zum Beispiel: Warum konnte sie uns nicht gleich am Anfang wenigstens in die richtige Richtung weisen, auf die Marsch? Wir haben über fünfzehn Kilometer in allen Richtungen gesucht – komplette Zeitverschwendung.«
Ich bemühte mich, höfliches Mitgefühl zu zeigen.
»Und die Sache mit dem Wagen, dass sie Grace Deardens Wagen bewegt hat. Sie muss mir schon erklären, warum sie das

getan hat. Und warum sie uns darüber im Dunkeln gelassen hat.«

»Sie hatte kurz zuvor Schläge eingesteckt«, entgegnete ich ruhig, »ziemlich schwere Schläge. Von Grace. Sie ist keine junge Frau mehr. Sie ist nicht gesund. Vielleicht war sie ein bisschen durcheinander.«

Ramsey dachte einen Augenblick nach; ganz der Beamte, der seine Pflicht, sich alles unvoreingenommen anzuhören und jedem eine faire Chance zu geben, ernst nahm. »Sicher, das mag sein«, sagte er. »Aber hat sie nie daran gedacht, dass Grace Dearden dort draußen in Schwierigkeiten sein könnte? Hat sie sich keine Sorgen gemacht, als Grace nicht wiederkam?«

»Ich glaube, sie war viel zu sehr damit beschäftigt, den Jungen zu beruhigen – und sich selbst, nach dem, was sie beide durchgemacht hatten.«

Ramseys Gesicht spiegelte eine Mischung von Empfindungen wider, darunter Enttäuschung, Skepsis und Bedenken. »Da bin ich gar nicht sicher«, murmelte er schließlich.

Ich fragte ihn lieber nicht, in Bezug auf was er nicht sicher war.

»Wie krank ist sie eigentlich?«, fragte er.

»Ich weiß nicht. Da müsste ich mit ihrem Arzt reden.«

»Und der Junge?«

»Wie bitte?«

»Wir haben es nicht mit einem Kind zu tun, das irgendwie … behindert ist? Gestört? Im medizinischen Sinne, meine ich?«

»Nein. Wie kommen Sie denn darauf?«

»Sie meinen nicht, er könnte …« Er runzelte bedeutungsvoll die Stirn. »Er könnte nicht auf andere Weise mit ihrem Tod zu tun haben?«

Ich schaute ihm in die Augen. »Nein. Ich bin überzeugt, wir wissen alles, die ganze Wahrheit oder so viel davon, wie wir je erfahren werden. Ich bin davon überzeugt, dass Grace' Tod ein Unfall war, schlicht und einfach. Ich glaube, in ihrer blinden, rasenden Wut und bei der Anstrengung, die es kostet, die Tore zu schließen, ist sie zusammengebrochen oder ausgerutscht und ins Wasser gefallen. Charlie war nicht dabei, Inspector. Da bin ich ganz sicher.«

Ramsey zog sich zurück und musterte mich nachdenklich. »Also – sind wir so weit?«

Er mochte so weit sein, ich aber hatte noch nicht einmal begonnen, mir zu überlegen, wie ich es Will erklären sollte.

»Ich verbiete meinem Sohn, eine Aussage zu machen«, sagte Will in kalter Wut.

»Ich fürchte, wir müssen darauf bestehen, Mr. Dearden«, sagte Ramsey milde. »Wie Mrs. O'Neill schon erklärt hat, wird das Gespräch in einer angemessenen Umgebung stattfinden, mit einer geschulten Expertin. Nach unseren Richtlinien haben Sie auch das Recht, selbst anwesend zu sein, Sie oder ...«, er blickte in meine Richtung, »eine von Ihnen eingesetzte Vertretung.«

Will ignorierte mich hartnäckig, seit ich ihm die Neuigkeiten berichtet hatte. »Wollen Sie damit sagen, Sie werden ihn so oder so verhören, egal, was ich sage?«

»So sind die Gesetze, Mr. Dearden. Wenn wir Informationen dieser Art erhalten, haben wir keine Wahl. Wir müssen ihnen nachgehen.«

»Und woher haben Sie diese Informationen?«

Ramsey schaute erst auf seine Füße, dann zu mir.

»Ich habe die Informationen geliefert«, sagte ich schnell. »Charlie hat mir alles erzählt.«

Er schaute mich noch immer nicht an. »*Ich* werde meinen Sohn zu der Vernehmung begleiten, niemand sonst!«

»Wir hoffen, dass es gleich morgen Vormittag geht. Wir rufen Sie in jedem Fall an.«

»Verlangen Sie nach *mir*, Inspector. Alles läuft ab jetzt nur noch über mich.«

»Wie Sie wünschen.«

Schließlich sprach Will es aus, zitternd vor Wut: »Mrs. O'Neill hat nichts mehr damit zu tun. Sie vertritt uns nicht mehr.«

Es drängte Ramsey sichtlich dazu, wegzukommen. »Sie werden bald von mir hören, Mr. Dearden.«

»Warten Sie!«, rief Will. »Meine Mutter … sie muss doch nicht wieder …?«

»Doch, Mr. Dearden. Wir brauchen eine neue Aussage von ihr. Sie hat uns einiges zu erklären.«

»Aber sie ist krank!«

»Wir werden versuchen, es ihr so einfach zu machen wie möglich.«

»Aber sie ist wirklich krank! Es ist ernst. Sie hat vielleicht nicht mehr lange zu leben!«

Meine Kehle schnürte sich zu und meine Augen begannen zu brennen. Irgendwie hatte ich es vermutet, seit ich sie an jenem Morgen in der Küche wieder gesehen hatte, so grau und mager. Und zugleich hatte ich immer gehofft, ich würde mich irren.

»Daran werden wir denken«, beruhigte ihn Ramsey. »Meinen Sie, wir sollten mit ihrem Arzt reden?«

Will nickte verbissen. Ramsey verabschiedete sich kurz und verließ das Haus.

Sobald er draußen war, hob Will einen Arm in meine Richtung, als wollte er mich so weit wie möglich von sich stoßen. »Und *du*! Du verschwindest auch! Raus!«

»Es tut mir Leid wegen Charlie, aber es gab keine andere Möglichkeit. Sonst hätte ich es nicht getan, glaube mir.«
Sein Gesicht war verzerrt und er konnte vor Wut kaum sprechen. »Du hast das hinter meinem Rücken getan! Du hast nicht einmal …« Er wirbelte herum und hob seine geballten Fäuste in ohnmächtigem Zorn. »Was glaubst du eigentlich, worum es hier die ganze Zeit ging? Ich wollte Charlie aus der Sache heraushalten! Nur darum ging es die ganze Zeit!«
Es dauerte einen Moment, bis ich verstand, was er sagte. »Du wusstest also, dass Charlie die Schleusen geöffnet hatte?«
»Ja!«, schrie er.
»Und du wusstest auch, warum?«
»Das konnte ich mir denken! Das war einfach! Ich wusste, Grace – ich wusste, es hatte mit der Gunmarsch zu tun. Sie hat mich immer mehr unter Druck gesetzt zu verkaufen. Sie hat ununterbrochen davon geredet. Sie dachte, sie wäre sehr schlau und indirekt, aber ich habe es immer mitgekriegt, wenn sie hinter etwas her war. Immer! Danach konnte ich mir denken, was los war. Ich brauchte nur zwei und zwei zusammenzuzählen. Es war also Edward! Edward! Mein Gott!« Wieder wirbelte er wütend herum. »Ich wollte Charlie da raushalten, um etwas anderes ist es mir nie gegangen. Kapierst du das nicht?«
Deshalb hatte er mich also im Dunkeln gelassen. Deshalb seine Lügen, die Märchen, die er mir erzählt hatte. Mir standen plötzlich Tränen in den Augen. »Du hättest es mir sagen sollen«, flüsterte ich. »Wie soll ich dir helfen, wenn du mir nicht vertraust? Du hättest mir von Charlie erzählen sollen.«
»Aber darum ging es doch gerade! Ich dachte, du könntest sie uns vom Leib halten! Ich dachte, du kennst alle Tricks! Dass du uns *das* antust, hätte ich nie gedacht!« Sein Zorn raubte ihm

wieder die Stimme. Er hob einen Arm, als wollte er mich aus den Augen haben.
Blinzelnd rang ich darum, die Fassung zu bewahren. »Du hast mir nicht vertraut.«
»Ach was! Ich habe dir zu sehr vertraut, das war mein ganzer Fehler!«
Das verletzte nicht nur meinen Stolz, es brach mir auch das Herz. Leise ging ich zur Tür. »Du hättest es mir sagen sollen.«
Er warf beide Arme hoch, stampfte in die Küche und schlug die Tür hinter sich zu.

Pauls Wagen stand ein Stück die Straße hinunter, offenbar eilig geparkt, aber die Lampe über der Tür brannte, und im Korridor war auch Licht.
Ich wollte gerade den Schlüssel ins Schloss stecken, als die Haustür aufgerissen wurde und Paul vor mir stand, auf dem Weg nach draußen, in Sportjacke, Pullover und Jeans.
Wir starrten einander überrascht an.
»Du?«, rief er und lachte nervös. »Ich dachte, du wärst bis Montag weg.«
»Hast du das Band nicht abgehört?«
»Nein. Ich muss gestehen, ich habe überhaupt keine Nachrichten abgehört. Was solls, dachte ich, das kann bis Montag warten. Meine neue Philosophie – keine Arbeit mehr am Wochenende.«
Er hatte bereits getrunken. »Ich habe auch in deiner Mailbox eine Nachricht hinterlassen«, sagte ich.
»Tut mir Leid, aber ich hatte echt keine Zeit, das abzurufen. Ich hatte den ganzen Nachmittag Sitzungen.«
Ich ging in die Diele, sah eine gepackte Reisetasche auf dem Boden stehen und blickte ihn fragend an.

»Ach so«, sagte er leichthin. »Ich dachte, wenn meine Frau mich am Wochenende schon allein lässt, kann ich auch die Zeit nutzen und mich fit machen. Mal sehen, ob wir die alte Vorhand nicht wieder in Schuss kriegen.«
»Was, heute Abend?«
»Nein, morgen. Eine Tennisklinik, Intensivwochenende.«
»Aha.« Ich hatte keine Ahnung von Tenniskliniken, intensiv oder nicht. »Weit weg?«
»Na ja ... ich dachte, ein bisschen Sonne würde auch nicht schaden – hoffentlich scheint auch die Sonne – und gutes Essen und Wein ...«
»Also Spanien.«
»España!«, rief er krampfhaft vergnügt. Dabei sah er mir genau an, dass ich ihm seine Geschichte nicht abnahm. »Mein Gott, was hast du denn, Alex? Wir haben erst heute Nachmittag gebucht, zwei Freunde und ich. Ich dachte, es tut mir gut, wenn ich mal hier rauskomme. Frische Luft und so weiter.« Er breitete die Arme aus, ein Bild der Unschuld, aber die Art, wie er an mir vorbeischaute, sagte etwas ganz anderes.
Ich fühlte mich so demoralisiert, so vernichtet, dass ich alles getan hätte, um einen Streit zu vermeiden, doch dann schaute ich auf den Tisch im Korridor und sah dort einen Zettel liegen.
»Lässt du mir eine Telefonnummer hier?«
»Cornelia weiß, wo ich zu erreichen bin.«
»Aber mir wirst du die Nummer doch auch geben, oder?«
»Sicher ...« Er ging seine Taschen durch, erst die Hose, dann die Brusttasche, und tat, als würde er suchen, doch es war alles nur Schau. Er wollte lediglich Zeit gewinnen. Schließlich schaute er durch die offene Haustür und rief: »Ah, da kommt der Wagen!«

Eine lange, silberne Limousine war vorgefahren. Der Fahrer trug einen Anzug.
»Die Telefonnummer, Paul.«
»Ich weiß nicht, wo ich sie habe, verdammt noch mal. Frag doch einfach Cornelia. Geht das, Schatz? Ich muss los. Ich bin schon zu spät.« Er schnappte sich die Reisetasche, drückte mir einen Kuss auf die Wange und wollte abmarschieren.
»Kannst du mir wenigstens den Namen des Hotels geben?«
»Den habe ich dir doch gesagt.«
»Nein, das hast du nicht, Paul.«
»Herr im Himmel, Lexy, ich weiß ihn im Moment nicht!«
»Ronnie Buck hat für dich gebucht, stimmts?«
Er seufzte theatralisch und rollte mit den Augen.
»Oder wohnst du bei ihm?«
Sein Gesichtsausdruck veränderte sich. In seinem Blick lag plötzlich etwas wie Hass. »Es ist doch nur ein Tenniswochenende, verdammt noch mal!«
»Eine kleine Aufmerksamkeit von Ronnie Buck, richtig?«
»Na und? Ist das so schlimm?«, sagte er schneidend. »Er ist ein Klient. Er bezahlt seine Rechnungen pünktlich – besser als die meisten anderen. Es ist völlig normal, eine Einladung von einem Klienten anzunehmen – für jeden, nur nicht für uns, wie es scheint. Wir sind uns zu gut dafür!«
Ich trat zur Seite, um ihn vorbeizulassen. »Dann geh schon.«
Mein plötzliches Einlenken schien ihn zu beunruhigen und er erwiderte sarkastisch: »Ich habe also deine Erlaubnis?«
»Mach, was du willst, Paul. Du weißt, wie ich darüber denke. Du wusstest es auch, als du beschlossen hast zu fahren.«
»Schön. Jetzt bin ich also verdammt, für immer, nicht wahr? Du wirst mir nie verzeihen, stimmts?«
Mir wurde erst bewusst, dass ich mich entschieden hatte, als ich

mich sagen hörte: »Ich werde nicht mehr hier sein, wenn du zurückkommst.«
Er wusste, was ich meinte, doch er wollte es noch einmal hören.
»Du gehst weg?«
»Ich ziehe aus. Ich glaube, wir brauchen beide eine Pause. Meinst du nicht auch?«
Er stellte die Tasche ab. »Und du meinst, jetzt wäre der richtige Augenblick, darüber zu reden.«
»Ja, das meine ich. Es ist genau der richtige Augenblick.«
»Na schön.« Er zeigte den Weg hinunter. »Dann gehe ich also da runter, steige ins Auto, und das wars dann!«
Alles schien völlig durcheinander und zugleich ganz klar. »Ja, ich glaube schon. Wenigstens für eine Weile. Sagen wir, einen Monat? Und dann können wir noch mal über alles reden.«
Einen Moment lang schaute er mich wütend an, als wäre ich schuld an dieser Krise. Dann warf er beide Arme hoch und rief: »Na gut! Dann bleibe ich eben hier!«
Doch das war keine Lösung, wir wussten es beide. Wir standen einander eine Weile schweigend gegenüber, dann hob er seine Tasche wieder auf und sagte traurig: »Wir reden darüber, wenn ich zurückkomme, ja, Lexy?«
»Ja.«
Er blieb noch einen Augenblick stehen, dann nickte er verlegen und ging zu der silbernen Limousine hinunter.

13

Die Hitze hing in einem orangefarbenen Dunst über den Straßen. Seit einer Woche gab es immer wieder Smogwarnungen, und den Wettervorhersagen zufolge bestand keine Aussicht auf Besserung. Auf der Straße waren es 32 Grad und in dem engen Büro im zweiten Stock an der Grays Inn Road war es nicht wesentlich kühler. Im April, als ich die Räume übernommen hatte, war es ausgesprochen windig und kalt gewesen. Die Miete hatte da sehr günstig ausgesehen.

An dem zweiten Schreibtisch in meinem Zimmer saß Sturgess. Der Schweiß lief ihm die Schläfen herunter, und das Haar klebte ihm in kleinen, glänzenden Römerlöckchen an der Stirn. Er hatte einen Telefonhörer am Ohr und versuchte einem Polizisten am anderen Ende der Stadt irgendwelche Informationen zu entlocken. Lisa, die Dritte in unserer Mannschaft, saß im anderen Zimmer und übertrug fleißig einen Vernehmungsmitschnitt in die Textverarbeitung.

Ich studierte die monatlichen Bilanzen und Erfolgsrechnungen von O'Neill & Sturgess. Im Laufe der vergangenen drei Monate hatte unser Wirtschaftsberater mehrmals versucht, mir zu erklären, wie solche Unterlagen zu lesen waren, aber ich fand es immer wieder erstaunlich, dass die Endsumme unten auf der Seite so wenig mit dem Geld zu tun zu haben schien, das wir tatsächlich auf der Bank hatten. Ich wollte wissen, ob wir diesen Monat endlich in die Gewinnzone kommen würden, doch bislang hatte ich dafür wenig Anhaltspunkte gefunden. Ich wusste nur, dass Gary und ich jeden Auftrag annahmen, den wir bekommen konnten. Wenn wir dennoch kein Geld herausbekamen, konnte etwas nicht stimmen. Eins war sicher: Angesichts des Büros, in dem wir hausten, konnte uns niemand vorwerfen, wir wären mit unseren Fixkosten nicht vorsichtig gewesen.

Das Telefon klingelte, und Lisa rief durch die offene Tür: »Für dich, Alex. Jason Hedley.«

Meine erste Reaktion war Freude, dass er mich ausfindig gemacht hatte, doch dann machte ich mich auf das Schlimmste gefasst. »Jason! Wie geht es dir? Was kann ich für dich tun?«

»Ich dachte schon, Sie wären ganz weg, als die sagten, Sie würden nicht mehr da arbeiten«, beklagte er sich.

»Nein, nein, ich habe nur eine eigene Kanzlei aufgemacht. Ansonsten ist alles beim Alten. Wann bist du denn rausgekommen, Jason?«

»Vor drei Wochen oder so.«

»Bist du wieder in Schwierigkeiten?«, fragte ich, obwohl ich das schon an seinem Ton erkannt hatte.

Es blieb lange still, und als er schließlich redete, klang er ziemlich verzweifelt. »Ich wollte wirklich nicht, Mrs. O'Neill. Ich hatte keine Ahnung, was die vorhatten. Ich hätte nie gedacht, dass die dem Typen ans Fell gehen würden, sonst hätte ich nicht mitgemacht. Ehrlich, Mrs. O'Neill, das ist die Wahrheit.«

Ich holte die Einzelheiten aus ihm heraus, so gut ich konnte. Er saß in Lewisham, und die Anklage lautete – bisher – auf Raub: zweihundert Pfund von einer Tankstelle. Der Kassierer hatte etwas abbekommen, doch Jasons Gestammel war nicht zu entnehmen, ob sie ihn nur geschubst oder ihm eins über den Schä-

del gezogen hatten. Immerhin bekam ich heraus, dass keine Waffen im Spiel gewesen waren. Wenigstens etwas.
Ich sagte, ich würde versuchen, in einer Stunde bei ihm zu sein. Ich brauchte ihm wahrscheinlich nicht mehr zu erklären, dass er nichts sagen sollte, bis ich käme, aber ich erinnerte ihn trotzdem daran.
»Raubüberfall«, informierte ich Gary knapp, als er mit seinem Gespräch fertig war. »Lewisham.«
»Kennen wir den Kunden?«
»Ja. Jason Hedley. Bis jetzt nur kleine Sachen, Supermarktdiebstähle, Hühner und Steaks. Komisch, aber irgendwie hatte ich Hoffnung bei ihm. Ich dachte, er würde sich irgendwann zusammenreißen.«
»Du bist eine alte Träumerin, Alex.«
»Optimistin«, widersprach ich ernst.
»Ist das nicht dasselbe?«
»Ach Gary, du hast noch so viel zu lernen …«
»Vielleicht bringt ihn so eine Sache endlich zur Vernunft«, meinte er etwas verständnisvoller.
»Was? Drei Jahre Knast?«
Er hob die Hände, was wohl bedeuten sollte, dass alles möglich ist. Dann schaute er mir zu, wie ich meinen Aktenkoffer packte, und sagte: »Du hältst mich doch auf dem Laufenden, oder? Wenn es aussieht, als könnte es sich bis morgen hinziehen, kann ich übernehmen.«
»Ich glaube, du solltest dich in nächster Zeit lieber nicht in Lewisham zeigen, Gary.« Bis zum Russell-Prozess war es nur noch einen Monat hin. Die beiden Parteien würden inzwischen ihre endgültigen Dokumente ausgetauscht haben, und Garys Aussage stand mehr oder weniger im Mittelpunkt.
Doch mein junger Partner wischte das beiseite. »Ja, ja, aber wir

wollen doch nicht, dass du wegen einer simplen Raubsache in einer heißen Zelle schwitzt, wenn du deinem Bruder bei seiner Hochzeit beistehen solltest.«

Die Hochzeit! Und ich hatte immer noch keinen passenden Hut. Ich hatte noch nicht einmal angefangen, darüber nachzudenken, was ich zu dem blauen Kostüm tragen würde, das ich hastig gekauft hatte, gleich nachdem Edward mit der frohen Botschaft herausgerückt war. Irgendwie hatte sich mein Leben so entwickelt – mit all den Veränderungen, den leeren Abenden und der ungewohnten Freiheit, sie nach meinem Geschmack zu füllen –, dass ich für das Alltägliche, Banale kaum noch Zeit zu haben schien. Als hätte mich der Wegfall der häuslichen Routine jeglichen Organisationsinstinkts beraubt. Seit drei Wochen hatte ich mich nicht um meine Wäsche gekümmert. Der Kühlschrank war ständig leer. Doch in meinem Zustand empfand ich das als eine Art Freiheit. Auch beim Friseur war ich seit über zwei Monaten nicht mehr gewesen. Stattdessen füllte ich meine freie Zeit mit Kino und Theater und Verabredungen zum Essen, mit Freunden oder – halb geschäftlich – mit Gary und seiner Freundin. In der Einzimmerwohnung, die ich gemietet hatte, hielt ich mich kaum auf. Ich war nicht gut im Alleinsein, dafür war ich zu verloren und unglücklich.

Als ich ging, rief Lisa mir nach: »Viel Spaß bei der Hochzeit!«

Es war zu spät, noch nach einem Hut zu suchen. Da würde das alte, cremefarbene Strohding mit der hochgebogenen Krempe wieder mal herhalten müssen. Ich hoffte nur, dass ich nicht vergessen hatte, das einzige passende Paar Schuhe in einen der beiden Koffer zu packen, die ich aus dem Haus geholt hatte.

Die schattige Straßenseite brachte kaum Erleichterung, und als ich am Parkplatz war, spürte ich schon, wie mir der Schweiß den Rücken herunterlief. Die Klimaanlage in meinem Wagen funktionierte seit Monaten nicht, und in der Hitzewelle wurde man in den Werkstätten nur ausgelacht, wenn man fragte, ob sie sie schnell reparieren könnten. Der Verkehr in Richtung Lewisham war stockend; irgendwo auf der Old Kent Road war eine Ampelanlage ausgefallen. Als ich in der Polizeistation in Lewisham eintraf, war ich knallrot im Gesicht und mein Haar war schweißnass.

Die Zellen waren stickig. Es roch nach zu vielen Menschen mit zu vielen Problemen auf zu engem Raum.

Der Monat im Gefängnis hatte Jason verändert, wie das Gefängnis jeden verändert. Er schien härter und rauer und zynischer als früher. Ich erfuhr weitere Einzelheiten, das Datum, die Uhrzeit und den Ort des Überfalls, die Namen der anderen Burschen, ihre Hintergründe, die Drogenlage – alle drei waren zur Zeit des Raubüberfalls auf Cannabis und Alkohol gewesen – und wie der Raub abgelaufen war. Jason sagte, er habe nicht gewusst, was die anderen vorhatten, er sei nur mitgefahren. Es war die älteste Entschuldigung der Welt, doch in diesem Fall klang sie plausibel.

Ich riet ihm, im bevorstehenden Verhör offen zu sein und der Polizei alles zu erzählen, und er war einverstanden.

»Diesmal habe ich echt Scheiße gebaut, was?«

»Es wird auf jeden Fall eine Gefängnisstrafe, da kannst du sicher sein, ich weiß nicht, wie lang. Aber an deiner Stelle würde ich es als einen Anfang betrachten, nicht als das Ende. Verstehst du, was ich meine?«

»Ja, ja«, seufzte er bitter, »genau wie das letzte Mal, ich weiß.«

»Du musst an dich glauben, Jason. Du musst den Sprung wagen. Meld dich für eine Ausbildung an, lern etwas, zieh in eine andere Gegend, weg von London. Du musst im großen Maßstab denken, Jason. Du musst daran denken, was alles möglich ist.«

Er glotzte mich an und schien nicht zu wissen, ob er mich auslachen oder heulen sollte. Am Ende ließ er nur den Kopf hängen und blickte zu Boden.

»Während du auf Kaution bist, werden wir versuchen, dich in irgendeinen Kurs zu bekommen, damit du etwas anfangen kannst, bevor sie dich einsperren. Was würdest du denn gern tun? Schreinern, Rechnen, Lesen und Schreiben, Klempner, Maurer?«

Er schüttelte langsam den Kopf.

»Ich werde dir Sachen schicken, wenn du im Gefängnis bist, Bücher und Kassetten, damit du ein paar Ideen bekommst für die Zeit danach.«

»Mein Gott, Mrs. O'Neill, ich weiß nicht, ich ...« Der Kopf sank ihm fast bis auf die Knie und er vergrub das Gesicht in den Händen.

Ich tätschelte ihm die Schulter. »Aber *ich* weiß es, Jason.« Er brauchte im Grunde nur jemanden, der an ihn glaubte.

Vor Jasons Verhör gab es die üblichen Verzögerungen. Einer der Polizeidetektive war »nicht abkömmlich«. Während wir warteten, ging ich mit meinem Handy auf die Straße und rief Ray Dodworth an. Ich bat ihn, Jasons Freunde auszuforschen. Und dann sah ich, wie ein Auto an den Bordstein rollte, ein Jaguar mit getönten Scheiben. Erst recht wurde ich aufmerksam, als sich alle vier Türen öffneten und Ronnie Buck ausstieg. Er war eigentlich nur klein und dick, doch in seinem silbergrauen Anzug sah er aus wie die Gangster in amerikanischen Filmen.

Ich war so damit beschäftigt, Ronnie zu betrachten, dass ich gar nicht gleich bemerkte, dass Paul aus einem anderen Wagen ausgestiegen war und sich eilig anschloss.
»Sind Sie noch da, Alex?«, hörte ich Rays Stimme an meinem Ohr.
»Ich rufe später noch mal an.« Ich drehte mich um und eilte zurück in das Gebäude, doch Paul hatte mich schon gesehen und schien seinen Augen kaum zu trauen.
Jasons Verhör dauerte eine Stunde und das Aufnehmen des Protokolls noch mal vierzig Minuten. Er war für Montagmorgen vor dem Amtsgericht in Clerkenwell eingeplant, wo ich dann den ersten von wahrscheinlich einigen Anträgen auf Kaution stellen würde.
Bis ich rauskam, war es sechs und ein wenig kühler. Was immer Ronnie Buck zur Polizei in Lewisham geführt hatte, es hatte ihn nicht lange aufgehalten. Der Jaguar mit den getönten Scheiben war jedenfalls verschwunden.
Ich ging die Straße hinunter und überlegte, ob ich vielleicht doch noch Zeit hätte, mich nach einem Hut umzuschauen. Dass sich eine Wagentür vor mir geöffnet hatte und ein Mann ausgestiegen war, bemerkte ich erst, als Paul meinen Namen rief.
»Ich habe gehofft, ich würde dich noch erwischen«, sagte er und lächelte. »Ich dachte, wir könnten vielleicht schnell irgendwohin gehen und etwas trinken.«
Er wirkte größer und eleganter, wenngleich ich mir zuerst nicht erklären konnte, warum.
»Ich muss zurück«, sagte ich.
»Nur zehn Minuten. Nur ein schnelles Bier unten am Fluss.«
Der Wagen war ein Mercedes, neuestes Modell. Paul folgte meinem Blick und lachte ziemlich verlegen.

»Oh, nur geleast«, erklärte er schnell, als müsse er sich dafür rechtfertigen.

Mir fiel auf, dass er offenbar auch für Kleidung Geld ausgegeben hatte. Der Anzug war neu. Er sah wohlhabend aus und schien keine Scheu zu haben, es zu zeigen.

»Zehn Minuten. Bitte, Alex.« Man hörte es ihm nicht an, aber sein Blick verriet eine gewisse Dringlichkeit, einen bestimmten Plan.

»Ich muss noch etwas besorgen, bevor die Läden schließen«, wehrte ich ab.

Er legte den Kopf auf die Seite und schaute mich flehend an. Ich konnte nicht nein sagen.

Wir fuhren zu einem Lokal am Fluss, mit einer Terrasse und Sonnenschirmen, und fanden eine Ecke mit einer schönen Aussicht. Das glitzernde Wasser gab einem die Illusion von reichlich Raum und frischer Luft.

Paul brauchte einige Zeit an der Bar, und dann kam er mit einer Flasche Weißwein und Mineralwasser zurück und mixte uns eine Schorle.

»Also!« Er hob sein Glas. »Zum Wohl!«

»Du siehst gut aus«, sagte ich, und ich brauchte nicht zu lügen. Wir hatten uns sechs Wochen lang nicht gesehen. Er hatte eher noch etwas zugenommen, aber sein Gesicht hatte Farbe und sein Haar glänzte.

»Was hat denn Ronnie heute in Lewisham gemacht?«, fragte ich.

»Ach, nur eine Formalität.«

»Der Munro-Fall?«

Er hatte nicht die Absicht, darauf zu antworten, das konnte ich seinem Lächeln entnehmen.

»Also«, sagte ich, »worüber wolltest du mit mir reden?«

Er schaute weg. Es war ihm offenbar unangenehm. »Die Sache ist die, Lexy … Ich weiß nicht, wie du über das Haus denkst. Ich muss zugeben, ich finde es ein bisschen viel, allein. Ein bisschen groß, verstehst du?«

Ich wusste sofort, worauf er hinauswollte. »Du willst also verkaufen.«

»Hättest du etwas dagegen?« Er sprach jetzt mit einem solchen Eifer, dass sofort meine Fantasie mit mir durchging: eine andere Frau.

»Nein, wenn du das willst …«

»Bist du sicher?«

Ob ich sicher war? Wie kann jemand sicher sein, der etwas beenden soll, das so viele Jahre gedauert und ihn lange Zeit glücklich gemacht hat? Das Herz schlug mir bis zum Hals, doch ich zwang mich zu lächeln. »Wahrscheinlich ist es das Vernünftigste, nicht wahr? Wo würdest du denn hinziehen?«

»Ich? Oh, darüber mach dir keine Sorgen. Ich habe Zeit, alle Zeit der Welt. Ich finde schon etwas Neues.«

Er war immer noch etwas zu aufgeregt, als dass ich ihm das abnehmen konnte. Schließlich folgte ich meinem Instinkt und sagte geradeheraus: »Du wirst also mit einer anderen leben.«

»Ich? Nein, nein, da gibt es gar keine Pläne«, stotterte er, »nein, um Gottes willen …«

Einen Augenblick lang fühlte ich mich, als hätte ich etwas verloren, etwas, das mir gehörte, obwohl es lange vorbei war. »Ich hoffe, sie kümmert sich gut um dich«, sagte ich mit wackliger Stimme.

»Nein, wirklich nicht, wir haben überhaupt keine Pläne in der Richtung. Es ist noch gar nichts entschieden.« Er versuchte immer noch, es abzustreiten, doch dann bemerkte er, wie ich ihn anschaute. »Wir wollen abwarten, weißt du? Es ist noch nicht genug Zeit vergangen, seit …«

»Aber sie ist gut zu dir. Ich meine, sie kümmert sich um dich, oder?«

Er nickte schüchtern. »O ja, sie kocht. Und so weiter.«

In einem Gemisch aus Bedauern und Erleichterung überkam mich der letzte Rest meiner Liebe für ihn. Es tat weh.

»Ich wollte es nicht«, sagte er. »Ich hätte nie … wenn ich noch eine Chance gesehen hätte, dass wir beide …«

Wir schauten uns an und waren endlich ehrlich zueinander: Es gab kein Zurück mehr. Es war vorbei.

»Also …«, seufzte er.

Wir küssten uns zum Abschied auf die Wange. Ich ging, und als ich mich umschaute, hob er sein Glas. Leb wohl, Paul.

Die Musiker packten ihre Instrumente zusammen, die Kellner machten eine letzte Runde und nahmen den Leuten die Weingläser vor der Nase weg, wenn sie sich nicht entschieden genug wehrten. Die wenigen Gäste, die noch da waren, blieben hartnäckig an ihren Tischen sitzen oder standen plaudernd im erleuchteten Garten, wo sie auf dem Weg zum Parkplatz bei Freunden hängen geblieben waren.

Ich schlenderte ins Haus. Ich sehnte mich nach dem Bett, doch ich wusste, es würde mindestens noch eine Stunde dauern, bis das Brautpaar sich für die Nacht ins Hotel zurückzog. Erst dann würden alle verschwinden, und ich konnte das Haus hinter mir abschließen und schlafen gehen. Ich ließ die Küche, in der immer noch Aushilfen beschäftigt waren, links liegen und ging ins Wohnzimmer, wo Edward allein in seinem Lieblingssessel saß, ein großes Glas Whisky in der Hand.

»Wo ist denn Jilly? Ist sie dir schon weggelaufen?«

»Sie muss irgendwo in der Gegend sein«, stöhnte er wohlig. »Als ich sie zuletzt gesehen habe, hat sie mit einer alten Schulfreundin geschnattert.«
Ich ließ mich in einen Sessel sinken. »Ein fantastischer Abend. Ein großartiger Tag.«
»Ja, es ist alles ganz gut gelaufen«, stimmte Edward zu.
»Mehr als ›ganz gut‹!« Es war sonnig gewesen, aber nicht zu heiß. Der Gottesdienst war wunderbar, und Jilly hatte blendend ausgesehen in dem einfachen, elfenbeinfarbenen Hochzeitskleid mit Spitzenschleier, das sie von ihrer Großmutter geerbt hatte. Sogar Edward schien einigermaßen zufrieden zu sein, so als wäre er endlich zu dem Schluss gekommen, dass das Leben ihn vielleicht doch noch überraschen könnte, dass es vielleicht gar nicht so schlimm war, wie er immer gedacht hatte.
»Sind sie noch immer nicht alle weg?«, fragte er.
»Nein, noch nicht ganz.«
»Wir haben den Leuten zu lange Wein eingeschenkt. Dann kriegt man sie nie aus dem Haus.«
»Aber der Wein war hervorragend.«
»Na ja, wenn man sich da kleinlich zeigt, bekommt man es sein Leben lang zu hören.«
Da er in guter Laune zu sein schien, traute ich mich zu fragen: »Hast du eigentlich noch mal von diesen Notaren in Falmouth gehört, wegen Vaters Geld?«
Er zog eine Grimasse, als nerve es ihn, wegen etwas vollkommen Unwichtigem sein Gedächtnis anstrengen zu müssen. »Ach *die* Geschichte. Ja, die haben sich gemeldet. Sie wollten mich wieder abwimmeln. Du weißt ja, wie die sind. Sie schmeißen einem ihr Juristenlatein an den Kopf und sagen, alles hätte seine Richtigkeit, es wäre alles legal gelaufen. Dabei meinen sie: Lass mich in Ruhe, du Schwachkopf.«

»Und was willst du jetzt tun?«
Er nippte an seinem Glas, bevor er antwortete. »Ich habe alles meinem Anwalt übergeben. Der soll eine einstweilige Verfügung beantragen oder sie vor Gericht schleppen. Was solls? Ich kann mich mit diesen Idioten nicht mehr abgeben. Die machen mich verrückt. Das Leben ist zu kurz für solchen Mist.«
Er war also bereit, die Sache fallen zu lassen. Er würde es nie zugeben, aber ich verstand, was er mir klar machen wollte, und sagte nichts weiter dazu.
In der Halle rührte sich etwas, Seidenrascheln, und Jilly schwebte ins Zimmer, lächelnd, atemlos und sehr hübsch, obwohl – oder gerade weil – sie fast kein Make-up trug.
»Ich verstehe nicht, wie du so selbstzufrieden aussehen kannst«, brummte Edward. »Schließlich hast du *mich* geheiratet!«
Sie lachte ihr Kleinmädchenlachen, doch in ihren Augen schimmerte ein neues Selbstbewusstsein. »Ich werde es schon überleben!«
»Wahrscheinlich besser als ich.« Er zwinkerte mir zu und ich dachte wieder, wie gut es für ihn war, dass er sich endlich für Jilly entschieden hatte, dass er endlich erkannt hatte, dass sie in den meisten Dingen sehr gut zu ihm passte.
Jilly sagte, er werde erwartet, und er stand gehorsam auf und ging in die Halle.
»Na?«, sagte ich und grinste Jilly an.
»Geschafft!«, erwiderte sie strahlend und dann in verschwörerischem Ton: »Danke, dass du das alles geregelt hast.«
»Was meinst du?«
»Du weißt schon. Die Sache mit Grace.«
»Was soll ich denn da geregelt haben?«
Sie fasste das offenbar als falsche Bescheidenheit auf. »Na komm, du weißt schon – die Untersuchung. Ich dachte, es wür-

de furchtbar werden mit der Presse und so. Aber es hat fast nichts in den Zeitungen gestanden.«
»Damit hatte ich nichts zu tun.«
»Und Edward brauchte auch nichts weiter zu sagen … über die Geschichte mit Grace.«
»Jilly, das war nicht ich. Das hat das Gericht so entschieden.«
»Ja«, sagte sie wissend, »aber …«
»Das Gericht hat sich nur um die Todesursache gekümmert, sonst nichts.«
Immer noch nicht überzeugt, nahm sie dankbar meine Hand und schenkte mir ein strahlendes Lächeln. »Aber es ist alles gut ausgegangen.«
Darauf konnte ich nichts erwidern. Jilly eilte davon, und ich folgte ihr langsam.
Edward und Jilly standen vor dem Haus und riefen Abschiedsgrüße, während ein Wagen nach dem anderen abfuhr. Ich stand hinter der Tür und dachte nur daran, endlich ins Bett zu kommen.
Plötzlich tauchte eine Frau neben mir auf. »Ach *da* sind Sie! Ich habe Sie kaum gesehen den ganzen Abend.« Anne Hampton trug ein kirschrotes Kleid und Perlen. Ihr gelbes Haar war mit einer schwarzen Samtschleife zusammengebunden. »War es nicht ein wundervolles Fest? Es gibt doch nichts Besseres als eine schöne Hochzeit, wenn man die Nachbarschaft in Schwung bringen will.« Sie lächelte, aber sie beobachtete mich auch genau. »Haben Sie Will gesehen?«
»In letzter Zeit nicht. Nein.«
»Oh, Sie haben ihn nicht besucht?«
»Seit der Untersuchung nicht mehr.«
»Ich dachte, Sie würden zur Beerdigung kommen. Hatten Sie keine Zeit?«

»Es waren nur Angehörige eingeladen, wenn ich mich recht entsinne.«

Sie zog überrascht die Augenbrauen hoch: »Nein! Wie kommen Sie denn darauf? Es waren eine Menge Leute da. Freunde, ein paar Nachbarn – Leute, die Grace wirklich gern gehabt haben. Es waren einige Leute da, wenn man bedenkt … na, Sie wissen schon. Sogar ihre Mutter ist gekommen. Mit Will hat sie natürlich kein Wort gesprochen, aber wir wissen ja alle, wie es zwischen den beiden steht. Die Messe war sehr schön. Die Predigt war ausgezeichnet. Die Tränen sind in Strömen geflossen.«

Der arme Will, dachte ich.

»Ich vermisse sie immer noch«, schniefte Anne. »Ich kann immer noch nicht glauben, dass sie nicht wiederkommt.«

»Und Maggie?«

»Nein, die war auch nicht da. Die konnte nicht kommen. Aber das ist verständlich. Sie ist schließlich sehr krank, das wissen Sie ja. Man sagt … na ja, man sagt, es kann sich nur noch um Wochen handeln. Höchstens. Vielleicht nur um Tage.«

»Sie ist also im Krankenhaus. Ich habe versucht, sie zu erreichen.«

»O nein, nicht im Krankenhaus«, widersprach sie im Ton von jemandem, der einem etwas sehr Wichtiges anvertraut. »Sie ist im Marsh House. Dort will sie offenbar bleiben, bis zum Schluss. Die arme Frau.« Sie stieß einen langen Seufzer aus und fügte hinzu: »Charlie war aber dabei, bei dem Begräbnis. Das hätte eigentlich nicht sein müssen, fand ich.«

Sie wollte offenbar, dass ich sie fragte, warum sie es für unpassend hielt, dass der Junge zur Beerdigung seiner Mutter ging, und irgendwie widerstrebte es mir, ihr den Gefallen zu tun. Aber ich wollte es wissen. »Warum?«

»Weil … na ja, wegen … Sie wissen schon.«
»Nein, ich weiß gar nichts.«
Sie lachte, wollte offenbar den Eindruck erwecken, es sei ihr unangenehm, darüber zu reden. »Na ja, schließlich wissen wir, dass er *da* war, als es geschah.«
»Da?«
»Auf der Marsch. Als sie umkam.«
»Was meinen Sie mit *da?*« Ich stellte mich dumm. »Sie meinen, er hat gesehen, was passiert ist? Er hat zugeschaut?«
Sie legte eine Kunstpause ein, als sei sie viel zu diskret, um so unzuverlässige und böse Gerüchte nachzuplappern.
»Na kommen Sie, Anne«, sagte ich kühl, »nun sagen Sie schon!«
Sie hörte meine Skepsis und ging in Verteidigungsstellung. »Ich bin es nicht, die das behauptet! Ich sage nur, was andere Leute reden!«
»Und?«
»Sie sagen, er war da, das ist alles. Mehr sagen sie nicht.«
Ich schaute ihr ins rosa Gesicht. »Die Leute irren sich, meine Liebe. Glauben Sie mir, es war ganz anders.«
Sie blickte zu Boden.
»Vielleicht können Sie das den Leuten erzählen, die diese Gerüchte verbreiten – falls Sie die mal treffen.«
»Natürlich, mit dem größten Vergnügen!« Ihr Lachen war fast hysterisch. »Ich bin so froh für Charlie. Und für Will.«
Am liebsten hätte ich sie nun stehen gelassen, aber ich musste sie einfach fragen. »Haben Sie Will in letzter Zeit gesehen? Kommt er zurecht?«
»Ich habe ihn eine ganze Weile nicht gesehen. Niemand hat ihn gesehen. Ich habe versucht, ihn anzurufen, Dutzende Mal, aber er will nicht mit mir reden. Er sagt, er hätte zu tun. Das sagt er immer, und dann legt er auf. Und die Tür macht er auch nicht

auf. Er ist ein richtiger Einsiedler geworden. Wahrscheinlich ist es noch der Schock. Und die Trauer. So etwas braucht eben seine Zeit.«

Ich schaute ihr in das unbekümmerte Gesicht und wunderte mich, dass sie sich nicht im Geringsten schuldig fühlte. Schließlich war sie es gewesen, die Grace die Wohnung in London zur Verfügung gestellt und damit vielleicht ihren Teil zu der Tragödie beigetragen hatte. Ich war heilfroh, dass Will klug genug war, sie sich vom Leib zu halten.

Schweißnass wachte ich auf. Es war fünf Uhr früh, und für einen Sekundenbruchteil wusste ich nicht, wo ich war. Ich schob die Bettdecke weg und schlief weiter, aber um sechs wurde ich wieder wach und stand auf. Ich ging ins größte Badezimmer, das das Haus zu bieten hatte, einen grandiosen Raum mit altem Marmor und einem barocken Spiegel an der Wand, ließ die gigantische gusseiserne Wanne voll laufen, die auf Löwenfüßen auf einem Podest thronte, und legte mich für eine Weile ins heiße Wasser. Durch das Fenster konnte ich den Garten und das Zelt sehen.

Nach dem Bad ging ich mit Edwards Hund raus, und sobald die ersten Leute zum Aufräumen und Saubermachen erschienen, fuhr ich unauffällig weg, durchs Dorf, zum Kai hinunter und weiter zum Marsh House.

Ich konnte mich nicht entscheiden. Wenn ich einfach an der Tür klingelte, öffnete vielleicht niemand. Und wenn ich ums Haus herum ging, zur Küche, störte ich die Familie womöglich beim Frühstück.

Das Problem stellte sich allerdings gar nicht, da der Range Rover nirgends zu sehen war. Ich ging also zur Küche und schaute durchs Fenster, doch es schien niemand da zu sein;

keine Spur von Frühstück auf dem Tisch. Die Tür war nicht abgeschlossen. Ich ging zur Diele durch und rief einen Gruß ins Haus.

Die Antwort kam aus dem Wohnzimmer. Es war fast dunkel. Das einzige Licht kam durch die halb zugezogenen Vorhänge und fiel auf eine Gestalt im Morgenmantel, auf einem Bett, das man vor das Fenster geschoben hatte.

»Entschuldige, dass ich so hereinplatze …«

»Ja, Alex, du hättest ruhig anrufen können. Aber wo du schon mal hier bist, kannst du auch die Vorhänge öffnen und mir einen Tee machen.«

Ich zog einen Vorhang zurück.

»Nein, den hier, Alex. Dann sehen wir, wann Will zurückkommt.«

Ich öffnete den Vorhang näher bei ihr.

Als ich mich umdrehte und sie anschaute, sagte sie: »Ich habe versucht, dich zu erreichen, Alex. Ich habe versucht, dich anzurufen.«

»Jetzt bin ich hier.«

»Ich trinke am liebsten den chinesischen Tee, aber stark, bitte.«

Ich kam mit einer Kanne Tee und den besten Tassen und Untertassen zurück und schenkte ihr durch ein Sieb ein.

»Na, wie war die Hochzeit?« Sie hatte sich höher aufgesetzt und sich die Kissen in den Rücken geschoben. Sie sah nicht so schlecht aus, wie ich befürchtet hatte, obwohl sie schrecklich dünn war und ihre Augen tiefer und dunkler in ihren Höhlen zu liegen schienen als je zuvor. Auch ihre Stimme hatte sich verändert, sie war heiser und dünn.

»Es ist alles sehr gut gelaufen.« Ich beschrieb ihr das Hochzeitskleid und berichtete von der Kirche und den Reden. Ich erzählte ihr, wer alles da gewesen war, wer am wildesten getanzt hatte und wer jemandem Wein übers Kleid geschüttet hatte.

Sie hörte zu, schien aber an etwas anderes zu denken. Immer wieder schaute sie zum Fenster hinaus, nickte manchmal und lächelte ein oder zwei Mal. »Es war also ein schöner Tag. Schade, dass dein Vater das nicht mehr erleben konnte.«

»Ja, er hätte sich sehr gefreut.«

»Edward war immer sein Sorgenkind.«

»Ja.« Ich fasste mich und bat sie ruhig: »Kannst du mir von dir und Vater erzählen?«

»Ich habe viele Geständnisse zu machen, Alex, aber dieses mache ich sehr gern. Ich bin weder traurig, noch schäme ich mich dafür. Ich hoffe, du bist mir nicht böse deswegen. Ich war sehr darauf bedacht, deiner Mutter nicht wehzutun, weißt du. Das war erst ganz am Ende …« Sie seufzte. »Es tut mir Leid, dass deine Mutter es erfahren hat, besonders nach so langer Zeit. Und dass sie nicht alles so lassen konnte, wie es war; dass sie deinen Vater zwang, wegzuziehen – nach Cornwall!«, fügte sie auf ihre alte, ungläubige Art hinzu. »Nein, Alex, es tut mir sehr Leid, dass es so enden musste, weil wir so viele Jahre hindurch niemandem wehgetan hatten. Niemand hatte zu leiden. Alle waren glücklich. Ich war glücklich. Und dein Vater …« Sie lächelte sanft und hob eine Hand, statt den Satz zu beenden. »Es gab keinen Grund, warum es nicht so hätte weitergehen sollen. Nach so langer Zeit konnte es ihr doch gleich sein, aber nein, sie wollte es nicht erlauben. Und er ist nie zurückgekommen, dein Vater. Als deine Mutter starb, dachte ich, er würde zurückkommen …« Sie machte eine ihrer italienischen Gesten, die ich so liebte – als haderte sie mit dem Himmel –, doch sie wirkte nur noch kraftlos. »Vielleicht dachte

er, es würde nie mehr so sein wie früher. Und vielleicht hatte er Recht.«
»Konntet ihr euch oft sehen?«
»O ja, fast jeden Tag, mehr oder weniger. Nicht immer sehr lange, natürlich. Manchmal sind wir spazieren gegangen, bei den Feldern der Oberfarm, und manchmal haben wir nur am Telefon miteinander geredet. Wir haben so gern miteinander geredet, Alex. Wir waren große Redner! Verstehst du, Alex, es war nicht nur Liebe, es war mehr als das, wir waren auch die besten Freunde.«
Ganz unerwartet spürte ich plötzlich bitteren Neid, den Neid, der aus dem eigenen Unglücklichsein erwächst, aus dem Gefühl, dass solch vollkommene Liebe einem selbst nie zuteil werden wird. »Aber wo habt ihr euch getroffen? Wo seid ihr hingegangen?«
»Ach«, flüsterte sie heiser, »meistens haben wir uns im Reed Cottage gesehen. Dein Vater kam über den Marschweg, spät am Abend oder am frühen Morgen oder zwischen den Hausbesuchen. Oder zum Abendessen.«
»Und was war vorher, als du noch hier gewohnt hast?«
»Reed Cottage war immer da, Alex. Immer.«
Ich schüttelte den Kopf. »Wie meinst du das?«
»Dein Vater hatte es seit Jahren gemietet, lange bevor wir es gekauft haben.«
Ich brauchte einen Augenblick, um das zu verdauen. Der Gedanke verstörte mich. Es schien so berechnend, so furchtbar planvoll.
Maggie sah mir das offenbar an, denn sie sagte sanft: »Es war nur ein bisschen Glück, Alex. Nur ein bisschen Glück dann und wann. Wenn man ein schweres Leben hat, wenn nichts wirklich stimmt, dann ist es sehr wichtig, etwas

Glück zu finden. Man ist dankbar dafür, egal wo man es findet.«
Sie streckte ihre Hand zur anderen Seite des Betts aus, zu einem Tisch voller Flaschen und Gläser und Tabletten, und tat irgendwas, ich konnte es nicht sehen. Als sie sich wieder zu mir drehte, bemerkte ich, dass sie Klebeband auf ihrer rechten Hand hatte und eine durchsichtige Leitung in ihre Hand, die sich quer über das Bett zu dem Tisch schlängelte.
»Ich kann die Dosis selbst bestimmen«, erklärte sie nüchtern. »Ich nehme weniger, als sie sagen, dann weiß ich wenigstens noch, dass ich am Leben bin.« Sie lachte, um es mir leichter zu machen. »Ich rauche auch nicht mehr.«
»Das wurde auch höchste Zeit.«
»Ich wusste, um was es ging, Alex. Ich dachte, warum nicht weiter rauchen, wenn es sowieso so enden wird?« Damit war das Thema für sie erledigt.
»Alex, kannst du mir einen Gefallen tun?«
»Wenn ich kann, natürlich.«
Sie keuchte leise. Sie schien mit etwas zu ringen; ob es Schmerzen waren oder etwas anderes, wusste ich nicht.
»Ich dachte, ich hätte alles richtig gemacht, aber jetzt … jetzt weiß ich es nicht mehr. Ich muss immer daran denken. Es beunruhigt mich.«
Ich schenkte ihr Tee nach, und als sie trank, sah ich, dass ihre Hand zitterte. Sie musste die Tasse mit beiden Händen halten.
»Deswegen habe ich versucht, dich zu erreichen, Alex. Ich wollte dich fragen, ob du zum Reed Cottage gehen kannst. Da hängt ein Spaten in der Hütte im Garten. Gleich neben der Tür. Geh und grab an der Ecke zwischen der Hütte und der Mauer, aber näher an den Rosen. Grab näher an den Rosen. Da findest

du ihre Handtasche und ihre Jacke, Alex. Du musst sie ausgraben, ja?«

Ich zögerte keine Sekunde. »Ja. Natürlich mache ich das.«

»Die Handtasche – vielleicht ist etwas herausgefallen. Du darfst nichts vergessen.«

Ich sagte, ich würde aufpassen.

»Und die Jacke. Ich weiß nicht, ob sie etwas in den Taschen hatte.«

Ich sagte, ich würde die Taschen durchsuchen und den Boden drum herum.

Endlich schien sie beruhigt zu sein. »Ach, Alex, es war so dumm von mir – den Wagen zurückzufahren, damit alle dachten, sie wäre nie da gewesen. Das war die größte Dummheit, nicht die Handtasche. Ich hätte nie gedacht, dass Barry Holland sie sehen würde … Ach was, Alex. Die größte Dummheit war … Wie konnte ich das nur tun? Wie konnte ich Grace anrufen und ihr sagen, dass Charlie die Schleusen geöffnet hatte? Mein Gott, welche Idiotie! Ich weiß heute noch nicht, was mich dazu gebracht hat. Der arme Charlie. Seine Großmutter ist eine Verrückte, eine Närrin! Wie konnte ich so verrückt sein?«

Dann, wie um sich selbst zu antworten, sagte sie: »Aber ich war so wütend. Deshalb habe ich es ihr erzählt. Ich war furchtbar wütend. Charlie war so verstört. Noch nie hatte ich ihn so gesehen. Ich wusste, dass es mit Grace zu tun hatte. Ich wusste es. Deshalb habe ich sie am Telefon angeschrien. Ich wollte wissen, was sie getan hatte, was den Jungen so verstört hatte.«

»Erzähl es mir, Maggie«, sagte ich ruhig. »Erzähl mir, was geschehen ist.«

Sie wurde ganz ruhig und ernst. Sie musste sich lange auf diesen

Augenblick vorbereitet haben. Sie schaute zum Fenster und sagte heiser: »Was geschehen ist? Ich habe Grace umgebracht.«

»Grace hat Charlie bei mir abgesetzt. Sie blieb kaum eine Minute. Charlie war gut gelaunt, weil er für eine Schularbeit die beste Note bekommen hatte. Er war sehr stolz darauf und wollte mir die Arbeit und die Note zeigen, aber er hatte sie zu Hause vergessen. Nach dem Essen wollte er sie holen gehen. Ich sagte, lass nur, das hat bis morgen Zeit, aber nein, er wollte sie mir unbedingt zeigen, sofort. Also rannte er los, um sie zu holen.«

Sie musste eine Pause machen, um sich zu sammeln. »Und dann blieb er so lange weg, und ich machte mir Sorgen, dachte, es wäre etwas passiert. Normalerweise brauchte er nur fünf, sechs Minuten, jetzt aber war er schon seit einer halben Stunde weg. Länger sogar. Ich hielt nach ihm Ausschau, aber er war nirgends zu sehen. Ich wollte schon Grace anrufen und sie fragen, wo er war, aber dann dachte ich, ich gehe erst mal nach oben und schaue da aus dem Fenster; von da konnte ich besser sehen. Und dann, ohne irgendeinen Grund, habe ich in die andere Richtung geschaut, zur Gun hinaus. Und da war er!« Schaudernd zog sie die Schultern zusammen. »Da war er, weit weg, aber ich wusste, dass er es war. Ich habe nicht begriffen, was er da draußen machte, also bin ich hingelaufen. Da war Wasser im Graben. Wo kam nur das viele Wasser her? Ach was, dachte ich, vielleicht spielen meine Augen mir wieder einmal einen Streich. Ich konnte nicht erkennen, wo das Wasser herkam, und ich konnte auch nicht sehen, was Charlie machte.«

Sie legte ihre Stirn in Falten, und als sie fortfuhr, redete sie noch schneller als zuvor. »Ich ging weiter. Ich konnte kaum glauben, wie schnell das Wasser kam. So schnell! So viel Wasser! Allmählich ging mir auf, dass etwas nicht stimmte. Etwas Schlimmes musste passiert sein, also ging ich schneller. Dann sah ich Charlie an der zweiten Schleuse. Ich rief: ›Charlie, was machst du da?‹ Er warf die Kurbel hin und kam auf mich zu, wütend, so *wütend.* So ein Blick! Noch nie habe ich ihn so gesehen. Ich ging neben ihm her, aber er wollte nicht reden. Ich weinte, ich flehte ihn an zu reden. Aber nichts. Nichts!«

Sie lebte jeden Augenblick nach, ihre Hilflosigkeit, ihren Schmerz. »Wir kamen zum Cottage zurück, und ich holte die andere Kurbel, obwohl ich wusste, dass ich die Schleusentore allein nicht herunterlassen konnte. Ich bin nicht stark genug. Ich brauchte Hilfe, unbedingt. Und ich musste Charlie zum Reden bringen. Charlie war in seinem Zimmer, saß auf dem Bett und starrte die Wand an. Es machte mich verrückt! Also rief ich Grace an und fragte sie: ›Was hast du mit ihm gemacht? Warum ist er so?‹ Und dann erzählte ich ihr, dass er verrückt geworden sei und die Schleusen geöffnet hatte. *Ich erzählte es ihr!*«

Die Erinnerung war so lebhaft, dass Maggie eine Grimasse zog und über ihre Dummheit stöhnte. »Sie hatte ihm das Herz gebrochen, Alex. Er hatte alles versucht, sie zufrieden zu stellen, damit sie ihn liebt. Das ist das Furchtbare an grausamen Menschen, Alex. Ein grausamer Mensch macht ein Kind glauben, dass es seine Liebe gewinnen muss. Es wimmert um Liebe von diesem grausamen Menschen! Es hungert danach. Warum ist das nur so, kannst du mir das erklären?«

»Kinder neigen dazu, sich selbst die Schuld zu geben, wenn ihre

Eltern sie nicht lieben«, sagte ich. »Das ist eine bekannte Sache. Kinder denken bei allem, es sei ihr Fehler.«
»Aber sie war immer so grausam zu ihm, schon als er ein Baby war! Nichts konnte er ihr recht machen. Nichts! Ob er etwas gemalt oder gebaut hatte, immer hieß es: ›Was soll *das* denn sein?‹« Sie äffte den gemeinen Ton nach. »›Was soll *das* denn darstellen?‹ Sie hat ihm immer das Gefühl gegeben, er sei zu nichts nütze, er habe versagt. *›Du kannst überhaupt nichts, du bist dumm, du musst auf die Sonderschule!‹* Dabei hat er sich solche Mühe gegeben, sie zufrieden zu stellen! Nur eins konnte er nicht: Er konnte nicht in diese Schule gehen. Das war das Einzige, was er nicht konnte. Er wollte zu Hause bleiben, bei Will auf der Farm. Nein, in diesem einen Punkt konnte er ihr nicht nachgeben. Das hat sie ihm nie verziehen, o nein! Sie war wütend darüber. Und sie war fest entschlossen, ihn damit nicht davonkommen zu lassen! Sie wollte Rache!« Sie hob ihre krumme Hand, als rechnete sie mit Widerspruch von mir. »Du meinst, Rache wäre ein zu starkes Wort? Du meinst, ich sage das nur, weil ich sie gehasst habe? Nein, Alex, Rache ist *nicht* ein zu starkes Wort. Sie hatte alles geplant. Sie wollte Charlie in diese Schule zwingen, weil sie Widerstand nicht ertrug. Sie konnte es nicht hinnehmen, dass Charlie seinen eigenen Kopf hatte. Er *musste* sich fügen. Sie war entschlossen, ihn so hinzubiegen, wie sie ihn haben wollte. Nein, Alex, ich sage dir: Grace hatte kein Herz – überhaupt keins. Grace war ein böser Mensch. Es gibt keine andere Erklärung, Alex. Grace war grausam. Grausam und böse.«
Sie zog die Kissen in ihrem Nacken zurecht und lehnte sich wieder zurück. »So … Grace kam also rüber und, bei Gott, war sie wütend! Solche Wut! Wie eine Furie, grausam, schrecklich.

Sie war sehr gemein zu mir, grob und gemein. Sie sagte, ich hätte es zugelassen. Sie sagte, ich sei an allem schuld. Aber damit nicht genug, Alex. Dann fing sie an, Charlie zu beschimpfen. Sie sagte furchtbare Dinge zu ihm. Zu Charlie! Sie sagte, er wäre das Schlimmste, was ihr je zugestoßen sei. Sie sagte, dass sie ihn hasste, dass sie ihn nie mehr wieder sehen oder mit ihm reden wollte. Sie packte ihn am Nacken, schleifte ihn die Treppe herunter, schrie ihn an – und wie sie ihn anschrie! Sie sagte, er solle gehen und die Schleusen wieder zumachen. Sie zog ihn am Arm. Er fiel hin, und sie zog ihn trotzdem weiter. Sie war wie wahnsinnig! Vollkommen wahnsinnig! Solche Wut! Ich versuchte, sie aufzuhalten, aber sie zerrte den Jungen weiter, immer weiter, bis sie draußen waren, und die ganze Zeit weinte und schrie Charlie und versuchte sich loszureißen. Und dann schlug sie ihn, Alex. Sie schlug ihn, kannst du dir das vorstellen?« Ihre Augen füllten sich mit Tränen. Tränen der Wut. Sie starrte mich an, als erwartete sie eine Erklärung von mir, wie jemand so etwas tun kann.

Dann wurde ihre Miene kalt und ungnädig, ebenso ihre Stimme. »Ich packte sie und zog sie an den Haaren, richtig fest, und sie schrie. Sie schrie, aber ich kümmerte mich nicht darum. Ich zog an ihren Haaren, bis sie Charlie losließ. Und dann schlug sie mich, und wie sie mich schlug, Alex. Mein Ohr. Ich dachte, jetzt hat sie mein Ohr kaputtgemacht. Es blutete. Mein Kopf … Sie schlug mich drei oder vier Mal.« Sie schloss die Augen und stöhnte bei der Erinnerung. »Ich schrie, ich sagte, ich würde mit ihr gehen, die Schleusen schließen, nur sie und ich. Sie fing wieder an zu keifen, und ich schrie sie an, sie solle aufhören, ich hätte es bis *hier* mit ihr.« Sie zog mit ihrer verkrampften Hand eine Linie vor ihren Augen. »Sie packte die

Kurbel und ging auf den Damm. Ich wollte mich um Charlie kümmern, aber ich wusste, vorher mussten wir die Schleusen dicht machen.«

Etwas draußen vor dem Fenster schien sie abzulenken, und sie schaute einen Moment hinaus. »Ich ging also hinter ihr her, und sie hörte einfach nicht auf, zu schimpfen und schlimme Sachen über Charlie zu sagen. Also fragte ich sie noch einmal: ›Warum ist er so außer sich? Was hast du gemacht?‹ Sie sagte, er hätte überhaupt keinen Grund, aber sie log. Das wusste ich! Ich sagte, ich würde Will alles erzählen, *alles,* und sie sagte: ›Das ist mir doch egal.‹ Sie sagte: ›Ich bin sowieso weg. Ich bin fertig mit ihm. Morgen bin ich weg.‹ Und dazu lachte sie auch noch. Sie hatte ein hässliches Gesicht, wenn sie lachte. Und dann verstand ich endlich. Mir fiel wieder ein, wie sie aussah, als sie kam. Das Haar durcheinander – das gab es sonst nie bei ihr. Nie! Ich sagte also: ›Du warst mit jemandem zusammen‹, und sie bestritt es gar nicht. Sie sagte nur: ›Charlie hätte nicht zurückkommen sollen.‹ Sie war kalt, kalt wie Eis. Und dann fing ich an, ihr die Meinung zu sagen. Ich sagte vieles, zu vieles, aber ich war so wütend, Alex! Wütend über das, was sie Charlie angetan hatte.« Sie presste die Lippen zusammen, bis der schlimmste Zorn vorüber war.

»Und dann sagte sie zu mir: ›Du kannst denken, was du willst, ich habe jedenfalls genug von ihm. Ich nehme mir, was er mir schuldet.‹ – ›Schuldet?‹ Ich war sprachlos. ›Was soll er dir denn schulden?‹ – ›Geld‹, sagte sie. Wie konnte sie so etwas behaupten? Ich konnte sie nur anstarren, Alex! Und dann waren wir auf einmal an der Schleuse. Sie sagte, sie könnte es nicht allein, ich müsste ihr helfen, das Tor herunterzukurbeln. Wir versuchten es zusammen, aber wir schafften es nicht ganz. Das

Tor blieb ein Stück offen. Es klemmte irgendwie, wir kriegten das Ding nicht ganz zu. Wir ließen es also so und gingen zur nächsten Schleuse. Grace fing wieder an zu schimpfen und zu zetern ...«

Das Telefon ging. Wir warteten einfach ab, und nach dem fünften Klingeln hörte es auf.

Maggie redete weiter, nun wieder sehr beherrscht und ruhig. »Ich fragte mich natürlich, mit wem Grace da zusammen war. Sie sagte, sie würde am nächsten Tag ausziehen. Wer konnte es nur sein? Und warum war sie so wütend wegen der Schleuse? Sie hatte sich nie um die Farm gekümmert, hatte nie einen Fuß auf die Marsch gesetzt. Und dann ging mir ein Licht auf. *Edward!* Es musste Edward sein. Und dann dachte ich daran, was das für Will bedeuten musste, wie das seinem Stolz zusetzen würde.«

Sie wählte ihre Worte sorgsam und versuchte, sich genau zu erinnern. »Ich habe gesagt: ›Du kriegst keinen Penny, wenn du deinen Mann betrogen hast‹, aber sie hat nur gelacht. Sie hat *gelacht,* Alex, und erwidert: ›Das ist heute alles anders. Ich kriege die Hälfte vom Haus und die Hälfte vom Geld. Ich habe mich erkundigt. Ich war beim Anwalt.‹ – ›Dann ist Will ruiniert‹, habe ich gesagt, aber das war ihr egal. Darum hat sie sich nicht geschert. In ihren Augen war das eine gute Strafe für ihn, dafür, dass er ihr nicht gegeben hatte, was sie wollte. Sie hat sich regelrecht darüber gefreut, das habe ich ihr angesehen. Und dann kam es über mich: *Charlie.* ›Aber nicht Charlie‹, habe ich gesagt, ›Charlie wirst du ihm doch nicht wegnehmen wollen.‹ Und sie hat mir frech ins Gesicht geschaut und eiskalt gesagt: ›Charlie werde ich auch mitnehmen. Natürlich nehme ich Charlie. Er gehört mir.‹«

Ein Wagen kam den Kai herunter. Ich fürchtete, es könnte der

Range Rover sein, und reckte den Hals, aber es war eine kleine, schwarze Limousine, die zum Kanal weiterfuhr.

»Sie kurbelte an der Schleuse«, fuhr Maggie fort, »die ganze Zeit wütend, voller Hass. Und ich habe ihr zugeschaut und gesagt: ›Will wird dagegen angehen, darauf kannst du dich verlassen. Er wird um Charlie kämpfen.‹ Und sie sagt ... sie sagt: ›Er ist nicht von Will.‹ Ich habe sie angestarrt, ich habe meinen Ohren nicht getraut. Ich dachte, sie sagt das nur, um uns alle zu bestrafen. Aber dann hat sie gesagt: ›Das kann man testen lassen. Der kleine Bastard ist nicht von Will. Er ist von dem Mann, mit dem ich vorher zusammen war.‹ Sie hat den Namen genannt, ein Schauspieler, Dan Elliott. Sie war ganz stolz darauf, meinte, er hätte sie geliebt, sie hätte ihn heiraten können, heiraten *sollen,* aber dann sei sie so verrückt gewesen, sich für Will zu entscheiden. Ich bin ganz ruhig geblieben. Ich habe versucht, nicht wütend zu werden. ›Aber Will liebt Charlie über alles. Du kannst ihn ihm nicht wegnehmen.‹ Ich habe sie regelrecht angefleht. Und sie? ›Warum denn nicht?‹, sagte sie nur. ›Charlie ist nicht von ihm. Das werde ich ihm sagen.‹«

Sie wurde langsam müde. Ihre Stimme war rau, und sie fuhr sich mit der Zunge über die ausgetrockneten Lippen. »Sie wollte Will alles nehmen, ohne jeden Grund, nur weil ihre Seele kalt und unmenschlich war. Sie hat Charlie nie geliebt. Sie wollte ihn nur *besitzen* und seine Seele zerstören, seinen ... Es hätte Will das Herz gebrochen, wenn sie Charlie mitgenommen hätte. Und meines, Alex, es hätte auch mir das Herz gebrochen.« Sie sprach nun langsamer, stockend. »Ich habe sie am Arm gepackt und gesagt, sie würde nichts dergleichen tun. Sie wollte sich losreißen, aber ich habe sie an der Jacke festgehalten. Es ging hin und her, bis ihre Jacke zerriss, aber sie wollte trotzdem weiter. Sie wollte einfach weggehen und all diese furchtbaren Dinge tun, aber ich habe mich an ihre Jacke geklammert wie an mein Leben! Es war mein Leben, Alex, was sie mir nehmen wollte! Und plötzlich zog sie ihre Arme aus der Jacke und riss sich los, mit einem Ruck! Sie stolperte und fiel gegen den Pfosten. Sie hing halb über dem Schleusentor, und dann …«

Ich wünschte, sie möge aufhören, aber ich blieb still sitzen und wartete auf das Ende.

»Dann habe ich sie gestoßen. Ich wollte es nicht. Ich weiß nicht genau, was ich eigentlich wollte. Ich dachte an Will und Charlie, und nichts ist mir teurer auf der Welt. Vielleicht wollte ich ihr nur einen Schock versetzen – das Wasser, der Sturz. Ich weiß nicht, Alex. Jedenfalls gab ich ihr einen Stoß und sie fiel ins Wasser. Dort lag sie dann regungslos. Ich habe auf sie runtergeschaut und gewartet. Ich war wie gelähmt. Ich konnte mich nicht bewegen, aber ich wollte mich auch nicht bewegen. Ich war regelrecht verrückt, Alex! Ich habe geweint und geweint. Es musste so kommen, dachte ich. Es ist Gottes Wille, Gottes Gerechtigkeit! Und dann, als ich wieder zu mir kam und zu ihr runterschaute, war es zu spät, Alex. Sie war tot. Ich wusste, sie war tot.«

Ihre Stimme war kaum noch zu hören. Sie schloss die Augen, und ihr Mund öffnete sich. Man konnte meinen, sie schlafe, doch dann flüsterte sie etwas und ich musste genau hinhören, um sie zu verstehen. »Die Jacke. Ich musste sie verstecken, sie war so zerrissen. Die Handtasche. Ich dachte, wenn die nicht gefunden wird, denken alle, sie ist weggelaufen.«

In der Stille, die nun folgte, wehte ein sanfter, erfrischender Luftzug durchs offene Fenster, und als ich Maggie wieder anschaute, waren ihre Augen offen und wach, fast funkelnd. Sie legte mir ihre kalte, trockene Hand auf den Arm und flüsterte heiser: »Aber eines sage ich dir, Alex: Ich bedaure nicht, was ich getan habe. Ich kann es nicht bedauern.«

Der warme Sommersonntag hatte unzählige Wanderer und Urlauber auf die Marschen gelockt. Auf den Fußwegen tummelten sich Kinder und Hunde, und weiter draußen zogen kleine, bunte Flecken wie Ameisen über die Dünenkämme. Auf dem Grasstück neben dem Reed Cottage waren fremde Wagen geparkt, und auf dem Weg dahinter stand eine Gruppe von Paaren und sah zu, wie die Kinder den Damm hinaufkletterten und sich herunterrollen ließen, immer wieder.

Die Klematis rankte sich üppig an der Mauer neben Maggies Gartenhütte empor. Die Rosen mit ihren dünnen Stämmen und rostfleckigen Blättern gingen daneben fast unter. Der Boden rund um den Rosenbusch sah trocken und klumpig aus, und als ich mit der Fußspitze daran kratzte, dachte ich: steinhart.

Auf der Marsch würde bis zum Abend Hochbetrieb herrschen. Also verbrachte ich den Rest des Vormittags damit, beim Aufräumen in Wickham Lodge zu helfen. Dann schlief ich etwa eine Stunde auf der Hollywoodschaukel unter dem Maulbeerbaum. Danach machte ich mir aus Resten ein frühes Abendessen zurecht und trank ein Glas von dem Hochzeitswein, der noch übrig war.

Um halb zehn machte ich mich schließlich wieder auf den Weg zum Reed Cottage, in passender Tarnkleidung: dunkle Jeans und schwarzes T-Shirt.

Die fremden Wagen waren verschwunden, ebenso die meisten Leute. In der Ferne hörte ich jemanden lachen und sah eine kleine Gruppe von Spaziergängern über den Dammweg schlendern. Ich wartete einen Augenblick, doch niemand kam in diese Richtung, und obwohl es noch lange nicht dunkel sein würde, holte ich den Spaten aus der Hütte und rammte ihn in den Boden. Die oberste Erdschicht war schnell abgetragen, doch darunter wurde es immer schwieriger. Ich musste den Spaten mit aller Kraft einstechen und mein ganzes Gewicht einsetzen, um ein paar Brocken Erde zu bewegen. Nach vielleicht fünfzehn Zentimetern musste ich die Wurzeln des Rosenstrauchs durchhacken, und als ich schließlich dreißig Zentimeter tief war, machte ich eine Pause und fragte mich, wie weit Maggie wohl gegraben haben konnte. Nach weiteren zehn Zentimetern fragte ich mich, ob ich mir vielleicht alles eingebildet hatte, ob ich alles nur träumte.

Der Schweiß brannte mir auf der Stirn, und ich wandte mich den Klematis zu. Nach wenigen Minuten – es wurde nun rasch dunkel – stieß das Spatenblatt auf etwas Weiches, Kompaktes. Ich tastete mich vor, bis ich den Rand erreichte, trieb den Spaten wieder tief in den Boden und versuchte, es aus der Erde zu hebeln. Ich ging auf die Knie, grub mit den Händen weiter und ertastete zuerst Stoff, dann Leder.

Meine Nerven waren so angespannt und ich war so versunken in meine Arbeit, dass die Stimme neben mir wie ein Pistolenschuss klang. Ich zuckte derart zusammen, dass mein ganzer Körper zurückschnellte und meine Arme hochflogen. Ich schrie auf, fiel auf die Seite und versuchte verzweifelt, wieder auf die Füße zu kommen.

In solchen Augenblicken erkennt man nur Stück für Stück, was los ist. Als Erstes sah ich den dunklen Umriss über mir: Will. Dann erst verstand ich, was er gesagt hatte: »Komm, lass mich das machen.« Und dann registrierte ich, *wie* er es gesagt hatte, und sah sein Gesicht in der Dämmerung. Sowohl seine Stimme als auch sein Gesicht waren voller Wärme, nicht im Geringsten feindselig.

Ich keuchte heftig und mein Herz pochte wie wild. »Lass nur, ich schaffe es schon«, stotterte ich und bedauerte sofort, dass ich mich so undankbar anhörte.

»Komm, Ali, ich löse dich ab.« Ich trat zurück, während Will sich hinkniete und in das Loch griff, um noch mehr Erde beiseite zu räumen. Er zog die Jacke heraus und schaute sie sich in Ruhe an, bevor er sie zu einem Bündel zusammenrollte und sorgsam auf den Boden legte. Dann beugte er sich wieder vor, räumte noch mehr Erde ab und zog mit einem schnellen Ruck die Handtasche heraus.

Er rollte die Handtasche in die Jacke ein und klemmte sich das Bündel unter den Arm. Es war nun so dunkel, dass ich sein Gesicht kaum sehen konnte. »Was machen wir am besten damit? Was wäre am sichersten?«, fragte er.

Ich dachte an die kleinen Gauner, die ich verteidigt hatte, daran, wie sie versuchten, Indizien zu verstecken oder zu vernichten, wie sie Waffen in Kanäle warfen oder Kleidung in Benzin tränkten und verbrannten. Ich erinnerte mich, wie oft diese Sachen trotzdem irgendwann auftauchten und den Leuten zum Verhängnis wurden. »Das Sicherste ist, wenn wir es in den normalen Hausmüll tun, gut eingepackt in einen Plastiksack. Die Handtasche sollten wir vorher ausräumen. Wir müssen die Kreditkarten vernichten und alles andere, wo ein Name draufsteht, auch. Noch sicherer ist es, wenn wir es weit weg bringen und bei irgendjemandem in die Mülltonne stecken. Ich könnte die Sachen nach London mitnehmen und sie irgendwo in der Nachbarschaft verschwinden lassen.«

»Darum würde ich dich niemals bitten.«

Ich versuchte, nicht daran zu denken, wie streng das Gesetz

über solche Aktivitäten urteilte, und sagte: »Aber ich tu es gern.«

»Danke, Ali, aber das muss ich selbst erledigen. Ich fahre nach Cromer oder nach King's Lynn, das müsste weit genug sein.«

Er ließ für einen Augenblick den Kopf hängen, doch dann schien ihm plötzlich bewusst zu werden, wie eilig es war, und er bat mich, das Bündel zu halten, während er das Loch wieder zuschaufelte.

»Woher wusstest du, dass ich hier bin?«

»Oh, das war Maggie. Sie redet manchmal vor sich hin. Sie hat von dir geredet – dass wir uns auf dich verlassen könnten. Mehr wollte sie nicht sagen, aber dann meinte sie, sie müsste unbedingt in den Garten, etwas holen. Ich hatte eine bestimmte Ahnung, bin hergekommen, habe dein Auto gesehen und dich graben gehört.«

Er trampelte die Erde fest und brachte den Spaten in die Hütte zurück.

Dann nahm er das Bündel wieder an sich, führte mich ins Cottage und machte Licht. Auf dem Weg in die Küche blieb er plötzlich stehen und drehte sich nach mir um. »Maggie hatte Recht.«

»Was meinst du?«

Er lächelte verlegen. »Dass man sich auf dich verlassen kann.«

Er zog die Vorhänge zu und legte Zeitungen auf dem Küchentisch aus, bevor er das Bündel entrollte. Die Jackentaschen waren leer, doch um sicherzugehen, schnitten wir das Etikett heraus und legten es beiseite, um es woanders verschwinden zu lassen. Dann breiteten wir den Inhalt der Handtasche aus. Nach kurzer Diskussion beschlossen wir, das Handy mit einem Hammer zu zertrümmern und wieder in die Handtasche zu legen. Jede einzelne Kreditkarte schnitten wir in kleine Stücke, dann mischten wir die Schnipsel und legten die Hälfte davon in einem Haufen neben die Handtasche. Die andere Hälfte würden wir woanders loswerden. Das Bargeld steckte Will ein, das Scheckbuch wurde zerschnitten und zu dem zweiten Haufen Kreditkartenschnipsel gelegt. Die leere Geldbörse, Kosmetikartikel, Kugelschreiber und Sonnenbrille kamen zurück in die Handtasche.

Nachdem wir uns entschieden hatten, arbeiteten wir schweigend vor uns hin. Jeder wich des anderen Blicken aus und war in seine Aufgabe vertieft. Wir wussten genau, was wir taten und wie ungeheuerlich es war.

Als alles erledigt war, schoben wir die beiden Stapel, zusammen mit den Zeitungen, in Abfallsäcke, die wir fest zuknoteten. Erst dann lehnten wir uns zurück und schauten einander an.

Will streckte den Arm aus, als wollte er meine Hand nehmen. »Es tut mir Leid, dass ich so wütend auf dich war, Ali. Ich hatte solche Angst, dass Charlie etwas passiert. Ich habe nicht nachgedacht. Es tut mir Leid.«

Mir wurde klar, dass ich noch immer nicht wusste, ob er die Wahrheit kannte oder ob er glaubte, Maggie hätte immer nur Charlie gedeckt. »Die Jacke war ziemlich zerrissen«, sagte ich hastig.

Einen Augenblick lang sah er mich fragend an, doch dann meinte er zu verstehen, was ich sagen wollte. »Das meiste habe ich schon in der Nacht erraten, als der Sturm war, und vieles wusste ich schon vorher. Ich wusste, dass beide Schleusen geöffnet worden waren, sonst wäre die Überflutung nicht zu erklären gewesen. Und die Schleuse, die nur halb geschlossen war, war nicht beschädigt. Sie ging nur sehr schwer zu. Angesichts von Charlies Zustand hatte ich keinen Zweifel, dass etwas Furchtbares passiert sein musste. Auch Maggies Benehmen war auffällig. Ich dachte, sie wäre wegen der Überschwemmung so außer sich und weil Charlie so seltsam war, aus welchem Grund auch immer, aber dann ... zum Beispiel Grace' Wagen. Ich war ziemlich sicher, dass ich ihn am Cottage hatte stehen sehen, als ich vorbeifuhr. Und dann war er plötzlich weg. Ich habe dir nichts davon gesagt, weil Maggie Stein und Bein schwor, Grace wäre nicht bei ihr gewesen. Und dann, als ich wusste, dass Grace auf dem Weg zum Cottage gesehen worden war – in der Nacht, als der Sturm war dann wusste ich, wo ich zu suchen hatte. Ich wusste es einfach.«

Er nahm meine Hand. »Ich hätte es dir sagen sollen. Ich dachte ... ich dachte, dass Charlie vielleicht sogar dabei gewesen war und gesehen hatte, wie sie starb, dass er ihr aus irgendeinem Grund nicht hatte helfen können. Ich dachte, es würde ihn umbringen, wenn er vor einem Gericht darüber reden müsste. Ich habe alles an Maggie ausgelassen. Ich habe ihr vorgeworfen, dass die Polizei wegen ihrer konfusen Aussage Verdacht geschöpft hatte. Und dann, als mir aufging, dass Maggie ... das war auch nicht viel besser. Wie konnte ich zulassen, dass man sie durch die Mühle dreht?«

»Wahrscheinlich hast du es richtig gemacht. Wenn man jemanden wie mich vor sich hat, ist es nicht immer das Beste, gleich mit der Wahrheit herauszurücken.«

»Ali«, sagte er und lächelte, »immer so praktisch.«

»Du klingst, als wäre das ein Fehler.« Ich lächelte ebenfalls, denn diesmal war das das schönste Kompliment der Welt.

Er ließ meine Hand los und stand auf. »Ich fahre besser los. Ich muss die Sachen loswerden.«

»Ich werde nach Maggie sehen. Und nach Charlie.«

»Wirst du da sein, wenn ich zurückkomme? Bleibst du hier?«

Ich dachte an Jason, der am nächsten Morgen in Clerkenwell an der Reihe war. »Ich wünschte, das könnte ich, aber …«

Er beugte sich vor und küsste mich zärtlich auf den Mund. »Es wäre so schön, wenn du bleiben könntest, Ali.«

»Ich denke … ich kann bis vier bleiben.«

»Na, das ist doch ein Anfang.«

Ich fuhr ihn zum Marsh House, wo er in seinen Wagen stieg, blieb am Tor stehen und winkte ihm nach.

Julia Cameron

Der dunkle Raum

Roman

»Bestialischer Mord an Playboy-Fotograf!« lauten die Schlagzeilen von Chicagos Tageszeitungen. Ein perverser Serienkiller bringt Detective Mayo dazu, einen ungeklärten Fall neu aufzurollen. Alle Indizien deuten auf einen satanischen Ritualmord vor zwanzig Jahren. Als dann auch noch sein Sohn Opfer eines Gewaltverbrechens wird, verstrickt sich der Detective immer tiefer in diesen rätselhaften Fall …

»Eine echte Gratwanderung.
Camerons Erzählstil zeugt von großem Können.«
Booklist

Knaur

NICHTS IST, WIE ES SCHEINT...
13TH STREET
THE ACTION & SUSPENSE CHANNEL
... in der 13TH STREET, der gefährlichsten Adresse im Fernsehen - auf Premiere World
www.13thstreet.de